Sieg der Windmühlen

Für Joachim Kraschewski und Sigi Meyer in Erinnerung an jene herrlichen Stunden, da unser Geist beseelt von edlen liquiden Geistern Flügel bekam – Ikarus gleich

Joachim Kutschke

SIEG DER WINDMÜHLEN

ÜBER DIE UNMÖGLICHKEIT DES SCHRITTHALTENS
MIT DEM TEMPO DER ZEIT

EIN PATCHWORK-ROMAN

Verlag Blaues Schloss

Joachim Kutschke, 1944 in Darmstadt geboren; Kindheit und Jugend in Hanau und Frankfurt a. M.; Studium der Germanistik, Politikwissenschaften und Philosophie in Marburg; freier Mitarbeiter bei Funk und Presse; schreibt Romane, Theaterstücke, Satiren, Kurzgeschichten und Essays.

Originalausgabe
1. Auflage, 2013
Joachim Kutschke:
Sieg der Windmühlen
Umschlag: Slawomir Wisniewski

© 2013 Verlag Blaues Schloss·Marburg
Alle Rechte vorbehalten. Nachdruck und Vervielfältigung einschließlich Speicherung und Nutzung auf optischen und elektronischen Datenträgern nur mit Zustimmung des Verlags.
Besuchen Sie uns im Internet:
www.verlag-blaues-schloss.de

Druck und Bindung: Docupoint Barleben
Printed in Germany
ISBN 978-3-943556-14-8

Bibliografische Information der Deutschen Nationalbibliothek
Die Deutsche Nationalbibliothek verzeichnet diese Publikation in der deutschen Nationalbibliografie; detaillierte bibliografische Angaben sind im Internet über http://dnb.ddb.de abrufbar.

INHALT:

VATER MORGANA	13
HAMSTER IM LAUFRAD oder DIE VERTEIDIGUNG DER JUNGFRÄULICHKEIT DES MORGENS NACH DER NACHT DANACH	30
KLASSENKAMPF	52
KLAPPE ZU, AFFE TOT	73
TENERIFFA PAUSCHAL	104
CITY KINO – SUPER BREITWAND – STEREOTON	133
SIPPENTREFFEN IN TODESFOLGE	148
HALLELUJA IRRWAHNA!	204
MIT BEIDEN BEINEN FEST IM NIRGENDWO oder IM LABYRINTH UNSERER FREIHEIT	250

Diesen Hunger, diese Gier
nach Schönheit, Liebe, nach dem Leben
spür ich heute noch in mir
ungebrochen, ungestillt.
So ist mir als Kraft gegeben,
was oft nur als Schwäche gilt.

Hannes Wader

Vater Morgana

Seit fast einer Stunde stehe ich hier am Tresen und versuche krampfhaft, mich nicht andauernd in diesem blöden Spiegelglas zu beobachten. Ich weiß, dass sich meine Haare lichten, besonders oben am Hinterkopf, ich weiß, dass die jugendliche Frische meines Gesichts langsam einer gewissen faltigen Reife weicht. Jeden Morgen, wenn ich mir im Bad in die verschlafene Visage sehen muss, während ich mir den Bart abschabe, werde ich gewaltsam daran erinnert. Die Kraft der Verdrängung, des nicht Wahrhaben-Wollens ist längst der traurigen Erkenntnis erlegen: Ich bin noch nicht alt – aber ich bin nicht mehr der, der ich einmal war. Reife hin, Reife her, ich sehe keinen Verdienst darin, einem unausweichlichen Zerfallsprozess ausgesetzt zu sein, der mir zumindest äußerlich das raubt, was bisher Teil meiner Identität, meiner, wie andere bestätigten, vorteilhaft-jugendlichen Ausstrahlung war. Ich bin nicht eitel, aber ich habe mir schon besser gefallen, mich wohler in meiner Haut gefühlt, die langsam schlaff wird. Und es macht absolut keinen Spaß, auch noch abends beim Bierchen in dieser Kneipe durch geschmacklose Spiegel an den Wänden mit solchen Wahrheiten konfrontiert zu werden. Ich weiß nicht, welcher Yuppie-Designer auf diese Idee kam. Dabei gibt es in dieser Kneipe überhaupt keine Young-Fashion-People, die ihren Narzissmus bespiegeln wollen. Dies hier ist seit ewigen Zeiten meine Stammkneipe in Bornheim, eigentlich ein enges, altes, verräuchertes Kabuff, das aber gerade im späten Gedränge der Gäste immer eine Geborgenheit und Gemütlichkeit vermittelte, die die meisten allein vor ihrem Fernseher in der Einsamkeit ihrer vier Wände vermissten. Seit der Renovierung im letzten Jahr ist diese anheimelnde Atmosphäre jedoch der optischen Täuschung eines doppelt und dreifach großen

Etablissements gewichen, die jetzt darüber hinweg spiegelt, dass hier nichts los ist. Kaum halb voll der Laden und fast keine Frauen. Niemand, den ich kenne.

Ich habe mir gerade zum Aufwärmen einen Calvados genehmigt, der mir heiß und billig die Kehle hinunterbrennt. Das Bier – erst mein drittes – schmeckt mir heute nicht. Der Abend ist mir gründlich versaut. Ja, ich bin sauer.

Ich gehöre zu der Generation von Vätern, die, getrieben vom revolutionären Willen zur Auflösung traditioneller Geschlechterrollen, ihren Kindern selber den Arsch abgewischt haben. Zugegeben, jetzt in unserer postpädagogischen Moderne keine Heldentat mehr. Dank der Mülltonnen verstopfenden Boy-und-Girl-Windeln ist diese unappetitliche Tätigkeit, in der sich liebevolle Eltern aufopfern, heute zu einer geradezu obszön problemlosen und stinknormalen Angelegenheit geworden.

Ich musste noch täglich verschissene Baumwollwindeln in die Kochwäsche stopfen und dann die Nacht über vor die Heizung hängen. Meistens war das eine große Sauerei. Und es kostete Zeit. Damals studierte ich noch.

Aber, wenn ich ehrlich sein soll, ich habe es zunehmend mit einem masochistischen Vergnügen getan, mit kaum definierbaren, aus dunklen Tiefen meines Inneren aufsteigenden Lustgefühlen. Diese weiche, stinkende Masse, mal hell, mal dunkel, mal braun, mal grünlich, immer aber warm und weich, die so hartnäckig in den Speckfalten meines Sohnes klebte, überall verschmierte und partout nicht von der Haut zu wischen war – ich vergesse das nie.

Irgendwie waren wir ja alle damals in einer spätpubertären Analphase. Ich bin sicher, der alltägliche, gewohnheitsmäßige und routinierte Umgang mit dieser amorphen Masse hat mich in meiner Persönlichkeitsentwicklung voran gebracht. Diesen spießigen Ekel vor der Scheiße habe ich niedergerungen, transformiert in eine animalische Lust.

Das hatte tatsächlich etwas Befreiendes. Davon zehre ich heute noch, wenn es um Körperliches geht, um Schweiß und Blut, um Sperma und Mösensaft. Ich bin versöhnt mit meinen eigenen Körpersäften und kann die meisten anderen, denen ich näherkomme, gut riechen. Ich brauche nicht dein *bac* und mein *bac*.

Dabei war ich so brav und zu penibler Reinlichkeit erzogen worden. *Wasche dir bitte vor dem Essen die Hände! Fass das nicht an, das ist schmutzig!* Damals, als ich dreizehn, vierzehn war, hatte ich mich ständig meiner Geschlechtlichkeit geschämt, meiner noch flaumweichen Schamhaare, meines Milchbarts auf der Oberlippe und all der übelriechenden Ausscheidungen meines Körpers – angeblich sollen sie erotisierende Lockstoffe enthalten –, deren Aromen nie ganz mit Seife wegzukriegen waren. Jene Flüssigkeiten, die seit der Pubertät so penetrant und bewusst aus allen Körperritzen sickerten, quollen oder spritzten – der Socken-Schweiß in der Turnhalle, nasse Achselhöhlen, wenn ich erhitzt vom Fahrrad stieg, kalte Angstperlen auf der Kopfhaut bei Prüfungen, ganz zu schweigen von den klebrigen Ergüssen in der Nacht, die mich erschrocken hochfahren ließen. Nicht, dass ich mich vor mir ekelte. Mich störte das nicht. Ich roch das gern. Aber da war dieses ewige Gefühl der Peinlichkeit, der Scham, als wäre ich ertappt worden. Die Angst, dass die anderen es riechen.

Gut, ich will dieses Scheiße-Wegmachen nicht heroisieren. Aber wenn es schon kein Verdienst mehr ist, so gibt es mir doch Rechte. Ich habe als Vater, der seinem Sohn fast täglich den zarten, sensiblen, zur Überempfindlichkeit neigenden, weil öfter wunden, Popo geputzt, gecremt und gepudert hat, das Recht, von diesem so verwöhnten Wesen, jetzt, wo es ein fast erwachsener junger Mann ist, eine Gegenleistung zu erhalten. Gegenliebe wäre wohl zu altmodisch und zu viel verlangt. Aber so etwas wie ein Echo, eine Rückmeldung auf Fragen, wenigstens ein bisschen

Konversation, ein Minimum an Kommunikation kann man als Vater wohl erwarten. Schließlich hängt man ja noch an diesem fremd gewordenen Wesen, das man – ich weiß kaum noch wann und wie und vor allem warum – in die Welt gesetzt hat. Gerade jetzt, wo er endlich in einem Alter ist, wo man etwas Sinnvolles miteinander anfangen könnte – von Mann zu Mann sozusagen.

Haben wir nicht endlose Tage und Nächte, Jahre miteinander geteilt? Uns genervt und getröstet, gestritten und wieder zusammengerauft, beschimpft und gelacht? Wir haben harte Zeiten durchgestanden und manch schöne Tage, Angst und Hoffnungen geteilt. Und wir haben viel Spaß miteinander gehabt. Das verbindet doch. Oder?

Und das alles damals in unserer irre engen Wohnung in Bockenheim, die eine klare Trennung von Dein und Mein sowieso unmöglich machte. Für Stephan ein fast grenzenloses Territorium für Erfahrungs- und Eroberungsfeldzüge – mit allen verheerenden Folgen. Ein Eldorado für seine expressive Neigung, kreatives Chaos herzustellen.

Natürlich, ab und zu hat auch Oda sich um den Kleinen gekümmert. Aber sie hatte als Aktivistin ihres Fachbereichs leider selten Zeit. Oda studierte Psychologie, antibürgerliche Psychologie, das heißt, sie hing, wie fast alle linken Psychofreaks, der fixen Idee an, mit den massenhaften Neurotikern, Psychotikern, sexuell Frustrierten, Kaputten und Beladenen, also den Opfern der kapitalistischen Ausbeutergesellschaft, eine Randgruppen-Revolutionsfront aufzubauen – Motto: *Macht kaputt, was euch kaputt macht!* Da mussten natürlich private, individualistische Bedürfnisse und erst recht kleinbürgerliche, frauenausbeuterische Hausarbeiten wie Kochen, Waschen und Windeln wechseln zurückstehen. Also war ich die wichtigste Bezugsperson Stephans. Mich hat er mehr geliebt. Und ich habe ihn auch geliebt. Ich liebe ihn noch. Deshalb bin ich ja so wütend auf ihn.

Wenn es schwierig wurde, und das war täglich mindestens zehnmal der Fall, musste ich den Retter in der Not spielen, mich meiner Vaterpflichten erinnern. Wenn Stephan schrie wie am Spieß wegen irgendeiner Nichtigkeit, einem gequetschten Daumen oder einem unsichtbaren Pikser von irgendwas, wenn Oda ihre feministischen Termine hatte oder ganz dringend irgendwohin musste, wenn sie zu schlaff oder *einfach zu abgespannt* war, um *jetzt noch die treusorgende Mutter zu spielen*, ich war immer im Einsatz. Schließlich könnte ich ja – so Odas Argument – meine wissenschaftliche Arbeit sehr gut zu Hause erledigen. Ich würde ohnehin nur Romane und soziologischen Kram lesen und alles mit meinen Edding-Stiften bunt anmalen, dazu bräuchte ich nicht an der Uni rumhocken. Laut Oda könnte ich so bequem die Theorie mit der Praxis des Lebens verknüpfen und vergleichende Feldforschung betreiben.

Ich war damals im sechsten Semester und wurde noch immer von meinem Vater ausgehalten. Das war mir nicht peinlich. Mein Vater betrieb eine gutgehende Apotheke in Sachsenhausen und musste sich nichts abknapsen. Aber ich wollte eigentlich zügig fertig werden. Trotz meiner politischen Aktivitäten – teils im Kultur-Referat des AStA, teils in der Juso-Hochschulgruppe – war ich fleißig am Studieren und habe keineswegs gebummelt. Als Stephan für uns alle überraschend auf die Welt drängte, fragte mein Vater nur beiläufig und fast ohne tadelnden Unterton: *Musste das sein?* Worauf ich rot wurde und keine Antwort wusste. Oda und ich waren selbst von diesem Ereignis in aller Unschuld überrascht worden. Es wäre unfair gewesen, jetzt meinem Alten vor den Latz zu knallen, dass er und meine Mutter und seine ganze verdammte Generation daran schuld seien. Dass sie uns so prüde und sexualfeindlich erzogen hätten, dass wir über sexuelle Dinge eben nicht offen hätten reden können – und das, obwohl er Apotheker sei. Es wäre unfair und eine Lüge gewesen. Oda und ich, wir bumsten damals fröhlich zu jeder Tages- und Nachtzeit, wenn es uns überkam. Und wir redeten – wie alle unsere Freunde – pausenlos über Sex, über sexuelle Repression, Triebunterdrückung und Regression. Vor allem aber über Befreiung. Befreiung Südamerikas, Befreiung Vietnams, Befreiung der Frauen, meist aber von der sexuellen Befreiung, was ja alles irgendwie zusammenhing und rechtfertigte, eben das so oft wie möglich zu tun, wovon man/frau Kinder kriegt. Ich weiß wirklich nicht mehr, wie's damals passieren konnte. Dass mich Oda bewusst gelinkt haben könnte – im Grunde hatte sie immer noch die alten bürgerlichen Ideale von einer glücklichen Familie in ihrem hübschen Kopf –, auf diesen Verdacht kam ich erst viel später. Ich habe auch nicht nicht aufgepasst. Für uns Männer war es damals selbstverständlich, dass es die Aufgabe der Frauen sei, für die Verhütung zu sorgen, wenn sie lustvollen Sex wollten, ohne immer an die Folgen denken zu müssen. Denn die Pille, um die uns unsere Eltern heimlich beneideten, war nicht nur der neue Marktrenner der Pharmaindustrie, sondern der große Durchbruch, die befreiende Lösung schlechthin. Trotzdem kam Stephan auf die Welt, die für Oda und mich deshalb nicht unterging. Wir liebten uns ja – noch. Und Stephan war ein süßer Fratz, auch wenn er mich und meinen Vater dann doch mindestens vier Semester kostete, so dass ich die letzten Chancen, in den Schuldienst zu kommen, verpasste. Auf diese Weise bin ich nie in den Genuss eines festen Beamtengehalts und des damit verbundenen Pensionsanspruchs gekommen, sondern habe mich bis heute recht alternativ mal mit diesem und mal mit jenem Job über Wasser gehalten. Eine freie, aber wackelige Existenzform, die mir immerhin die Genugtuung verschafft, als Einziger meines Freundeskreises unseren damaligen Idealen treu geblieben zu sein. Jetzt beneiden mich alle, weil sie im etablierten Saft bürgerlicher Langeweile schmoren, während ich, frei wie ein Vogel, mindestens zweimal im Jahr nicht weiß, ob ich die Miete oder die Stromrechnung weiter bezahlen kann.

Ich habe Stephan also jahrelang den Hintern abgeputzt und das alleine – so finde ich – gibt mir das Recht, dass er heute – er ist gerade achtzehn geworden – wenigstens mit mir redet. Aber genau das tut er in letzter Zeit nur ungern oder fast gar nicht. Er kriegt die Zähne nicht auseinander. Und ich kann mich des Verdachts nicht erwehren, dass es sich dabei um eine allgemein in der Jugend grassierende Krankheit handelt. Es ist eine so nette und freundliche Jugend. Sie lächeln entwaffnend, wenn ihnen ein Missgeschick passiert, so dass sie glatt vergessen, sich zu entschuldigen, und sie sind so schrecklich sauber und chic, dass sogar Oma und Opa wieder Freude an ihnen haben. Ich finde sie nur affig, eitel und modegeil. Schrecklich diese Teenie-Girls, schon morgens mit Lidschatten um die Augen und hochgestylt, als kämen sie gerade aus der Disco. Aber sie sind hübsch anzusehen und von ferne durchaus sympathisch, nur – sie kriegen das Maul nicht auf. Auch Stephan ist von diesem Virus befallen. Und das enttäuscht, ja, das kränkt mich.

Stephan ist intelligent, schließlich kenne ich ihn. Er hat keinen Sprachfehler, seine Sprachwerkzeuge sind, soweit ich das beurteilen kann, völlig intakt. Er ist auch kein Muffel, er war immer ein aufgeweckter, lebendiger Bursche. Er kann reden, wenn er will. Er besitzt eine gewisse Sprachkompetenz, die es ihm ermöglicht, sich differenziert auszudrücken, einen elaborierten Code, den er durchaus für seine klugen, wenn auch oft besserwisserischen Verbalattacken zu nutzen weiß. Die jahrelangen, oft lautstarken Endlosdiskussionen über unsere politischen Standpunkte und unsere Weltsicht, über aktuelle Tagesereignisse und meine Beziehungsprobleme, all die Debatten zwischen

Oda und mir, unsere verbalen Schlachten, Kleinkriege und Florettgefechte waren für Stephan ein exzellenter Übungs- und Anschauungsunterricht in Rhetorik auf dem Niveau eines Leistungskurses. Sicher hat er damals nicht alles verstanden, schließlich bewegten sich diese Diskussionen auf höchstem abstraktem Level. Aber er hat die Technik voll mitbekommen. Sein Wortschatz und seine Fähigkeit zu dialektischer Argumentation sind überdurchschnittlich. Ein Erfolg unserer Erziehung. Nur, er macht keinen Gebrauch davon. Ich muss ihm die Würmer einzeln aus der Nase ziehen. Und ich habe zunehmend den Eindruck, dass er mich mit Absicht so abspeist, nicht wirklich sagt, was er denkt. Das macht mich wütend. Ich raste deswegen nicht aus, ich brülle nicht los. Das ist nicht mein Stil. Ich bleibe ruhig, rede sachlich, frage nach, verkneife mir sogar meine Lust an Ironie, mit der die Jungen heute anscheinend gar nichts mehr anfangen können.

Übrigens klagt auch Oda, dass sie in letzter Zeit so gar nicht mehr an ihn rankomme. Und das, obwohl sie Psychologin ist! Ich kann ein kleinwenig Schadenfreude über diese Tatsache nicht verhehlen. Immerhin eine gewisse Bestätigung und Objektivierung meines subjektiven Urteils.

Ich bleibe also freundlich, aber in mir nagt es. Wenn er mich so am langen Arm auf Distanz hält, fängt es bei mir an zu brodeln. Und manchmal, ich gebe es zu, da schafft er mich. Dann koche ich vor Wut und Hilflosigkeit. Innerlich. Und in diesen seltenen Augenblicken habe ich plötzlich den Drang, mit irgendeinem harten, scharfen Gegenstand seinen hübschen Schädel zu zertrümmern, um nachzusehen, was in ihm vorgeht.

Wir hatten uns heute im Bistro in der Bergerstraße verabredet. Ich war zuerst da, trank schon mal einen Calvados, fror und wartete. Draußen goss es in Strömen. Stephan kam pünktlich um vier. Schon von der Tür aus grüßte er mit lässiger Handbewegung und hing seinen nassen Blouson an die Garderobe. Darunter trug er nur ein kurzärmeliges T-Shirt – bei dieser Saukälte! –, so dass man seine noch immer sommerbraunen Arme sehen konnte. Dann kam er zu mir an den Tisch.

„Hallo!", begrüßte er mich und gab mir einen Kuss. Das tut er gern in der Öffentlichkeit, weil er glaubt, damit die Spießer provozieren zu können. Er nimmt an, dass uns dann alle für ein schwules Pärchen halten würden. Das gefällt ihm. Er liebt solche Spielchen. Immerhin, nicht nur Stephan sieht gut aus, auch ich habe mich ganz passabel gehalten und bin noch *knackig* – hat er selbst zu mir gesagt. Nur leider kann ich im Augenblick nichts davon entdecken, wenn ich mich in diesem verdammten Spiegelglas sehe. Es muss an der Beleuchtung liegen, dass man die Schatten der Gesichtsfalten so deutlich sieht.

Stephan setzte sich also zu mir, legte seinen rechten Fuß lässig übers linke Knie und bestellte einen Cappuccino. Er trug weiße Turnschuhe. Ich bot ihm eine von meinen Selbstgedrehten an.

„Danke", lehnte er ab, „du solltest langsam damit aufhören!"

Ich wollte nur höflich sein.

Da saß er nun, mein sportlicher Sohn, der nicht rauchte, schon gar nicht Selbstgedrehte ohne Filter, und sah mich an. Die Turnschuhe waren neu. Ich zuckte einen Moment zusammen, rechnete schnell nach. Aber es war alles in Ordnung. Ich hatte seinen Geburtstag nicht schon wieder vergessen. Oda musste diese teuren Dinger bezahlt haben. Sein kleiner fester Hintern, den ich so oft gewischt hatte, klemmte sexy in hellblauen Jeans. Die blonden Haare – ich bin dunkler, Oda ist bzw. war hellblond – trug er jetzt kürzer, Ohren und Nacken frei. Oben waren sie länger, so dass ihm ständig eine Strähne ins Gesicht fiel, wenn er den Kopf senkte. Frauen mussten auf ihn fliegen, da bin ich sicher.

„Na, wie geht's, mein Alter?", eröffnete er die Partie.

Ich erzählte ihm ein bisschen, was ich gerade so mache. Dass mich die Schickimicki-Typen im Planungsbüro ziemlich nerven würden und dass mir keine blöden Sprüche mehr einfallen, um den Leuten Katzen-Pastete schmackhaft zu machen. In der Tat, es gehen mir die Ideen aus. Ich merkte gleich, dass er nicht zuhörte. Er popelte an seiner Schuhsohle herum. Ich nahm mir vor, ruhig zu bleiben, ruhiger als das letzte Mal.

„Und? Wie steht's bei dir?", fragte ich, als mir nichts mehr einfiel.

„Es läuft so", sagte er, wobei er ungeniert zwei junge Tussis fixierte, die sich aus ihren nassen Klamotten pellten. Grüne Kichererbsen.

„Und in der Schule?", hakte ich nach. Immerhin rückte sein Abitur langsam näher.

„Der übliche Stress. Hab aber alles voll im Griff."

Das war alles. Wir schwiegen uns an. Länger als sonst. Warum musste immer ich das Gespräch in Gang halten? Ich wollte ihn zappeln lassen.

Heute war unser Männertag. Seit meiner Trennung von Oda, besser, seit meinem Rausschmiss – ich wäre geblieben – trafen wir uns in gewisser Regelmäßigkeit für einen Tag oder zumindest einen Nachmittag oder Abend. Früher meist jede Woche, später nur noch alle vierzehn Tage, aber mindestens einmal im Monat. Ich habe kein Sorgerecht. Stephan trägt nicht mal meinen Namen – aber ich bin sein Vater.

Ich freute mich auf diese Stunden. Auch Stephan kam immer gern. Wenn wir Lust hatten, unternahmen wir etwas, gingen ins Kino, ins Theater oder auf Rock-Konzerte. Auch wenn unser Geschmack so weit auseinander lag wie Frank Zappa und George Michael, irgendwie konnten wir uns immer einigen. Manchmal joggten wir im Ostpark und fast immer gingen wir hinterher zusammen noch irgendwo was essen. Es waren schöne Zeiten.

Mit Oda hat es deswegen nie Auseinandersetzungen gegeben. Im Gegenteil. Sie hat unsere Kontakte immer gefördert, selten ohne Eigennutz. Wenn sie am Wochenende weg wollte mit irgendwelchen Frauen oder irgendwo aufgegabelten Männern, wenn sie also allein sein wollte, dann klingelte bei mir das Telefon. Sogar in den Ferien durfte Stephan zu mir kommen, auch wenn es manchmal sehr eng wurde in meiner kleinen und unkomfortablen Altbauwohnung in der Freiligrathstraße in Bornheim. Wenn ich Zeit hatte, fuhren wir zusammen weg. Wir waren in Griechenland und in Italien, weil Oda andere Pläne hatte. Sie hat Stephan nicht abgeschoben. Sie hat ihn mit mir geteilt, wobei sie die Spielregeln eben nach ihren Bedürfnissen festlegte. Schließlich war sie ja, wie sie immer betonte, *keine Berufsmutter*. Nach dem Desaster mit mir, wollte sie ein eigenes, unabhängiges Leben führen, wozu sie Freiräume brauchte. Und da war ich sehr nützlich.

Für mich waren die Zeiten mit Stephan keine Pflichtübungen in Vaterliebe. Dazu hatten wir zu viel Spaß zusammen. Wir redeten damals viel miteinander und es gab immer was zu reden, über Politisches, über die Schule natürlich, über Rock-Musik und Filme, über alles eben.

Und jetzt saßen wir uns in diesem verqualmten Bistro gegenüber und schwiegen uns an. Ich fühlte, wie die Distanz, die sich in letzter Zeit zwischen uns geschoben hatte, größer wurde. In jeder Sekunde unseres Schweigens entfernten wir uns mehr voneinander.

Ich sah ihn an. Dieses hübsche Jungengesicht, den schlanken Körper. Und plötzlich hatte ich das Gefühl, den, der mir da gegenüber saß, nicht zu kennen.

Stephan sah auf die Uhr. Dann hielt er es nicht mehr aus. Er erzählte von der Schule. Offensichtlich aus Verlegenheit, nur, um irgendetwas zu sagen. Albernes Zeug, das mich nicht interessierte. Ich tat, als hörte ich zu. Aber ich konnte mich nicht konzentrieren.

Ich beobachtete ihn, seine Gestik, seine Mimik. Ich versuchte, etwas von mir zu entdecken. Bekannte behaupten immer, wir sähen uns ähnlich. Ich finde das nicht. Gibt es überhaupt etwas, wo wir uns ähnlich sind? Ich weiß es nicht. Ich kann nichts entdecken, das mich an mich erinnert.

Ich versuche mir vorzustellen, wie ich in seinem Alter gewesen war. Nicht gerade schüchtern, aber voller verquerer Träume, ein Kindskopf ohne Erfahrung. Mit einer Moral, über die ich dauernd stolperte. Überall Verbotsschilder und der Drang, sie niederzureißen. Und beim kleinsten Versuch gleich ein schlechtes Gewissen. Das änderte sich erst, als Flori, der Erlöser, in mein Leben hüpfte. Ich war nicht unglücklich, eine stinknormale Jugend eben – nach damaligen Maßstäben. Stephan kommt mir viel erwachsener, viel sicherer vor. Er tritt selbstbewusst auf und weiß besser als ich damals, wo's lang geht. Aber wo geht's eigentlich bei ihm lang? Er weiß immer noch nicht, was er studieren will, ob überhaupt. Ich kenne so ungefähr seine politischen Ansichten, auch wenn er mich seit einiger Zeit in Zynismus und Radikalität des Urteils überholt hat, was mir nicht gefällt. Manchmal sehe ich mich sogar genötigt, mäßigend auf ihn einzuwirken. Er neigt zu pauschalen Urteilen. Aber er ist nur ein Verbal-Radikalist, kein Revoluzzer, und, soweit ich weiß, nirgendwo wirklich engagiert. Und er kann stur sein. Trotzdem, ich finde, dass er mit dem Leben, seinem Leben, zurechtkommt. Er macht auf alle den Eindruck eines Sonnyboys, lebt so in den Tag hinein, sorglos, genusssüchtig, jedenfalls ohne große Probleme.

Unsere Trennung damals, ich glaube, die hat er ganz gut verkraftet. Wir haben vernünftig mit ihm geredet und er hat vernünftig reagiert. Gut, man weiß nie, was im anderen wirklich vorgeht. Sicherlich war unsere Trennung nicht problemlos für ihn. Aber er hat sich nichts anmerken lassen. Ein halbes Jahr lang hat er wieder nachts ins Bett gemacht. Das war lästig, aber keine Tragödie. Er war überhaupt kein Problemkind. Wir haben viel unternommen und wir haben miteinander reden können.

Wenn Stephan mehrere Tage bei mir blieb, stellte ich mich, soweit das möglich war, ganz auf ihn ein. Ich sagte Termine ab, schickte Frauen nach Hause und ließ meine Arbeit liegen. Wenn es sich gar nicht vermeiden ließ, verbrachten wir die Tage auch zu dritt in meiner engen Bude. Das ging ganz gut. Im Grunde kannte Stephan die Leute, die Frauen, mit denen ich gelegentlich zusammen war. Er kannte ja auch Odas Männerbekanntschaften nach mir. Übrigens meist recht dämliche Typen, wie mir Stephan bestätigte. Und neue Gesichter haben ihn nie irritiert. Er ist durchaus praktisch veranlagt, kann Kaffee kochen und mit Stil den Frühstückstisch decken, so dass auch fremde, nächtliche Besucherinnen schnell die Hemmungen ihm gegenüber verlieren. Er hatte nie welche, lief immer ungeniert und ohne anzuklopfen in mein Schlafzimmer, wenn er was wollte. Und wenn er offensichtlich im unpassenden Augenblick ins Zimmer platzte, grinste er und verschwand wieder mit einem fröhlichen *Lasst euch nicht stören!*

Ich betrachtete ihn. Konnte aber nichts von mir erkennen. Fleisch von meinem Fleisch. Mythischer Nonsens. Nichts, wo ich mich wiederfand. Kein Zeichen, keine Geste. Alles an ihm war mir auf einmal fremd und unbekannt.

Stephan sah wieder auf die Uhr. Das machte mich nervös. Das hatte er sonst nie getan. Er war unruhig. Mir war klar, dass er noch etwas vorhatte. Aber er sagte nichts. Er hatte seine Geschichten erzählt. Wir schwiegen wieder. Die Distanz wuchs.

Es gibt ein Schweigen der stillen Vertrautheit, aber das war es nicht. Es dauerte zu lange und es war ein verkrampftes Schweigen, wo jeder spürt: Es stimmt nicht mehr. Ein Verlegenheitsschweigen, aus dem man nicht ohne Peinlichkeit herauskommt. Es gibt da einen bestimmten Punkt ... und wenn man dann wieder anfängt zu reden, ist etwas zerstört.

Wir schwiegen zu lange.

Schließlich schlug ich vor, ins Kino zu gehen. Im Berger lief gerade *Paris/Texas* von Wim Wenders.

„Wenders", sagte er geringschätzig, was mich sofort ärgerte, „hab ich keinen Bock drauf."

„Mach einen andern Vorschlag", sagte ich.

„Du, ich hab heut nicht so viel Zeit. Hab noch 'ne Verabredung", sagte er ruhig und sah nochmal auf die Uhr.

Warum heute, an unserem Tag? Hätte er das nicht verschieben können? Mein Ärger wuchs. Schließlich hatte ich zu Hause eine Menge Arbeit liegen. Warum konnte er nicht klipp und klar sagen, was Sache ist? Ich hasse Geheimnistuereien.

Natürlich steckte eine Frau dahinter. Da war ich ganz sicher. Sonst würde er sich nicht so anstellen. Aber warum tat er das? Ich bin doch der Letzte, der dafür kein Verständnis hätte. Wenn ich damals mit meinem Vater so hätte reden können, was hätte ich darum gegeben. Verdammt nochmal, warum sagte er nichts?

Ich hätte ihn einfach fragen sollen. Ich wollte es auch. Hab's mir dann aber verkniffen. Wenn, dann sollte er es mir sagen, von sich aus.

„Komm, lass uns raus an die frische Luft", sagte ich. Es hatte etwas nachgelassen zu regnen.

„Okay", sagte er und stand auf.

Seine kräftigen nackten Arme verschwanden in der Jacke. Ich versuchte mir vorzustellen, wie er ein Mädchen in den Armen hielt, seine Lippen auf ihre Lippen presste und seine rosa Jungenzunge in ihre Mundhöhle drängte.

Über Mädchen und Sex hatten wir immer nur allgemein gesprochen. Er hat nie von sich erzählt. Bis heute wusste ich nicht, ob er eine Freundin hatte, was Festes – oder was man so nennt. Aber jetzt konnte ich mir einfach nicht vorstellen, wie er es tun würde – ein Mädchen bumsen, meine ich. Ob er es überhaupt schon getan hatte? Jedenfalls gab er nicht damit an. Eigentlich weiß ich überhaupt nichts von ihm.

„Nun komm schon!", ungeduldig hielt er mir die Tür auf.

Wir gingen die Bergerstraße entlang in Richtung Uhrtürmchen. Die Hände in den Jackentaschen vergraben, liefen wir nebeneinander her. Kein Wort. Es war saukalt.

„Hast du die Bücher gelesen?", fragte ich ihn, nur um etwas zu sagen, weil mich unser Anschweigen nervte. Stephan nahm öfter von mir Bücher mit. Gesprächsstoff für unsere nächsten Treffen. Vor Wochen schon hatte ich ihm *Die Unfähigkeit zu trauern* von Alexander und Margarete Mitscherlich und Horst-Eberhard Richters *Lernziel Solidarität* geliehen, irgendwie hatte sich das so ergeben. Zwei Bücher, die mir immer noch wichtig sind, aber heute keinen mehr interessieren. Ich hatte sie mal als Raubdrucke in Berlin am alternativen Büchertisch vor der Uni gekauft. Damals wollten wir Bildung für alle erschwinglich machen, das Wissensmonopol des Bürgertums brechen. Das ist lange her.

„Keine Zeit gehabt", sagte er.

„Mal reingeguckt?"

„Nee!"

„Liest du zurzeit was anderes?"

„Ja."

„Was denn?"

„Stephen King ... lesen jetzt alle in meiner Klasse."

Es klang wie eine Entschuldigung. Zu Stephen King fiel mir nichts ein. Ich weiß, dass es Schrott ist, was er schreibt, aber ich habe ihn nicht gelesen. Wieder Schweigen. Der Graben zwischen uns riss tiefer auf.
„Was hast du auf einmal gegen Wenders?", fragte ich.
Man konnte mit ihm sehr wohl in anspruchsvolle und intellektuelle Filme gehen.
„Wenders, Wenders ... interessiert mich nicht, find ich langweilig. Außerdem muss ich um acht an der Hauptwache sein."
Die leichte Aggressivität war nicht zu überhören.
„Schade", sagte ich.
Er schwieg. Und er hatte etwas vor, von dem ich nichts wissen sollte. Ich war enttäuscht, fand das albern, wie er mich so zappeln ließ. Ich fühlte mich ungerecht behandelt. Schließlich ging ich aufs Ganze. Ich wollte es wissen.
„Ein Mädchen?"
„Ja."
Wir waren am Uhrtürmchen angekommen und er sah wieder auf die Uhr.
„Du, ich muss los."
„Ist sie wenigstens hübsch?" Ich bereute sofort diese dämliche Frage. Er lachte.
„Was hast du denn gedacht?"
„Aus deiner Klasse?"
„Nee, kennste nicht."
Ich fühlte mich einsam und alt. Abserviert wie ein bettelnder Hund.
„Sehen wir uns wieder?", fragte ich, als wäre es ein Abschied für immer.
„Ich ruf dich an, okay?" Er klopfte mir auf die Schulter und lief los in Richtung U-Bahn.
„Liebst du sie?", rief ich ihm hinterher.

Er drehte sich um, lief rückwärts weiter und grinste mich an. Beide Hände in den Hosentaschen, die blonde Strähne im Gesicht.

„Lieben?", rief er zurück, „was heißt schon lieben?"

Er sprang die Treppen hinunter und verschwand im Bauch der Großstadt.

Ich stand im Regen. Überlegte, was ich mit dem angebrochenen Abend anfangen sollte. Allein ins Kino, dazu war ich nicht in der Stimmung. Vergiss es, dachte ich und hatte plötzlich Lust auf ein großes Bier.

Aber hier in diesem traurigen Laden ist nichts los. Nicht ein bekanntes Gesicht. Niemand aus meinen alten, jungen Tagen, als hier fast jeden Abend die Post abging. Und jetzt? Es ist fast Mitternacht und es hängen nur einige müde Typen herum – und ich.

Hamster im Laufrad
oder
Die Verteidigung der Jungfräulichkeit des Morgens nach der Nacht danach

Nichts als stumme Schwärze um mich her. Eine Stille, die mich zu ersticken droht. Kein Lichtschimmer, kein Fixpunkt, an dem sich mein hilfloser Blick in diese endlose Nacht festmachen kann. Ich starre blind nach oben in die Dunkelheit, dahin, wo die Decke sein muss. Mein Gehirn fährt Achterbahn. Schweiß dringt mir aus allen Poren. Ich bin klatschnass. Zwinge mich, ruhig und gleichmäßig zu atmen, um den Druck des Zwerchfells auf die Lunge zu mildern, den Pulsschlag zu reduzieren, der mir in den Schläfen klopft.

Vergeblich. Ich fühle mich hundeelend und ich bin hellwach. So muss es sein, wenn es aus ist, wenn man verreckt, irgendwo allein gelassen, verloren, weggeworfen in einer herzlosen Nacht, der alles egal ist.

Ich bereue meine Sünden, gelobe Besserung. Wenn ich wenigstens heute noch einmal davonkomme, zurückkehren darf in die gottlose Welt der Lebenden ... weniger Zigaretten ... weniger Alkohol ... Je schlechter ich mich fühle, umso aufrichtiger ist meine Reue. Aber mehr Sünden fallen mir nicht ein. Dafür lohnt es sich doch nicht ...

Warum schleicht sich diese kleine, undefinierbare Angst ein, so etwas wie Endzeitstimmung? Eigentlich bin ich noch ganz fit. In den besten Jahren, wie man so sagt. Ich hänge am Leben.

An Schlaf ist gar nicht zu denken. Erst recht nicht, wenn die Gedärme rumoren und der Körper rebelliert. Ich vertrage nichts mehr. Die Augen weit aufgerissen, bin ich den Geräuschen meines Körpers ausgeliefert, registriere seine Funktionen, unfähig, sie zu kontrollieren oder zur Ruhe zu bringen.

Und Barbara? Sie liegt neben mir wie eine Tote. Endlos weit weg. Nicht einmal ihren Atem kann ich hören. Keine Bewegung. Sie hat sich von mir abgewandt, zur Seite zusammengerollt und weiß nichts von meinem Elend. Barbara schläft den tiefen Schlaf der Selbstgerechten, befriedigt und unbelästigt von dieser Welt und den Erinnyen der Nacht, die mich peinigen.

Warum habe ich mich darauf eingelassen? Warum habe ich nicht gelogen, als sie mich verführte mit ihren fragend hochgezogenen Brauen und den Lachfältchen um die Augen? In Wahrheit sind es nur Krähenfüße. Sie ist auch nicht jünger geworden.

Ob ich für heute Abend schon etwas vorhätte. Allein diese Frage hätte mich warnen müssen. Spaghetti Bolognese schlug sie vor, italienischen Rotwein. Einen gemütlichen Plausch bei ihr zu Hause. Wo wir uns doch so lange nicht mehr gesehen hätten. Dieses harmlose Getue, aber im Grunde nur das alte Spielchen. Und ich bin darauf hereingefallen – wieder einmal. Natürlich wusste ich, worauf es am Ende hinauslaufen würde. Es ist immer dasselbe. Aber mir knurrte der Magen. In dieser Stadt drängen sich ständig irgendwelche Gerüche in die Nase, lassen das Wasser im Munde zusammenlaufen. Spaghetti Bolognese. Ich wusste, wie es enden würde. Aber ich schwöre, ich hatte es nicht darauf abgesehen.

Ich weiß gar nicht mehr genau, wann ich das letzte Mal mit einer Frau im Bett war. Es ging sehr gut ohne. Für eine gewisse Zeit jedenfalls. Ich überlasse das dem Zufall. Aber ich bin kein Odysseus. Ich hatte nicht mit den Sirenen gerechnet, die überall in dieser großen Stadt lauern, gierig, weil ausgehungert. Ich war unvorbereitet, hatte kein Wachs in den Ohren und keine Präser in der Tasche. Und ich hatte eigentlich keine Lust.

Jetzt liege ich hier mit schmerzhaften, vermutlich lebensgefährlichen Blähungen neben meiner gleichgültigen Verführerin, habe zudem Wut im Bauch und bin unfähig zu sterben oder wenigstens den erlösenden Schlaf zu finden. Warum wird man immer für das bestraft, was man selbst nicht wollte?

Ich kenne Barbara schon eine Ewigkeit. Eine der vielen flüchtigen Begegnungen, die man so im Leben hat. Das heißt, eigentlich kenne ich sie gar nicht. Unsere Beziehung war vorwiegend intellektuell-theoretischer Natur. Eine Studentenaffäre, mehr nicht. Nach den Polit-Seminaren hatten wir meist in der Cafeteria oder im Club Voltaire endlose, nervende Diskussionen. Politisch lagen Welten zwischen uns. Barbara war Marxistin, immer stramm auf Parteilinie. Keine romantische Gefühlssozialistin, sondern eine eiskalte Dogmatikerin. Eine leidenschaftliche Propagandistin der offiziellen Tagesparolen ihres Politbüros. Allein ihre Radikalität trieb mich jedes Mal in Opposition zu ihr. Trotz unseres grundsätzlichen ideologischen Dissenses landeten wir – ich weiß nicht wie – einige Male zusammen im Bett, das heißt, wir sanken erschöpft auf irgendwelche am Boden liegende Matratzen. Solche antagonistischen Widersprüche waren damals durchaus möglich. Wenn ich mich richtig erinnere, war das, nachdem Oda mich rausgeschmissen hatte. Ich glaube, ich wollte Oda damals nur beweisen, dass ich jetzt nicht als lonely Cowboy durch die Kneipen streunte, sondern auch bei anderen Frauen Chancen hatte. Ich wollte demonstrieren, dass ich nicht auf sie angewiesen, nicht von ihr abhängig war. Warum ausgerechnet Barbara mir damals Asyl gewährte, weiß ich nicht. Wir liebten uns nicht. Vielleicht, weil wir jung und schön waren, elektrisiert von der animalisch-erotischen Spannung zwischen unseren nackten Häuten.

Eigentlich weiß ich gar nichts von ihr. Nichts Persönliches, nichts über ihre Gefühle, ihre Seele. Ich kannte ihre politischen Ansichten und die waren identisch mit den Analysen des marxistischen Blättchens, in dessen Redaktion sie mitarbeitete. Ständig warf sie mir meine Theorie-Defizite und meine vermutete politische Standortlosigkeit vor. Mit bewundernswerter Geduld und penetrierender Hartnäckigkeit interpretierte sie mir die täglichen Weltereignisse. Immerhin konnte ich mir dadurch die Lektüre ihrer Artikel ersparen. Tagelang versuchte sie mir klarzumachen, dass sozialistische Kernkraftwerke im Gegensatz zu den kapitalistischen ungefährlich und nützlich seien, weil in der Hand und unter der Kontrolle der Werktätigen. Das war lange vor Tschernobyl. Wir stritten ununterbrochen über den real existierenden Sozialismus, speziell den in der DDR. Über Wehrkunde-Unterricht und Kriegsspiele junger Pioniere in den Sommerferien. Für Barbara waren das friedenssichernde Notwendigkeiten zur Abwehr der imperialistischen Aggression des Westens. In ihren Augen war ich ein hoffnungsloses Bürgersöhnchen, das nichts kapierte, ein naiver, völlig zugepoppter Freak, der keinen blassen Schimmer davon hatte, was wirklich so in dieser Welt abging, kurz, ein pseudo-linkes Arschloch.

So rational und gefühllos Barbara in der politischen Auseinandersetzung mit mir war, so heiß und elastisch und völlig stumm war sie, wenn wir uns vögelten. Wie zwei verwundete Tiere krochen wir zusammen, abgekämpft von unseren verbalen Schlachten des Tages, wärmten uns und versanken nach dem Liebeskampf unserer Körper in eine angenehme Bewusstlosigkeit.

Zugegeben, ich hatte keinen festen ideologischen Standpunkt. In mir nagte immer irgendein Zweifel. Aber ich war kein Idiot. Natürlich sah ich, was auf der Welt los war. Aber ich brauchte auch meine *sensations*, meine Betäubung durch Musik, einfach Spaß. Ich konnte mir nicht dauernd Asche aufs Haupt streuen, mit solidarischer Leidensmiene die Lebenslust vermiesen. Und ich sah nicht ein, warum ich deswegen ein Verräter der Arbeiterklasse sein sollte.

Nur meine Eltern hielten mich für einen Linken. Waren *äußerst besorgt* über meine Entwicklung, *sehr betrübt*, wie meine Mutter sagte. Weil ich *gegen alles* sei. Wofür ich war, verstanden sie nicht. *Soll es hier werden wie drüben?* – *Nein, aber ...* Schweigen. Ich konnte mich nie verständlich machen. Das Schlimmste, was sie mir zutrauten: *Du würdest deine eigenen Eltern an die Wand stellen lassen.* Wir konnten damals nicht miteinander reden.

Irgendwann hatten Barbara und ich uns aus den Augen verloren. Waren uns später noch einige Male kurz über den Weg gelaufen, ohne dass wir uns etwas zu sagen hatten. Inzwischen hat sich die Welt verändert, sind große Mächte zusammengebrochen, morsche Weltanschauungen eingestürzt. Der erste sozialistische Arbeiter- und Bauernstaat auf deutschem Boden existiert nicht mehr. Barbaras Hoffnungen wurden betrogen, aber sie hat sie noch immer nicht zu Grabe getragen.

Jetzt liegt sie neben mir und rührt sich nicht. Aber die Wärme, mit der sie ihre Höhle heizt, treibt mir noch mehr Schweiß auf die Stirn. Ich brauche Luft. Ich schlage die Decke weg. Tief durchatmen. Wiederbelebung durch Kühlung der schweißnassen Brust. Wenn ich die Augen schließe, tanzen blaue Funken in meinem Kopf. Ich bin so abgestürzt, dass ich die Einzelteile nicht mehr zusammenkriege. Plötzlich rebelliert mein Magen, mir ist kotzübel.

Spaghetti Bolognese. Riesenmengen, aus dem Wasser gezogen wie ein Berg Wäsche. Ockerrote Soße, alles fabelhaft, aber zu viel. Barbara kocht gern, hat sie gesagt. Und sie redet dabei unentwegt. Fragt zwischendurch, ob ich

Thymian und Rosmarin mag. Ich mag Thymian und Rosmarin. Noch bevor die Spaghetti auf unseren Tellern dampften, hatten wir die erste Flasche Chianti leer. Einen von der besseren Sorte. Als Begrüßungsaperitif, wie sie sagte. Der Alkohol trieb mir die Hitze unter die Kopfhaut, verbreitete angenehme Gedankenleere im Hirn. Ich fand Barbara immer noch attraktiv, trotz ihrer Jahre. Eigentlich attraktiver als früher. Sie war fülliger geworden, aber nicht dick. Ihre Körperformen waren jetzt weicher, fraulicher. Sie war nicht mehr das magere Hühnchen, das mich immer an Jane Birkin erinnerte, die in irgendeinem Film von Joe Dalessandro von hinten gefickt wird – auf einem Lastwagen, wenn ich mich recht erinnere. Statt enger Jeans trug sie ein weites batik-buntes Kleid, mit dem sie ständig den Boden wischte, wenn sie sich bückte. Dazu lange Ketten aus exotischen Hölzern, die überall dagegen schlugen. Es schien ihr gut zu gehen. Jedenfalls machte sie diesen Eindruck. Sprühte förmlich vor guter Laune und Selbstsicherheit. Sie hantierte flink, schob mich zur Seite, wenn sie in der engen Küche etwas suchte, bat mich, die Salatschüssel oben aus dem Schrank zu holen – schwere Keramik aus Kalabrien, Handarbeit, die sie liebe. Und während sie so kochte und ich ihr assistierte oder meine Selbstgedrehten rauchte, neben ihr an die Spüle gelehnt, redete sie pausenlos. Schimpfte über den Ausverkauf der Ex-DDR, verurteilte die imperialistischen US-Aggressionen für die Petrodollars korrupter Scheichs, prophezeite eine globale Klimakatastrophe und den Weltuntergang, während sie geschickt den Salat im Becken zupfte, wusch und abtropfen ließ. Die Kaskaden ihrer Wörter rauschten über mich hinweg. Ich sagte nicht viel, ich beobachtete sie.

Erdbeeren aus Marokko ... blanker Wahnsinn ... Industrialisierungsideologie ... Brasilien ... Korruption ... überhaupt Südamerika ...

Duft süßen Tomatenmarks stieg mir in die Nase.

Armutsgrenze ... dieser Rüstungswahn ... das muss man sich mal überlegen ... Selbstzerstörung ... Diktatur des Welthandels ...
Ich gab ihr das Salz.
Interessensidentität der Herrschenden ... Großkapital ... Stell dir das mal vor! ... Überbevölkerung ... Wachstumsfetischisten ... unglaublich! Findest du nicht? ...
Kondenswasser hatte an der Scheibe des Küchenfensters Flussläufe gebildet. Ich verfolgte den Nil bis ins Landesinnere.
Zynismus der Verantwortlichen ... Skandal ... kalte Wut ... aber das juckt ja keinen ... Idiotie der Massen ... Konsumgeier ... Was sagst denn du dazu? ...
Es war wie früher. Barbara erklärte mir die Welt – leidenschaftlich und apodiktisch. Die gleiche moralische Entrüstung, die gleiche kompromisslose Rigorosität im Urteil. Verzeihen war nicht ihre Sache. Wie selbstsicher das alles aus ihr heraussprudelte. Sie hatte sich nicht einen Steinwurf weit verändert. Und das irritierte mich, obwohl ich in vielem ihrer Meinung war. Die Amerikaner hatten gestern ihr *Truthahn-Schießen* im Irak beendet. Die verkohlten Leichen auf der Straße zwischen Basra und Bagdad wurden den Bundesbürgern zum Abendessen im Fernsehen serviert. In der Tagesschau machte sich ein Offizier Sorgen über den ausbleibenden Nachschub an ham and eggs in die Wüste. Kurzgeschorene GI's grinsten in die Kamera, sympathische Jungengesichter aus Idaho und Wyoming. Ja, Barbara hatte recht. Und trotzdem irritierte mich diese arrogante Art des Dozierens und Besserwissens, als sei die Zeit spurlos an ihr abgetropft. Ich verstand nicht, wie sie sich selbst so blind die Treue halten konnte. Auch jetzt noch, obwohl ihr längst alle Felle davon geschwommen waren. Kein Erschrecken über ihre eigenen Irrtümer, ihre falschen Hoffnungen und rosaroten Selbsttäuschungen. Wo waren die Blessuren dieser erklärten Antifaschistin, die unseren Eltern immer ihre Verdrängung, ihr Augenver-

schließen vor der Wirklichkeit vorgeworfen hatte? Wo waren ihre Narben, aus welchen Wunden der Selbstkritik floss Blut? Kein Wort über die Schrecken der Stasi, den Archipel Gulag, über die sozialistischen Umweltsauereien im Dienste der Werktätigen, über Charakterschweine wie *Sascha Arschloch* und Konsorten, die ihre Kumpel denunziert und ans Messer geliefert hatten. Ihrerseits kein Bedürfnis, die geplatzten Seifenblasen, die aufgebrochenen Geschwüre auch nur zu erwähnen. Ihr marxistisches Blättchen war längst eingegangen mangels Nachfrage und ausbleibender Subventionen durch Ost-Genossen, ihre politische Gruppe in Nichts aufgelöst. Sie war eine Heimatlose. Aber ihr Kampfgeist war ungebrochen. Von keines Zweifels Blässe angekränkelt kotzte sie ihre vernichtende Weltkritik in die Küche. Ich hatte nicht die Kraft mit ihr zu streiten, wollte den Abend nicht verderben. Es wäre ohnehin zwecklos gewesen. Ihre intellektuelle Aggressivität machte mir Angst. Es war wie früher. Offensichtlich interpretierte sie mein Zuhören, mein Schweigen als Zustimmung und Bestätigung ihrer Ansichten. Und das hielt sie auf Touren. Jedenfalls gönnte sie sich keine Atempause.

Den ganzen Abend kein Wort über unsere alten Zeiten, keine Erinnerungen, keine Fragen, nichts, was uns beide betraf. Immerhin hatten wir sowas wie eine gemeinsame Vergangenheit. Auch nichts über ihr Leben. Was hatte sie all die Jahre getan? War sie verheiratet gewesen? Hatte sie Kinder? Nicht, dass mich das besonders interessiert hätte, aber davon erzählt man doch, wenn man sich so lange Zeit nicht gesehen hat. Ich erfuhr nur nebenbei, dass sie jetzt bei einer großen Tageszeitung arbeitete, im Archiv, Abteilung Dokumentation. Wahrscheinlich hatte sie dort ihre Schubfächer, wo sie alles nach Stichworten von *Agitation* bis *Zentralkomitee* sortiert und geordnet ablegen konnte. Für mich schien sie sich nicht einen Augenblick zu interessieren. Als ich kurz erwähnte, dass ich in der Werbebranche arbeite, als Kapitalistenknecht ausgebeutet, weil schlecht bezahlt, und deshalb auch nie die großen Ideen hätte, lächelte sie nur und verkniff sich eine ironische Gehässigkeit, die ihr sichtbar auf der Zunge lag. Ich schwieg also und kippte Rotwein in mich hinein. Und plötzlich sah ich in ihr nur noch eine verzweifelte Kämpferin, die ihr letztes Gefecht focht. Eine Traumtänzerin auf dem Hochseil, noch sicher und elegant in der Bewegung, aber kurz vor dem Absturz. Mir schien, als redete sie sich selbst Mut zu, aus Furcht, in einer Redepause, einem Augenblick des Schweigens in einem schwarzen Loch zu verschwinden. Vielleicht bildete ich mir das auch nur ein. Jedenfalls kroch so etwas wie Mitleid in mir hoch.

Ich hatte nicht erwartet, sie völlig am Boden zerstört liegen zu sehen. Wollte keine Reue hören, kein Abschwören von falschen Idealen, kein Eingeständnis ihrer Blindheit gegenüber den Realitäten. Sie hatte ihren objektiven Wahrheiten immer parteiisch ins Auge gesehen. Das war ihre Art von Optimismus. Ich wollte nicht Sieger sein. Jedenfalls hätte ich nicht triumphiert. Auch wenn ich ehrlicher Weise eine klammheimliche Freude nicht verhehlen kann, dass der Lauf der Zeit zumindest einige ihrer Sichtweisen ins Unrecht gesetzt hatte.

Auch ich hocke ja auf den Schutthalden der Argumente und Sprüche meiner Generation. Auch ich hatte Ideen, Illusionen im Kopf, an denen sie nicht ganz unschuldig war, weil ich natürlich manches nachplapperte, was sie mir einredete in meinen konfusen Kopf in diesen konfusen Jahren. Aber jetzt hätte ich gerne bei ihr ein kleinwenig von der Traurigkeit gespürt, die mich in den Jahren befallen hat, oder wenigstens ein Fünkchen zynischer Melancholie, jedenfalls Gefühle. Gefühle, die uns etwas näher gebracht hätten.

Auf einmal schoss in mir der Gedanke hoch, sie hier in der Küche einfach flach zu legen. Es interessierte mich, ob sie auch dann noch weiter reden würde, wenn ich sie über der Spüle bumste. Natürlich eine absurde Idee und es wäre auch nicht gegangen. Er stand mir einfach nicht, obwohl ich die ganze Zeit mit der linken Hand in der Hosentasche zwischen meinen Beinen herumspielte.

Ob ich frischen Knoblauch mag, wollte sie wissen, während sie das Salat-Dressing anrührte und mir erklärte, dass wir es der pazifistischen Grundhaltung des Ostblocks zu verdanken gehabt hätten, dass kein dritter Weltkrieg ausgebrochen sei. Ich war für Knoblauch und widersprach nicht, nahm einen kräftigen Schluck und sah der Weltverbesserin zu, die so gut kochen konnte.

Mir war auf einmal klar, warum es Männer mit ihr auf Dauer nicht aushielten. Sie war eine Schildkröte, unverwundbar. Ihr Panzer hielt alle auf Distanz. Sie wollte nicht in den Arm genommen, nicht getröstet werden, schon gar nicht von einem Mann.

Die Spaghetti waren al dente, die ockerrote Sauce und der frische Salat, beides mit viel Knoblauch, bestens gelungen. Die zweite Flasche wurde angebrochen. Auch Barbara hatte Appetit. Das Essen dämpfte wohltuend ihren Redefluss. Ihr Ton wurde sanfter. Sie sah verführerisch aus mit ihrem glühenden Gesicht, wie ein roter Weihnachtsapfel, zum reinbeißen. Ich fühlte mich jetzt wohl und beschloss, mir einen anzusaufen.

Plötzlich wechselte sie das Thema, erzählte von ihrem Urlaub in diesem Sommer in Portugal. *Das Meer, der blaue Himmel, wahnsinnig nette Leute.* Und dann stand sie auf und holte ein dickes Fotoalbum aus dem Bücherregal. Sie fing tatsächlich an, mir Bilder zu zeigen. Urlaubsbilder, erst Portugal, dann Griechenland, Irland, Italien, die Türkei. Reisen der letzten zehn Jahre ihres Lebens. Es nahm kein Ende. Immer wieder Fotos mit fremden Frauen und Männern. Alberne Bilder, die man ihr zum Teil geschickt hatte, mit *lieben Grüßen* und *zur ewigen Erinnerung*. Ich war überrascht. Auf einmal erschien sie mir so normal, so menschlich. Sie erzählte ausführlich, wann und wo das alles war, sämtliche Belanglosigkeiten über Essen, Preise, Unterkunft und natürlich das Wetter. Ich staunte über ihr Gedächtnis und die Fähigkeit, solche Nichtigkeiten zu behalten.

Das ist Sabine ... und hier, das war auf Sizilien mit Horst ... da hinten, das ist Wolfi ... Sie nannte die Vornamen der Frauen und Männer, die auf den Bildern pausenlos lächelten, ging aber nicht näher auf sie ein. Sonnengerötete Gesichter, Urlaubsvergnügen, wohin man sah, alle platzten vor guter Laune. Barbara erzählte, aber es blieb völlig unklar, wer mit wem in welcher Beziehung stand oder zusammengehörte.

Ich fing an, die Männer genauer zu taxieren, wollte erraten, mit wem Barbara etwas gehabt haben könnte. Es waren völlig verschiedene Typen. Ein prächtiger, blonder Sonny-boy, braungebrannt, Marke Sportcrack mit breitem Grinsen. Ein bärtiger Intellektueller, sympathisch blass mit dünnen Ärmchen im verschwitzten Polohemd, Typ linker Lehrer, GEW-Mitglied. Eigentlich zu alt für Barbara. Dann ein süßer Langhaariger mit Lederriemchen ums Handgelenk, sexy, vermutlich einheimischer Südländer mit sanften Augen, aber zu jung. Ein Männerkatalog ohne System. Auf jeder Reise eine neue Crew. Immer das gleiche fröhliche Lachen für die Kamera. Aber die Bilder erzählten keine Geschichten und Barbara erzählte nicht ihre Geschichte. Und doch war klar, dass am Schluss dieser Reisen auch alles zu Ende war. Was sie mir hier zeigte, war ein Katalog vertaner Möglichkeiten und geplatzter Chancen, Stationen des flüchtigen Glücks und der Enttäuschungen. Das Lachen der Gesichter konnte nicht die verzweifelte Sehnsucht verbergen, die Hoffnung auf ein Glück, das sich doch nicht einstellte. Und Barbara schmolz wie Butter in der Erinnerung. Ich rückte näher zu ihr und legte meinen Arm um ihre Schulter. Sie ließ es geschehen.

Meine Versuche, durch Ablenkung oder Entspannung die aus dem Rhythmus geratenen Körperfunktionen zu besänftigen, sind fehlgeschlagen. Ich drohe, jeden Moment zu explodieren. Ich muss raus, wenn ich mich retten will. Das Schlimmste sind die Rebellionen, die von innen kommen, da ist man wehrlos, Täter und Opfer zugleich.

Ich versuche, ganz langsam aufzustehen, dabei die Balance nicht zu verlieren. Taste mich durch die Finsternis dahin, wo ich die Tür vermute, ängstlich bedacht, keinen Lärm zu veranstalten. Jetzt, in diesem Zustand, kann ich keine Fürsorge ertragen. Nur mühsam gelingt es mir, den Brechreiz zu unterdrücken, der mich zwingt, die Kiefer fest aufeinander zu pressen. Ein leicht säuerlicher Geschmack drängt unaufhaltsam die Speiseröhre nach oben und sickert ätzend in den Rachen. Endlich fühle ich die Tapete, dann das Holz des Türrahmens, ertaste die Klinke.

Sachte schließe ich die Tür hinter mir und renne ins Bad. Kaum den Kopf über der Schüssel, ergießt sich ein Schwall rosaroten Breis über das zitrusduftende Schneeweiß und zugleich entweicht ein endloser Strom warmen Gases meinen Gedärmen. Mein aufgeblähter Bauch schrumpft auf normale Maße. Ich saue alles ein, aber es geht mir, von einem leichten Schwindelgefühl abgesehen, sofort besser. Ich kann wieder atmen.

Es ist wie eine Wiedergeburt, schmerzhaft, aber befreiend. Ich stehe über das Klo gebeugt, stütze mich an den kalten Kacheln ab und versuche zur Ruhe zu kommen. Das Neonlicht brennt in den Augen. Wie gering doch die Distanz ist zwischen Leben und Tod. Ich bin kein Hypochonder. Aber ich habe bald mehr Vergangenheit hinter mir, als ich Zukunft vor mir habe. Da wird man sensibel für die kleinen Signale, die einen an das Sterbenmüssen erinnern. Wir sind wie Kinder, betrachten das Leben als Spielzeug, behandeln es achtlos, machen es kaputt, solange wir gut drauf sind, Oberwasser haben. Und wir klammern uns ängstlich daran, wenn es uns weggenommen werden soll.

Ich habe mich ausgekotzt und das Gefühl, ein kleines Stück meines Ichs verloren zu haben. Mir ist plötzlich kalt, ich rieche den Schweiß auf meiner Gänsehaut. Ich drücke die Spülung, die den sauren Brei gurgelnd verschlingt, suche nach einem Lappen und wische die Ränder der Kloschüssel sauber. Anschließend drücke ich das stinkende Knäul unter fließendem Wasser im Waschbecken aus. Mein fahles Gesicht im Spiegel, rote Augen, Bartstoppeln. Ich sehe alt aus, ungepflegt – irgendwie am Ende. Stephan hat Recht, ich muss mit dem Rauchen aufhören. Obwohl, ich treibe regelmäßig Sport, jogge im Ost-Park.

Nacktheit hat etwas Erbärmliches. Jedenfalls dann, wenn Anmut und Schönheit der Jugend unseren Körper verlassen, nur mattes Fleisch und welke Haut übrigbleiben. Nichts von Würde. Ein Häuflein Knochen, Haare, Wasser im Gewebe, so schutzlos und verletzbar. Überhaupt nichts Erotisches in diesem grellen Licht. Mein Glied verkrochen in dunklem Gebüsch. Die Proportionen des Körpers stimmen nicht mehr. Immerhin, noch kein Bauch. Ich könnte mich nicht in mich verlieben. Alles, was wir sind, unseren ganzen Respekt, beziehen wir nur über das, was wir anhaben – Pulli und Jeans oder Sakko und Nadelstreifenhose, völlig egal. Nackt sind wir lächerlich.

Warum habe ich nicht Nein gesagt? Ich würde jetzt ruhig in meinem Bett liegen und weltvergessen dem neuen Morgen entgegenträumen. Ich hätte es mir zu Hause gemütlich gemacht, hätte ein, zwei Warsteiner getrunken, den Spätkrimi gesehen und mir vor dem Einschlafen sanft einen runtergeholt. Ich wäre ganz bei mir gewesen. Nur konzentriert auf das Rauschen des Blutes in meinen Adern und diesen angenehm schwindelerregenden Augenblick, um dann leer mit mir und der Welt versöhnt zu sein. Ich brauche nicht ständig jemanden zum Vögeln. Ich bin gern allein und fühle mich nicht einsam. Ja, natürlich, von Zeit zu Zeit hat man das Bedürfnis, besonders wenn Leerlauf ist. Aber dafür findet sich jemand. In dieser Stadt begegnet man immer Frauen, die alleine sind und die Wärme nur für eine Nacht suchen. Das ist unkompliziert. Es gibt nichts zu erklären, die Regeln sind klar. Man mag sich, hat sich etwas oder nicht viel zu sagen. Einige Momente der Berührung, der erotischen und sexuellen Anspannung, ein paar kurze Augenblicke wilder Bewusstlosigkeit, die Explosion ... und dann Erlösung. Aus, Schluss, vorbei. Mehr ist nicht möglich. Das ist angenehm und schön – nicht immer, aber oft. Und spät nachts trottet man nach Hause, aufgewärmt und zufrieden. Oder man verdrückt sich einfach nach einem wortlosen Frühstück. Es berührt einen nicht, nicht tief im Inneren. Es bringt einen nicht aus dem Gleichgewicht. Auf diese Weise dringt niemand in mein Leben ein und ich dränge mich nicht in das Leben anderer. Eine Freiheit, die ich zu schätzen weiß. Wir sind nicht geschaffen, von morgens bis abends das Leben miteinander zu teilen. Das endet in Katastrophen. Die Zeitungen sind voll davon. So elend wie heute war mir noch nie.

Ich sehe auf die Uhr. Kurz nach Drei. Noch Stunden, bis der Tag mich rettet. Ich wasche mir das Gesicht mit kaltem Wasser, putze die Zähne, um den üblen Geschmack loszuwerden – mit Barbaras Zahnbürste. Dann schleiche ich zurück in die dunkle Höhle der Circe, die unsereinen in Schweine verwandelt. Ich lege mich wieder neben sie, als gehöre ich dahin. Sie hat sich nicht gerührt, liegt immer noch seitlich zusammengekrümmt, abweisend. Mein Puls ist wieder normal. Eine schlaffe Mattigkeit macht meine Glieder schwerelos, aber im Kopf bin ich ganz klar, hellwach. Ich fühle mich alleingelassen, fremd in diesem schwarzen Zimmer. Was zum Teufel habe ich hier zu suchen? Ich gehöre nicht hierher.

Nach dem Essen, den tausend traurigen Fotos und Reiseberichten war Barbara plötzlich verstummt. Wir hatten beide zu viel getrunken, ich zu viel geraucht. Es war alles gesagt. Barbaras innere Gespanntheit ließ nach, wurde von einer sanften Erschöpfung abgelöst. Sie hatte ihren Kopf gegen meine Schulter gelehnt und schwieg. Sie hatte sich leer geredet, hatte kein Thema mehr. Jetzt wäre der richtige Zeitpunkt gewesen zu gehen. Ich war ohnehin besoffen und konnte mich nicht mehr konzentrieren. Aber ich blieb sitzen. Barbara träumte mit offenen Augen.

Sie war es, die die Initiative ergriff, aufstand und im Bad verschwand. Den Abwasch sollte ich stehen lassen, würde sie morgen erledigen. Ich sollte schon vorgehen. Und ich Idiot trottete in ihr Zimmer. Ein riesiges Futon-Bett lockte ungemacht. Vor dem Fenster ihr Schreibtisch. Stapel von Büchern, politisches Zeug. Auch die Regale vollgepackt bis unter die Decke. Theorien, marxistische Wissenschaft, Kapitalismuskritik. Ich zog mich aus.

Sie war heiß, schien es richtig eilig zu haben. Jedenfalls schwamm sie sofort in warmer Nässe und kam gierig zur Sache. Trotz meiner Müdigkeit blieb ihr zielstrebiges Drängen nicht ohne Wirkung, brachte mich langsam auf Touren, wenn auch auf kleiner Flamme. Sie war völlig ausgehungert, krallte ihre Hände in meinen Rücken, saugte sich an meinen Lippen fest, schlang dann ihre Beine wie eine Zange um mich und schob meinen Unterleib förmlich in sich hinein.

Sie kam schnell. Ich war noch nicht so weit, wollte es hinauszögern, aber sie ließ es nicht zu. Den Mund halb offen reckte sie den Hals weit nach hinten und stöhnte laut. Dabei riss sie ihre Augen schrecklich weit auf, stierte mit einem blöden Kuhblick an mir vorbei ins Leere und röchelte erbärmlich wie ein Kalb auf der Schlachtbank. Ich schloss die Augen, um diesen verzweifelt stupiden Gesichtsausdruck nicht sehen zu müssen. Ich hatte absolut keine Lust, mich mit Amnesty International anzulegen, wegen sadistischer Folter wehrloser Frauen angeklagt zu werden. Vergeblich versuchte ich, ihr jämmerliches Aufstöhnen zu überhören. Ich mag es nicht, wenn Frauen im Orgasmus so viehisch stöhnen und schreien, als würden sie abgestochen. Ich komme mir dann wie ein Triebtäter vor. Es gab Zeiten, da hat mich das scharf gemacht, jetzt lässt sofort meine Erektion nach. Ich konzentrierte mich, so gut es ging, auf den Juckreiz in meiner Schwanzspitze und versuchte mühsam zu kommen. Barbara schien nicht mehr interessiert. Endlich – ein schwaches, nervöses Zucken, dann war es vorbei. Barbara lag ganz stumm. Nur der schnelle Pulsschlag unter ihrer Bauchdecke gab mir die Gewissheit, dass sie am Leben geblieben war.

Ich habe nie verstanden, was die Leute meinen, wenn sie von Vereinigung, vom Einswerden zweier Liebender reden. Verschmelzung! Alles Unsinn. Katholischer Spiritismus. Wir sind nie so alleine wie in dem Moment, wo unser Bewusstsein davon fliegt und wir gemeinsam mit unserem Stammhirn in der Woge der Lust ertrinken. Der Andere ist in diesem letzten, kurzen Augenblick nur das Instrument, um unsere Spannung zur Explosion zu treiben. Als Partner verlieren wir uns im Selbstrausch der Sinne. Im Orgasmus ist jeder für sich alleine. Alles andere ist romantisches Gesülze.

Barbara schlief sofort ein. Ich war ihr gleichgültig. Sie hatte mich abgeworfen und schon vergessen. Meine Erregung war verflogen, stattdessen quoll mein Bauch auf. Ficken im Suff ist nur eine Variante der Selbstbefriedigung und nicht die angenehmste.

Mich ärgert, wie sie so seelenruhig und selbstzufrieden daliegt, von keinem Selbstzweifel gepeinigt, während ich den Kampf mit meinem Körper und der Endlosigkeit der Nacht alleine ausfechten muss. Barbara und ihre Schubfächer. *Standortlos* ... ja, bin ich vielleicht in gewisser Weise gewesen, aber nicht haltlos. Ich habe auch meine Ideale. Aber meine Welt ist nicht ganz so katastrophal zusammengebrochen wie ihre. Ich bin nicht unglücklich. Manchmal nur ratlos. Barbara ist nie ratlos. Sie weiß immer eine Antwort, aber sie ist nicht glücklich. Unser Wunsch, die Welt zu verändern. Schachmatt gesetzt in der Mitte des Lebens, ohne wirklich auf die Probe gestellt worden zu sein. Hatten wir überhaupt eine Chance? Unsere Utopien wurden nicht vom bösen Feind besiegt, sondern verraten von den eigenen Leuten. Barbara nannte sie *Genossen*. Sie ist auf ihre Weise konsequent, weigert sich, Erfahrungen zu machen. Sie kommt mir vor wie ein Hamster im Laufrad.

Bald wird sie aufwachen, sich dehnen und strecken, mir einen guten Morgen wünschen, ausgeschlafen und kampfbereit, begierig auf die neuen Schreckensmeldungen des Tages. Sie wird zur Tagesordnung übergehen. Und ich? Zu Hause liegen meine Texte, Arbeit fürs Wochenende. Um Ideen zu haben, ist Ruhe nötig, ein klarer Kopf. Überhaupt, ich brauche meine Art der Ordnung, eine überschaubare Zukunftsplanung für wenigstens drei Tage, damit mein Leben etwas Sinn erhält. Barbara hat mein Leben in Unordnung gebracht. Ich liege nackt, an fremde Gestade gespült, ausgelaufen, meiner Lebenskraft beraubt. Ich will schlafen. Die mich so zugerichtet hat, liegt neben mir, abgewandt, mitleidlos, während ich sinke, in einen Zustand besinnungslosen Halbschlafs eintauche, in dem die bösen Geister in uns plötzlich die Gelegenheit nutzen, uns Schreckensbilder vor Augen zu führen.

Ich sehe ihr Gesicht vor mir, ihre hohen Wangenknochen, wie sie plötzlich den Hals wild nach hinten reckt, ihre Augen weit aufreißt. Ihr halb offener Mund, die Kehle zum Biss dargeboten. Dann zwei Hände, die um ihren Schneehals fassen und langsam ihre Gurgel zudrücken. Ich sehe ihren Schrei, das Entsetzen in den hervorquellenden Augen, den Blick starr ins Leere gerichtet. Die Hände lassen nicht los, drücken fester zu. Meine Hände. Ein kurzes Aufbäumen, dann Totenstille. Zwei Augen, die nichts sehen.

Der Schreck jagt mir den Puls hoch. Ich habe eben Barbara umgebracht. Ich bin wieder hellwach, völlig verwirrt, weiß nicht, wo ich bin. Ich muss mich erst orientieren. Der Morgen ist endlich durchs Fenster gekrochen. In mattem Grau ist Raum zu erkennen. Barbara liegt neben mir, unverändert. Ich halte den Atem an, lausche. Nur eine schwache aber gleichmäßige Hebung und Senkung der Bettdecke ist wahrzunehmen. Sie lebt. Erleichtert schließe ich wieder die Augen. Warum hat mich dieser Horror-Traum heimgesucht? Ich bin ein sanfter, friedfertiger Mensch. Ich habe vor dem Studium achtzehn lange Monate Menschen gefüttert, die ohne Hilfe anderer nicht leben konnten. Ich habe ihnen den Sabber von Mund und Kinn gewischt, den Hintern geputzt und mich vor einem Prüfungsausschuss dafür rechtfertigen müssen. Erst schriftlich, dann mündlich. Ich musste peinliche Fragen beantworten, erklären, warum ich kein Killer sein wollte, sondern ein Verweigerer. Sie hatten kein Verständnis für meine Skrupel. Die alten Herren hätten es lieber gesehen, wenn ich bereit gewesen wäre, im *Ernstfall* andere meines Alters mit der Knarre über den Haufen zu schießen. Die Bereitschaft zum Töten bedurfte keiner Gewissensprüfung. Damals war ich achtzehn. Ich habe in Hefata in Gesichter von Menschen gesehen, die nichts von dieser Welt wussten, die nichts an dieser Welt enttäuschte und die nichts von ihr erhofften. Lachende Gesichter, ohne eine Erinnerung an gestern und ohne einen Gedanken an morgen. Ich hatte viel Zeit darüber nachzudenken, dennoch ... ich hätte nicht tauschen mögen.

Ich und Barbara umbringen? Ich liebe sie nicht, ich hasse sie nicht. Der perfekte Mord ist der Mord ohne Motiv, fehlerfreie Durchführung vorausgesetzt. Wozu Menschen fähig sind, weiß man immer erst nach der Tat. Vielleicht sehen wir zu viele Krimis. Barbara ist mir gleichgültig. Sie ist schon tot. Sie hat es nur noch nicht bemerkt.

Der Lichtstreifen neben der Gardine wird breiter und heller. Die Gegenstände im Raum gewinnen Konturen, noch farblos. Ein neuer Tag. Ich lebe. Aber ich fühle mich wie ein Gefangener, wie ein Insekt im Netz der Spinnenfrau. Nur eine Bewegung, der kleinste Befreiungsversuch, und sie wird über mich herfallen. Ich darf sie nicht wecken, Barbara von den Schubladen, Barbara die Leblose. Es ist erst halb acht. Sonntag. Zu früh, um aufzustehen. Draußen ist es noch still.

Ich identifiziere die Gegenstände im Zimmer. Halogen-Stehlampe, leichte Stahlkonstruktion, elegant geschwungen, minimalistisch, wie ein Galgen, vermutlich italienisches Design. Zwei Poster an der Wand. Riesengesichter, mehr kann ich nicht erkennen. Die ganze rechte Wand voll mit Büchern. Der unermüdliche Versuch des menschlichen Geistes, die Welt zu durchschauen. Barbara nimmt die Sätze ernst, ich mein Leben. Ob sie das alles gelesen hat? Diesen Wissenschaftsmüll? Wertloses Papier voll kluger Sprüche, schon versunken im Bermuda-Dreieck des Zeitgeistes. Und neue Gurus stehen wieder auf der Straße. Je mehr ich den Raum wahrnehme, umso fremder wird er mir. Er ist nicht von mir bewohnt.

Barbara bewegt sich, dreht sich auf den Rücken. Ich kann jetzt ihre schwarzen Haare sehen, erkenne ihre kleine, plattgedrückte Nase. Ihre Lippen sind leicht geöffnet. Plötzlich meine Furcht, sie könnte sich wieder auf mich stürzen, benommen noch, aber ausgeschlafen und warm, angefüllt mit sentimentalen Gefühlen. Sie würde auf meine mangelnde Abwehrbereitschaft setzen. Gleich wird ihre Hand unter der Bettdecke zu mir herüber kriechen, meine Brust, meinen Bauch abtasten, wie beiläufig hinunter zwischen meine Beine gleiten, prüfen, ob ihre Bemühungen Erfolg zeigen, um dann ermutigt fortzufahren. Und das Ganze würde wieder in einer Mordszene enden, mit aufgerissenen Augen und diesem hilflosen Schlachtkuhblick. Nein, nein, nein ...

Ich habe kein Bedürfnis mehr, andere kennenzulernen. Dieses Einlassen. Ich bin nicht mehr neugierig auf das Innenleben fremder Leute. Es ist immer eine Enttäuschung. Ich bin freundlich und nett, selten aggressiv. Ich höre geduldig zu und ich kann zärtlich sein. Das ist eine ganze Menge. Was erwarten wir denn vom anderen? Immer zu viel.

Ich bin entschlossen, die Flucht zu ergreifen. Ich bin nicht feige, aber ich spüre mein steifes Glied am Oberschenkel. Wie könnte ich sie abwehren, ohne missverstanden zu werden. Ich bin hundemüde, nicht geil. Jeder weiß, was eine Morgenlatte ist. Manchmal ist sie angenehm, es dauert lange, ohne sich anstrengen zu müssen, man kann dabei an Wichtigeres denken. Das beeindruckt Frauen. Aber ich habe wirklich keine Lust.

Ich stehe ganz vorsichtig auf und suche meine Sachen zusammen. Schlüpfe in meinen Slip und die Jeans und fühle mich sofort sicherer. Mein T-Shirt stinkt nach Schweiß und Knoblauch. Während ich die Hose zuknöpfe, fällt mein Blick auf die Poster. Es sind Frauenportraits, übergroß. George Sand, die Krankenschwester Chopins, mit melancholischem Blick. Daneben Angela Davis, ihr großäugiger Wuschelkopf konserviert in taufrischer Jugend. Mein Gott, die muss längst Oma sein, erzählt jetzt ihren Enkeln auf der Holzveranda die alten Abenteuergeschichten von Tricky Dicky, den Kent-State-Morden und dem traurigen Ende der Black-Power ... remember, remember ...

Barbara fährt sich mit der Hand über die Nase. Ich halte die Luft an, bewege mich nicht. Aber ihre Augen bleiben geschlossen. Ich stehle mich ganz vorsichtig aus der Grabhöhle.

In der Küche schreibe ich einen Zettel, was Nettes, das sie versteht. Ich will nicht unhöflich sein. Als die Wohnungstür hinter mir zufällt, fühle ich mich endlich frei.

Die Luft ist frisch und klar. Ich gehe durchs Rosengärtchen am Prüfling hinüber zum Günthersburg Park. Die Stadt verschläft noch den Sonntagmorgen. Im Park hängen die Kastanien voll stachliger Früchte. Im leeren Kinderschwimmbecken sammeln sich schon die ersten gelben Blätter. Hier habe ich als kleiner Junge meine ersten Tauch- und Schwimmversuche gemacht. Hatte *Nappo* oder *Onkel Tom* vom Büdchen zwischen den Zähnen kleben und rotes Brausepulver aus der Hand geleckt. Ich setze mich auf eine der Bänke, atme tief die kühle Luft. Ab und zu ein Vogel, in der Ferne das unsichtbare Pfeifen eines Jets. Ich bin gern hier im Park. Nicht wegen der Erinnerung, sondern der Bilder, der Menschen wegen, denen ich hier begegne und die ich nicht kenne. Die alten Männer, die jeden Tag Schach spielen und nie sterben. Kinder, die immerzu rennen, lachen und kreischen und nie groß werden. Ihre Mütter, die zusammenstehen, schwatzen, sich immer etwas zu erzählen haben. Die schönen Liebespaare auf der Wiese in der Sonne, die die Arme umeinander legen, sich küssen und ewig jung bleiben. Sie sind immer da, wenn ich komme, haben auf mich gewartet. Ich kann mich auf sie verlassen wie auf alte Bekannte. Hier bleibt alles, wie es ist. Und so, wie es ist, ist es gut.

Mein Kopf wird allmählich klarer, ich fange an, mich wieder wohlzufühlen. Oben leckt die Sonne schon die Dächer und Baumwipfel. Der Tag wird schön werden. Kein

Grund, an das Ende der Welt zu denken. Ich habe Lust zu rauchen. Barbara versucht zu überleben, mit heiler Haut davon zu kommen – wie wir alle. Es geht nicht immer ohne Lügen. Unsere Freiheit ist die Freiheit zu unseren Irrtümern. Ich habe kein Recht, Barbara etwas vorzuwerfen. Aber ich nehme ihr übel, dass sie mich aus dem Gleichgewicht gebracht hat. Auch ich muss Balance halten, brauche meine Koordinaten des Lebens. Auch ich will nicht unglücklich sein.

Sie hat den ganzen Abend nicht einmal gelacht, so, dass man ihr Herz hätte sehen können. Ich kann Barbara nicht retten. Warum wollen wir den anderen immer auf unsere Seite ziehen, mit Haut und Haaren? Unsere Sucht nach Harmonie durch Unterwerfung. Es funktioniert nicht. So bleiben wir allein. Wir schaffen Distanz, weil wir zu viel Nähe erwarten. Warum versuchen wir es immer wieder?

Unsere Selbstgerechtigkeit ist der einzige Trost im Leben. Barbara geht mich nichts an. Man kann nicht jeden Tag ein neues Leben anfangen.

Ich drehe mir jetzt doch eine. Über mir nur blauer Himmel. Meine Welt kommt wieder in Ordnung.

Klassenkampf

Lorbeerbäumchen rechts und links des Rednerpults. Rasierte Kugelköpfe. Nichts Triebhaftes wuchert aus der künstlichen Symmetrie. Zurechtgestutzt des Lebens goldner Baum. Davor ein ästhetischer Farbtupfer in rot und blau. Immerhin, bunte Sommerblumen in einer Tonschale, wenn ich es von hier hinten richtig erkenne. Das *Arrangement für alle Gelegenheiten* vom städtischen Gartenbauamt, unterste Preiskategorie.

Herren in feierlichen Anzügen eilen hin und her, weisen die *verehrten Gäste* ein, die jetzt zahlreicher in den Saal strömen. Hektische rote Flecken im Gesicht, steife Begrüßungen, höfliches Lächeln. Alle reden in gedämpftem Ton. Ich weiß nicht warum, es ist genug Platz da zum Reden in dieser weihevollen Turnhalle mit ihren Sprossenwänden und den Ringen, die über unseren Köpfen baumeln. Es ist, als sei ich in irgendeiner Sekte, einer Erweckungsbewegung gelandet. Jeden Moment droht eine Orgel loszudonnern, ein charismatischer Prediger dem eingeschüchterten Publikum kübelweise Sünden aufs Haupt zu schütten. Über allem ein Zuckerguss heiterer Erlösung, versöhnlicher Endzeitstimmung. Nostalgische Wehmut, angemessener Ernst sind angesagt. Der Anlass ist ein fröhlicher: die offizielle Abiturfeier meines Sohnes. Er hat es endlich geschafft. Irgendetwas tragen wir ja immer zu Grabe, die Kindheit, die Jugend, die erste Liebe, die Erbtante und natürlich die Schule. Eine typisch deutsche Art zu feiern.

Solche bedeutenden Feierlichkeiten schlagen mir regelmäßig aufs Gemüt, lösen eine undefinierbare Traurigkeit in mir aus, gegen meinen Willen. Dann wachsen mir seltsame Klumpen im Hals, die mich zum Räuspern zwingen. Und aus Verzweiflung treibt es mich zwanghaft, irgendetwas Dummes zu tun, mich daneben zu benehmen, zu provozieren, um diese Fesseln des Gefühls zu sprengen. Heute reiße ich mich zusammen. Ich bin der Vater, nicht der Sohn.

Schulfeiern haben immer etwas Beklemmendes, nur Hochzeiten sind schlimmer. Schmerzhafte Initiationsriten. Da verkrampfe ich mich. Das war schon in meiner Schulzeit so, im ehrwürdigen Gagern-Gymnasium, einem wilhelminischen Mausoleum zwischen Zoo und Schwulenklappe in der Friedberger Anlage. Die humanistische Sandstein-Tradition machte mir schon als Sextaner in den Kreuzgängen das Durchatmen schwer.

Ich hatte mich deshalb ganz hintenhin gesetzt, in die vorletzte Stuhlreihe. Hier sieht man besser, behält den Überblick und vor allem Distanz zu den Merkwürdigkeiten des Geschehens. Ich kam mir ohnehin deplatziert vor, weil ohne Anzug und Schlips. Zum Glück hat mich keiner erkannt – als Vater eines Abiturienten, meine ich. Oda ließ natürlich wieder auf sich warten. Zu wichtigen Terminen kam sie immer zu spät, eine chronische Angelegenheit.

Eine Geige jault auf. Vorwarnung auf das kulturelle Beiprogramm. Gott sei Dank keine Orgel, aber warum Geigen? Ich dachte, Schlagzeug und E-Gitarren wären heute 'in'.

Die Sieger des bildungspolitischen Hürdenlaufs der letzten zwölf Jahre, die Abiturienten, sitzen ganz vorne in der ersten und zweiten Reihe. Rechts außen sehe ich Stephans Blondschopf. Als ich kam, hatte er mir lässig zugewinkt, nach dem Motto *see you later*. Jetzt albert er da vorne mit seinen Kameraden herum, langen grinsenden Kerlen, zu nervös, um cool zu sein. Außerdem hatten sie sich schon vor der Feier die Birne mit Asti Spumante zugeknallt. Daneben, sittsam getrennt, die jungen Damen, appetitlich frisch, die über die Jungen kichern. Alle tragen das gleiche weiße T-Shirt: *Abi 93* groß auf der Brust. Auf ihren Rücken streckt Albert Einstein der Welt die Zunge raus. Eine sympathische Jugend, ordentlich gekämmt, pflegeleicht und ungefährlich. Für die Hochschulreife vielleicht ein Quäntchen zu infantil. Aber das wächst sich aus. Nur, warum gleich auch noch diese Geigen? Soviel ich mitbekommen habe, zuckt diese modische Generation ansonsten besinnungslos im Laser- und Gewitterhagel pop-bunter Weltuntergangsdiscos, lässt sich das Hirn mit Heavy-Techno-Metal-Rap zuballern und schwitzt lustvoll bei ihrem Tanz auf dem Vulkan. Gibt es denn keine subversive Hard-Rock-Band an dieser Schule?

Stephan hat das Abitur bestanden. Durchschnittsnote Zwei Komma Drei. Ist das ein Grund zum Feiern? Für mich, meine ich, den Erzeuger? Es fällt mir schwer auszumachen, was ich dazu beigetragen habe. Manche Kids werden nichts wegen ihrer Eltern, manche werden was trotz ihrer Eltern. Aber was ist aus Stephan geworden, außer, dass er seit kurzem volljährig ist? Wie wird es mit ihm weitergehen? Er weiß immer noch nicht, ob er studieren oder lieber was *Sinnvolles* (Originalton Stephan!) anfangen soll. Ich bin für ihn kein Vorbild, außerdem ein schlechter Ratgeber. Mein Studium hat mir nicht viel eingebracht. Ich habe keine Karriere gemacht und nicht die Welt verändert. Meine alternative Bescheidenheit nötigt ihm allenfalls einen gewissen mitleidigen Respekt ab, aber er findet sie altmodisch, *out of time*, wie er sagt. Ich besitze bis heute weder eine Spülmaschine noch elektrische Küchengeräte, auch keinen Toaster, weil diese angebrannte Weißmehl-Pampe sowieso nur dick macht. Ich besitze keine Spiegelreflexkamera, keinen CD-Player, nicht einmal einen PC. Stephan hat das natürlich alles, seit neuestem eine Minolta mit allem Pipapo. Und seit über einem Jahr besitze ich auch kein Auto mehr. Das hat nichts mit politisch motiviertem Konsumverzicht zu tun. Ich verzichte nicht. Ich habe immer so gelebt. Ich brauche das nicht.

Stephan hat seine Ansprüche. Im Grunde hält er mich für eine gescheiterte Existenz, ein Fossil. Ganz nett und possierlich, aber zum Aussterben verurteilt. Das kränkt mich nicht, weil es nicht stimmt. Es ist seltsam, je mehr ich das Gefühl habe, zu mir selbst zu finden, umso fremder wird mir diese Welt, in der ich lebe. Ich bin mittendrin, aber ich gehöre nicht dazu, und in gewisser Weise genieße ich das, nur Beobachter zu sein.

Ich wüsste nicht, was ich Stephan raten sollte, abgesehen davon, dass er mich nicht um Rat gefragt hat. Die üblichen Sprüche halt, was Väter so loslassen, wenn sie den Eindruck vermeiden wollen, dass sie sich einmischen.

Diese konzentrierte Ballung von Eltern, Schülern und vor allem Pädagogen verursacht mir nicht nur ein mulmiges Gefühl in der Magengegend. Das Ganze hier erinnert mich fatal an meine Leidenszeit als Referendar und meine kurze Laufbahn als Schwangerschaftsaushilfslehrer mit Zeitvertrag. Ich war kein Opfer des Radikalenerlasses. Obwohl ich Willy seitdem sehr böse bin. Trotz meiner demonstrativen Aktivitäten in Brokdorf im Regen und diversen Demos im Strahl der Wasserwerfer mit den unvermeidlich damit verbundenen Revierbesuchen zwecks erkennungsdienstlicher Maßnahmen hatte der Verfassungsschutz nichts gegen meine Verbeamtung einzuwenden. Dass mir dennoch Verbeamtung und lebenslanger Schuldienst erspart blieben, habe ich den leeren Staatskassen zu verdanken. Einstellungsstopp! Eine glückliche Fügung, gegen die ich damals noch mit anderen Aspiranten leidenschaftlich aber erfolglos protestierte.

Als mich zum ersten Mal siebenundzwanzig Augenpaare anstarrten, wusste ich, dass dies nicht meine Zukunft war.

Jetzt werden die Türen geschlossen. Räuspern, dann tritt erwartungsvolle Stille ein. Drei Geigen, zwei Flöten, ein Cembalo. Das Schulorchester. Adrette Mädchen und Jungen, nicht über fünfzehn, noch keine Disco-Hänger. Aber wie lange noch? Ich hatte kein Programm bekommen. Irgendwas von Vivaldi, heiter, trotzdem ermüdend. Ich habe Lust, eine zu rauchen. Plötzlich knallt eine Tür in den besinnlichen Schlummer der Gäste. Hundert Köpfe blicken nach hinten, dankbar für die Abwechslung. Oda ist da. Ich mache ihr unauffällig Zeichen, bis sie mich entdeckt hat.

„Typisch", sage ich zur Begrüßung und gebe mir den Anschein, sauer zu sein.

„Ich kann nichts dafür", zischt sie, „die U-Bahn fuhr nicht. Jemand hat sich auf die Schienen geworfen, schrecklich."

„Ist er tot?"

„Weiß ich nicht. Will ich gar nicht wissen."

„Es gibt Taxis."

„Wo ist Stephan?"

Ich deute auf das Weizenblond rechts. Oda lächelt, ganz die stolze Mama. Sie sieht für ihr Alter noch ganz flott aus, zumindest aus einiger Entfernung. So nah erkennt man zugepuderte Falten, fettglänzenden Lippenstift und künstliche Solariumsbräune, von allem zu viel für meinen Geschmack. Sie wird ihrer Mutter immer ähnlicher. Jetzt sitzen wir hier nebeneinander wie ein altes Ehepaar, wie alle anderen Eltern stolz darauf, dass der Sohn es geschafft hat. Ich komme mir etwas blöd vor. Die Ouvertüre nimmt kein Ende. Oda hat die Augen geschlossen, tut so, als konzentriere sie sich. Ich langweile mich.

Schon als ich die Klasse betrat, hatte ich weiche Knie. Die Schüler tobten herum, brüllten und kreischten wild durcheinander. Keiner schien Notiz von mir zu nehmen. Nur mit Mühe konnte ich sie dazu bewegen, ihre Plätze einzunehmen. Wir Referendare waren Freiwild, an unserer unsicheren Freundlichkeit rieben sie sich ab, demonstrierten sie ihre Macht, diese pubertären Wichser. Zu Anfang des Unterrichts befiel mich jedes Mal aufs Neue ein leichtes Schwindelgefühl, die Angst umzukippen. Meine Flucht ins Reden. Auf den Bänken türmten sich Fanta- und Cola-Dosen, Mars und Snickers. Papier flog durch die Gegend. Ich war einem wildgewordenen Haufen von Vandalen zum Fraß vorgeworfen. Vollgepumpt mit Theorien, didaktischen und methodischen Überlegungen zu einem emanzipatorischen Unterricht. Unsere Ausbilder, alles engagierte Pädagogen, waren befallen vom Virus der antiautoritären Rebellion und infizierten damit unsere anfälligen Köpfe.

Das Hauptprinzip der Selbstbestimmung besteht darin, dass Autorität durch Freiheit ersetzt wird; das Kind lernt, ohne dass Zwang ausgeübt wird, indem an seine Neugier und seine spontanen Bedürfnisse appelliert und auf diese Weise sein Interesse an der Umwelt geweckt wird.

Die spontanen Bedürfnisse, die nach Befriedigung drängten, waren, den Nachbarn zu piesacken, die Cola-Dosen zischen zu lassen, draußen auf dem Klo eine Lulle zu rauchen, zu spät zu kommen oder überhaupt nicht zum Unterricht zu erscheinen. Von intellektueller Neugier keine Spur. Null-Bock hieß die Devise. Es galt also Pionierarbeit zu leisten. Und wie die Lemminge stürzten wir Referendare uns mit einem messianischen Drang und selbstzerstörerischem Idealismus auf diese fruchtlose Aufgabe. Wir spielten uns als Befreier auf, als Retter einer unterdrückten Jugend, die gefangen war in den autoritär-bildungsbürgerlichen Strukturen, fremdbestimmt und korrumpiert von einem konkurrenz- und profitorientierten kapitalistischen System, das es zu entlarven und – wenn möglich – zu revolutionieren galt. Wir waren Idioten. Die Einzigen, die einem mörderischen Konkurrenzdruck, der Willkür von Schülern und der grenzenlosen Autorität von Fachleitern ausgesetzt waren, waren wir angehenden Junglehrer. *We don't need no education*, hallte es uns in den Schulfluren und Klassenzimmern in die Ohren.

Das Schlimmste aber war: Wir waren zu spät gekommen.

Die Sache war längst gelaufen, die wilden, herrlichen Zeiten der Revolten schon vorbei. Jetzt, so erfuhren wir von unseren bereits etablierten, kampferprobten Kollegen, sei die Luft raus. *Klimaveränderung, Rechtsruck, Vormarsch repressiver Kräfte.* Als wir mit Elan anfangen wollten, wurde gerade das Ende der Revolution erklärt. Die pädagogisch-revolutionäre Intelligenzija lag ermattet im Ring und leckte ihre Wunden. Die kleinen und größeren Siege wurden markiert. In harten Kämpfen und blutigen Schlachten war vor unserer Zeit die Schule zum Zentrum revolutionärer Veränderung transformiert worden, zum kreativen Hort anti-bürgerlicher Bewegung, zum Diskussionsforum aller gesellschaftlicher Konflikte und Widersprüche. Die Schule als Transmissionsriemen und Keimzelle radikaler Gesellschaftsveränderung. Jetzt war die linke Pädagogik in der Midlife-Crisis, die Bewegung zersplittert und in der Defensive. Plötzlich kamen die bürgerlichen Altrevoluzzer mit dem neuen Sozialisationstyp nicht zurecht, diesen narzisstischen, individualistischen Wohlstands-Kids ohne Frustrationstoleranz. Diese Schlaffis ließen alle auflaufen. Es herrschte also Bunkermentalität. Die Einheitsfront GEW und die gemeinsamen alten und neuen Feindbilder waren der Überlebenskitt, der die alten Front-Kämpfer zusammen hielt. Von alten Zeiten wurde geschwärmt, *wo noch was lief,* wo Lehrer und Schüler noch am gleichen Strang der Solidarität gezogen hätten. Letzte Nachhutgefechte fanden auf den Fach- und Gesamtkonferenzen statt, wo gegen reaktionäre Restzellen im Kollegium und autoritäre Schulleiter die eroberten Territorien verteidigt wurden. Und ich bewunderte diesen Mut zur Provokation und die konsequente Solidarität mit den Armen und Schwachen, unseren

Schülern, die für den leidenschaftlichen Aktionismus der *linken Spinner* nur ein müdes Lächeln übrig hatten.

Zum Glück für uns Referendare gab's noch die Rechten, Rudimente des bürgerlich-reaktionären Lagers, meist kurz vor der Früh-Pensionierung. Sie hatten die wilden Zeiten in innerer Emigration überwintert und krochen nun langsam wieder hervor. Der alte Schwalchow, CDU-Stadtverordneter, der sich mit Kollegen und Schülern auf keine Diskussion einließ, sich hinter der behaupteten Objektivität seiner Notizen, Striche, Kringel, Plus- und Minus-Zeichen im Notenbuch verschanzte. *Meine Aufzeichnungen besagen, dass der Schüler ....* Der windige Meurer mit seinem zynischen Dauergrinsen und stets hilfreichen Ratschlägen: *Disziplin-Probleme, junger Kollege, sind selbstgemachte Probleme.* Und Frau Weber, letzte Kulturträgerin elitär bildungsbürgerlicher Prägung an dieser Schule. Sie ging in klassische Konzerte und besaß ein Opernabonnement, weil sie an das Gute im Menschen glaubte. Nur, sie verstand nichts von Beat und Hard-Rock und konnte – wie es so schön hieß – die Schüler nicht *motivieren*. Die Schüler und wir hatten für solche Typen natürlich nicht viel übrig. Eine Abneigung, die auf Gegenseitigkeit beruhte. Aber diese *alten Scheißer* waren die Einzigen, die es uns Junglehrern ermöglichten, in der Abgrenzung zu ihnen ein Minimum an Sympathie von unseren Schülern zu erwerben, also Profil zu gewinnen und ein gewisses Selbstwertgefühl aufzubauen. Wir brauchten sie und so pinkelten wir ihnen kräftig ans Bein.

Gott sei Dank, der letzte Ton der Sarabande verhallt. Dankbarer Applaus des Auditoriums. Mehrmaliges Verbeugen des Orchesters. Ein noch relativ schlanker Mitvierziger erhebt sich jetzt und springt federnd hinter das Pult. Er wirkt jugendlich, locker, sympathisch. Der Prototyp des modernen Jungmanagers, dynamisch und erfolgreich, verbindlich im Ton, aber hart in der Sache. Wahrscheinlich besucht er regelmäßig die Fortbildungskurse für mittlere Führungskräfte einer Manager-Schule im Bayrischen Wald, Thema: Menschenführung. *Wie gebe ich meinen Mitarbeitern das Gefühl der Mitbestimmung?* – Wie er da vorne eloquent spricht, den Blickkontakt mit dem Publikum sucht, nur gelegentlich auf sein Manuskript blickt und dabei die polierten Geheimratsecken blitzen lässt, gibt er uns Eltern das sichere Gefühl, ihre Kinder auf die richtige Schule geschickt zu haben.

Entlassung in eine Welt, die nicht in Ordnung ... Verantwortung ... Hoffnungsträger ... Gesellschaft und Individuum ... Recht auf persönliches Glück ... Bewährung im Leben ... Schonraum Schule ... Identitätssuche ... Standortbestimmung ... Kluges Blabla. Vermutlich die Standardrede der letzten Jahre. Ich kann mich nicht konzentrieren, verstehe auch nicht viel auf die Entfernung. Wahrscheinlich konnte man ihm nicht widersprechen. Während er da vorne so formvollendet seine Show abzieht, muss ich dauernd darüber nachdenken, ob er sein persönliches Leben auch so im Griff hat, seine Kinder zu Hause auch so gut managen kann, seine Frau und sein Liebesleben. Es würde mich interessiert, wie er es hinkriegt, nebenher eine Geliebte zu haben, eine knackige jüngere Kollegin vielleicht, und wie er sein Selbstwertgefühl, seine Identitätsprobleme managt. Aber ich komme nicht weit mit meinen Spekulationen. Es gibt Menschen, die Recht haben mit dem, was sie sagen, denen man in allem zustimmen kann. Und doch misstraut man ihnen, weil man sie hinter ihren Worten nicht erkennen kann. Schulleiter sind solche Typen.

Meine erste Oberstufenklasse – ich erinnere mich noch genau. Gleich zu Anfang ihre Provokation durch erwartungsvoll herablassendes Anglotzen, ihr lässiges Dasitzen und Taxieren. Von den anarchistischen Elementen der Klasse bekam ich in jeder Stunde meine Schwächen vorgeführt. Ein ewiger Kampf, dabei wollte ich gar kein Sieger sein. Ich spürte meine Verletzlichkeit, meine pazifistische Ohnmacht gegenüber der Gewalt der Verweigerung und des Terrors. *Müssen wir das jetzt lesen? Was bringt uns denn dieser alte Scheiß? Ich hab heute absolut keinen Bock dazu. Wollen wir nicht mal 'n Bier trinken gehen?*

Mit Beunruhigung registrierte ich mein wachsendes Verlangen zurückzuschlagen, nicht nur verbal. Diese grinsenden Gesichter der Sieger. Einmal schmiss ich tatsächlich einen aus dem Unterricht. Verzweiflungstat eines Ohnmächtigen. Notwehr, die mich pädagogisch disqualifizierte. Und immer mein schlechtes Gewissen, die Reue danach, das Wiederkäuen meines Fehlverhaltens noch am Nachmittag zu Hause, Konflikte, die mich noch abends im Bett verfolgten. *Make love not war* hatte ich noch immer im Kopf. Aber ich hatte Magenschmerzen, ich schlief schlecht, trotz Valium, und kaute endlos die sinnlosen Debatten wieder. Diskussionen über nicht gemachte Hausaufgaben, Zuspätkommen, Fehlstunden. Sofort ihr Vorwurf der Repression. Sie beherrschten das Polit-Vokabular und setzten es geschickt für ihre privatistischen Interessen ein. Sie hielten sich für subversiv, weil sie sich lila und grüne Strähnen ins Haar sprühten. Und ich entwarf tapfer emanzipatorische Unterrichtsreihen und motivationsfördernde Lehrprobenentwürfe. Hatten wir doch gelernt, dass es darum ginge, den Menschen aus seiner unverschuldeten Unmündigkeit zu befreien, zu selbstbestimmtem Handeln und zur *Partizipation an den demokratischen Transformationsprozessen* in unserer Gesellschaft zu befähigen. Aber darauf schissen sie. Sie begriffen nichts, wollten nur quatschen und ausdiskutieren. Immer, wenn Arbeit drohte, kam der Aufschrei *Leistungsdruck!*. Und dann die Sache mit der Motivation. Ein fast immer missglückter Trick, lustlose Kids zu etwas zu bewegen, was sie nicht im Geringsten interessiert. *Wenn ihr jetzt alle gut mitarbeitet, machen wir zehn Minuten früher Schluss*. Alle diese Mätzchen waren reine Überlebensstrategie. Dabei meine ewige Angst, etwas zu verbiegen, in den zarten Seelen etwas zu zerstören, was sich entfalten, wachsen wollte. Das Einzige, was sich entfaltete, war unproduktives Chaos, was wuchs, mein Frust. Nach meiner Motivation fragten weder Fachleiter noch Schüler. In den Klassen saßen Anarchisten, Nihilisten, Boykotteure, Schleimer, Egoisten, Sadisten und Heuchler, die uns Referendare verarschten und austricksten nach Strich und Faden. Langhaarige Freaks mit Peace-Zeichen an der Bundeswehrjacke, gestylte Popper mit modischem Haarschnitt entpuppten sich als Spezialisten in Psycho-Terror. Mitleid kannten sie nicht. *Make love not war!* – es funktionierte nicht. Die Leidensfähigkeit eines Gandhis wäre hier an seine Grenzen gestoßen. Ich kann niemanden lieben, der mir auf der Seele herumtrampelt. Ich bin nicht Jesus-Christ-Super-Star. Natürlich war i c h an der ganzen Misere schuld, meine pädagogische Unfähigkeit. Ich war der Täter, Schüler die Opfer. Kurz, ich war ein Versager. Und dann meine Defizite. Ständig stieß ich auf Wissenslücken, musste die alten Hasen um Rat fragen. Tagelang jagte ich hinter Material her, suchte Quellentexte zum Thema „Ost-West-Konflikt und Teilung Deutschlands", zum „Wettrüsten" zur „Imperialistischen Kolonialpolitik" und zum „Systemvergleich BRD - DDR". In den Politseminaren hatten wir uns intensiv mit dem „tendenziellen Fall der Profitrate" und den ideologischen Unterschieden in den Konzeptionen von Kautsky und Lenin auseinandergesetzt. Jetzt galt es, Lernziele zu formulieren, die Schüler die Augen öffneten für die Interessenskonflikte und Machtkämpfe in der Realpolitik der Nachkriegszeit, der Ära Adenauer, der Vergangenheitsbewältigung. Vorurteile und Feindbilder sollten abgebaut, fundierte Urteile ermöglicht werden. Eine Fundgrube war Sigis Archiv. Und Sigi half immer aus. Sein Gespür für brandaktuelle, heiße Themen trieb den konservativen Kollegen regelmäßig den Blutdruck hoch und rote Schleier vor die Pupillen. Doch Sigi war unangreifbar, legte Fakten, Zahlen auf den Tisch. Er hatte Material, war immer bestens informiert und oft meine letzte Rettung.

Wenn es um Entwicklungszusammenhänge ging, um Wertungen ideologischer Positionen, die Beurteilung von Quellen, war Ralf der richtige Mann. Er machte mir klar, dass ich das Problem wieder einmal nicht konsequent bis zu Ende durchreflektiert hatte, also auf halber, liberaler Strecke steckengeblieben war. Vor allem käme es darauf an, dem chronischen Antikommunismus argumentativ gegenzusteuern. Deshalb müssten Schüler, so Ralf, klare Standpunkte erarbeiten können. Zum Beispiel die Taktik Adenauers, seine dunkle Rolle als eiskalter Wiederbewaffner und Kalter Krieger herausarbeiten. Dabei müsse transparent werden, dass ihm die Wiedervereinigung völlig schnurz war. Ralf überzeugte, seine Selbstsicherheit ließ keine Zweifel zu. Er erschien kompetent und alles erschien mir auf einmal klar und logisch. Ralf gab sich viel Mühe mit mir, er wollte, dass ich in die GEW eintrete, die gerade gegen Einstellungsstopp und für die Umwandlung aller Zeitverträge in ordentliche Planstellen kämpfte.

Ich weiß nicht, woran es lag, mein Unterricht kam trotzdem selten über wilde Diskussionen auf Stammtischniveau hinaus. Meist laberten alle durcheinander und schlugen sich die Meinungen und Argumente um die Ohren, die sie am Vortag im Fernsehen gesehen hatten. Und dann meine Bauchlandung mit dem *Systemvergleich DDR contra BRD*.

Was nutzen denen da drüben die niedrigen Mieten, wenn die Bruchbuden alle zusammenkrachen? ... Gleichberechtigung der Frau, schön und gut, aber warum dürfen die nicht hier rüber, wenn sie wollen? Nicht mal zu Besuch! Haben Sie Lust, jedes Jahr am Schwarzen Meer zu surfen? ... Warum lassen die eigentlich den

Biermann nicht mehr rein? Ich denk, der ist Sozialist ... Warum schießen die auf die eigenen Bürger, die abhauen wollen?
Ich war diesem Niveau nicht gewachsen, es war zum Verzweifeln. Ach, diese behauptete Angst der Rechten vor der Indoktrination linker Ideologen, lächerlich.

Und dann das Kapitel *Spielerisches Lernen*, Förderung der Kreativität und das Wecken der Phantasie. Stundenlanges Entwickeln kreativer Methoden des Schreibens, spielerischer Umgang mit der Sprache und dann natürlich die eigenen Übungen der Schüler. Was herauskam, war klar: Laser-Schlachten im Krieg der Sterne, Rambo räumt mit dem Bösen auf, Dallas-Tragödien und Horror-Stories wie *„Riesenspuren am Amazonas"* und *„Der abgehackte Frauenkopf in der Mülltonne"*, lauter Plagiate, Raubkopien aus dem Fernsehen, das volle Programm. Dann das Herausarbeiten der Klischees, kritische Analyse. *Warum ist immer alles Scheiße, was Ihnen nicht gefällt?* Mein Grundproblem: die Vermittlung des Unterschieds zwischen objektiver Scheiße und subjektiver Scheiße. Die aufgestellten Kriterien ließen sie nicht gelten. Das sei reine Geschmackssache und mein Geschmack antiquiert.

Und eines Tages dann der lautlose Knall. Harald, einer von uns Referendaren, ein ziemlich kauziger aber origineller Typ, verabschiedete sich aus diesem Irrenhaus auf seine Weise. Er ahnte schon, dass er bei der Abschlussprüfung durchfallen würde, weil er die erste Lehrprobe in den Sand gesetzt hatte. Als er das negative Ergebnis mitgeteilt bekam, warf er eine selbst gebastelte Bombe in Form eines präparierten Feuerlöschers mitten ins Zimmer der Prüfungskommission. Nur dem Todesmut eines Kollegen war es zu verdanken, dass die gesamte Kommission mit dem bloßen Schrecken davon kam. Er schmiss das explosive Ding durch das Fenster auf die Straße, wo es krepierte. Schon eine Stunde später flogen Experten des BKA mit dem Hubschrauber ein und bestätigten nach pyrotechnischer Untersuchung, dass der umgebaute Feuerlöscher die ganze Schule hätte in die Luft jagen können. Der Übeltäter wurde später in einem Waldstück entdeckt, hatte sich allerdings durch das Öffnen seiner Pulsadern bereits der irdischen Gerechtigkeit entzogen. Das Mitleid hielt sich in Grenzen, zumal das Gerücht kursierte, Harald hätte in einer gewissen Nähe zu terroristischen Kreisen gestanden. Fast die gesamte Führung der RAF saß damals in Stammheim ein, wer wollte da mit einem Bombenwerfer sympathisieren? Die Folge waren weitere telefonische Bombendrohungen witziger Schüler, die wöchentlich im Sekretariat eingingen, dort die Sekretärinnen verschreckten und uns allen in schöner Regelmäßigkeit Freistunden auf dem Schulhof verschafften, während Polizei und Hausmeister vergeblich die Klassenräume absuchten. Natürlich belebte dieses Ereignis die Dauerdiskussion über Gewalt und Terror als Mittel politischer Konfliktlösung, war also insofern motivationsfördernd.

Um meinen Beitrag zur Deeskalation zu leisten und nachts wenigstens vier bis fünf Stunden Schlaf zu finden, gab ich nur gute Noten, das hieß, keine Bewertung unter vier. Das hatte Vorteile. Man ersparte sich den sonst unvermeidlichen Ärger in den leidigen Notendiskussionen und – man ist beliebt. Jedenfalls bei den Schwachköpfen, die einem ständig Schwierigkeiten machen. Außerdem schuf ich mir so das damals ehrenvolle Image eines proletarierfreundlichen, das Elitedenken des Establishments unterminierenden progressiven Pädagogen. Wir alle wollten ja die Bildungsreserven der Unterprivilegierten mobilisieren.

Manchmal treffe ich einen meiner alten Terroristen und Anarchisten wieder. Sie grüßen freundlich, erinnern sich gern an die alten Zeiten, so, als sei nichts gewesen, und machen einen zivilisierten Eindruck. Was der Bundeswehrdienst und der Zivildienst doch für Wunder bewirken können. Es ist aus den meisten etwas Ordentliches geworden. Das beruhigt mich. Was sind schon Noten gegen den freundlichen Umgang der Menschen untereinander.

Endlich. Der Schulleiter schließt mit *allen guten Wünschen für den zukünftigen Lebensweg*. Wieder höflicher Applaus. Was während dieser Rede wohl in den Köpfen dieser Abiturienten-Generation vor sich gegangen sein mag? Vermutlich hatten sie abgeschaltet, zu viel Asti Spumante, außerdem alles schon tausendmal gehört. Es wäre ihnen nicht übel zu nehmen. Sie haben die Schule endlich hinter sich.

Nun folgt die feierliche Überreichung der Abschluss-Zeugnisse durch die Tutoren. Jeder Einzelne wird mit Namen aufgerufen, geht sichtlich erregt aber brav nach vorne, um das Zeugnis in Empfang zu nehmen. Bei jedem Auftritt applaudieren die Mitschüler, als würde der Oscar für die beste schauspielerische Leistung der letzten Jahre verliehen, und machen alberne Bemerkungen, nur für Insider verständlich. Väter eilen vor, um den denkwürdigen Augenblick fürs Familienalbum festzuhalten. Blitzlichter. Mütter recken neugierig die Hälse und haben feuchte Augen der Rührung. Endlich erhalten auch sie, die Mütter, die Belohnung für all ihre Mühen, Sorgen und Qualen, die ihnen das Kuckucksei in all den Jahren bereitet hat. Ein kurzer Augenblick des Glücks. Versöhnte und stolze Eltern.

Elternsprechtage sind fürchterlich. Wenn ich daran denke, krampft sich mir jetzt noch der Magen. Hilflose, scheue Mütter saßen vor mir, meist schweigend und mit roten Augen, selbst mit Mühen durch die Mühlen der Schule gedreht, vom Leben gebeutelt und eines Besseren belehrt. Sie hatten durchaus eine deutliche Ahnung davon, *wes Schweinehunds Mutter sie waren* (Zitat: Salinger *Der Fänger im Roggen)*. Selbst enttäuscht von der Lieblosigkeit ihrer Zöglinge und voll mit Schuldgefühlen suchten sie Trost bei mir, wollten Hoffnung schöpfen, hielten um gut Wetter an.

Und ich spendete Trost und machte Hoffnungen, obwohl wir beide wussten, dass es vergebliche Liebesmühe war, dass sich nichts ändern würde. Pädagogik ist das *Prinzip Hoffnung* ohne Grund. Und dann die anderen, die gefährliche Sorte von Glucken, die verzweifelten Brutverteidigerinnen, die aggressiven, deren Stimmen schrill werden, die kämpfen und attackieren, um ihr eigenes Versagen zu kompensieren. Diese Geierinnen aus Liebe, die sich jeden Augenblick auf dich zu stürzen drohen, um dem kleinen Schulmeister, diesem Korinthen-Kacker, blindwütig ihre Klauen ins Fleisch zu hacken. Da heißt es, in Deckung gehen, die Worte sorgsam abwägen, vor allem aber duldsam sein, bis die Flut der Verzweiflung und Ohnmacht abebbt und die mütterliche Blindheit langsam einer klareren Sicht auf die Dinge weicht. Väter treten ohnehin meist rabiater auf, verlangen Durchsetzung, wollen, dass man Druck macht, notfalls mit Strafe, all das, womit sie selbst erfolglos waren. Sie drohen ihren Kids mit Taschengeldentzug, Reiseverboten, Einschränkungen und Kontrollen, wollen den Widerspenstigen vor den Augen des Lehrers klein kriegen, ihre Konsequenz und Härte demonstrieren. Sie halten öffentlich Strafgericht, suchen in mir den Zeugen, der sie ins Recht setzt. *Nehmen Sie ihn nur hart ran! Wenn er nicht spurt, rufen Sie mich an!* ... Und die armen Teufel sitzen da, das Genick eingezogen, den Blick starr auf den Boden gerichtet. Sie kauen nervös an der Unterlippe, sind auf Tauchstation gegangen, warten, bis der Sturm sich legt, und versprechen das Blaue vom Himmel herunter. Lippenbekenntnisse werden ihnen abgepresst, deren Versprechen sie nicht einlösen können, die aber die Eltern besänftigen. Und ich zwischen allen Stühlen. Und immer diese Schuldgefühle. Bin ich das Lehrerarschloch, das jungen Menschen die Zukunft vermasselt? Spiele ich den lieben Gott, selbstherrlich, machtbesessen und latent autoritär? Sind meine bescheidenen Anforderungen doch zu hoch, die Maßstäbe zu streng? Bin ich unfähig, anderen etwas beizubringen, einfach ein schlechter Lehrer?

Elternsprechtage sind die Hölle. Lehrer sein, das hält man nicht auf Dauer aus, ohne zum Seelenkrüppel zu werden. Ein Job für Sadomasochisten, nicht für mich.

Stephans Gruppe ist an der Reihe. Frau Dr. Merschmeier, seine Tutorin, eine füllige Endfünfzigerin, mütterlicher Typ und sympathisch schusselig, glüht vor Aufregung, noch immer, obwohl doch eine alte Häsin. Alle bedanken sich artig, während sie jedem Einzelnen das Zeugnis in die Hand drückt. Als die Zeremonie beendet ist, bekommt Frau Merschmeier von ihren Schülern einen Strauß roter Rosen überreicht, als einzige der Tutoren. Noch mehr Röte schießt in ihren Kopf. Sie ist sichtlich gerührt, weiß gar nicht, wohin mit so viel Zuneigung. Ein kurzer scheuer Blick hinüber zum Direktor. Ja, er hat es gesehen, hat begriffen, wie beliebt sie noch immer ist, trotz ihres schusseligen Alters und der zunehmenden Fehlzeiten. Sie riecht an dem dornigen, duftenden Trostpflaster, das die Wunden der Vergangenheit mit dem Mantel der Nächstenliebe zudeckt und ihr neue Kraft gibt für die Erduldung zukünftiger Verletzungen.

Selbst ich bin angerührt von dieser Geste. Immerhin. Zu meiner Leidenszeit gab's rebellische Flugblätter und Pamphlete statt roter Rosen. Und als Dankeschön zum Abschluss eine Abizeitung, die uns Lehrer verhöhnte und lächerlich machte, voller Häme als Rache für die Jahre vermeintlicher Schmach. Kurz, wir wurden alle in die Pfanne gehauen, zur stillen Freude der Schulleitung, für die diese Schmähschrift eine Fundgrube voller Informationen und Desinformationen war und die begierig den ganzen Klatsch aufsog. Damals musste der Abgang stark sein. Die letzte Gelegenheit, ungestraft zurückzuschlagen, es den Paukern heimzuzahlen.

Fräulein Schwan fällt mir ein. Noch ein vergessenes Opfer längst vergangener Zeiten. Eine scheue Linke, GEW-Mitglied, eine romantische Marxistin. Sie kapitulierte vor der Zeit. Hielt den Kopf zu sehr gesenkt, in der Hoffnung, die Meute würde nicht zubeißen. Vergeblich. Ihre Demutsgesten waren das Signal zum Angriff. An einem sonnigen Montag war sie dann nicht mehr zum Unterricht erschienen. Sie hatte sich am ebenso sonnigen Sonntag irgendwann nachmittags am Fensterkreuz ihres Zweizimmer-Appartements im 18. Stock unappetitlich erhängt. Unverschämter Weise hinterließ sie noch einen frechen Abschiedsbrief, der nicht nur die Schulleitung verärgerte. Er verhinderte auch, dass die ganze linke Fraktion einschließlich der GEW-Kollegen ihren Märtyrer-Tod politisch nutzen konnte. Allgemeine Auffassung im Kollegium: Überreaktion einer frustrierten Dogmatikerin.

Auch Lehrer wollen geliebt werden. Ich weiß, dann haben sie den falschen Beruf gewählt. Und wahrscheinlich hat niemand Fräulein Schwan zuvor gesagt, dass die Schule nur ein Ort für Herzlose ist. Sie hätte es ohnehin nicht geglaubt. Angesichts der damals modischen kollektiven Zerstörungs- und Verletzungswut in dieser Schule wundert es mich heute noch, dass nicht jeden Tag ein Lehrer aus dem Fenster sprang. Aber auch die, die aushielten, waren Gezeichnete, Leidende, hatten verspannte Schultern, nervös zuckende Augenlider, fahrige Bewegungen, litten unter chronischen Magenschmerzen und Gedächtnisverlust, der dazu führte, dass sie Jahre lang die Namen der Schüler vertauschten, immer wieder dieselben Schüler mit den falschen Namen anredeten. Und dann die Vermeidungsneurosen, die manche Kollegen zwangen, mindestens fünf, besser zehn Minuten bis eine Viertelstunde zu spät zum Unterricht zu erscheinen, beziehungsweise ihn fünf bis zehn Minuten früher zu beenden. Professionelle Deformationen als normale Verschleißerscheinung.

Zum Glück ist das alles vorbei. Frau Merschmeier bekommt Rosen. In den Schulen ist, wie ich höre, eine gewisse Schläfrigkeit eingekehrt. Die anarchistischen Zeiten gehören der Vergangenheit an. Die jetzt da vorne sitzen, sehen nicht nur harmlos aus, sie sind es auch. Sie haben sich selbst zum Mittelpunkt des Kosmos gemacht und die Ohren mit den Stöpseln ihres Walkman zugestopft.

Eigentlich war ich gespannt darauf jetzt eine spritzige Schülerrede zu hören, sozusagen als Höhepunkt der Veranstaltung. Es hätte mich interessiert, was diese Generation denkt, was sie bewegt in diesem Augenblick, der sie in die Freiheit neuer Zwänge entlässt. Aber ich werde enttäuscht. Der offizielle Teil ist vorbei. Das Violine- und Flötenensemble tritt noch einmal in Aktion. Ein Menuett von Telemann, den ich nicht kenne, wird angekündigt. Es ist schon fast halb eins und allen knurrt der Magen. Mir jedenfalls. Dennoch stellt sich eine angenehme innere Befriedigung bei mir ein. Mir ist heute noch einmal bewusst geworden, was ich den knappen Kassen des Kultusministers zu verdanken habe. Mir ist das Schicksal „Lebenslänglich" erspart geblieben. Ich bin damals der Hölle Schule, wenn auch unter Verlust einer Beamten-Pension, mit leichten Schürfwunden entronnen. Es ist das Einzige, was ich einem Politiker direkt verdanke, und ich bin bis heute dankbar dafür. Sigi und Ralf sind im Schuldienst grau geworden. Ich treffe sie manchmal im Supermarkt oder im Ostpark beim Joggen. Die gegenwärtige Stromlinien-Jugend ist der reinste Horror für sie. Die Schule ein Friedhof der Kuscheltiere und Krümelmonster. Outfit ist jetzt Programm. Nein, es geht ihnen nicht schlecht, sagen sie, wurschteln sich so durch und freuen sich auf den nächsten Urlaub. Sigi hat ein neues Auto, diesmal einen Japaner mit etwas mehr PS. Ralf kurvt mit seinem Sohn auf neuen

Mountain-Bikes durch die Gegend, dazu windschnittige Sturzhelme und schwarze Leggings mit grünen und gelben Streifen in Neonfarben. Sie tun mir irgendwie leid.

Auch dieses Menuett hat ein Ende. Schluss der Veranstaltung. Oda und ich suchen im allgemeinen Aufbruchsgewühle nach Stephan. Wir wollen ihm gratulieren und ich habe für uns alle eine kleine Überraschung geplant. Oda nimmt ihn gerührt in ihre Arme und drückt ihn, was ihm sichtlich peinlich ist. Ich ziehe es vor, ihm männlich die Hand zu drücken und mit der Linken freundschaftlich auf die Schulter zu klopfen. Unter Männern bedarf es in diesem Moment keiner Worte. Ich hätte ohnehin nichts Geistreiches über die Lippen gebracht. Stephan versteht mich.

Ich habe vor, dem feierlichen Anlass einen würdigen Rahmen zu geben, will mich großzügig zeigen und die beiden, meinen Sohn und meine Ex-Frau, seine Mutter, zum Essen einladen, mal etwas feudaler. In der *Aubergine* habe ich einen Tisch reserviert.

„Tut mir leid", sagt Stephan, „wir sind ..., die ganze Clique ist in der *Tomate* verabredet. Ja, jetzt gleich." Außerdem müsse er noch eine Menge organisieren, Getränke, Fressalien, alles Mögliche für die Fete heute Abend. Davon wusste ich nichts. Wo die denn stattfindet, will ich wissen.

„Am *Hinkelstein*, aber ohne Eltern. Das wird 'n reines Besäufnis."

So läuft das also. Sie wollen unter sich sein. Wir sind nicht erwünscht, werden eiskalt abserviert.

„Aber ich habe einen Tisch für uns bestellt. Und ich habe mich darauf gefreut."

„Sorry." Stephan legt seinen Dackel-Blick auf. Es ist nichts zu machen. Ich bin stinksauer, finde, dass das kein Stil ist. Aber ich sage nichts, will die gute Stimmung der anderen nicht verderben. Oda schweigt. Ich hätte von ihr etwas Unterstützung erwartet.

„Übrigens", sagt Stephan zu Oda, „ich penne heut Nacht bei 'nem Kumpel. Nur, damit du Bescheid weißt. Die nächsten drei Tage seht ihr mich sowieso nicht. High Life ist angesagt. Also, tschüss!"

Und schon ist er verschwunden.

„Und du?", frage ich Oda, „was ist mit dir?"

„Du, find ich wahnsinnig nett von dir, aber eigentlich habe ich noch was vor. Wenn es dir recht ist, können wir gern ein andermal zusammen essen gehen." Sie kramt dabei in ihrem Handtäschchen nach Pfefferminz-Pastillen. Mir bietet sie keine an.

Natürlich ist es mir nicht recht, alles hier ist mir nicht recht, aber das scheint niemanden zu interessieren.

„Okay", sage ich und gebe auf.

Wir verabschieden uns und jeder geht seiner Wege.

Das war's also! – Die Abiturfeier meines Sohnes.

Klappe zu, Affe tot

Um acht Uhr fünfunddreißig ging mein Zug. Ich hatte verschlafen. In letzter Minute rannte ich quer durch den Hauptbahnhof, verlor fast die kostbare Mappe mit den Entwürfen, fand diesen Bahnsteig 6 nicht. Die Hetze verdarb mir die Laune. Der bittere Kaffeegeschmack drückte vom Magen nach oben. Ich hatte nichts gegessen, Brotkasten und Kühlschrank waren leer, weil ich nicht mehr einkaufen war, da heute ohnehin Abreise. Das ganze Zeug vergammelte sonst bloß. Eigentlich hatte ich vor, mir im Bahnhof ein Croissant zu genehmigen, wollte diesen Augenblick des Abreisens, des Verlassens, genießen, diese eigentümliche Atmosphäre, die Bahnhöfe so an sich haben. Ich reise gerne, liebe das Weggehen und das Ankommen, das Ungewisse eines fremden Ortes. Aus dieser feierlichen Inszenierung meiner Abreise wurde also nichts. Völlig verschwitzt und außer Puste sank ich im Abteil auf den Sitz. Wenn schon der Start so misslang, sollte wenigstens meine Ankunft ein Erfolg werden. Ich war wild entschlossen dazu und freute mich auf Hamburg.

Jetzt sitze ich seit fast zwei Stunden im Intercity. Es ist Montag, kurz vor Hannover. Den SPIEGEL habe ich beiseitegelegt. Die Landschaft ist flach, ohne Reiz auch bei Sonnenschein. Endlose Äcker, schon abgeerntet, Zementfabriken, Reihenhäuser aus rotem Backstein-Klinker dicht an der Bahnstrecke. Ein weiter Himmel, wenig Erde, ruhige Langeweile. Ich fühle mich wohl, spüre mein halbsteifes Glied in der Hose. Reiner Reflex auf das Vibrieren des Zuges, kostenloser Service der Bundesbahn, angenehm. Hamburg. Ich habe keine klare Erinnerung mehr. Bin nur zweimal kurz dort gewesen. Einmal auf der Durchreise mit den Eltern in die Sommerferien nach Schabeutz. Eine Ewigkeit her, damals war ich ein Schuljunge. Viel später dann ein Kurzbesuch zu irgendwelchen AStA-Kontakten, Informationsaustausch und Strategieabsprachen wegen eines Sternmarsches nach Bonn. Es ging, glaube ich, um den Radikalen-Erlass – kaum Zeit für die Stadt. Schwache Impressionen von breiten Straßen, viel Grün, kleine Boote auf der Alster, immer Wind. Ich freue mich. Endlich raus aus Frankfurt, diesem Wolkenkratzer-Nest voller Banker und Fixer. Der Weite des Nordens entgegen, gediegener hanseatischer Kosmopolitismus, Tor zur Welt, nicht so amerikanisiert. Und es scheint die Sonne.

Diese Dienstreise ist ein besonderer Gunstbeweis von Armin, unserem Chef. Er vertraut mir, meinem unwiderstehlichen Charme und meiner Eloquenz im Umgang mit Kunden. Unsere *Fresh-Idea-Corporation (F.I.C.) – Product-Design & Marketing Conceptions* hatte Entwürfe für die neuen Produkte eines Süßwarenfabrikanten gemacht. Brillante Ideen, alternative Vorschläge zur Auswahl. Firmenchefs brauchen das Gefühl, selbst entscheiden zu können. Die Beratung muss also so erfolgen, dass diese Entscheidung zu Gunsten der von uns favorisierten Ideen ausfällt. Das ist die Kunst und das ist meine Aufgabe. Es war schon ein riesiger Erfolg, dass der Auftrag überhaupt an uns ging und nicht in Hamburg hängen blieb.

Es geht um irgendwelche gummiartigen und schaumig aufgeblasene Dinger zum lustvollen Kauen und Lutschen, eine elastische, infantil-erotische bunte Masse, die in großem Stil jetzt auf den Markt geworfen werden und dem Spitzenreiter *Haribo* das Fürchten lehren sollte. Diesen Dingern sollten ohrschlüpfrige Namen gegeben werden, die heißhungrige Assoziationen samt Speichelfluss vor allem bei Kids und oral fixierten Twens auslösen sollten. Zur Diskussion stehen „Schlupfis" (für Kleinkinder bis zur Oma, fröhlich, unterschwellig anal), „Horny Stick" (für potente Anpacker und harte Burschen, aggressiv, unterschwellig genital), „Bambo" (unterschichtorientiert, militant-aggressiv, unterschwellig rassistisch) und last but not least „Magic Dummy" (geheimnisvoll-fantastisch, Disney like, unterschwellig oral). Also das Beste an Phantasie, was unsere Factory zu bieten hat – leider nichts von mir. Ich bin nur der Botschafter, der Repräsentant, nach gründlichem Briefing über die raffinierten Techniken gefälliger Präsentation. Ich war der Einzige, der zu diesem Termin zur Verfügung stand, das heißt, nichts zu tun hatte. Die anderen saßen bereits an neuen, größeren Ideen, alles natürlich Terminsachen. Im Grunde war dieser Süßwarenhersteller aus Hamburg nur ein kleiner Fisch. Trotzdem, ich bin fest entschlossen, aus dieser Sache einen Erfolg zu machen. Und dafür hatte ich mich effektvoll in Schale geworfen. Kombination aus Aubergine-Sakko und einer angenehm weiten Bundfaltenhose aus grobem Leinen, Modell *Sylt*, sandfarben mit perlenbesticktem Gürtel. Dazu ein geblümtes Hemd, farblich abgestimmt. Keine Krawatte! Kurz, ein professionell modisches Styling, dynamisch jung, dezent provokativ und unkonventionell wie unser Team und seine Ideen. Armin hatte mir alles aus seinem Schrank geliehen, ich fahre also in Dienstkleidung. Armin ist mein Gönner und Sponsor. Ihm habe ich den bescheidenen Luxus meiner jetzigen Existenz zu verdanken. Daher meine Bereitschaft zu jeder Maskerade. Nach meiner kurzen Episode im staatlichen Schuldienst, wechselnden Perioden der Arbeitslosigkeit, diversen Kellnerdiensten in Bornheims Kneipen sowie anderen Kurzzeit-Jobs, habe ich bei Armin, so wie es zur Zeit aussieht, meine vorläufige Lebensstellung gefunden. Weiteres Anhalten der Konjunktur vorausgesetzt. Er suchte jemanden, der ein paar originelle Texte verfassen konnte, kleine Slogans mit sicherer Pointe, und bei mehreren Bieren wettete ich mit ihm, dass ich dafür genau der Richtige sei. Meine Sprüche hatten nur mäßigen Erfolg, aber wir waren im Geschäft. Da ich in dem damaligen Drei-Mann-Laden – heute sind wir acht – wegen

Rückfragen des Öfteren auftauchte und immer gerade dann irgendwelche dringenden Arbeiten anstanden oder einer der festen Mitarbeiter ganz schnell mal weg musste, machte ich mich nützlich. Ich half in allen Ressorts aus, tippte Texte in den Computer, den ich hasse, erledigte Post, goss die Blumen, was ich sorgfältig tue, und ordnete den Terminkalender von Armin. Inzwischen bin ich als Mädchen für alles unentbehrlich. Aufstiegsmöglichkeiten zum *Art-Director* oder *Idea-Chief* sind mir aufgrund mangelnder Qualifikation bisher versagt, deswegen mögen mich alle.

Die Hamburger Strategie ist so angelegt, dass „*Bambo*" (wenn auch ökonomisch sicher erfolgreich) als nicht marktfähig verworfen, „*Schlupfi*" als zu banal und direkt erkannt werden sollte, so dass die schwierige unternehmerische Entscheidung zwangsläufig für „*Horny Stick*" und „*Magic Dummy*" ausfallen musste, zwei unverbrauchte *names*, die ins Ohr gehen, internationales Flair besitzen und der Phantasie der Konsumenten genügend Spielraum lassen. Der gewisse erotische Kick signalisiert tolerante Weltläufigkeit und lädt zum Reinbeißen ein. Schließlich haben wir in der Branche einen Ruf zu gewinnen.

Ich gehe jetzt doch auf die Zugtoilette, um meine Dauererektion los zu werden. Ich kann sonst keinen klaren Gedanken mehr fassen.

Während der Zug durch die Heide rauscht, döse ich ein wenig. Mit fällt ein, dass Florian in Hamburg lebt. Jedenfalls war das meine letzte Information über ihn, seit wir uns aus den Augen verloren haben. Sollte er wirklich in Hamburg sein, könnte ich ihn besuchen. Plötzlich habe ich Lust dazu. Irgendwie würde sich das einrichten lassen. Die Besprechung war erst morgen früh um zehn Uhr angesetzt, irgendwo in der Nähe der alten Speicherstadt am Hafen, anschließend ein Mittagessen mit dem Chef. Ich hätte also heute noch den ganzen Nachmittag und Abend frei. Und wenn ich wollte, konnte ich erst Übermorgen früh zurückfahren. Die in Frankfurt kamen auch ohne mich aus. Ich will etwas von Hamburg sehen. Vielleicht könnte ich zusammen mit Florian etwas unternehmen, er kennt sich sicher aus. Flori und ich, wir sind alte Schulfreunde. Unsere Freundschaft begann, als er die zwölfte Klasse wiederholen musste und so in meine Klasse runterrutschte. Ein netter Kerl. Ich freue mich auf ihn.

Endlich Hamburg. Elbbrücken, Lagerhallen, Kräne, das Übersee-Zentrum. Zu meinem Erstaunen nur wenige Schiffe an den Kais. Für einen kurzen Moment ist der grüne Michel in der Ferne zu sehen. Dann Einfahrt in den Hauptbahnhof.

Ich steige die Treppen hoch und bilde mir ein, die Elbe, vielleicht sogar die Nordsee zu riechen. Ich bin aufgeregt wie ein Schuljunge, neugierig, atme tief den Duft der großen weiten Welt. Die Ladenpassagen, die vielen Menschen, die alten Häuserfassaden, alles erscheint mir bedeutender und eleganter als in Frankfurt, irgendwie gediegener. Selbst die Penner und Fixer kommen mir nicht so spießig vor. Ich habe Lust auf Abenteuer.

Steintor Wall, Spitalerstraße, Mönckebergstraße, ich gehe zu Fuß zum Hotel, will etwas von der Stadt sehen. Lasse mich unterwegs zu zwei Krabbenbrötchen – mit echten Nordsee-Krabben, diesen lecker-aromatischen rosa Würmchen! – und einem Glas Sekt auf der Straße verführen, was sonst nicht meine Art ist, aber die frische Seeluft macht Appetit. Diese neuen Gesichter, ein anderer Klang der Sprache, vor dem Thalia-Theater Musik, eine bunte Truppe aus Peru, all das weckt Leben in mir.

Dann das *Priewall* eingekeilt zwischen Bürohäusern in einer engen Gasse, die zur Alster hinunter führt, ein typisches Vertreter-Hotel, ordentlich und langweilig. Abends sei hier nichts los, meint der Pförtner mit hamburgischem

Tonfall, aber wenn der Herr ein Taxi wünscht ... *stets zu Diensten.*

Ich dusche mich, liege nackt auf dem Bett und rauche. Fremde Orte erotisieren mich immer. Im Telefonbuch suche ich nach Florians Adresse ... *Florian Mahlmann, Barmbeker Landstraße* ..., das muss er sein. Ich wähle die Nummer. Es dauert lange. Endlich, eine verschlafene Stimme, es ist nicht Florian. Eine junge Stimme. Er sei nicht da, noch im Büro. Ich frage nach Adresse und Telefonnummer. Der Bursche will wissen, wer ich sei. Ein alter Freund, sage ich. Das scheint ihn nicht zu begeistern. Schließlich rückt er mit der Nummer raus. Ein Verlag, keine Durchwahl zu Flori. Ich rufe den Verlag an.

„Alster Art Verlag, ja bitte?" Wieder eine norddeutsche Stimme, so vornehm hochdeutsch, diesmal eine Frau.

„Ich hätte gern Herrn Mahlmann gesprochen."

„Ich will sehen, ob er noch im Hause ist. Wen darf ich melden?"

„Jonas Winkler."

„Moment bitte!" Natürlich ist er noch im Hause, immer dieses Getue. Von einem Band ertönen sanfte Blues-Klänge. Ein vornehmer Laden oder bloße Schau? Ich weiß es nicht.

„Mahlmann."

„Hallo, hier ist Jonas."

„Was für ein Jonas?"

„Na, denk doch mal scharf nach!"

„Soll das ein Scherz sein?"

„Wieso?"

„Ich kenne keinen Jonas."

Er ist misstrauisch und abweisend. Ich bin enttäuscht. Wir waren dicke Freunde gewesen.

„Mensch, Flori, Jonas Winkler aus Frankfurt. Erinnerst du dich nicht?"

„Ach ja", sagt er ohne Gefühlsregung. Er weiß anscheinend immer noch nicht, wo er mich hinstecken soll.

„Gagern-Gymnasium, Flick-Flack in Bornheim", sage ich.

„Ich weiß schon", sagt er trocken. „Was kann ich für dich tun?"

„Ich will dich sehen. Ich bin in Hamburg."

„Zurzeit bin ich ziemlich beschäftigt."

Er will mich abwimmeln. Darauf bin ich nicht gefasst. Seine kühle Art ärgert mich, aber ich lasse nicht locker.

„Mann, alter Junge, ich hab mich so auf dich gefreut. Wann hast du denn Schluss?"

„Vor fünf auf keinen Fall."

„Gut, ich hole dich um fünf ab."

Er will etwas einwenden. Irgendwie ist es ihm nicht recht. Aber ich nagele ihn fest.

„Keine Ausreden. Ich lade dich ein, und du zeigst mir Hamburg. Sonst ist es aus mit unserer Freundschaft."

„Also gut, ich werde sehen, dass ich mich frei machen kann."

„Das ist aber nicht nötig", sage ich, sollte ein Scherz sein. Er geht nicht darauf ein.

„Du, ich muss jetzt Schluss machen."

„Also, um fünf, okay?"

„Na gut."

Er hängt ein. Ein kühler Empfang. Irgendetwas stimmt nicht mit ihm. Gut, wir hatten uns eine Ewigkeit nicht gesehen und eigentlich keinen Kontakt seit damals gehabt. Aber wir hatten uns in gewisser Weise geliebt.

Ich gehe über den Jungfernstieg, durch die Kolonaden in Richtung Dammtor und spüre plötzlich die alte Ungeduld des Lebens in mir, einen Überfluss an Energie, der zu Taten drängt, eine unbändige Lust zu leben, wie damals, als ich achtzehn war.

Auf der Moorweide spielen junge Männer Fußball. Ich lege mich ins Gras und sehe ihnen zu. Schwarzhaarige Kerle mit muskulösen, braunen Armen und Oberschenkeln. Voll Kraft und Kampfgeist in ihren durchgeschwitzten T-Shirts. Nichts Gleichgültiges ist an ihnen, wildes Gestikulieren, harter Einsatz, Leidenschaft. Ich beneide sie.

Es ist fünf Uhr. Pünktlich stehe ich in der Rothenbaumchaussee vor der Gründerzeit-Villa des *Alster Arte* Verlags. Pastelltöne, weiße Schleiflack-Tür mit kleinen, eingelassenen Glasscheiben im Halbrund darüber, davor Rhododendron-Sträucher, ein wirklich vornehmer Laden. Florians Büro liegt im ersten Stock. Ich klopfe und trete ein. Hinter einem eleganten Schreibtisch sitzt ein korpulenter Herr, nein, dick und fett sitzt er da. Sein Bauch fließt dermaßen über seine Oberschenkel, dass sich das Jackett des teuren Anzugs nicht schließen lässt. Ein kahler, braungebrannter Kopf wird von einem kurzgeschorenen Silberkranz umrahmt. Speckfalten unter dem Kinn. Auf der Oberlippe ein schwarz gefärbter Schnäuzer. Ein Koloss von kaum zu definierendem Alter sitzt da wie eine Bulldogge in seinem Sessel. Das ist nicht Florian.

Es ist wie ein Keulenschlag. Es kostet mich Mühe, mir nichts anmerken zu lassen. Die Fleischmasse erhebt sich, immerhin mit einiger Behändigkeit und Vitalität, die man ihr nicht zugetraut hätte. Ich reiße mich zusammen und falle ihm um den Hals, drücke ihn fest an mich, als würden so alte Erinnerungen lebendig. Ich spüre, wie er in meinen Armen erstarrt, stocksteif wird. Die Tür steht noch halb offen. Er sieht nervös um sich, ob keiner die Begrüßungsszene beobachten kann. Von ihm keine Geste der Freude, des Erkennens, des wieder Erinnerns.

„Dir geht es ja nicht schlecht, wie man sieht", sage ich und streiche ihm liebevoll über den massigen Bauch. Ich will witzig sein.

„Jahresringe", meint er, „wir werden eben alt."

Wieso wir? Du wirst alt, denke ich. Er ist älter als ich, nicht viel, vielleicht ein oder zwei Jahre. Ich bin plötzlich deprimiert, versuche mir vorzustellen, wie er mich sieht. Ich fühle mich jung, halte meine Figur ganz passabel in Schuss. Meine ganze frühere Liebe für ihn, die ich in meinem Herzen gespeichert und vielleicht auch verklärt hatte, ist in diesem Augenblick erloschen. Auf der Straße hätte ich ihn nicht erkannt. Vor mir steht ein Fremder.

„Lass uns gehen!", sagt er und schiebt mich zur Tür. „Es braucht uns keiner zu sehen. Privatbesuch ist bei uns nicht üblich."

Warum ist er so förmlich? Was für eine alberne Heimlichtuerei. So kenne ich ihn gar nicht. Hat er Angst, man könnte mich für einen seiner *Schwestern* halten, die ihren Schatz abholt? Und wenn schon, was geniert ihn daran? Er hatte doch früher allen Leuten, die nicht danach gefragt hatten, auf die Nase gebunden, dass er schwul sei, hatte den Rosa Winkel auf dem Kragen getragen. Und es hatte ihm Spaß gemacht, die Spießer zu verunsichern.

Auf der Straße zündet er sich eine Zigarette an, hält mir die Schachtel hin. Ich nehme eine, obwohl mit Filter. Rauchend gehen wir weiter, beschließen, erst mal etwas essen zu gehen. Seine zu kurzen Beine, die dicken Oberarme fallen mir auf. Früher war er nicht so tuntig, jedenfalls habe ich es nicht so empfunden. Alles an ihm ist so weich und wabbelig, so weiblich. Sein geheimnisvolles Getue nervt mich. Jeder, der nicht ganz auf den Kopf gefallen ist, konnte zehn Meter gegen den Wind erkennen, dass er stockschwul ist. Ich merke, wie ich mich verkrampfe, unsicher werde. Und es ärgert mich, dass er es ist, der diese Verunsicherung in mir auslöst. Ich hatte ganz anderes im Kopf, wollte mit ihm über alte Zeiten reden, mich amüsieren und – so wie damals – Dummheiten machen. Meine Stimmung ist weg.

Wir landen schließlich beim Chinesen. Blick über die Alster, weiße Motorboote, drüben die *Vier-Jahreszeiten*. Er redet ruhig, sachlich. Wie früher benutzt er die Hände zum Erklären. Er managt den Verlag, kümmert sich um das Kaufmännische, mit der kreativen Seite hat er nichts zu tun. Sie geben Kinderbücher heraus und Cartoons, Postkarten und Kalender, also viele Bilder und Illustrationen. Er kennt die Hamburger Künstlerszene. Finanziell gehe es ihm nicht schlecht. Er trinkt schnell. Nach dem zweiten Bier taut er sichtlich auf, lächelt ab und zu zum Fenster hinaus. Ich sehe ihn genau an, seine Leibesfülle, den fast kahlen Kopf, die eisgrauen Haare und die Speckfalten unter dem Kinn. Ich versuche, etwas von dem Florian wiederzuerkennen, den ich mir in der Erinnerung aufbewahrt hatte. Wo ist er geblieben, der zierliche, jugendfrische Flori?

Schulterlange, dunkelbraune Haare, ein Lachen bis zu den Ohren, sein schmales Gesicht mit den Grübchen, die schlanken Handgelenke, umwickelt mit kleinen bunten Perlenschnüren. Seine glatte, unbehaarte Brust, der hübsche Hintern in engen Fransenjeans, überhaupt, seine Sinnlichkeit, das pausenlose Dehnen und sich Zusammenziehen seines jungen Körpers. Das war Florian damals. So hatte ich ihn in meinem Kopf.

Nur ganz langsam gelingt es mir, in seinen noch immer blauen und wachen Augen etwas von dem alten Glanz wiederzufinden. Aber das meiste ist ganz tief irgendwo im Inneren dieses Kolosses begraben.

„Weißt du noch, du als Freiheitsstatue mit solchen Titten auf der Schwulen-Demo? Und die Faschingsfeten an der Uni? Der Tunten-Ball im Palmengarten?"

„Mein Gott, das ist Ewigkeiten her", sagt er leidenschaftslos, fast abwehrend. „Ja, unsere Illusionen über die Veränderbarkeit der Menschen." Seine Mundwinkel zucken kurz, um ein Lächeln anzudeuten.

„Das waren doch tolle Zeiten. Ich glaube, die schönsten Jahre meines Lebens", sage ich. „Alles war so neu und aufregend. Jeder Tag ein Fest. Stell dir vor, das alles wäre nicht gewesen. Ich wäre nicht der, der ich heute bin."

Er denkt nach, gibt aber keine Antwort. Meine Stimmung wird allmählich wieder besser, auch Florian wirkt jetzt lockerer und entspannter.

„Weißt du, wozu ich Lust habe?", frage ich ihn. „Heute Abend mit dir einen Bummel durch die Szene zu machen."

„Die Szene ist längst tot", sagt er.

„Die Schwulen werden ja in Hamburg nicht ausgestorben sein."

„Ich kenne mich da gar nicht mehr aus. Weißt du, das ist vorbei."

„Das glaube ich dir nicht. Ein paar Schuppen wirst du doch kennen, in denen was los ist, wo die knackigen Boys sind. Ich bin neugierig." Ich denke an muskulöse Dockarbeiter, an tätowierte Matrosen in engen weißen Hosen, solche wie *Querelle*, habe Fassbinder-Bilder im Kopf.

„Ach du liebe Güte." Er lacht jetzt laut. „Da musst du ins Pik Ass, da trifft sich das Jungvolk, die Schickimicki-Szene. Aber so Typen wie du und ich sind da nicht gefragt."

Ich finde, dass er übertreibt. Immerhin, schließlich lässt er sich überreden, einen kleinen Bummel zu machen, aber nicht zum Pik Ass.

Erste Station unserer Reise in die schwule Subkultur ist das *Café Suspekt*. Ein kleiner, unterkühlter Laden mit Stahlrohr-Möbeln und hellen, popfarbenen Wänden. Es ist noch gähnend leer. Zwei Typen sitzen – jeder alleine – an einem der kleinen runden Tischchen und blättern gelangweilt in irgendwelchen Journalen. Ein älterer Jeans-Knabe steht am Tresen und flüstert mit Charly, der Bedienung. Charly hatte Florian mit einem Küsschen begrüßt. *Grüß dich, mein Lieber, wie geht's dir denn, mein Schatz?*, flötete er, ohne auf eine Antwort zu warten, *Was darf ich euch zwei denn bringen?* – Ich komme mir ein bisschen vor wie im Wartesaal der Heilsarmee. Florian schlürft seinen Cappuccino, ich suckele an meinem Campari-Orange. Wir schweigen. An der Wand zwei Traumboys, große Schwarz-weiß-Fotos wie beim Herrenfrisör.

Diese alternde, fette Schwuchtel neben mir, das ist also Flori, denke ich, mein Flori, das, was von ihm übriggeblieben ist. Ich finde, sein Name passt nicht mehr zu ihm, jetzt müsste er Bodo heißen. Eigentlich ist nichts von Flori übrig geblieben. Umgekehrte Metamorphose. Der Schmetterling hat sich in eine Raupe verwandelt. Aber wozu? Fettpolster als Selbstschutz? Ich sehe nicht den Nutzen.

Direkt aus dem Hippie-Himmel war er damals zu uns, zu mir in die Klasse herabgestiegen. Ein Sohn der Liebe zwischen David Bowie und Jim Morrison, strahlend schön. Alle waren verrückt nach ihm, Mädchen und Jungen. Wir schmorten noch im eigenen Saft, aber schon aufgeheizt von den Bildern aus *Woodstock*. Wir phantasierten vom Aufbruch ins wahre Leben, das sich damals – so glaubten wir – an den Unis abspielte. Wir wollten raus aus dem Dornröschen-Schlaf und der Langeweile heimischer Fürsorge und Ordnung, sehnten uns nach wilden, aufregenden Erfahrungen. In uns brannte die *Sympathy for the Devil*. Und Flori war unser, mein Erlöser. Er war es, der mich aus meiner muffigen Stubenhockeronanie befreite, war der Prinz, der mich wachküsste. Mit Mädchen lief bei mir damals noch nicht viel, mit seinem Körper kannte ich mich aus. Er war wie ich. Und ich wollte wie er sein. Einmal sagte er zu mir, *du siehst aus wie Mick Jagger.* Ich stand tagelang vor dem Spiegel, bis ich fand, dass er recht hatte. Vom Schwulsein wusste ich so gut wie nichts. Mit vierzehn, fünfzehn waren wir manchmal nach der Schule hinüber zur Klappe in der Friedberger gepilgert. Die tollsten Dinge sollten sich da abspielen. Wilde Gerüchte. Und die Tipps von Kennern: *Wenn dich einer anmacht, musst du nur laut schreien „Pfoten weg, du schwule Sau!", dann ziehen die den Schwanz ein und verpissen sich.*

Was wir da eigentlich wollten, war unklar, aber es war aufregend. Leider war nie etwas los, wenn ich dabei war, obwohl wir stundenlang herumstanden und so taten, als müssten wir pinkeln. Solche Idioten waren wir damals.

Flori hat mich nicht verführt. Ich war bereit für ihn, schrie nicht um Hilfe. Seinem Lächeln, seiner warmen, glatten Haut, dem sanften Blick in meine liebeshungrige Seele konnte und wollte ich nicht widerstehen. Das kleine braune Büschel zwischen seinen Schenkeln, der Leberfleck auf der Lende, seine Zuneigung, seine zärtlichen Berührungen elektrisierten mich. In seiner Nähe fühlte ich mich geborgen und es war schön. Was hatte das mit Schwulsein zu tun? Ich hatte keine Ahnung. Dass er längst sein Coming out in der Schwulenszene hatte, wurde mir erst klar, als ich vom Zivildienst aus Hefata zurückkam. Ich hatte mich schon gewundert, warum er keinen Zivildienst leisten musste, denn zum Wehrdienst wäre er natürlich nicht gegangen. Als ich an die Uni kam, war Florian längst im AStA-Schwulen-Referat aktiv. Er organisierte und demonstrierte, reiste in der Gegend herum zu solidarischen Aktionen mit Brüdern und Schwestern in der Provinz und sonst wo. Ob Christopher Street Day oder Gay Festival, wo etwas los war, war er dabei. Ich war nicht Floris Lover. Die halbe Stadt war hinter ihm her. Es ging sogar das Gerücht, dass er es mit einem Professor treibe. Er ließ sich auch von älteren Herren einladen. Nein, Besitzansprüche konnte ich keine geltend machen. Er verströmte und verschenkte sich großzügig. Aber ich bewunderte und liebte ihn. Wir spielten und leckten uns wie junge Hunde und spritzten, was die Lust hergab. I couldn't get no satisfaction.

Ich habe es Florian zu verdanken, dass ich keine Angst vor dem Anfassen habe, vor körperlicher Nähe auch zu Männern. Warme, weiche Haut, Zärtlichkeit, die Lust der Berührung, Streicheln und Küssen, Frauenkörper, Männerkörper, es gibt keinen Unterschied, wenn man sich mag. Aber ich bin sicher, wenn ich Oda oder ein anderes Mädchen vor Florian gehabt hätte, all das wäre nicht mehr möglich gewesen. Und ich wäre um vieles ärmer, um schöne Momente, um Erfahrungen und ein Glück, das ich nicht missen möchte.

Jetzt sitze ich mit Florian hier in diesem traurigen Szene-Café und alles ist so weit weg. Ich kann die alten Zeiten mit ihm nicht wiederbeleben. Er will nicht erinnert werden. Warum, weiß ich nicht. Ich versuche herauszufinden, ob ich ihn noch mag, ob etwas von der alten Liebe übrig geblieben ist, oder ob es nur noch ein altes Bild ist, das ich in mir trage. Ich fühle nichts für den, der jetzt neben mir sitzt. Und doch hätte ich ihn gerne gemocht, wenigstens aus Dankbarkeit.

Dieses Café ist langweilig. Es tut sich absolut nichts. Keine geilen Burschen, nichts, das die Fantasie anregt, absolut tote Hose.

„Der Laden hier ist längst out", meint Florian, „die Szene ist überhaupt tot."

Vielleicht hat er recht. Wir gehen.

Unsere nächste Station ist der *Manhattan Club*. Nach St. Pauli und zur Reeperbahn will Florian nicht. Da brächten ihn keine zehn Pferde mehr hin, alles Nepp, kriminell, außerdem versifft. Dann lieber St. Georg. Das sei zwar auch ziemlich runtergekommen, zu viele Fixer und Penner, aber die Schwulen würden in Ruhe gelassen. Also nach St. Georg.

Ich will Florian unterhaken. Arm in Arm hätten wir ein barockes Pärchen abgegeben. Aber er mag nicht. Der

Manhattan Club ist wie eine Schiffskajüte ausstaffiert. In der Mitte eine Rundtheke mit Barhockern. Rundum läuft eine Messingstange, auf die man die Füße stellen kann. Diese runde Kommandobrücke füllt fast den ganzen Raum. Nur in den Ecken stehen noch winzige Tische mit Hockern. Eine Bar, weiter nichts. Die Kommandobrücke ist schon belagert. Wir stellen uns dazu und bestellen unser Bier. Zwei Typen grüßen Florian, er ist also auch hier nicht unbekannt. Kein junges Publikum, so ab die Dreißig aufwärts. Einige rauchen gedankenverloren, andere spielen mit ihrem Glas zwischen den Fingern, geredet wird kaum. Es ist, als warten alle auf irgendetwas. Mir fällt auf, dass von den zwölf Männern rund um die Bar neun kurzgeschorene Köpfe und einen Schnauzer auf der Oberlippe haben. Ich komme mir vor wie am Liegeplatz einer Robbenkolonie. Walter fällt mir ein, unser schwuler Zeichner im Büro. Im letzten Jahr war er in einer ziemlich schlechten Verfassung, machte gerade eine Krise durch. Er war gereizt, arbeitete schlecht, kam häufig zu spät oder gar nicht. Alle wussten, was los war, aber es wurde nicht darüber geredet. Wir sind ja eine so progressive Crew, da ist es selbstverständlich, dass über private Dinge kein Wort verloren wird, auch wenn einer fast vor die Hunde geht. Walters Freund hatte sich in dunkler Nacht mit einem kräftigen jungen Autoschlosser auf und davon gemacht und das nach sechzehn Jahren Ehe. Ich erfuhr die Story von Brigitte in allen Einzelheiten. Als Walter eines Tages wieder nicht gut aussah und Schwierigkeiten mit der Arbeit hatte, wollte ich ihm helfen. Ich dachte, es könnte ihm gut tun, mit jemandem zu reden. Ich mochte Walter und kam gut mit ihm zurecht. Ich war mit ihm und seinem Ex-Freund einige Male im Kino gewesen. Vor mir brauchte er nicht Versteck spielen. Er tat mir leid und ich wollte ihm helfen. Als wir für einen Moment alleine im Atelier waren, legte ich meine Hand auf seinen Arm und sah ihm in die Augen.

„Hast du Lust, heute Abend ein Bier mit mir trinken zu gehen?", fragte ich. Er war sichtlich irritiert, eine leise Röte überflog seine Wangen. Ich hatte ihn für abgebrühter, für cooler gehalten. „Oder kann ich irgendetwas für dich tun", wollte ich wissen.

„Das ist nett von dir, aber ... ich steh nur auf Schnauzer."

Hier treffen sie sich also, die Liebhaber von Schnauzern. Auch Florian trägt ja so ein gepflegtes Attribut harter Männlichkeit. Sie sitzen gelangweilt an dieser Theke in dieser Bar, in der nichts passiert, nichts, das sie aus ihrer Lethargie reißt. Geht einer aufs Klo oder kommt ein Neuer herein, immer folgen ihm ein Dutzend Augenpaare, die ihn taxieren und zugleich offensichtliches Desinteresse signalisieren. Es ist, als habe jeder Angst, den Eindruck zu erwecken, er sei interessiert oder womöglich scharf auf den anderen. Nur nichts riskieren, vor allem keine Abfuhr. Das Erfreulichste in dieser traurigen Bude ist der dunkelhaarige Jüngling hinter der Theke. Er trägt ein offenes weißes Hemd, hat frischrote Lippen und ein sympathisches Gesicht. Ein flinker Bursche mit guter Figur. Wahrscheinlich der Einzige hier, der nicht schwul ist.

„Gehst du öfter hier her?", frage ich Florian.

„Selten. Mal für'n Bier."

„Und, was läuft hier sonst so ab?"

„Siehst du doch. Nichts."

„Wird hier nicht angemacht, aufgerissen, abgeschleppt?"

Florian verzieht den Mund zu einem geringschätzigen Lächeln.

„Was hast du denn für Spießer-Vorurteile?"

Ich verstehe nicht, was er meint. Offensichtlich ist doch, dass hier alle etwas erleben wollen. Vielleicht keine Sensationen, aber irgendeine kleine Abwechslung, eine Aufmunterung, ein interessantes Gespräch, ein schönes Gesicht, jedenfalls etwas, das es lohnte, hierhergekommen zu sein und nicht zu Hause zu hocken, wo ihnen die Decke auf den Kopf fällt.

„Nach zwölf wird's hier erst richtig voll", meint Florian, „aber was du suchst ... nee, Prinzen, die gibt's hier nicht. Hier ist keiner mehr scharf auf den anderen. Die kennen sich alle und irgendwann war jeder schon mal mit jedem im Bett."

„Aber das ist doch kein Grund sich anzuöden. Warum kommen sie dann überhaupt hierher?"

„Weil du hier in Ruhe dein Bier trinken kannst und nicht alleine bist. Das ist wie 'ne große Familie."

„Ja, bei einer Beerdigung", sage ich.

„Was hast du denn erwartet?"

Ich weiß es nicht. Jedenfalls mehr, etwas Stimmung, was Exotisches, Aufreizendes, schöne Männer, Lust, Zärtlichkeit, ein bisschen Glitter und vor allem Fröhlichkeit und Leben und bessere Musik. Florian lacht über meine Naivität.

"Du gehst zu oft ins Kino."

„Gibt's denn hier wirklich keinen Laden, wo was los ist? Travestie-Show, Männerstrip, irgendeine Revue, was Erotisches?"

„Ach du meine Güte", stöhnt er, „das kannste doch vergessen. Das ist was für Touristen, die Sex-Spanner und Klemmer aus der Provinz, die Wochenend-Schwulen. Außerdem ist heute Montag."

„Und die Schmidt-Show auf der Reeperbahn?"

„Schrott! Den Corny kannste in der Pfeife rauchen. Der prostituiert sich da jeden Abend und haut die Schwulen in die Pfanne. Und die Heteros und Weiber kreischen vor Vergnügen, weil sie immer schon wussten, was Schwule doch für ulkige Säue sind."

Ich kannte Corny von früher, als er noch mit seiner Brühwarm-Truppe durch die Lande zog als schwuler Freiheitskämpfer und Bürgerschreck. Jetzt war er anscheinend zum Kasper der Spießer und Yuppies verkommen. Schade. Florian schüttet sich schon sein viertes Bier hinter die Speckbinde. Er kommt mir plötzlich total abgeschlafft vor. Ich habe das Gefühl, dass er mich absichtlich hinhält. Warum schleppt er mich überhaupt in diesen toten Schuppen? Ich glaube ihm nicht. Irgendwo in diesem Hamburg musste doch die Post abgehen, Montag hin, Montag her.

„Wo treibt sich denn das Jungvolk rum? Wo gehen denn die schönen Wilden hin?"

„Da musst'e in die Disco, ins *Fife* oder *Spectrum*. Wenn sie dich reinlassen."

„Was soll das denn heißen?"

„Junge, du bist völlig out of time. Bei den Poppern hast du doch keine Chancen mehr. In deinem Alter ist man out."

Verdammt nochmal! Sein zynisches Rumgenöle, dieser destruktive Pessimismus ging mir ganz schön auf die Nerven. Bei wem hatte e r denn noch Chancen? Hat er überhaupt jemanden, mit dem er noch ins Bett geht? Oder holt er sich die Stricher vom Bahnhof? Ich bin wütend. Finde ihn arrogant. Der Knabe am Telefon fällt mir ein. Er hat jemanden zu Hause auf der Bude hocken. Ich blicke nicht durch. Das alles deprimiert mich. Ich wollte einen fröhlichen Abend, weiter nichts. Ich hatte Flori ganz anders in Erinnerung. Zum Beispiel die Sache mit Christian.

Christian war als Junge an Kinderlähmung erkrankt, humpelte mit einer Krücke durch die Uni, sein linkes Bein in einer Schiene versteift, während sein linker Arm dünn und leblos neben seinem Körper baumelte. Wenn er sich im Hörsaal setzte, knickte er mit der rechten Hand das

Gelenk der Schiene ein und fasste dann seine linke Hand und legte sie auf den Tisch. Immer wenn er sich zurücklehnte, rutschte der Arm auf seinen Schoß. Er war ein Krüppel, kam jedoch bewundernswert damit zurecht, jammerte nie und er war ein lustiger Typ. Aber im Sommer, wenn wir alle zum Sonnen und Schwimmen ins Hausener Bad fuhren, zog er sich nie aus, ging nie ins Wasser. Er schämte sich wegen seines Storchenbeins und der Asymmetrie seines Körpers. Und wir Idioten hatten natürlich Verständnis dafür. Außer Florian. Er war es, der ihn dazu brachte, sich eines Tages auszuziehen und auf dem Po ins Becken zu rutschen. Vorausgegangen war ein kurzer Disput, in dem Florian Christian vorwarf, genau so ein kleiner Spießer zu sein wie die, vor denen er sich schämte, verklemmt und voller Vorurteile. Weil er sich seiner selbst schäme, hätte er die gleichen faschistoiden Wertvorstellungen im Kopf und die gleichen bürgerlich-kapitalistischen Schönheitsideale wie die reaktionäre Masse. Es wäre Zeit, dass er sich endlich von diesem falschen Ästhetizismus befreie. Die anderen müssten sich schämen, wenn sie seinen Anblick nicht ertragen könnten, nicht er. Das saß und Christian befreite sich. Aber das war noch nicht alles. Unser Flori war kein linker Schwätzer, kein Theoretiker. Noch am gleichen Abend, wir hatten zusammen auf Christians Bude gesessen, Spaghetti gegessen und literweise Lambrusco gesoffen, blieb Flori, als wir uns alle endlich aufmachten, bei ihm. Angeblich wollte er Christian noch beim Aufräumen helfen. Am nächsten Tag war alles klar. Christian hatte so glänzende Augen, wie sie nur eine Liebesnacht mit Flori zustande brachte. Natürlich war ich neugierig, wollte wissen, wie es gewesen war. Da lachte Flori. *Ganz toll, er hat ein so liebes Gesicht und einen ganz süßen Schwanz.* Dafür hatte ich ihn bewundert und geliebt. Und jetzt? Der Lack ist ab – ich weiß, Schwulen-Schicksal. Aber warum diese zynische Resignation? Hat er niemanden zum

Lieben und Leben? Wer ist der Junge bei ihm zu Hause? Ich traue mich nicht, ihn zu fragen.

Seitlich auf dem Tresen liegen Broschüren, Informationen aller Art, Adressen, Termine, Rosa Telefon, Switchboard-Treffen, Safer Sex, Aids Beratung, Vorträge, die üblichen Schwulen-Blättchen. Ich überfliege die Themen und Schlagzeilen. *Schwule im 3.Reich ... Der § 175 in der Rechtsgeschichte der Bundesrepublik ... Fuldaer Erzbischof schmeißt Schwule aus der Kirche ... Aids – in Afrika eine Seuche der Heteros ... Hepatitis schneller im Vormarsch als Aids ... New Yorker Gays klagen Bush an ...* Dazwischen zwei nackte Männer in Umarmung, darunter die Warnung *Aber nicht ohne!* Wie im Wartezimmer des Hautarztes oder Gynäkologen. Nur Horror, Katastrophen, Probleme. Überall lauert die Angst. Nichts von Lebensfreude, nichts von Lust und Liebe, kein Scherz, keine Satire.

„Aids hat alles kaputt gemacht", sagt Florian, während ich blättere. Ich glaube ihm nicht.

„Wieso alles?", frage ich.

„Die Darkrooms sind dicht, in den Saunas nichts los. Die wilden Zeiten sind endgültig vorbei. Zu viele sind weggestorben. Nur die Maskerade ist geblieben, die Show. Und im Stadtpark oder der U-Bahn kriegst du nachts eins über die Rübe und kein Schwein hilft dir."

Ich sehe diese New Yorker Schwulen vor mir. Hohlwangige Aids-Kranke kurz vor dem Ende, hellwach und tapfer. Ihre weinenden Freunde, die sie trösten, ihnen die Gesichter waschen, sie in ihre Arme nehmen und festhalten. Ein kräftiger, haariger Kerl, der liebevoll seinen abgemagerten Freund füttert. Bilder aus einer Reportage über private Aids-Betreuung und Selbsthilfegruppen in den USA, Bilder, die ich nicht vergessen kann. Es war nicht so sehr das erbärmliche Elend, die Wut und Hilflosigkeit der Opfer und ihrer Betreuer, die mir das Wasser in die Augen trieben. Was mir unter die Haut ging, war diese bedingungslose Solidarität, die Hingabe, diese zärtliche Fürsorge und Liebe für den kranken Freund, den Geliebten, die da sichtbar wurden. Dass es so viel Zuneigung, soviel Empfindung zwischen diesen Menschen geben konnte, hatte ich nicht für möglich gehalten, war wie eine Hoffnung im Angesicht des Todes. Was Menschen einander bedeuten können, hier glaubte ich es zu sehen. Das, wonach wir uns insgeheim wohl alle sehnen.

Nein, Aids schafft es nicht, alles kaputt zu machen.

Ich will plötzlich raus aus dieser trostlosen verqualmten Bude. Will endlich dahin, wo die Lebendigen sind, die Lebenshungrigen, will Licht, Musik, Lachen. Ich schiebe Florian hinaus an die frische Luft.

Wir schlendern durchs nächtliche St. Georg. In den Straßen ist Betrieb, viele Männer, viele Ausländer. Das *Fife* hat dicht, montags Ruhetag. Das *Spectrum* sei zu weit, meint Florian. Zum Glück fällt ihm das *Blue Angel* ein. Also dahin. Florian lässt sich von mir unterhaken, kommt jetzt doch noch in Stimmung. Dann das *Blue Angel*. Gesichtskontrolle. Die Tür wird geöffnet, wir dürfen rein. Nur, weil montags tote Hose sei, behauptet Florian. Ich glaube, er übertreibt. Bässe dröhnen die Kellertreppe herauf, unten scheint die Hölle los zu sein. Aber der Lärm täuscht. Immerhin, einige jüngere Burschen schwitzen auf der Tanzfläche, hübsch anzusehen. Andere stehen mit ihren Gläsern herum, brüllen sich etwas ins Ohr oder zucken im Rhythmus des Beats. Ein Gesicht fällt mir besonders auf, schmal, dunkle Augen, braune Arme im ärmellosen Trikot, sexy, und ein kleiner fester Arsch in engen Jeans. Aber in dieser Beleuchtung sind alle schön, zumindest interessant. Ich sehe mich satt, es sind die Details, die ihren besonderen Reiz haben, eine Biegung des Halses, das Muskelspiel, die Form des Kinns, lachende Augen, schöne Lippen, schmale Hände, schlanke Hüften, ein hübscher Hintern. Etwas ist immer der Bewunderung wert. Wir sind alle Voyeure. Ich schäme mich nicht. Wie schön doch die Menschen sind. Nur die Musik ist mir zu laut, zerfetzt die Sätze, auch wenn man ganz dicht ins Ohr brüllt. Florian ist beim sechsten Bier. Mein Verdacht, dass er säuft. Daher sein Bauch. Im Grunde eine Disco wie alle anderen auch. Auf den ersten Blick fällt nicht auf, dass nur Männer tanzen. In Griechenland ist das völlig normal, weil meist akuter Frauenmangel herrscht, obwohl die Frauen im Allgemeinen umsonst reindürfen. Mir fällt auf, kein Anfassen auf der Tanzfläche, kein enger Körperkontakt, alle toben sich alleine aus. Nur ganz hinten im rot-blauen Dämmerlicht knutscht ein Paar. Florian hält sich an seinem Glas fest. Ich fühle mich einsam, trotz der Menschen. Es ist nicht meine Welt. Plötzlich drückt mich die Blase. Ich suche das Klo. Im engen Gang kommen mir Kerle entgegen mit Wasserperlen auf der Stirn und frischen Deo-Duft hinter sich herziehend. Auf einmal bin ich neugierig, wittere so etwas wie Abenteuer. Es riecht nach Pisse und Fichtennadeln. An einem der Pissbecken steht ein baumlanger Kerl, rothaarig, alle anderen Becken sind frei. Ich habe also die Wahl, halte aber doch etwas auf Abstand. Der Bursche dreht den Kopf zu mir und fixiert mich. Blasse Haut, gute Figur. Er schaut mir in die Augen. Ich schaue nach unten, konzentriere mich auf meine volle Blase. Ich nehme wahr, wie er leicht seinen Körper zu mir dreht. Ich schaue nicht hin, ich bin feige. Natürlich habe ich bemerkt, dass er längst nicht mehr pisst, wenn er es überhaupt musste. Er wartet auf eine Reaktion meinerseits. Ich glotze auf die grünen Kacheln vor meiner Nase und ignoriere ihn. Warum auch den Erstbesten nehmen, nur weil kein anderer da ist? Ich spüre, wie er mir beim Pinkeln zusieht. Von mir keine Signale. Ich weiß nicht warum, aber ich habe auf einmal Schiss. Was will ich hier? Rothaarige sind nicht mein Fall. Schließlich verschwindet er. Ich ärgere mich über mich selbst. Die Chance ist vertan, ich bin ein Idiot, einfach nicht cool genug. Reiß dich zusammen, du Feigling, du wolltest doch ein Abenteuer, sage ich mir. Jetzt will ich es wissen und warte. Ich tue so, als pinkele ich, und warte auf eine neue Chance.

Nach Flori hatte ich keine intensiven Männerbekanntschaften mehr. Es ergab sich einfach nicht. Da kamen dann Oda und Barbara. Und später einige missglückte Versuche einer festen und dauerhaften Beziehung. Nur einmal ein kleines Erlebnis mit einem Amerikaner, ich glaube, er hieß Shawn. Ich hatte ihn nachts im *Liliput* aufgegabelt. Seine Kumpels von der Army hatten ihn verloren oder sitzen gelassen, auf jeden Fall war er granatenvoll und jammerte ständig vor sich hin. Er zerfloss förmlich vor Heimweh. *My poor mother, my poor mother ... I want to go home ... she perishes ... I must go to help her ... fucking Germany.* Ich dachte, er sei GI in Frankfurt. Aber als ich ihm ein Taxi bestellen wollte, stellte sich heraus, dass er in Wiesbaden stationiert war. Ich bot ihm an, bei mir zu übernachten. Als er endlich wieder aus meinem Bad kam, zog er sich wortlos aus und legte sich neben mich. Ein riesiger Teddybär mit lauter hellen Löckchen auf der Brust und auf den kräftigen Schenkeln und mit einem braven Jungengesicht. Es war ihm wohl egal, an wem er sich festklammerte, an seiner Mom, seinem Boy- oder vielleicht doch Girlfriend oder an mir. *A nice guy.* Ich habe ihn danach nie wiedergesehen.

Endlich. Die Tür geht auf. Ein südländischer Typ kommt herein, sportlicher Körper, wie einer der Fußballer auf der Moorweide. Er gefällt mir. Während er pinkelt, starrt er auf die Wand. Ich sehe zu ihm hinüber, ganz offen, sehe mir seinen Schwanz an. Gleich schlägt er mir in die Fresse, denke ich. Auch ein Abenteuer. Ein kurzes Wippen in den Knien, dann zieht er den Reißverschluss hoch und lässt mich stehen. Abgeblitzt. Ich bin verärgert und enttäuscht. Der Rothaarige war interessiert, denke ich, bei ihm hätte ich Chancen gehabt. Eigentlich sah er ganz passabel aus. Aus, vorbei. Warum sind wir immer zu wählerisch, zu anspruchsvoll? Damit verhindern wir das bisschen Glück, das möglich wäre.

Als ich aus der Unterwelt auftauche, ist Florian besoffen. Er muss sich an eine der Säulen anlehnen, um nicht umzufallen. Er grinst schadenfroh.

„Hab dir gleich gesagt, dass da nichts läuft", brüllt er mir ins Ohr. „Wir sind zu alt."

Ich glaube ihm noch immer nicht. Der Rothaarige wollte mich anmachen, aber ich Dussel hab's vermasselt. Abenteuer in Hamburg! Ich muss plötzlich über mich selbst lachen, komme mir vor wie in einem schlechten Film. Was macht Florian, wenn er geil ist? Dieser Gedanke beschäftigt mich. Ist er ein einsamer Wichser? Hat er überhaupt noch sexuelle Bedürfnisse? Ich kann mir nicht vorstellen, dass er impotent ist. Ich werde ihn fragen. Ich hole mir ein frisches Bier an der Bar und halte nach dem Rothaarigen Ausschau. Ich kann ihn nirgends sehen. Dafür vor mir an der Bar eine nackte Schulter, ein schlanker, ausrasierter Nacken, junge Haut, Männerduft mit Deo. Flüchtige Berührung mit den Armen. Ein Lächeln. Plötzlich macht mich hier alles an, ich taue auf. Ich bringe auch Florian ein frisches Bier mit. Wir prosten uns zu. Was hatte ich erwartet? Ich sehe den Tanzenden zu, fühle mich leer. Das ist das Gefühl, das Florian haben muss. Ein Ausgeschiedener, der das Spiel des Lebens nur noch als Beobachter am Rande verfolgt, disqualifiziert von der eigenen Mannschaft.

Ein schöner Bursche kommt von der Tanzfläche herüber. Er hat Schweißperlen auf der Stirn, auch unter seinen Achseln glänzt es. Einen Moment bleibt er vor mir stehen, atmet hastig, erschöpft vom Rumtoben auf der Tanzfläche. Er lächelt mich an. Ich lächele zurück, weiß aber nicht weiter. Es ist zu laut für eine Konversation auf Distanz. Schwule sind sensibel, sie kennen die kleinen Gesten. Ich habe zu lange gezögert. Er geht vorbei, nur sein leichter Luftzug berührt mich. Florian hat genug, er will gehen.

Vor der Tür stehen junge Kerle. Die Nacht und das bunte Neonlicht machen sie schön. Sie rauchen und lachen, wippen den Bordstein rauf und runter, spucken auf den Boden und fassen sich an. Schön wie Tiere in ihren wilden Bewegungen. Nein, Florian, denke ich, es ist nicht Aids.

Wir gehen durch die Nacht, rauchen.

„Hast du einen Freund?", frage ich.

„Gute Bekannte, mehr nicht", sagt er.

„Keinen Lover?"

„Das ist vorbei. Ich hab mich da ganz rausgezogen."

Ich glaube diesem Nilpferd nicht. Ich gebe nicht auf, ich will es jetzt wissen.

„Holst du dir manchmal einen Stricher vom Bahnhof?"

Florian lacht.

„Die Pickelgesichter? Nee, die sind nicht sauber, die hängen alle an der Nadel." Er macht eine Pause, zögert, überlegt, was oder wie er es sagen soll. „Außerdem ist das nicht mein Ding. Die fertigen dich schnell ab. Die interessiert nur die Kohle. Und sie verachten ihre Freier. Wie's dir geht, wie du dich fühlst, das ist denen scheißegal. Soweit bin ich noch nicht, verstehst du?"

Ich verstehe ihn nicht ganz. Er verwirrt mich. Ich kann mir sein Leben nicht vorstellen. Als Hetero wäre er ein Mann in den besten Jahren, jedenfalls, wenn er ein paar Kilo abspecken würde.

„Brauchst du keinen Menschen? Einen zum liebhaben?", frage ich.

„Ohne Sex?"

Wieso ohne? Ich weiß nicht, was er meint.

„Natürlich mit", sage ich.
Florian lacht lautlos.
„Davon verstehst du nichts. Du bist ein sentimentaler Romantiker."
„Aber wenn man sich gern hat, wenn es so etwas wie Liebe ist?", sage ich.
„Wie kann ich ihn lieben, wenn ich bei ihm keinen hochkriege? Wenn er mich nicht antörnt?"
Was bildet sich dieses Doppelkinn eigentlich ein? Dass er Arnold Schwarzenegger ist oder Brad Pitt?
„Sex ist doch nicht alles", sage ich.
„Das musst gerade du sagen. Nein, mein Lieber, ohne Sex ist alles nichts."
Wir gehen hinunter zur Alster. Die Straßen sind leer.
„Heißt das, dass du gar nicht mehr fickst?"
„So ist es."
„Bist du nicht einsam?"
„Schwule Männer interessieren mich nicht mehr. Wenn man immer reden und lügen muss, wenn ich Interessen heucheln muss, die ich nicht habe, nur um Sex zu bekommen. Nein, das will ich nicht mehr. Sie sind im Grunde alle gleich, sie lesen das Gleiche, finden das Gleiche toll oder unmöglich. Immer die gleichen Sätze, die gleichen Lügen und die gleichen Probleme. Sie sind so oberflächlich. Ich brauche meine Ruhe."
Wir stehen am Wasser. Nur wenige Lichter vom anderen Ufer spiegeln sich auf der schwarzen Fläche.
„Bist du unglücklich?", frage ich.
„Nein. Ich habe die Suche nach dem Glück eingestellt. Aber ich komme zurecht."
„Mensch, du bist doch gerade mal Fünfzig! Und der Rest deines Lebens?"
„Mein Gott, ich habe doch ein Stück des Himmels gehabt, alles, was möglich war. Was will ich noch? Jetzt ist das eben vorbei. Wir müssen das akzeptieren. Sieh mich an.

Sieh dich an. Wir sind Methusalems nach schwuler Zeitrechnung. Willst *du* mit mir ins Bett gehen?"

Er ist mir plötzlich widerlich. Ich mag nicht, wie er redet.

„Du hast doch selbst den jungen Boys nachgegafft. Es ist ihre Jugend und Schönheit, die dich aufgeilt. Was willst du also von mir?"

„Und wer ist der Knabe, der bei dir zu Hause Telefondienst macht?"

„Ein Schmarotzer, eine Eintagsfliege. Spätestens am Sonntag schmeiß ich ihn raus. Weißt du, diese Kerle nehmen dich aus wie eine Weihnachtsgans. Aber sie wollen nichts geben."

Wir gehen die kleine Seitenstraße hoch zu meinem Hotel. Ich bin besoffen und müde und irgendwie deprimiert. Als wir am Hotel ankommen, frage ich anstandshalber, ob er noch zu einem letzten Drink mit an die Bar kommt. Aber die Bar ist längst geschlossen. Ich lasse ihm ein Taxi bestellen. Wir warten draußen vor dem Eingang.

„Bist du eigentlich verheiratet oder wieder liiert", will er plötzlich wissen.

„Nein", sage ich.

„Nichts? Gar nichts, was man so Beziehung nennt?"

„Im Augenblick nicht."

„Und warum nicht?"

Ich kann ihm keine Antwort geben. Das Taxi kommt. Wir verabschieden uns.

„War schön, dich wiedergesehen zu haben", lüge ich.

Florian drückt mir einen feuchten Kuss auf die Wange.

„Mach's gut, Alter!", sagt er und plumpst schwer auf den Rücksitz des Taxis.

Am nächsten Morgen, ich hatte schlecht geschlafen und jetzt Kopfweh, duschte ich stundenlang und genoss das zärtliche Streicheln des warmen Wasserstrahls auf meiner Haut.

Die Sitzung mit dem Süßwaren-Juniorchef begann pünktlich. Er war sympathisch und so gar nicht hanseatisch steif. Ich war wieder in Form und gab mein Bestes. Um zwölf hatte er kapiert, worauf es ankam und seinen Entschluss gefasst. *Horny Stick* und *Magic Dummy* hatten, wie nicht anders erwartet, gesiegt. Ich beglückwünschte ihn zu seiner Entscheidung und dann fuhren wir hinüber ins Restaurant unten im Fischhafen. Scholle mit Krabben, Weißwein, alles vom Feinsten. Unter uns die Elbe, Blick hinüber zu den Docks. Es schien wieder die Sonne. Der Junior-Chef war locker und aufgeschlossen und begriff schnell.

Außerdem hatte er Humor und besaß genügend Englischkenntnisse, um zu erkennen, welchen unbewussten Triebregungen und Assoziationen er den künftigen Verkaufserfolg seiner bunten Gummi-Dinger zu verdanken haben wird. Während unseres Gesprächs hatte er mir immer wieder diese neuen Kreationen angeboten. Und je länger wir beide darauf herumkauten, umso sicherer waren wir, dass *Horny Stick* und *Magic Dummy* genau das Richtige waren. Die Dinger schmeckten und kauten sich so, wie sie heißen sollten. Armin wird stolz auf mich sein. Mir war im Magen schon ganz flau geworden von dem süßen Zeug, so dass ich mich mit Heißhunger auf das Fischessen stürzte, um etwas Anständiges in den Bauch zu bekommen.

Nach dem Essen nahm mich der Junior-Chef ein Stück in seinem neuen Rover mit. Ich stieg wieder an der alten Speicherstadt aus und er fuhr weiter in sein Büro. Zum Abschied drückte er mir einen Riesenbeutel dieser bunten Gummis in die Hand und grinste. Ich kam mir vor wie auf dem Kindergeburtstag. Die Sache war also bestens gelaufen.

Jetzt ist es zwei Uhr, mein Zug geht um kurz nach fünf. Der Hauptbahnhof ist nicht weit. Für einen Moment denke ich daran, Florian noch einmal anzurufen. Aber was hätten wir noch miteinander reden sollen? Trotz allem, ich war immer noch neugierig, hätte zu gern seine Wohnung gesehen, wie er lebte, und diesen Schmarotzer, das Pickelgesicht. Wahrscheinlich ein weggelaufener Heimzögling oder sowas. Ich komme nicht los von dem Nilpferd.

In den Deichtorhallen gibt es eine Kunstausstellung. *Young Generation, Moderne Avantgarde Europas*, verspricht das Plakat. Warum nicht? Ich laufe durch die riesigen Hallen und lasse mich langweilen. Avantgarde-Kunst. Das Verschwinden der Wirklichkeit, denke ich. Reduzierung, Abstraktion in Stahl und Neon. Kaum Farben, reizlos. Zuviel Geometrie und Symmetrie. Das Leben ist nicht so. Kopfkunst. Ich vermisse Sinnlichkeit und Humor. Alles so künstlich wie der Geschmack dieser Gummis, auf denen ich aus Verzweiflung wieder herumkaue. Diese Kunst lässt mich kalt. Interessant sind nur die anderen Besucher, Kunstkenner und Kunst-Freaks, junge Studentinnen und silbergraue Kunstlehrer, ihr interessierter, gelegentlich skeptischer Blick, der nicht darüber hinwegtäuschen kann, dass sie so ratlos sind wie ich. Unerträglich dagegen diese weihevolle oder ehrfurchtsvolle Stille, alle flüstern wie in der Kirche. Eine Kunst, die müde macht. Ich gehe.

Als ich oben die Einkaufszone an der Mönckebergstraße erreiche und diese glatten Fassaden sehe, Glas, Stahl, Beton, abweisende, künstliche Gefälligkeiten, diese anonymen Konsumtempel mit ihrer lockenden, sterilen Seelenlosigkeit, glaube ich, diese moderne Kunst doch zu verstehen. Sie ist das exakte Abbild dieser Kunstwelt und sie sind sich zum Verwechseln ähnlich. Man sieht nur, aber man fühlt nichts. Unsere Gedanken rücken die Dinge immer dahin, wo wir sie haben wollen, nicht dahin, wo sie noch sein könnten. Das Ende der Phantasie. Ich trinke noch einen Kaffee in der Passage und beobachte die Menschen. Auch für sie fühle ich jetzt nichts mehr.

Mir gegenüber im Abteil sitzt ein junger Mann, Typ mittlerer Verwaltungsangestellter, adrett, mit sauberen Fingernägeln. Ab Lüneburg noch eine Frau, ungefähr mein Alter, mit Ehering. Sie versucht zu lesen. Stundenlang sitzen wir uns gegenüber. Kein einziges Wort. Verlegene Blicke zum Fenster hinaus, mal ein Räuspern, ein entschuldigendes Lächeln, wenn jemand die Sitzposition wechselt, unbeabsichtigt mit dem anderen in Berührung kommt. Ich gebe mir keine Mühe, an dieser absurden Situation etwas zu ändern. Wir interessieren uns nicht mehr füreinander.

Ich versuche, mir Florians Leben vorzustellen. Eine geregelte Routine, keine Erwartungen mehr, zufriedene Illusionslosigkeit, ein pragmatischer Umgang mit der Abwesenheit von Glück. Und doch kleine Ausbruchsversuche, Geheimnisse, letzte Zuckungen einer unterdrückten Leidenschaft und Hoffnung, für die es keine Daseinsberechtigung gibt.

Vernünftig sein, erwachsen werden – das Ende unserer Träume, das langsame Abtöten unserer beunruhigenden Lust am Leben.

Aber warum gleich dieses verächtliche Wegwerfen der Vergangenheit? Dieses Distanzieren von den – vielleicht immer vergeblichen – Versuchen, unsere Träume zu leben. Wieso Jugendsünden? Auch wenn nicht alle Blütenträume reiften, sind wir denn reifer geworden? Haben wir außer den Jahresringen wirklich etwas dazugewonnen oder am Ende nicht doch mehr verloren? Waren wir damals, in unseren jungen Jahren, nicht *mehr* wir selbst, als wir es heute sind?

Ich will nicht erwachsen werden. Aber ich bin kein Jüngling mehr. Werden wir im Alter nur lächerlich, wenn wir an unseren Jugendträumen hängen?

Nein, Florian. Aids ist eine Katastrophe. Aber das Schäbigste, was Schwulen angetan wird, tun sie sich selber an. Da sind sie wie alle anderen auch. Und ich hatte die Hoffnung, dass sie es besser wüssten.

Teneriffa pauschal

Ein Meer schneeweißer Schaumwolken polsterte Sicherheit unter die Tragflächen. Die schrägstehende Sonne schickte Metallblitze von den Tragflächen ins Fenster. Über allem ein azurklares, tiefes Blau. Die sonnige Heiterkeit draußen weckte fast sommerliche Urlaubsgefühle. Kein Hinweis, dass zehntausend Meter tiefer ein ekelhafter Dezemberwind Graupelschauer durch Frankfurts Schluchten jagte – obwohl hier oben laut Durchsage minus 48 Grad Außentemperatur. Seit Wochen drückte mir der nasskalte Nebel aufs Gemüt. Ich wollte weg, die Sonne sehen, andere, heitere, entspannte Gesichter, eine neue, fremde Umgebung.

Die Maschine, ein Boeing 757, war bis auf den letzten Platz besetzt. Charterflug 185, Pauschalreise im Touristenclipper. Zehn Tage Halbpension im Vier-Sterne-Hotel. Ein Betonbunker mit hundertachtzig Zimmern, direkt am Meer. Sonderangebot von TUI, preisgünstig. Ich blickte hinaus, obwohl nichts weiter zu sehen war als Himmel und Wolken, Blau und Weiß. Ich war guter Stimmung.

Bis vor wenigen Tagen wäre eine solche Pauschal-Tour für mich noch die reinste Horror-Vision gewesen. Solche Art Urlaub widerspricht grundsätzlich meinen Überzeugungen. Massentourismus. Das Ende der Illusion, die Welt ganz neu zu entdecken. Abgesehen von allem anderen – globale Naturzerstörung, Vernichtung der Kulturen, Korrumpierung der Moral und Identitätsverlust ganzer Völker. Jeder vernünftige Mensch weiß, was das für ein Irrsinn ist. Unsere Sucht, die Welt totzutrampeln. Ich konnte mir gar nicht vorstellen, meinen Urlaub so zu verbringen. Aber was hätte ich sonst tun sollen? Skifahren kann ich nicht, außerdem finde ich das elitär und lebensgefährlich. Mit versnobten Sportcracks, diesen Angebern, an der Bar rumstehen und irgendwelchen Weibern imponieren wollen, das ist nicht mein Stil. Ganz zu schweigen von den Preisen und den idiotischen Warteschlangen vor den Lifts. Und wenn man Pech hat, pisst es pausenlos und man sitzt im grauen Nebel fest. Ich wollte Klimawechsel, milde Temperaturen, wollte mein angeknackstes Gemüt wiederbeleben, meiner Seele Auftrieb geben. Keine Anstrengungen, keine Strapazen. Man muss schon bis zu den Kanaren, wenn man dem europäischen Winterwetter, dieser grauen Einheitssuppe entfliehen will. Jedenfalls meinte das das sonnengebräunte, blonde Fräulein im Reisebüro, das mir so freundlich lächelnd die Kataloge zeigte. Hinter ihr Palmen, Sandstrand und Meer in Agfa-Color. Ich reise sozusagen auf Empfehlung. Und es ist das erste Mal, dass ich mich darauf eingelassen habe. Man kann nicht immer konsequent sein, wenn die Konsequenz selbstzerstörerische Tendenzen aufweist. Stephan wollte mit seiner Clique auf irgendeine Hütte im Vorarlberg. Was sie dort – außer an Silvester *ordentlich einen steigen lassen* – die ganze Zeit wollten, dazu voraussichtlich ohne Schnee, weiß ich nicht. Fünf Jungen und drei Mädchen, die sich auf einem Berg in einer Holzhütte einigeln, da war der Krach vorprogrammiert. Aber was sind schon Erfahrungen, die man nicht selbst gemacht hat. Stephan hatte sich also abgeseilt. Meine alt gewordenen Eltern waren zu ihrem und meinem Glück über Weihnachten von meiner Schwester nach Hannover eingeladen. Dieses Jahr war sie dran, die Familienverpflichtungen zu übernehmen. Wir wechselten uns mit der weihnachtlichen Elternbetreuung turnusmäßig ab. Die beiden freuten sich schon auf den Weihnachtsbaum und auf die obligatorische, mit Kastanien gefüllte Gans, die friedlichen Tage im trauten Kreise der Familie, vor allem natürlich auf die Enkel, inzwischen auch schon baumlange Kerle. Alles Dinge, die ich nicht zu bieten hatte, weswegen sie mir und meinem chaotischen Lebenswandel bis heute gram waren. Natürlich hätte ich auch nach Hannover kommen können.

Auf einen mehr oder weniger, meinte Hanna, meine Schwester, käme es auch nicht mehr an. Ich lehnte dankend ab. Mutter fand die Idee natürlich *reizend*, denn dann wäre die Familie seit Jahren endlich mal wieder *vollzählig* zusammen. Stephan und Oda zählten nicht zur Familie, was in gewisser Weise ja auch stimmt. Aber ich wollte nicht. Weihnachten im Familienkreis sind mir ein Gräuel. Ich habe das immer nur mit Unmengen Plätzchen und Marzipan-Kartoffeln und reichlich Alkohol überstanden.

Unsere Agentur hatte zwischen den Jahren dicht. Und fast alle hatten etwas vor. Was also tun in einer nassen Großstadt, in der die Tage kaum hell wurden, so dass es am besten war, gleich im Bett liegen zu bleiben? Aber mit wem? Ich hätte von Weihnachten bis Neujahr alleine in meiner Bude gesessen und nicht gewusst, was tun. Ich kann nicht pausenlos lesen. Und seit die großen Weihnachts-Mehrteiler dem Sparprogramm zum Opfer fielen, lohnte es sich auch nicht, die Glotze einzuschalten. Tränenselige Rührschnulzen und ewige Wiederholungen wollte ich mir nicht zumuten. Und in den Kneipen, in der Szene ..., wer Frankfurts Nachtleben zu Heiligabend und Silvester kennt, weiß, was da abgeht. Auch da kommen einem nur die Tränen und sonst nichts. Ein trauriges Sammelsurium der Übriggebliebenen und Einsamen. Kaputte Typen und schräge Vögel am Tresen, die einem mit ihren Geschichten die Ohren volllallen. Und dann die sogenannten alternativen Weihnachts- und Silvester-Partys der progressiven Antibürgerlichen und Altlinken. Alles nur Bluff. Geschlossene Veranstaltungen, in denen Humor unter Strafe steht. Unpolitische Heiterkeit wird missbilligt, weil völlig unbegründet. Stattdessen wird ein allgemeiner Weltfrust zur Schau getragen und sich in schadenfrohem Pessimismus gesuhlt. Alles wahrscheinlich nur ein Schutzwall gegen die unvorhergesehenen Attacken kleinbürgerlicher, sentimentaler Gefühle, die sich meist nach Mitternacht in depressiven Schüben äußerten. Soweit geht meine Solidarität mit den alten Genossen nun auch wieder nicht, es ist auch nicht mein Ding. Ich bin eigentlich in tiefstem Herzen ein fröhlicher Mensch. Aber damit sich das entfalten kann, brauche ich auch fröhliche Menschen um mich, keine Hänger und linke Bewusstseins-Kader, die mich deprimieren.

Also, was sollte ich tun? Kapitulieren und mit der Zahnbürste im Jackett doch nach Hannover fahren, weil mir nichts Besseres einfiel? Mir wieder die ollen Kamellen anhören, die alte Litanei? *Was aus dir hätte werden können, wenn du gewollt hättest ... Sieh dir die anderen an, wo die jetzt stehen!* ... Ich bin das schwarze Schaf der Familie, der Querschläger. Hanna hat brav Pharmazie studiert. Vaters große Hoffnung, sie würde in seine Fußstapfen treten und eines Tages die Apotheke übernehmen. Stattdessen heiratete sie gleich nach dem Examen diesen Wolfgang, einen Rechtsanwalt. Immerhin standesgemäß, keinen Terroristen-Verteidiger, auch kein Bossi, sondern Spezialist in Scheidungsfragen, eine Goldgrube, wie sich jetzt herausstellt. Der zeugte ihr in regelmäßigen Abständen drei Kinder. Seitdem ist meine Schwester akademische Vollhausfrau und Ganztagsmutter. Geordnete Verhältnisse, was Solides. *Da braucht man sich nicht zu schämen, wenn man gefragt wird.*

Als ich verkündete, dass ich jetzt mitten im Winter in die Sonne fliege, nach Teneriffa, sagte mein Vater nur *typisch*. Was absolut nicht stimmte, denn es ist nicht nur das erste Mal, sondern es ist überhaupt völlig untypisch für mich. Keiner meiner Bekannten würde das für möglich halten. Aber ich kann tun und lassen, was ich will, für meinen Vater ist es immer *typisch*.

Ich hatte einfach keine Lust, alleine herumzuhängen. Und ich wusste im Augenblick wirklich niemanden, mit dem ich mir ein paar nette und stressfreie Tage hätte machen können. Die Einzige, die in Frage gekommen wäre, hatte schon andere Pläne. Die anderen waren zu anstrengend oder zu lahm, als dass man es mit ihnen länger als eine Nacht und einen Tag ausgehalten hätte. Außerdem war nicht klar, unter welchen Voraussetzungen und mit welchen Erwartungen man mehrere Tage hätte zusammen verbringen können, ohne sich an die Gurgel zu gehen. Das hätte erst ausdiskutiert werden müssen. Solche klärenden Absprachen machen alles kaputt. Da ist dann nichts Spontanes mehr, da sind dann keine Überraschungen möglich. Es gibt Beziehungen, die halten zu viel Nähe nicht aus. Mir war das alles zu kompliziert.

Ich gebe zu, es war eine Art Flucht ... in der vagen Hoffnung, dass etwas Unvorhergesehenes die Sache lohnend machen würde. Eine neue Bekanntschaft, wer weiß. Vielleicht etwas Lockeres, Unverbindliches, das sich so einfach ergibt, ohne dass man es darauf angelegt hat. Ein Urlaubsflirt ohne Folgen. Just for fun.

Ich war fest entschlossen, diese Reise zu genießen, mir nicht mit kritischen Analysen und Mäkeleien den Spaß selbst zu verderben. Ich wollte die Dinge nehmen, wie sie kamen. Allerdings, als ich mich jetzt im Jet so umsah, bekam mein fröhlicher Optimismus seinen ersten Dämpfer. Ich war offensichtlich der Jüngste in der Truppe, wenn man von einem Ehepaar mit zwei nervigen Kindern drei Reihen vor mir absah. Das Durchschnittsalter musste so um die siebzig liegen. Soweit mein Blick reichte, nur graue und kahle Köpfe. Und ständig schoben sich dicke Bäuche und füllige Kostüme durch den engen Gang an mir vorbei in Richtung Toilette. Zum Glück waren nicht alle im gleichen Hotel untergebracht. Mein *Maritim* nannte sich *Club mit jugendlichem Freizeitflair*, laut Prospekt. Es bestand also Grund, jetzt noch nicht den Mut zu verlieren.

Ich fliege so selten, dass ich unmöglich Zeitung lesen kann, als sei es das Normalste der Welt, in dieser Höhe um den Globus zu rasen. Ich war aufgeregt wie ein kleiner

Junge. Ich blickte in die Weite der Stratosphäre und hatte allerlei kindische Gedanken über Gott und die Welt.

Über der Mitte Spaniens hörten die Wolken auf. Unten Städte, Flussläufe, Äcker und Straßen, alles klein und friedlich und so geordnet. Vom alltäglichen Chaos, dem Horror und den Katastrophen, von denen die Nachrichten voll sind, ist hier oben nichts zu erkennen. Dann die portugiesische Küste, das Meer. Blaues Wasser, blauer Himmel, Dunststreifen. In der Ferne Afrika. Die Welt ist schön, dachte ich. Aus der Perspektive des lieben Gottes eigentlich ganz schön in Schuss.

Landung pünktlich um sechzehn Uhr fünf in Reina Sofia. Auf dem Vorplatz Busse, Schilder wurden hoch gehalten. Immerhin, Abendsonne zwischen Palmen, trotz frischem Wind. Der Transfer zum Hotel dauerte fast zwei Stunden. Ankunft im Dunkeln.

Der Speisesaal war nicht einmal halb gefüllt. Abendessen mit Blick über die schwarze Bucht. Ich genoss es, bedient zu werden. Fast nur ältere Ehepaare, offensichtlich Stammgäste, weil ungeniert und laut. Ich kam mir vor wie ein Emigrant, freundlich aufgenommen im Kreise anderer Asylanten, aber fremd und allein. Ich trank eine ganze Flasche Rotwein zum Essen und ließ mich vom Gemurmel im Saal einlullen, fühlte eine angenehme Erschöpfung. Nach dem Essen wagte ich ein paar Schritte auf der beleuchteten Terrasse und rauchte meine Verdauungszigarette. Der Swimmingpool ohne Wasser zeigte seine rissigen Wände. Vom Meer her wehte ein kühler Wind. Das Hotel lag einsam, war auf die Felskante der Steilküste gepflanzt. Irgendwo unten in der Schwärze rauschten die Wellen. In der Ferne konnte ich die Lichter der nächsten Orte erkennen, Los Realejos auf der einen, Puerto de la Cruz auf der anderen Seite.

Was wollte ich hier? Ruhe und Entspannung? Wozu? Ich war nicht gestresst. Oder doch ein sexuelles Abenteuer, ein ganz kleines? Ich bin kein Draufgänger, kein Aufreißer. Morgen ist Heiligabend. Im Foyer stand eine große Tafel, Termine, Angebote von Tagesausflügen, von bunter Weihnachtsdekoration umrandet die Ankündigung *Morgen Abend großes Weihnachts-Essen mit anschließendem gemütlichen Beisammensein – Der Weihnachtsmann bringt kleine Geschenke des Hauses – Das Trio Los Domingos spielt Weihnachtslieder auf Spanisch – Wir wünschen ein Frohes Fest!*

Ich ging in die Hotelbar *El Sombrero*. Auf den Lederkissen saßen Omas und Opas und nippten an ihren Getränken. Ich kam mir vor wie im Senioren-Heim. An der Bar, allein, eine füllige Enddreißigerin. Gelb gefärbter Bubikopf, rot-geschminkte Lippen und aufgeklebte Fingernägel im gleichen Feuerrot. Sie spielte mit dem Feuerzeug und langweilte sich. Ihr leerer Blick streifte mich kurz, gleichgültig. Es war mir zu blöd, hier dumm rumzusitzen und in die Gegend zu starren. Ich nahm mein Glas und ging zu ihr an die Bar. Sie kam aus Offenbach, war gesprächig und blühte sichtlich auf unter der unerwarteten Zuwendung meinerseits. Es stellte sich heraus, dass sie mit ihrem Lebensgefährten, einem Erwin, eine Spielothek betrieb. Erwin war auch da, aber schon oben auf dem Zimmer. Sie erzählte von den Burschen, die in ihrem Freizeit-Center das Geld verjuxten. Wüste Kerle, die nichts in der Birne hatten, aber harmlos, wenn man weiß, wie man mit ihnen umgehen muss. Arme Teufel, wenn sie nicht wäre. Und wenn die Kerle bei ihr nicht mit den Gamevideos rumballern könnten, dann würden die doch auf der Straße rumhängen, Omas die Handtaschen klauen und Randale machen. Die hätten doch nichts anderes. Sie verstünde es, mit ihnen umzugehen. Redete von *ihren Jungs*. Eine Art Mutter Teresa der Suffköppe und heruntergekommenen Schaumschläger. Wenn sie sich beim Reden zu mir vorbeugte, entstand eine verführerische Schlucht zwischen ihren reifen Auberginen. Über den dunklen Steilwänden baumelten zwei goldene Herzen, die von einem Pfeil zusammengeschossen wurden. Sie bestellte den zweiten *Carlos*, ich blieb beim *Cerveza*. Sie hatten sich gestritten. Jetzt war sie eigentlich sauer. Erwin saß meist abends an der Kasse, wenn die rauen Typen kamen, sie tagsüber. Kein leichter Job, versicherte sie. Ich zweifelte nicht daran. Als ich ihr sagte, dass ich eine Werbeagentur hätte, wurde sie noch munterer. Ob ich auch so Models hätte, wollte sie wissen. Ich sagte, jede Menge, Mannequins und Dressmen. Brauche man ja sogar für Katzenfutter-Reklame. Da hätte sie ja noch Chancen, was? Sie lachte laut und legte ihre Hand auf meinen Arm. Ich stieß mit ihr an. Als Model für Pfanni-Knödel wäre sie der Renner. Aber das sagte ich ihr nicht. Sie war herrlich vulgär, so unintellektuell natürlich und sinnlich, appetitlich wie ein Big-Mac. Sie fasste mich ständig am Arm, zog mich zu sich, um mir etwas vertraulich ins Ohr zu flüstern, was jeder hören konnte. Sorgte sich immer noch um ihre Jungs. Die knallharten und perversen Spiele kämen ihr nicht in den Laden, schließlich gäbe es genug Kriege auf der Welt, da dürfte man die Kerle nicht noch heißmachen. Aber diese Weltraumabenteuer seien harmlos, da könnten die sich austoben und kämen nicht auf dumme Gedanken. Ich gab ihr recht und wir tranken. Ich sei Pazifist, sagte ich. Du bist ein Schatz, sagte sie und gab mir einen feuchten Schmatz auf die Wange.

„Vorsicht", sagte ich, „Erwin!" und deutete mit dem Finger nach oben auf Erwins Bett.

„Ach, der soll's Maul halten mit seinen Weibergeschichten."

Ich wollte wissen, warum sie hier seien. Weihnachten müssten sie dicht machen, Polizeiauflage. Und wenn sie keinen Schichtdienst hätten, säßen sie beide nur zu Hause rum. Und dann auch noch Weihnachten ..., da bekäme sie immer einen Moralischen und würde heulen, und Erwin würde nur saufen, bis er zu wäre. Das wollten sie dieses Mal nicht noch einmal erleben, außerdem kämen sie ja sonst sowieso nie raus. Und da hätte Erwin gesagt, so, jetzt fahren wir nach Teneriffa, oder es ist aus zwischen uns. Und da sind sie nach Teneriffa gefahren und es sei ja auch wirklich schön hier und so preiswert, da könne man nichts gegen sagen.

Warum Erwin schon im Bett lag, wollte ich jetzt doch wissen.

„Ach, der", sagte sie, „der kann mich mal."

Das war alles. Anscheinend war es so oder so aus zwischen den beiden. Wahrscheinlich hatte sie vor, die ganze Nacht hier an der Bar zu verbringen. Ich jedenfalls hatte plötzlich Sehnsucht nach meinem Bett und zahlte.

„Noch einen Brandy?", fragte sie zwinkernd und hielt mich am Arm fest.

„Danke, aber heute nicht mehr. Vielleicht morgen." Ich wollte es nicht mit ihr verderben, die Sache offenhalten, schließlich war das mein erster Abend.

„Wie du willst. Schade. Kommst du zur Weihnachtsfeier morgen?"

„Weiß ich noch nicht", log ich. „Und ihr?" Ich sagte absichtlich nicht „du".

„Na klar. Schon wegen der Live-Musik – spanische Weihnachtslieder, das wird bestimmt schön, da kann ich wieder heulen."

Ich glaube, sie wäre mitgekommen, wenn ich sie noch zu einem Glas auf mein Zimmer eingeladen hätte. Jedenfalls machte sie einen enttäuschten Eindruck, als ich mich verdrückte. Aber ich war wirklich zu müde und kannte ja diesen Erwin nicht.

Ich hatte gut geschlafen und von blonden Frauen in Flugzeugen geträumt. Jetzt freute ich mich auf einen starken Kaffee.

Selbstbedienung am Büfett. Der Frühstückssaal war so spät nur mäßig besetzt und die meisten Platten schon leer geplündert. Nur mit Mühe konnte ich mir mein Frühstück zusammensuchen. Überall standen schmutzige Teller und Tassen herum, lagen Weißbrotreste und Plastikmüll. Die Rentnerband war bereits unterwegs, altersbedingte Bettflüchter. Der Kaffeekellner dirigierte mich an einen Einzeltisch mit sauberem Gedeck. Ich hatte mächtig Hunger und Durst und hielt den armen Burschen mit seinen gelglänzenden schwarzen Haaren und seiner Kanne ziemlich auf Trab. Von meiner blonden Bekanntschaft und Erwin keine Spur. Wie hieß sie eigentlich? Wir hatten uns nicht einmal vorgestellt. Mir gegenüber, auch allein, aber an einem Fenstertisch, saß eine gepflegte Lady. Ihre straff am Hinterkopf zu einem Pferdeschwanz zusammengebundenen Haare gaben ihrem Gesicht eine gewisse, nicht unaparte Strenge. Sie hatte bereits gefrühstückt, jedenfalls sah sie die ganze Zeit zum Fenster hinaus und rauchte pausenlos. Als ich satt und zufrieden meine erste Selbstgedrehte anzündete, qualmte sie bereits die Vierte und sah noch immer zum Fenster hinaus. Sie schien unzufrieden oder unentschlossen. Erst machte sie den Eindruck, als wartete sie auf jemand bestimmten. Jetzt sah sie eher verloren aus, ratlos an den Strand gespült. Ich ging auf die Terrasse hinaus. Die Sonne stand noch hinter dem Bergrücken. Leichter Morgendunst lag auf dem Meer, nur Blau- und Grautöne, ruhig und friedlich. Links unten lag eine kleine Bucht, die ich gestern Abend im Dunkeln nicht hatte erkennen können. Grauer Kieselstrand, schwarze Felsen im Wasser, alles eingerahmt von steilen, dunklen Wänden. Ich hatte absolut keine Lust zu dieser Weihnachtsfeier. Immerhin, der riesige Kasten, der weiß wie ein gestrandetes Schiff auf der Felskante hing, sah gar nicht so scheußlich aus. Aber von wegen Freizeit-Club. Die Tennisplätze waren geschlossen, der Pool zu dieser Zeit leer. In einer Ecke zwei Tischtennis-Platten, das war alles. Aber auf der anderen Seite, den Hang hinauf, zog sich eine Art botanischer Garten, selbst zu dieser Jahreszeit grün und exotisch. Auf den Bänken saßen ältere Herrschaften und verdauten das zu üppige Frühstück. Ich beschloss, einen Spaziergang nach Puerto de la Cruz zu machen. Vielleicht war da etwas los, das einen nicht an Weihnachten erinnerte. Die Vormittagsluft war noch kühl, ich holte meinen Pullover und marschierte los.

Der Weg führte in halber Höhe neben der Küstenstraße am Meer entlang. Die felsigen Berghänge waren nur mäßig bewachsen, verstreut weiße Häuser, die sich weit hinauf zogen und dort schon in der Sonne leuchteten. In meinem Rücken verbarg sich der Gipfel des Teide in einer Wolkenkrone.

Ich hatte es mir gedacht: Puerto de la Cruz entpuppte sich als ein aufgeblasenes Touristen-Getto im Halbschlaf. Überall Souvenirläden und Boutiquen, die die Touristen mit dem immer Gleichen zu locken versuchten. Viel Kunstgewerbe, Holzbestecke, geflochtene Körbe und Kamele aus Palmblättern, bunte Tücher, Ledertaschen, lauter Krimskrams. Die Fremden bummelten von Laden zu Laden, vergeblich bemüht, sich vor dem Mittagessen ausreichend Bewegung zu verschaffen. Kaum Einheimische auf den Straßen.

An der Promenade noch ungeputzte Palmen, deren alte Wedel trocken im Winde baumelten, künstliche Badebuchten, eingefasst von dunklen Lavafelsen, gegen die die Brandung schäumte. Ein Hotel neben dem anderen. Weiter innen die Altstadt, weißgetünchte Fassaden in spanischem Stil, Holzbalkone vor den Fenstern im ersten Stock, hübsch herausgeputzt, aber alles leblos wie im Museum.

Es fehlte das südländische Treiben in den Gassen. Am Brunnen vor der Kathedrale setzte ich mich auf eine Steinmauer und drehte mir eine. Eigentlich fand ich diese Ruhe und Leere ganz angenehm. Aber zehn Tage ... ich wusste nicht, ob ich das aushalte. Es gab hier anscheinend nichts zu entdecken, jedenfalls nichts, was mich interessierte – gepflegte Langeweile.

In einem kleinen Geschäft kaufte ich mir etwas Proviant ein. Schafskäse, Jamon, direkt von der luftgetrockneten Keule geschnitten, ein kleines Weißbrot und Tomaten, zwei Flaschen Rotwein. Die fröhliche Alte mit ausladendem Hinterteil und recht dicken Schenkeln war sehr geschäftstüchtig, hielt mir freundlich lächelnd alles Mögliche entgegen, in der Hoffnung, dass ich es mitnehme. Ich lächelte zurück, schüttelte aber dankend mit dem Kopf. Ich will hinauf in die Einsamkeit der Berge, will die wirkliche Stille suchen, die kontemplative Ruhe des Eremiten. Wenn schon alleine, dann richtig.

Als ich gegen Mittag zurück ins Hotel kam, herrschte Friedhofsruhe. Die Gänge waren menschenleer, es roch muffig und feucht wie in einer Jugendherberge. Ich streckte mich aufs Bett und schlief sofort ein.

Um halb drei wachte ich auf und fühlte mich wohl. Eine viertel Stunde später stieg ich mit meinem Plastikbeutel und einer Jacke über der Schulter hinter dem Hotel den Berg hinauf.

Ich kam durch einige kleine Bananen-Plantagen, danach steinige Gärten mit Gemüse, dazwischen Feigenbäume. Der steile Pfad führte meist über nackten unebenen Fels nach oben. Von einer bestimmten Höhe an hatte ich einen weiten Blick über die nächsten Hügel und unten das Meer. Der Ball der Sonne stand dick und rot im milchigen Dunst. Ich verließ den Weg und kletterte über den grauen Fels quer hinüber auf einen kleinen Bergrücken, auf dem ich eine niedrige, von einer halb verfallenen Mauer umgebene steinerne Hütte erspäht hatte. Hartes Gras und Disteln hockten in Löchern und kleinen Mulden. Manchmal kletterte ich auf allen Vieren.

Die Hütte war verlassen, hatte leere Fensterhöhlen und keine Tür. Eigentlich war es mehr eine Ruine. Es roch nach Schafsstall. Ich setzte mich in eine herausgebrochene Nische der zerfallenen Mauer und packte mein Weihnachtsessen aus. Die Berge warfen schon lange Schatten. In der Ferne konnte ich die Buchten und Küstenorte erkennen.

Ich brach das Brot, aß dazu meinen salzigen Schafskäse und den aromatischen Schinken, dazwischen die süßen Tomaten, deren Saft mir das Kinn herab lief, und nahm ab und zu einen kräftigen Schluck vom trockenen Rotwein. Was braucht der Mensch mehr? Ein einfaches Leben, angefüllt mit körperlicher Arbeit in einer rauen Natur, bescheiden, aber doch zufrieden, nicht angekränkelt von den läppischen Problemen und sinnlosen Konflikten einer dekadenten, nimmersatten Zivilisation. Ich kam mir vor wie ein Hirte, zurückversetzt in biblische Vorzeiten. Hier oben ist der Mensch ganz klein und unbedeutend, ausgeliefert und doch geborgen in seiner Welt, die ihm ihren Rhythmus aufzwingt, einer Natur, die wild ist und schön, und die ihn ernährt. Ich weiß, alberne, romantische Gefühle, vielleicht falsch und verlogen, weil unrealistisch und unhistorisch, idealisierend naiv. Es war mir egal. Wie ich da so alleine saß, empfand ich es so und es war ein starkes und schönes Gefühl. Und ich ließ mich ganz fallen in die alten Abenteuerträume meiner Kindheit. Ich war wieder der kleine Junge mit dem wohlig traurigen Gefühl des Verlassenseins, des Ausgesetztseins in eine fremde Welt. Gefühle, die ich fast schmerzhaft ausgekostet hatte, wenn ich alleine mit meinem Fahrrad in den Taunus gefahren war, mich dort an stiller Stelle ins Gras gelegt hatte oder auf meinen Lieblingsbaum kletterte und voll Sehnsucht in die Ferne sah, um die Fünf in Mathematik oder Latein zu vergessen und die Angst vor den tobenden Gewittern, die beim Abendessen drohen würden.

Irgendwo da drüben auf der anderen Seite des Wassers, unsichtbar, aber schon ganz nah, lag Afrika. Jener geheimnisvolle Kontinent, der schon immer meiner Phantasie Flügel verlieh. Dann träumte ich von meiner Kaffee-Plantage an den Hängen des Kilimandscharo. Sah, wie die schwarzen Kaffeepflücker mit ihren Körben und bunten Kopftüchern die Hänge hinauf zogen, um die reifen Kirschen von den Sträuchern zu pflücken. Weit hinten, wo die Straße von Moshi nach Mombasa führte, erstreckte sich die Endlosigkeit der ostafrikanischen Steppe. Da gab es noch Elefanten, ganze Zebraherden und natürlich auch Löwen. Und sah der Teide in meinem Rücken nicht tatsächlich aus wie der schneebedeckte Gipfel des Kilimandscharo in der Abendsonne?

Während der Feuerball langsam hinter den Hügeln versank, glühten meine Wangen auf, belebt vom Wein und der frischen Luft, die mein Gesicht kühlte. Ich wollte sentimental sein. Mit unserem Intellekt machen wir uns nur unsere Gefühle kaputt. Wo ist eigentlich der Unterschied, die Grenze zwischen kitschigen, falschen Gefühlen und den angeblich edlen, echten und tiefen?

Unser Musiklehrer damals, Werner, genannt *der Kontrabass*, Fan von Schönberg und dem frühen Hindemith, versuchte uns ständig den Unterschied zwischen guter und schlechter Musik klarzumachen, zwischen Kitsch und Kunst. Verdi als abschreckendes Beispiel. Nur süße Harmonien, gefühlsseliger Melodienbrei. Seine Musik ein billiger Appell an die simpelsten Gefühle, bloßes Ausschlachten konventioneller Hörgewohnheiten. Totalverriss. Wir wussten, was er meinte, zumindest glaubten wir es, denn wir hatten kurz zuvor mit ihm den deutschen Schlager analysiert, seine Verlogenheit im Dienste des Profitstrebens und der Systemstabilisierung entlarvt. Einlullung durch Heile-Welt-Träume. Im Gegensatz dazu die subversiven Elemente der amerikanischen Folk-Music und des Polit-Rocks. Wir waren damals alle wahnsinnig progressiv und gingen natürlich Verdi nicht auf den Leim. Zumal die Oper ohnehin als bourgeoises Relikt kultureller Repräsentationssucht galt. Und dann der Besuch von *Nabucco*. Werner war mit uns extra nach Wiesbaden gefahren, zur Immunisierung. Unsere Sinne waren auf Abwehr gestellt, wir wussten, was uns erwartete, und wir wollten uns von diesem Verdi nicht verführen lassen. Allein schon das kitschige Bühnenbild! Überhaupt, diese üppige Ausstattung, schrecklich! Aber dann: der Chor der Gefangenen. Da war es aus, jedenfalls bei mir. Meine Abwehr, mein intellektueller Widerstand brachen zusammen, die Mauer rationaler Erkenntnisse stürzte ein, zertrümmert wie von den Trompeten von Jericho. Entsetzt spürte ich, wie mir vor Rührung die Mundwinkel zuckten, wie mir die Gesichtszüge entgleisten und ich nur mühsam die Tränen unterdrücken konnte. Zum ersten Mal in meinem Leben wurde ich gegen meinen Willen von meinen Gefühlen überschwemmt, von dieser Musik innerlich so erschüttert, dass ich auf einer Woge seichter, kitschiger Melodien ins Reich der Rührseligkeit entführt wurde und schließlich in einem Meer der Sentimentalität ertrank. Ich ärgerte mich wahnsinnig, kämpfte mit allen Mitteln dagegen an, vergeblich. Das Publikum tobte. Applaus auf offener Szene. Und dann das Schlimmste: da capo. Ich konnte nicht loslassen, mich nicht lustvoll treiben lassen auf dieser Woge meiner Gefühle, und doch war alles in mir in Aufruhr. Ich werde diese Katastrophe nie vergessen. Wie ich mich schweigend schämte, das Bürgersöhnchen, das nicht los kam von der bürgerlichen Ästhetik seines Elternhauses. Verschämt wischte ich mir das peinliche Nass aus den Augen, bevor es im Saal hell wurde.

Aber, um ehrlich zu ein, Mick Jagger, die Doors oder Pink Floyd, keiner von ihnen hat je eine solche Konfusion der Gefühle in mir ausgelöst. Nur einmal noch, aber viel schwächer, war ich gerührt, in einer stillen Stunde, weil ich verliebt war. Spielte stundenlang hintereinander *The bridge over troubled water* und dachte an dieses Mädchen. Absoluter Schmalz, ich weiß. Aber Balsam für die schmerzende Seele. Frauen können das genießen, ohne sich zu schämen. Oda erzählte, dass sie immer Taschentücher mit ins Kino genommen habe, weil sie bei den alten Sissi-Filmen so schön heulen konnte.

Verdi donnerte nicht über die Berge. Aber die Stimmung der Landschaft, ihre Ruhe und Einsamkeit, weckten angenehm sentimentale Gefühle in mir, denen ich mich mit ganzem Herzen hingab. Ja, ich war wieder der verlassene Junge, der sich trotzig in seiner Welt behauptet, frei und ungebunden, unabhängig und ungeliebt, aber tapfer. Und dann läuteten von weit plötzlich Glocken über die Berge, während der letzte orange und violette Streifen den Horizont erhellte und die Täler schon in nächtlichem Dunkel versanken. Und obwohl ich Atheist bin, hatte ich das Gefühl, dass diese Glockentöne hierher gehörten, mit der Natur in keinem Widerspruch standen. Und ich war eins mit mir und der Welt und empfand so etwas wie Glück. Ich hätte ewig so sitzen können.

Die ersten Sterne blitzten auf und unten in den Orten gingen die Lichter an. Es wurde rasch ganz dunkel, so dass man Festland und Meer nicht mehr trennen konnte und nur an den Lichterketten erkannte, wo die Küste verlief. Ein schmaler, kalter Mond kroch hervor und langsam gewöhnte sich mein Auge an die Nacht.

Ich bin kein Eremit. Ich liebe die Großstadt, die Menschen, die Hektik in den Straßen. Ich brauche Kultur, meine *Rundschau* und den *SPIEGEL*, das kleine Kino und die Kneipe um die Ecke. Aber jetzt hier kann ich mir für einen

Moment vorstellen, ein ganz anderes Leben zu führen. Ein wirklich tätiges Leben, das einen abschabt bei Wind und Wetter, das Spuren hinterlässt. Ein sinnliches Leben voll Schweiß, fetter Milch, Urin und Schafskötteln, ein gleichmäßiger, erschöpfender Kampf ums Dasein. Unsere Sehnsucht nach dem Archaischen und unser Kokettieren mit der Sinnleere im Überfluss – wir werden es nie auf die Reihe kriegen.

Das Glühwürmchen meiner Zigarette glimmte Vertrauen und Geborgenheit in die Nacht. Die zweite Flasche war fast leer. Und während ich so träumte, legte sich Feuchtigkeit auf meine Oberschenkel und Jacke. Kälte drang ein und vertrieb die Romantik. Wir sind nur noch Helden der Phantasie. Aber es ist schön, davon zu träumen. Es wurde jetzt ungemütlich und auch hier oben stockfinster. Ich pisste einen langen Wasserfall die Steine hinunter und machte mich dann auf den Rückweg. Es war so finster, dass ich unbeholfen über die scharfkantigen Steine stolperte, in die Richtung, in der ich den Weg vermutete. Einige Male stieß ich mir die Zehen an und schürfte mir an einem der spitzen Felsen das Bein auf, weil trotz des Mondes und Sternenhimmels nichts zu erkennen war. Mit Mühe, erschöpft und ziemlich geschunden fand ich schließlich den Weg zurück zum Hotel.

Es war noch früh am Abend. Ich fürchtete, doch noch in die Weihnachtsfeier zu platzen, und beschloss deshalb, noch ein Stück an der Küste entlang Richtung Puerto de la Cruz zu laufen, bis dahin, wo man ohne große Mühen ans Wasser gelangt. Ich konnte nicht viel erkennen, hörte nur die schwarzen Wellen mit gleichmäßiger Wucht gegen die Felsen und auf die Kiesel schlagen, ein monotoner, dumpfer Rhythmus. Feine Tröpfchen sprühten mir ins Gesicht, schmeckten salzig auf den Lippen. Draußen auf dem Meer war nichts zu sehen. Afrika blieb unsichtbar.

Als Junge hatte ich mich immer auf Weihnachten gefreut. War aufgeregt und neugierig gewesen und durchstöberte die Wohnung nach geheimen Verstecken. Der Mensch braucht Festtage. Sie helfen uns, die Zeit einzuteilen, in Vergangenes und Zukünftiges, in Erinnerung und Erwartung. Ostern, Weihnachten, Sommerferien, meine Geburtstage. Warum kann ich mich nicht mehr so freuen? Und doch meine Enttäuschung, wenn jemand vergisst, dass ich Geburtstag habe, jemand, an dem mir liegt und an den ich auch denke. Stephan hat schon zweimal meinen Geburtstag verschwitzt, obwohl er das Datum im Kopf hat. Unsere Debatten über die hohlen Rituale bürgerlicher Feierlichkeiten, in denen wir bloße Konvention erkennen konnten, sinnentleert. Unsere Konsequenz: abschaffen. Damals beschloss ich, den Muttertag zu eliminieren, dieses Konjunkturankurbelungsprogramm der Floristen. Und so verweigerte ich den bisher immer brav und in letzter Minute mit Fleurop geschickten Blumenstrauß an meine Mutter. Nicht, weil ich sie nicht gerne hatte, nicht dankbar sein wollte oder ihr keine Blumen gönnte. Nein, ich wollte konsequent sein – *political correct* würde man das heute nennen –, wollte mich nicht dem Zwang zur obligatorischen Liebeshandlung beugen. Geschenke konnte man immer machen, am besten spontan, wie wir das nannten. Dazu brauchten wir keinen Terminkalender. Und dann? In der ersten Dezemberwoche wartete ich vergeblich auf das kleine Nikolaus-Päckchen, das mir meine Mutter jedes Jahr schickte, seit ich von zu Hause ausgezogen war. Gefüllt mit Schnuckelsachen, die ich schon als kleiner Junge gerne mochte, Geleefrüchte, Weingummi, Datteln und Feigen, eine Menge Walnüsse und natürlich ein *Scheinchen für besondere Wünsche*, meist zwanzig Mark. Das Päckchen blieb also aus und ich war enttäuscht und gekränkt. Im nächsten Jahr klingelte dann wieder der Fleurop-Bote bei meiner Mutter an der Tür.

Es ist ein seltsam Ding mit unseren Feiertagen. Wir lieben sie nicht, wir können sie nicht leben und genießen und kommen doch nicht los von ihnen. Wenn ich es richtig sehe, eine typisch deutsche Spezialität. Das Ankreuzen der Geburtstage von Marx und Rosa Luxemburg, der Todestag von Jim Morrison und der Tag der Oktoberrevolution sind da kein Ersatz. Aber warum geht mir Weihnachten immer so herzzerreißend auf die Nerven?

Als ich ins Hotel zurückkam, brannten noch die künstlichen Kerzen des Weihnachtsbaums im Speisesaal. Aber die organisierte Weihnachtsfeier, Geschenke im Preis inbegriffen, war zum Glück vorbei. Ich schlich mich zum Aufzug und in mein Zimmer, duschte heiß und legte mich schlafen.

Am nächsten Morgen saß ich wieder an meinem Katzentisch. Plötzlich stand die Lady mit dem tief hängenden Pferdeschwanz neben mir.

„Frohe Weihnachten! Auch allein?"

„Ja."

„Ich auch. Darf ich mich zu Ihnen setzen?"

Ich war nicht besonders erpicht darauf, fühlte mich überrumpelt. Wusste aber keinen Grund, um nein zu sagen. Sie stand da mit ihrem Müsli-Schälchen und einem Ei. Also, warum nicht? Im Stillen beschlich mich die Furcht, sie könnte so eine Fromme sein, eine von diesen esoterischen Fanatikerinnen auf der Suche nach der Einheit ihres Körpers mit dem Kosmos.

„Sie sind sicher auch Lehrer", sagte sie und setzte sich.

Wieso auch, dachte ich. Dass sie Lehrerin war, sah man zehn Meilen gegen den Wind. Aber wieso ich?

„Nein", sagte ich.

„Ach, wie erfreulich. Darf man wissen, was dann?" Sie lächelte durchaus sympathisch, trotz der zwei kleinen Bitterkeitsfältchen oberhalb der Mundwinkel.

„In der Werbebranche", sagte ich, so cool wie ich konnte.

„Oh! Interessant", sagte sie und köpfte ihr Ei.

Warum selbst einigermaßen intelligente Leute es interessant finden, wenn man in der Werbebranche arbeitet, obwohl sie von morgens bis abends im Radio und Fernsehen und überall von dieser Scheiße belämmert werden, ist mir schleierhaft.

„Ja", sagte ich, „aber anstrengend." Es machte mir Vergnügen, ein bisschen Show zu machen, ohne ganz zum Lügner zu werden.

„Es muss doch toll sein, kreativ arbeiten zu können", meinte sie. „Die Schule tötet alles ab. Mit Kunst können die Kids doch heute nichts mehr anfangen. Spätestens wenn die Pubertät anfängt, mutieren sie zu phantasie- und lustlosen Zombies."

„Sie sind Kunstlehrerin?", frage ich.

„Wenn man es so nennen will. Manchmal bin ich gar nicht mehr ich, wenn ich aus der Schule komme."

Vorsicht, dachte ich, frustrierte Künstlerin, exzentrisch und unberechenbar, im Schuldienst versauert. Aber sie gefiel mir und ich wusste sehr gut, was sie meinte. Sagte jedoch nichts von meiner Kurzkarriere als Junglehrer, um mich nicht zu verraten.

„Jeden Tag dumme Sprüche für Babywindeln und Diät-Joghurt zu erfinden, kann auch sehr geisttötend sein", hielt ich dagegen. „Wissen sie, man hält diesen Job nur aus in der Gewissheit, dass die Gesellschaft das kriegt, was sie verdient. Die Blödheit der Werbung ist sozusagen ein Spiegel des Bewusstseinszustands der Gesellschaft." Ich kam mir sehr souverän und selbstkritisch vor. Sie lachte und stocherte in ihrem Müsli herum. Ob ich nachher Lust hätte zu einem kleinen Spaziergang. Ich hatte nichts Besseres vor.

Wir liefen die Küste entlang, diesmal in Richtung Los Realejos, und plauderten. Sie war durchaus geistreich, besaß jenen Schuss Selbstironie, den ich schätze. Aber wie sich herausstellte, war sie ein vom Schicksal geschlagenes Wesen. Sie hatte eine unmögliche Ehe hinter sich mit Abtreibung kurz vor der Trennung. Erzählte von diversen gescheiterten Beziehungen und Katastrophen. War zurzeit aber wieder solo. Zuhause hatte sie noch ihre Eltern sitzen, beide fast achtzigjährig, denen sie jetzt wenigstens eine Woche entflohen war. Ganz zu schweigen von ihren Schwierigkeiten in der Schule, den Querelen mit der Schulleitung, von der sie als Kunstlehrerin nicht ernst genommen wurde. Sie schüttete mir nicht ihr Herz aus, sie jammerte nicht. Sie ertrank nicht in Selbstmitleid, sie blieb sachlich. *Wissen Sie, ich bin ein Stehaufmännchen ... Die Wirklichkeit ist immer schlimmer, als man sich ausdenken kann, aber das ist kein Grund zum Verzweifeln ... Ich habe immer versucht, dem Leben etwas Freude abzugewinnen und manchmal ist mir das auch gelungen.* Ich erfuhr alles nur stückweise und fast nebenbei, während sie die Landschaft bewunderte, die Vegetation untersuchte und herauszufinden versuchte, um welche Pflanzen es sich handelte. Und doch ergab das Mosaik ihres Lebens ein trauriges Bild. Ich konnte gar nicht fassen, wie jemand mit so viel Pech und Enttäuschungen so gelassen und nüchtern daherreden konnte und gleichzeitig so viel Interesse und Neugier für seine Umgebung aufbrachte. Das Einzige, was mich wirklich störte, war ihre pausenlose Qualmerei. Dagegen war ich ein Waisenknabe. Aber was fängt man mit einem Menschen an, dessen ganze Lebensgeschichte nach einer Stunde Spaziergang offen vor einem liegt? Ein Leben, in dem alles misslungen scheint. Wir hatten uns angeregt unterhalten, die Zeit war schnell vergangen. Aber in mir war jeder erotische Funke erloschen. Mit dieser Frau konnte man vielleicht gut Freund sein, aber für ein Urlaubsabenteuer, gar eine sexuelle Eskapade war sie absolut ungeeignet. Jedenfalls nach dieser Beichte. Ich wäre mir schäbig vorgekommen, wie ein weiterer tragischer Stolperstein in ihrer Biographie. Dazu war ich nicht pervers genug. Ich würde sie in Los Realejos zu einem Kaffee und vielleicht noch zu einem Osborne einladen und mich dann verabschieden. Vielleicht würden wir morgen früh wieder zusammen frühstücken. Aber dann würde jeder seine eigenen Wege gehen, weil es vernünftig war. Und so kam es auch.

Die nächsten Tage verliefen in gleichmäßig ruhigem Rhythmus wie Ebbe und Flut. Ich machte meine Spaziergänge abwechselnd nach Puerto de la Cruz und Los Realejos, trank dort meinen Kaffee und meinen Brandy. Das laute Nachtleben in den Discos der Touristen mied ich. Ich dachte viel nach, versuchte, Frankfurt zu vergessen. Und manchmal gelang es mir sogar, ganz im Hier und Jetzt zu leben, mich treiben zu lassen im angenehmen Gefühl völliger innerer Leere. Ich muss nicht immer etwas erleben, jedenfalls nicht das, was andere Erlebnis nennen. Diese ruhelose Gier nach *Action* ist mir fremd. *Action* ist das Gegenteil von Erleben, der Versuch, sich in Bewusstlosigkeit zu verlieren, nichts empfinden zu müssen.

Fast jeden Nachmittag, wenn es das Wetter zuließ, kletterte ich neben unserem Hotel die Felsen hinunter in die kleine Bucht und stürzte mich für einige betäubend kalte Minuten in die Fluten. Da ich der Einzige war, der sich zu dieser Heldentat aufraffte, hatte ich die Einsamkeit der Bucht und des Meeres ganz für mich alleine. Wenn die Sonne dann schräg stand und ich, von Wasser und Wind durchblutet, zu frieren anfing, packte ich meine Sachen und ging zum Hotel zurück. Dann duschte ich heiß, legte mich anschließend aufs Bett, um gleich einzuschlafen, oder ich las noch, bis es Zeit zum Abendessen war.

An einem dieser Nachmittage war es, als ich mich wieder meinen Robinson-Gefühlen hingab, mir mit Lust die

Kleider vom Leib riss und mich in die Brandung warf. Ich schwamm weit hinaus, bis an die Grenze meiner Kräfte. Und von da draußen hatte ich, als ich zurückschwamm, einen herrlichen Blick auf den Teide, diesmal wolkenfrei und von zartem Weiß bekrönt. Schwarze Schatten in den Tälern vor einem glasblauen Himmel.

Wie Odysseus an fremde Gestade gespült, kletterte ich mit klappernden Zähnen an Land, noch einmal gerettet und gereinigt dem Leben zurückgegeben, erschöpft, aber glücklich. Und wie ich tropfend und bibbernd auf den grauen Kieseln hockte, um die Wärme der Sonne aufzusaugen, tauchte plötzlich eine wunderschöne Nausikaa neben mir auf, lächelte mich an und setzte sich zu mir. Sie war jung, hatte langes braunes Haar, das der Wind ihr ins Gesicht wehte. Wache, braune Augen mit Selbstbewusstsein im Blick.

„Ich hätte auch große Lust zu schwimmen", sagte sie, „aber wenn ich Ihre Gänsehaut sehe und die blauen Lippen ... schade, dass jetzt nicht Sommer ist."

Sie zog die Windjacke über der Brust zusammen als wäre ihr kalt.

„Was machen Sie auch im Winter auf dieser Insel?", fragte ich.

„Ich bin mit meinen Großeltern hier, als Begleitung." Sie spielte mit den Steinen zwischen ihren Füßen. Plötzlich stand sie auf.

„Dahinten ist es windgeschützter und wärmer als hier am Wasser", sagte sie und lief den Strand entlang zur Sonnenseite der Felsen. Ich stieg in meine Hose und trottete ihr hinterher, barfuß über die Steine, die Schuhe in der Hand.

Wir legten uns wie Eidechsen auf den warmen Fels und sahen in den Himmel. Der zottige Odysseus neben der liebreizenden Prinzessin, die sein Herz schneller schlagen ließ als zuvor das kalte Wasser.

"Ich finde es trotzdem schön hier", sagte sie. „Es gibt immer etwas zu entdecken. Zum Beispiel der Fels da vorne im Wasser. Er sieht aus wie eine Riesenschildkröte, die ins Wasser zurückkriecht, nachdem sie ihre Eier abgelegt hat."

Sie hatte Recht.

„Ich hatte es mir doch grüner und bunter vorgestellt", meinte ich, „nicht so viel graue Lava."

„Jedes Land hat seine Farben und jede Jahreszeit", antwortete sie. „Sonst wüssten wir nicht, wo wir sind und dass die Zeit vergeht."

Ein Mädchen zum Verlieben. Wir lagen nebeneinander und schwiegen. Wir berührten uns nicht. Und plötzlich fühlte ich eine Vertrautheit und Nähe zu ihr, wie sie nur zwischen völlig Fremden möglich ist, die nichts voneinander wissen. Da war nichts, was uns trennte. Und wie wir so schweigend, so vertraut nebeneinander lagen, war ich einige Sekunden lang sicher, dass dies die Frau ist, mit der ich es eine Ewigkeit aushalten könnte. Ich wusste es für diesen kurzen Augenblick, in dem Worte nichts bedeuten.

Sie setzte sich auf und blickte gegen die Sonne über das Meer. Ich betrachtete ihr Haar, das der Wind bewegte, das Profil ihres jungen, frischen Gesichts vor dem Blau des Himmels. Es war wie in einem Film von Godard. Eine Idylle, die nicht von Dauer sein konnte. Jeden Moment musste die Katastrophe, das Unvorhergesehene über uns hereinbrechen und diesen Traum zerstören. Aber es geschah nichts. In unserem Leben gibt es keine Katastrophen, keine Leidenschaften mehr, die uns verschlingen. Entweder diskutieren wir, oder wir schweigen uns aus. Sie sah auf die Uhr. Wollte zurück, weil jetzt Kaffeezeit für die Großeltern sei.

„Ist es nicht langweilig, so allein und nur mit den Großeltern?", fragte ich.

„Vielleicht ist es ihre letzte Reise", sagte sie und sah in die Ferne. „Sie sind sehr lieb."

Sie stand auf und lächelte und dann sagte sie *tschüss*. Und ich sagte tschüss und ließ sie ziehen. Sie war meine Frau geworden, ohne dass sie es wusste.

Bis auf dieses Stranderlebnis ereignete sich die restlichen Tage nichts und ich war es zufrieden. In mir war eine heitere Entspanntheit, ein sensibles Gleichgewicht innerer und äußerer Ruhe, das mich fast schweben ließ. Ich kam mir vor wie Meursault, der Fremde, wenn ich durch die Straßen von Puerto de la Cruz schlenderte, die Menschen sah, die ich nicht kannte, die Häuser, in denen ich nicht wohnte, die schönen Mädchen, die wegsahen, wenn ich sie zu lange anschaute.

Ich wusste, dass diese Stille, diese gleichgültige Harmonie in mir nicht von Dauer sein würde. Aber angesichts des nahen Endes dieser Reise, war ich fest entschlossen, diesen inneren Schwebezustand nicht in Langeweile oder Frust und Launenhaftigkeit umkippen zu lassen. Ich erwartete nichts mehr und ich war nicht enttäuscht.

Die Gäste des Hotels hatten im Laufe der Woche zum Teil gewechselt, die Speisefolge wiederholte sich. Meine blonde Auberginen-Frau und ihr Erwin blieben verschwunden. Für Silvester war ein bunter Abend mit viel guter Laune und Musik angekündigt. Das Durchschnittsalter lag weiterhin bei mindestens fünfundsiebzig. Ich wurde mit *junger Mann* angeredet. Rentnerball mit Schwoof und Geschunkel, ich beschloss, auch an diesem Abend die Flucht zu ergreifen.

Als es dunkel wurde, lief ich ein letztes Mal die Küste entlang nach Los Realejos. Die Gassen des kleinen Ortes waren fast ausgestorben. Hinter den Fenstern reflektierte das Lichtspiel der Fernsehapparate an den Wänden. Am Brunnen vor der kleinen Kirche setzte ich mich auf den Sandstein und drehte mir eine. Ein junger Spanier knatterte über den Platz, drehte mit seiner Maschine einige Kurven und bastelte dann an ihrem Vergaser herum. Ich ging zu ihm hinüber, fragte, wo hier heute Abend etwas los sei. Er überlegte ratlos, meinte dann, drüben in Puerto de la Cruz in den Hotels. Da wollte ich nicht hin.

„Gibt es hier keine Diskothek oder so etwas", wollte ich wissen. Er kratzte sich am Hinterkopf, aber es fiel ihm nichts ein. Nein, hier wäre alles zu, keine Saison, aber in den Hotels. Ich schüttelte den Kopf. Dann fiel ihm doch etwas ein. Das *Caracole*, aber ganz weit draußen am anderen Ende des Ortes, immer der Küste entlang. *Eine Discotheca, aber nix gut.* Er lachte. Ob da heute offen sei. Er wusste es nicht.

Ich lief durch den ganzen Ort zu anderen Seite. Die Straße führte wieder in halber Höhe die gewundene Küste entlang. Die Sterne waren jetzt zu sehen und unten in den schwarzen Buchten hörte ich das Wasser an den Fels schlagen. Nach mehreren Biegungen endlich eine rotblaue Neonschrift in der Nacht. *Discotheca Caracole*. Der flache Schuppen klebte wie ein Schwalbennest zur Hälfte am Fels, die andere Hälfte ragte von Betonpfeilern gestützt über das Meer. Eine bunte Lichterkette hing als Girlande ums Dach. Ich konnte schon von weitem das Dröhnen der Bässe hören.

Auf den Mauern der kleinen Parkplatz-Ausbuchtung saß Jungvolk herum, andere drehten den Gashahn ihrer Mopeds auf und zu. Alle waren laut und lustig. Das übliche Gebalze und Imponiergehabe südländischer Jugend, auftrumpfend, aggressiv und exhibitionistisch. Jeder der Burschen ein Selbstdarsteller, die Freunde das Publikum. Alles Theater, amüsant zuzusehen. Ich setzte mich einfach dazu, rauchte und schaute. Sie fixierten den Fremden aus den Augenwinkeln, grinsten herüber, wenn einer einen Scherz gemacht hatte, den ich nicht verstand. Keiner wollte was von mir. Die Mädchen, eher zurückhaltend, kicherten. Sie ließen mich in Ruhe, weil ich Beobachter blieb, keinen Versuch unternahm, mich anzufreunden. Ich bin sicher, es wäre leicht gewesen. Es lag also nicht an ihnen. Die südländische Jugend ist offen, auch was das Alter betrifft. Sie können noch mit Erwachsenen reden wie mit Ihresgleichen, unverkrampft. Ich wollte nicht. Wozu? Ich gehörte nicht zu ihnen. Morgen würde ich abreisen. Außerdem fühlte ich mich alt zwischen so viel Jugend und Schönheit. Ich wollte meine Gefühle nicht strapazieren. Es genügte mir, ihnen zuzuschauen.

Mir wurde kalt und ich hatte plötzlich Lust, mir einen anzutrinken. In knapp zwei Stunden war Mitternacht. Neujahr.

Die Disco war halb leer, mehr Männer als Frauen. Aber hier können auch Männer etwas miteinander anfangen. Der Gesprächsstoff scheint ihnen nie auszugehen. Es war ein ständiges Kommen und Gehen und es schien, als kannten sich alle. Die Mädchen und Burschen, noch schöner im bunten Licht, stellten sich aus und blieben doch lebendig. Kein cooles Gehabe. Umarmungen, flüchtige Küsschen zur Begrüßung, Herzlichkeit, Arme um die Schulter legen, Lachen. Ich nuckelte an meinem Long Drink und sah mich satt.

Zwei der Mädchen fielen durch ihre Kriegsbemalung auf. Sie waren offensichtlich solo und wurden von den Jungs ständig angebaggert, was ihnen gefiel. Sie kicherten pausenlos, gaben kesse Bemerkungen zurück und hielten so die Burschen auf Distanz. Alle fünf Minuten liefen sie mit ihren Handtäschchen, eine die andere im Schlepptau, aufs Klo, um sich frisch zu machen. Wenn sie an mir vorbei rauschten, wehte ein penetranter Duft nach Jasmin herüber. Überhaupt, wenig Pärchen. Die Mädchen hockten zusammen, Kerle standen in Gruppen an der Bar oder neben der Tanzfläche.

Plötzlich johlte alles los, kreischte und pfiff. Ein Teil rannte hinaus ins Freie, andere fielen sich um den Hals, lachten und prosteten sich zu. Zwölf Uhr. Ich hatte gar nicht bemerkt, wie schnell die Zeit vergangen war. Immer mehr liefen nach draußen. Ich hörte die Böller des Feuerwerks von drüben, von Puerto de la Cruz, trotz der Musik. Dann krachte und pfiff es auch unmittelbar vor der Tür.

Ich stand alleine an der Bar. Ein neues Jahr. Früher immer das Gefühl des Neubeginns, Erwartungen, Hoffnungen, Vorsätze. Neue Chancen wie bei der Eröffnung eines neuen Spiels. Jetzt die Gewissheit, das Wesentliche hinter mir zu haben, nichts zurückholen, nichts besser machen können, keine Korrekturmöglichkeit. Meine Illusion, das Leben im Griff zu haben. In Wirklichkeit bin ich hindurch gestolpert, nicht blind, aber ahnungslos. Nein, nein, kein Grund zur Trauer, auch keine Reue.

Plötzlich fasste mich jemand an der Schulter. Der Bursche hinter der Theke, dem schwarze Haarbüschel aus dem weißen Hemdkragen wuchsen, hielt mir einen neuen Drink hin und lächelte mich an. *Buenos anos nuevos!*, sagte er. Ich bedankte mich auf Spanisch und stieß mit ihm an. Die Meute drängte wieder herein, schüttelte sich, weil es draußen kalt und vom Meer her feucht war. Sie stürzten zu mir an die Theke, um für Nachschub zu sorgen. Von Müdigkeit keine Spur. Alle waren aufgekratzt und hellwach. Einer zog mich am Arm mit zu seiner Clique. Ich musste mit allen trinken, bekam von den Mädchen Küsschen auf die Wange. Die Jungens schlugen mir freundschaftlich auf die Schulter oder den Rücken. Alle redeten auf mich ein, amüsierten sich, weil sie nicht wussten, ob ich sie verstehe. Ich kann kein Spanisch, außerdem war die Musik viel zu laut. Aber ich sagte *si, … si, si* und lachte zurück. Ich musste mich zu ihnen setzen, sie schlugen mir auf die Oberschenkel oder zerrten mich am Arm, wenn sie mir etwas sagen und zeigen wollten, auf eines der Mädchen deuteten oder einen Kerl. Ich hatte keine Ahnung, worum es ging. Aber das störte keinen. Sie hatten ihren Spaß. Ich wusste nicht, worüber sie lachten, ob über die anderen oder über mich. Es war mir egal. Ich liebte sie alle.

City Kino – Super Breitwand – Stereoton

Heute passierte es. Ich war völlig unvorbereitet, obwohl ich jeden Tag davon in der Zeitung lese. Man denkt immer: *ja, so ist die Welt.* Aber im Grunde hat es nichts mit einem selber zu tun. Es ist nicht wirklich und man rechnet natürlich nicht damit. Im Grunde war das Ganze lächerlich, keine gute Show, B-Picture-Niveau, wenn auch nicht ohne Komik, nachträglich betrachtet.

Es hätte auch anders ausgehen können. Und es hätte mir gar nicht gefallen, als tragischer Held in einem mittelmäßigen bis beschissenen Action-Reißer am nächsten Morgen in der Lokal-Presse zu kurzlebiger, trauriger Berühmtheit zu gelangen.

Es war Freitag. Und wie jeden Freitag war ich um sechs mit Yvonne verabredet. Wir wollten zusammen essen gehen und anschließend ins Kino. Wie immer fuhr ich schon mittags mit der U-Bahn in die City, um einen Stadtbummel zu machen und Kleinigkeiten zu besorgen. Die Fußgängerzone der Zeil ist um diese Zeit voller Menschen. Ich liebe es, in diese Völkerwanderung einzutauchen, genieße es, mich von den Strömungen treiben zu lassen, anonym in der anonymen Masse. Ich bin allein und doch unter Menschen. Ich beobachte sie, ihren Gang, ihre Körperhaltung, wenn sie Taschen und Tüten schleppen oder unbeschwert durch das Gewimmel eilen, einsam, zweisam oder im Clan. Ich sehe mir ihre Kleidung an, ihre Frisuren und natürlich die Gesichter, wie alles zusammenpasst. Ich versuche, mir ein Bild zu machen, zu durchschauen, was sich hinter ihrer Verkleidung verbirgt, welche Rolle sie spielen. Natürlich interessiere ich mich nicht wirklich für sie, ich denke sie mir. Sie sind Statisten in meinem Film, manchmal auch geheime Stars. In diesem Großstadt-Film wimmelt es nur so von dubiosen Gestalten und Verrückten, von Spionen und Erotomanen, Betrügern und Betrogenen, Einsamen und Enttäuschten, Hochstablern, Verlierern und Exhibitionisten. Eine Welt voller Gangster, voller Romeos und Julias, die sich nie finden, voller verlorener Kinder, unerkannter Mörder und ewig Hoffender.

Die meisten tragen Masken, wollen nicht erkannt werden, aber sie spielen jämmerlich schlecht. Und jeder ist verdächtig, er könnte der Gesuchte auf dem Steckbrief im Revier sein oder der große Rock-Star oder Tennis-Crack, der inkognito seinem geheimen Privatleben nachgeht. Eine Welt voller Geheimnisse, voller unentdeckter Geschichten und Abenteuer, die meine Phantasie beflügeln. Ich bin nur ein Beobachter. Ich lasse vorspielen wie beim Casting, verteile meine Wertungen, lasse durchfallen und bestehen. Ich spiele nicht mit. Die Geschichten passieren nicht, sie entstehen in meinem Kopf.

Ich habe verschiedene Lieblingsplätze, wo ich meine kleinen Filme drehe, die Szenen aussuche und zusammenschneide. Zum Beispiel der weiße Brunnen mit der nackten, mongoloiden Meerjungfrau auf der Zeil. Oder an der Hauptwache – das Mäuerchen neben der Katharinenkirche. Dann die Fressgasse mit ihren Lokalen für die Erfolgs-Youngsters, die Schickimicki-Szene und Yuppie-Aufsteiger. Der Brunnen am Opernplatz mit seinen fotografierenden Japanern. Und natürlich das Mainufer drüben auf der anderen Seite, der Museumsseite, mit Blick auf die Skyline. Diese Großstadt, ihre pompösen Kulissen aus Glas und Beton, ihre monumentale Künstlichkeit üben auf mich eine seltsam widersprüchliche Faszination aus, weil sie mich aufnimmt, mich zulässt als Wanderer, als Betrachter zwischen den Welten, ohne dass ich von ihr vereinnahmt oder gar verschlungen werde. Hier kann ich gehen, ohne Spuren zu hinterlassen. Mir gefällt der ungeglättete

Kontrast zwischen Alt und Neu, die dunkelbraun und silberblau getönten Glasfassaden, die die Wolken spiegeln, dazwischen eingeklemmt die restaurierten Sandsteinsimse und von Muskelmännern gestützten Balkone der Altbauten, auf denen immer Tauben sitzen. Nichts ist Wirklichkeit, alles nur Fassade. Eine polierte Architektur, die den Blick nach innen verweigert, die Realitäten des Lebens und die Schicksale der Menschen verschwinden lässt. Aber sie lässt mir auch meine Anonymität und erlaubt mir zugleich, mich in ihr umzusehen, zumindest scheinbar von ihr Besitz zu ergreifen – dieser kühlen, emotionslosen Prostituierten, abstoßend und verlockend zugleich. Und wenn ich mit jedem Schritt die Kulissen wechsle, gebe ich mich der Illusion hin, dass ich das Drehbuch schreibe und die Szenerie belebe. Auf diese Weise lebe ich mehrere Leben.

Ich hatte mir an der Konstabler Wache neue Jeans gekauft und plötzlich vom vielen Herumlaufen Hunger bekommen. Gegenüber von C&A in dem etwas gammeligen China-Restaurant bestellte ich Schweinefleisch süß-sauer. In diesem Laden mit Goldfisch-Aquarium habe ich immer die Gewissheit, im Zentrum der chinesischen Mafia zu speisen. Auch heute war es so leer, dass man sich unwillkürlich Gedanken macht, wovon die drei jungen Schlitzaugen, die gelangweilt herumstehen, ihre Gehälter beziehen, wer der Chef ist, den man nic sicht, und vor allem, wie frisch das Fleisch und alle anderen Zutaten überhaupt sind, die hier verkocht werden. Ich bin misstrauisch, kontrolliere das Aquarium. Es sind immer noch sechs blass-rot gefleckte Fische, die jämmerlich mit ihren zu langen Schleier-Schwänzen wedeln, um nicht unterzugehen. Also keiner von einer Kugel hingestreckt oder in der Küche gelandet. Ich bin beruhigt, beobachte, wie der Hübscheste der drei Asiaboys leise telefoniert. Sein Pokerface verrät nicht, dass gerade der Boss an der Strippe ist und für den Abend einen Deal einfädelt. China-town in Mainhattan. Der Reis ist wie immer locker, das glasierte Geschnetzelte nicht eindeutig identifizierbar. Es schmeckt mir wie immer.

Als ich gehen will, schüttet es in Strömen. Ein Sommergewitter hat die Stadt verdüstert, ergießt sich in die Straßen und färbt den Asphalt lackschwarz. Ich bleibe im Eingang stehen, drehe mir eine und warte. Szenenwechsel. Gegenüber unter dem Vordach von C&A stehen zwei Burschen, südländische Typen in engen Jeans. Ihre weißen T-Shirts sind auf den Schultern nass, glänzende Haare und Wasserperlen auf den nackten Oberarmen. Sie bereden etwas. Schauen sich um, stecken wieder die Köpfe zusammen. Ein anderer kommt, offensichtlich ein Kunde. Einer der beiden verschwindet. Auch der zweite läuft jetzt weg, in die andere Richtung. Der Kunde wartet, tut so, als ging er weiter, bleibt aber nach einigen Schritten stehen. Dann taucht einer der Schwarzhaarigen wieder auf, verhandelt nur kurz. Der zweite Dealer ist plötzlich wieder da. Der Kunde bekommt, was er dem anderen bezahlt hat. Die Burschen sind dreist, nehmen von mir keine Notiz. Jetzt fährt ein Kunde mit dem Wagen vor. Alles läuft nach dem gleichen Muster ab. Ich vermute unter den Schaufenstern in den Lüftungsschlitzen ihr Depot. Wenn niemand da und sie sich unbeobachtet fühlen, bückt sich immer einer. Wohin die Kerle jedes Mal verschwinden, kann ich von hier aus nicht sehen. Aber das Geschäft floriert. Während der guten zwanzig Minuten, die ich auf das Nachlassen des Gewitterregens hier warte, beobachte ich vier Transaktionen. Je länger ich zuschaue, umso gewöhnlicher erscheint mir die Sache. Die Jungs sind flink, alles geht sehr schnell. Wenn sie warten, reden und lachen sie, stecken sich Zigaretten an. Harmlose Gesichter. Ich kann nichts Kriminelles an ihnen entdecken. Im Kino ist das aufregender. Hier fehlt die Spannung, keine Action. Sie könnten auch Zeitungen verkaufen. Mein letzter Joint? Mein Gott, das ist eine Ewigkeit her. Die verhökern da sicher härteren Stoff. Es hat aufgehört zu regen. Ich bin kein Polizist.

Das Pflaster dampfte unter den neuen Sonnenstrahlen. Ich ging die Zeil entlang Richtung Hauptwache. Menschenmassen strömten jetzt aus den schützenden Öffnungen der Glaspaläste ins Freie. Die alten Trampelpfade waren im Nu wieder gefüllt. Aus den U-Bahnschächten der Hauptwache krochen noch ganz andere Gestalten ans Licht und umlagerten wieder den nackten Krieger, der hirnlos auf dem zertrümmerten Schädel eines Goliaths hockt. Ein Statistenvölkchen der Aussätzigen, der Zerlumpten, der Penner und Stadtstreicher fand sich ein, vergnügt und laut. Vor den Toren der Konsumtempel mischten sich ihre Spiegelbilder mit der Eleganz der Schaufensterpuppen zu einem surrealen Zerrbild der käuflichen Träume vom Glück. Krakeelende, fidele Suffköppe, Zombies mit wüstem Haar. Rote Gesichter, manche violett, verfärbt von Sonne und Alkohol. Ordinäre Weiber, Flaschen in der Hand und Zigaretten im Mundwinkel. Neben ihnen Dosen, leere Bierflaschen, Beutel, fleckig und speckig, Plastiktüten, ihre ganze Habe nur Müll. Gesindel wie aus einem Fellini-Film, laut, lebensfroh, bedrohlich. Maske, Kostüme, alles perfekt, lebensnah, echt. Bestes Straßentheater. Sie hatten sich breit gemacht in der Glitzerwelt wie die Schmeißfliegen auf dem Käse. Passanten beschleunigten den Schritt, wenn sie vorbei gingen, den Blick stur geradeaus gerichtet. Sie mögen solches Theater nicht, obwohl live und kostenlos.

Einer der Truppe mit nacktem Oberkörper, die Arme und Schultern tätowiert, steht plötzlich auf, schwankt bedenklich, zieht sich die schmutzige Hose hoch, die sofort wieder bis über die dürr hervorstehenden Hüftknochen rutscht. Unsicher verlässt er die Spielfläche, versucht, sich unters Publikum zu mischen, ignoriert den Sicherheitsabstand. Er steuert auf eine Dame zu, gepflegte Erscheinung. Als sie merkt, was los ist, erstarrt sie sofort. Alles an ihr signalisiert, *sprich, rühr mich nicht an!* Der Bursche versteht diese Sprache, gibt sofort auf. Mit einer wegwerfenden Handbewegung lässt er sie vorbeirauschen. *Fuck off!* Er hat jetzt einen älteren Geschäftsmann im Visier. Stellt sich ihm ungeschickt in den Weg, grinst, gestikuliert freundlich. Will Geld oder Zigaretten. Der Mann versucht auszuweichen, sein Kopf läuft zornrot an. Der Bursche lässt nicht locker, macht servile Bewegungen, streckt die Arme nach hinten. *Ich tu Dir nichts ... Du bist der Herr, ich ein Nichts.* Der Herr wird energisch, schiebt ihn mit einem Befreiungsschlag unsanft zu Seite. *Schaff was, Du Faulenzer! Ich muss auch arbeiten.*

Der Bursche macht einen Diener und lässt ihn abziehen. Moralisten sind immer herzlos. Sein nächstes Opfer ist ein junger Ausländer. Von ihm kriegt er, was er haben will und Feuer dazu. Der großzügige Spender blickt, während er Feuer gibt, cool in die Ferne. Geredet wird nicht. Als sich der Schnorrer überhöflich bedankt, verzieht der junge Mann keine Miene, lässt ihn einfach stehen. Nach dem ersten tiefen Zug – nun ist er schon mal auf den Beinen – steuert er eine grauhaarige, alte Dame an. Die bleibt tatsächlich stehen und beginnt, in ihrer Handtasche zu kramen. Sie zieht ihren Geldbeutel hervor, öffnet ihn und sucht umständlich nach passenden Münzen. Mir wird mulmig, jetzt wird der Film spannend. Kein Hahn würde krähen, wenn er das Ding schnappen und abhauen würde. Die alte Dame reicht ihm ein Geldstück und verstaut dann seelenruhig – oder leichtsinnig? – ihren Geldbeutel. Wieder Verbeugungen, zu unterwürfig, so dass es peinlich ist. Was in der alten Dame vorgeht, ist nicht zu erraten. Zufrieden über den erfolgreichen Schnorrzug zieht sich der Bursche hinter die Spiellinie zurück. Die Kontamination der Welt der Ordnung durch die Welt des Chaos ist vorüber. Auch ich bin erleichtert. Ich mag solche Szenen nicht, fühle mich zu sehr hineingezogen in die Handlung. Ich weiß nicht, wie ich mich verhalten hätte im Konfliktfall, zum Beispiel, wenn er den Geldbeutel aus der Hand der alten Dame gerissen hätte. Ich will die Distanz wahren, will nur Zuschauer bleiben. Dieser Film hier heißt *Point of no return*, aber ich habe keine Rolle darin. Um ehrlich zu sein, das ist eben nicht die Sorte von Leuten, die man guten Herzens an Weihnachten zu sich nach Hause einlädt, um sein Gewissen zu beruhigen.

Einer der Penner rafft sich auf, muss mal nach den vielen Bieren. Ungeniert pisst er an die abgekämpften Bronzehelden. Dann zeigt er fröhlich sein Prachtstück vor. Die anderen kreischen vor Vergnügen, vor allem die Weiber. Auch die Ausländer, die in Grüppchen herumstehen, lachen. Die Stimmung ist gut.

Die Sonne schien jetzt und es war warm. Für einen Moment dachte ich, dass es vielleicht nur ein glücklicher Zufall ist, dass ich in dieser Beggar's Opera nicht mitspiele, eine günstige Laune des Schicksals, die mich vor dem Absturz bewahrte. Plötzlich deprimierte mich diese Vorstellung, obwohl nicht ohne Komik. Was soll's, ich wollte mir meine gute Laune nicht verderben lassen, ich war mit Yvonne verabredet und freute mich auf unseren gemeinsamen Abend.

Eine Viertelstunde später, einige hundert Meter weiter unten in der Fressgasse. Hier lief ein ganz anderer Film.

Ich trank gerade meinen Campari-Orange, umgeben von Palmkübeln, türkisfarbenen Wänden mit moderner Kunst in Metallic-Rahmen. Anthrazit-Möbel, unterkühlte Eleganz. Die alten Biedermeier-Plüsch-Lokale mit verschlissenen Sofas, Nähmaschinen-Tischen und Tropfkerzen, wo die linken System-Kritiker und ich früher die kuschelige Geborgenheit des Frühkapitalismus-Ambiente mit Zigarettenqualm einnebelten und die beschissene Wirklichkeit an unseren Utopien maßen, sind längst passé. Damals gab es noch das Prinzip Hoffnung. Jetzt schwebt über allem nur noch zynischer Snobismus. Hier in den Szene-Cafés trifft sich die Young-Fashion-Generation, die Internet-Yuppies und ihre Schönen. Emanzipierte Langbeinige, die in irgendwelchen Boutiquen Parfum und Klamotten verkaufen, die sie selber tragen. Eine lässige Lifestyle-Clique wie aus der Frischwärts-Werbung. Überall diese langweilige vegetarische Küche mit angeblich exotischem Touch, nur, weil die Nudeln schwarz sind und der unvermeidliche winterharte Rucola-Salat mit diesen ungenießbaren Karambole-Sternchen dekoriert ist, und dazu diese bunten Long-Drinks, alles so überteuert, dass man unter sich bleibt. Kurz, Nepp auf hohem Niveau. Ich kam mir vor wie Woody Allen im falschen Film. Es war einfach nicht mein Milieu. Aber Alt Sachsenhausen, abgesehen davon, dass es zu weit weg war, war auch nicht mehr das, was es einmal war. Irgendwelche Leute haben laufend neue Ideen, mit denen sie mir die vertraute Welt zerstören und mich zwingen, modischen Schnickschnack zu akzeptieren, den ich nicht verlangt habe. Ich hätte nie gedacht, dass ich einmal altmodisch werden würde. Aber was soll ich machen? Das hier ist die Welt von Yvonne. Und mit Yvonne verbindet mich seit gut einem halben Jahr das, was man eine Beziehung nennt. Sie schleppt mich hierher in der Erwartung, dass mich dieses *Ambiente* beeindruckt. Was es nicht tut. Seit einiger Zeit versucht sie, mich umzukrempeln. Sie hat noch die Hoffnung, aus mir einen dieser schicken und erfolgreichen Moneymaker zu machen, die sie so toll findet. Ich mag sie trotzdem. Yvonne sieht gut aus mit ihrer geföhnten Haarwelle, die ihr elastisch über die linke Gesichtshälfte federt. Sie hat eine gute Figur und zieht sich geschmackvoll an, kurz, eine tolle Frau, mit der man sich sehen lassen kann. Sie ist die junge Dame, die mich im Reisebüro El Mundo beraten und mir den Flug nach Teneriffa empfohlen hatte. Ich fand sie gleich sympathisch. Als ich damals zurück kam und es hier noch immer saukalt und nass war, bin ich zu ihr ins Reisebüro gegangen und habe ihr gesagt, dass das eine phantastische Idee gewesen sei mit dem Winterflug in die Sommersonne. Natürlich war das nur ein Vorwand, um sie wiederzusehen. Dann fragte ich sie, ob sie nicht Lust hätte, mit mir eine Tasse Kaffee trinken zu gehen, später, wenn der Laden dicht gemacht hätte. Sie war einverstanden. So gesehen war diese Reise doch noch ein Erfolg geworden.

Ja, Yvonne ist zwanzig Jahre jünger, doch immerhin eine reife Frau von achtundzwanzig Jahren. Wir haben beschlossen, unsere private Vergangenheit erst einmal auszuklammern. Ihr letzter Lover hatte sie sitzen gelassen, war mit einem gepiercten Teenager nach Mallorca abgehauen. Die beiden Tickets für den Flug hatte er bei ihrer Kollegin im Reisebüro besorgt. Sie hatte geglaubt, es sollte eine Überraschung sein, und hatte sich darauf gefreut. Seitdem habe sie nie wieder etwas von ihm gehört und wolle auch nicht darüber reden. Auch ich hatte keine Lust, ihr von meinen missglückten Versuchen zu erzählen. Diese Geschichten von früher, das belastet nur, produziert Rechtfertigungsdruck und weckt falsche Erwartungshaltungen. Man muss die Freiheit haben, die alten Fehler zu wiederholen, ohne dass der andere das mitkriegt. Nicht, weil man das will, sondern weil man oft nicht anders kann. Natürlich habe ich nicht die Absicht, ganz von vorne anzufangen, dazu bin ich zu alt. Ich weiß, ich muss Kompromisse machen. Aber eigentlich passen wir gar nicht zusammen. Sie weiß nicht, wer Bob Dylan ist, sie hat keinen Film von Woody Allen gesehen, Fassbinder und Schlöndorff sagen ihr nichts. Margarete von Trotta? – nie gehört. Rudi Dutschke, Andy Warhol, damit kann sie nichts anfangen. Die Musik ihrer Jugend war Abba, ihr großer Schwarm Robert Redford, sie findet ihn heute noch toll. Sie findet Otto und Didi Hallervorden, diese Blödelkomiker, witzig,

Lore Lorenz und Dieter Hildebrandt kennt sie nicht. Wenn ich meine Geschichten erzähle, lacht Yvonne. Für sie sind das Märchen aus einer unbekannten Vergangenheit. Es amüsiert sie, aber sie nimmt mich nicht ernst. Schlimmer noch, sie akzeptiert meine Argumente nicht, weil sie sie nicht versteht. Das ist nicht ihre Schuld. Es ist mein Problem mit dieser Generation. Schon bei den Büchern hört es auf. Ich lese noch immer viel, in letzter Zeit ziemlich wahllos quer Beet, aber meist mit Vergnügen. Yvonne findet das toll, blättert aber nur in Vogue und Schöner Wohnen. Ich weiß überhaupt nicht, was sie an mir findet. Dabei gibt sie sich wirklich Mühe und tritt mir dauernd ins Kreuz. Sie meint, ich verkaufe mich unter Preis. Solle mich in der Agentur durchboxen, meine Chancen nutzen, auf meine Rechte pochen, meinen Fähigkeiten vertrauen. Dass ich die Apotheke meines Vaters in den Wind geschossen habe, sei mein größter Fehler gewesen. Da hätte ich mich doch ins gemachte Nest setzen können. Mein Idealismus in Ehren, aber was zähle, sei nun mal Erfolg. Mein Bekenntnis, ich sei kein Idealist sondern Materialist, beruhigt sie, weil sie an Geld denkt, während ich von Feuerbach und Marx rede. Ich glaube, sie hält mich für einen Versager. Dann ihr Vorwurf: Wenn ich Materialist sei, könne ich doch Menschen nicht verurteilen, nur weil sie reich seien. Auch Arme könnten spießig sein. *Was willst du denn verändern, wenn du kein Geld dazu hast?* Ich sehe förmlich, wie es in ihrem Köpfchen arbeitet.

Sie will Überzeugungsarbeit leisten. Eigentlich ist alles ein Missverständnis. Sie kapiert nicht, dass ich gegen Geld gar nichts habe, sondern nur dagegen, wie manche es verdienen oder wofür sie es ausgeben. Aber sie meint es ernst und glaubt an das, was sie sagt. Und ihre Freunde denken genauso. Manchmal macht sie mich sprachlos. Ich habe mein Leben verlangsamt, um es zu genießen. Ich brauche keine Karriere und mein Geld reicht mir, meistens. Meine

Klamotten trage ich auf, weil ich in ihnen wohne. Ich ziehe nicht gern um und hänge an meinen alten Möbeln. Ich liege eben nicht im Trend. Aber ich bin auch keine Forelle, die gegen die Strömung schwimmt. Die Welt ist mir nicht gleichgültig, ich lese Zeitung. Vielleicht sollte ich mehr tun, mich irgendwo engagieren. Aber ich bin müde. Wie lange konnte eigentlich Sisyphos den Stein hinaufrollen? Wir können nicht für alles die Verantwortung übernehmen, wenn wir sie nicht einmal für uns tragen können. Vielleicht haben ich und meine Generation versagt, mag sein. Aber weil alle Welt Cola trinkt und Hamburger verschlingt, ist sie noch nicht verloren. Jetzt sollen die anderen ran, die Jungen. Was Stephan so an der Uni treibt, weiß ich gar nicht. Ich sehe ihn selten. Angeblich studiert er Volkswirtschaft – oder war es Betriebswirtschaft? – und jobbt nebenbei in diversen Kneipen. Ich glaube, es geht ihm gut.

Ich bin kein Schmarotzer, ich habe immer bezahlt. Aber ich bin bescheiden. Ich habe nicht diese ewige Gier der Unzufriedenen in mir. Yvonne meint, ich sei eingerostet, im Grunde konservativ, irgendwie stehengeblieben. Mag sein, nur, ich sehe überall viele Veränderungen, aber wenig Fortschritt.

Plötzlich, während ich diese gepflegten Jung-Männer um mich sah, diese schönen Ästheten in ihren dekorativen Posen, ihre gestikulierende Wichtigtuerei vor ihren gestylten Luxusweibchen – pompös eingewickelt wie teure Bonbons in der Pralinenschachtel – wurde mir klar, dass ich nicht dazu gehöre, dass ich an meinem Tisch hier alleine und isoliert von dieser *new-generation* wie durch eine Glasscheibe getrennt hindurch sah, ohne Kontakt, ohne Gemeinsamkeiten. Ich fühlte mich heimatlos, während ich auf Yvonne wartete. Was bleibt, ist eine Ratlosigkeit. Ich weiß auch nicht weiter, aber ich mache weiter – wie bisher. Vielleicht meint Yvonne das, wenn sie von *konservativ* spricht.

Sie will, dass ich mein Image renoviere. Aber ich habe keine Lust, an mir Verrat zu begehen, nur damit ich in ihren Film passe. Ich bin kein Verwandlungskünstler.

Ich hatte gerade meinen zweiten Campari bestellt, als es dann passierte. Ganz plötzlich und ohne Vorankündigung. Ein echter Programmwechsel.

Ronald Reagan, Micky Maus und Altkanzler Kohl stürmten das Bistro. Ronald mit einer Knarre in der Hand, sicherte die Tür, Kohl stürmte vor bis zur Kasse und Micky Mouse ging von Tisch zu Tisch, hielt einen riesigen bunten Bag auf und bat barsch um Spenden. *Geld her, los! Schneller! Alles, aber fix! Uhren ab, Ohrringe, da, die Kette, los! Los! Los! Das Portemonnaie hier rein, sonst kracht's!* Das Übliche, man kennt das schon aus dem Fernsehen, diesmal live. Es war durchaus lustig, wie Micky Mouse mit ihren Kulleraugen einen treu ansah, von einem Ohr zum anderen freundlich grinste, den Beutel hinhielt und jedes Mal nickte. Kohl sah bedrohlicher aus, fuchtelte mit seinem Revolver der großzügig dekolletierten Bedienung nervös vor dem Ausschnitt herum. Ronald grinste permanent und sah hektisch umher, mal nach draußen, mal zwischen den Palmen hindurch in den Raum und hielt uns in Schach. Alle spielten brav mit, wirkten ohne Proben ziemlich echt. Vergeblich suchte ich nach der versteckten Kamera. Der Beutel füllte sich, während aus dem Lautsprecher ungerührt Franky Boy's *Strangers in the night* floss.

Jeden Augenblick erwartete ich, dass ein bärtiger Regisseur aus dem Hintergrund auftauchte, *stopp!* brüllte, lächelnd auf uns zukam, uns die Hände schüttelte und sagte *Kinder, ihr ward großartig! Die Szene ist im Kasten.* Vergeblich. Stattdessen wartete ich geduldig auf meinen kurzen Auftritt. Überlegte natürlich, ob ich irgendwie tricksen könnte, aber mir fiel nichts ein. Außer meinem Portemonnaie hatte ich nichts, da waren noch ungefähr achtzig Euro drin, läppisch. Meine Uhr ist nicht der Rede wert. Endlich war ich an der Reihe. Ich schmiss lässig meine zwei Spenden in den Beutel. Micky Maus nickte wieder. Für einen Moment kam mir die Idee, dieser verkleideten Ratte einen saftigen Kinnhaken zu verpassen, vielleicht gefiel das dem Regisseur. Aber dann nahm ich von diesem Solo-Stunt Abstand, weil nicht klar war, ob dieser Ronald wirklich nur Platzpatronen geladen hatte. Auch Kohls Revolver sah von weitem verdammt echt aus. Kurz, weder ich noch die anderen Männer im Saloon fühlten sich zu Heldentaten animiert, geschweige denn zur Verteidigung der mitgebrachten Bräute. Kinder galt es zum Glück nicht zu schützen. Ein bisschen bedauerte ich die Routine, mit der alles abgedreht wurde, im Grunde null-acht-fünfzehn, Klischee, eben B-Picture.

Eine flotte Bubikopf-Frau in der Ecke muss das genauso empfunden haben. Sie sprang plötzlich auf und schrie: *Was Ihr hier macht, das finde ich echt beschissen, verdammt nochmal! Ihr Arschlöcher! Und Ihr* – sie blickte auf die Gäste im Raum –, *ihr Schlappschwänze lasst Euch das* ... Da krachte ein Schuss aus Ronalds Gewehr, Putz bröckelte von der Decke. Es war nicht ganz klar, ob dieser Schuss vor Schreck losgegangen oder die männliche Antwort auf die Widerspenstige war. Der Bubikopf war jedenfalls blitzartig unter dem Tisch in Deckung gegangen. Aus den Mündern anderer weiblicher Gäste lösten sich Angstschreie. Unbestritten blieb jedoch, dass die Szene nicht nur an Realismus, sondern auch an Dramatik gewann. Ich fühlte einen deutlichen Anstieg meiner Pulsfrequenz.

Draußen drückten sich derweil schon Neugierige die Nasen platt und reckten die Hälse, um einen der bekannten Stars zu erspähen. *Das reicht jetzt! Los, raus!*, gab Ronald das Kommando und riss die Tür auf. Die drei Kerle boxten sich durch die nur unwillig zurückweichende Zuschauermenge und verschwanden. Das war's.

Endlich hatte ich am eigenen Leib erfahren, was sonst nur in der Zeitung stand. Obwohl froh, dass es so harmlos und als Kasperle-Theater abgelaufen war. Aber irgendwie war ich doch enttäuscht. Nichts, was blieb, wovon man zehren konnte, alles eigentlich folgenlos. Es war etwas passiert, aber ich hatte nicht wirklich etwas erlebt. Im Gegenteil, ich fand diese Show mit achtzig Euro und einer Billiguhr entschieden überbezahlt.

Die Polizei kam, machte Notizen, die Spurensicherung fotografierte und pulte die Kugel aus der Decke, alles mit routinierter Gelassenheit. Die Verhöre und Verlustmeldungen der Gäste zogen sich ziemlich in die Länge. Als ich endlich das Bistro verlassen konnte, hatte Yvonne bereits eine halbe Stunde draußen gewartet. Sie fiel mir sogleich bewegt um den Hals, als sei ich einer großen Gefahr entronnen. Ich musste ihr alles haarklein erzählen und schmückte es natürlich noch ein bisschen aus, damit sie wenigstens das Gefühl hatte, ich sei nur knapp einer Katastrophe entkommen. Wer weiß, vielleicht stärkt das ihre Liebe zu mir, oder nennen wir es Zuneigung. Angst vor Verlust ist immer gut.

Nach diesem Abenteuer hatte ich natürlich keinen Bock mehr, mit Yvonne ins Kino zu gehen, abgesehen davon, dass es ohnehin schon zu spät dazu war. Sie hatte volles Verständnis dafür. Also gingen wir zum Griechen. Ich bestellte bescheiden nur einen Rhodos Salat, da ich ja völlig pleite war und Yvonne die Rechnung begleichen musste. Aus lauter Solidarität und Mitleid bestellte sie das Gleiche, dazu Demestika, den Roten wie immer. Dass ich heute schon beim Chinesen essen war, sagte ich ihr nicht.

Yvonne sah fabelhaft aus und strahlte mich mit kajalumrandeten Scheinwerfern an. Ihr Anblick tat mir gut und munterte mich auf. Ich bekam wieder Bodenhaftung. Sie ist so praktisch und unkompliziert, durchaus gefühlvoll, aber kein bisschen romantisch. Obwohl, sie hat auch ihre

Träume, etwas alberne, wie ich finde. Natürlich will sie raus aus dem Reisebüro, etwas ganz anderes machen, *was Kreatives*, wo sie sich *voll einbringen, selbstverwirklichen* kann, wie sie sagt. Was sie damit meint, weiß ich nicht. Sie wahrscheinlich auch nicht. Es ist nichts Konkretes. Ich gehe nicht weiter darauf ein, will keine Diskussion. Ich habe Yvonne gern und will sie nicht verlieren. Zum Glück denkt sie nicht ans Heiraten. Für Kinder sei sie jetzt zu alt, meint sie. Außerdem, so, wie sie zurzeit lebe, ganz abgesehen von ihren Plänen, ginge das sowieso nicht. Ich sage nichts dazu, bin froh, wenigstens das nicht wiederholen zu müssen. Noch einmal beschissene Windeln und wieder Papa in meinem Alter, das wäre wirklich zu viel. So, wie es jetzt zwischen uns läuft, ist es für uns beide angenehm. Man kann nicht alles im Leben haben, schon gar nicht zur gleichen Zeit. Und zu viel Nähe ist gefährlich.

Manchmal gibt es Augenblicke, da habe ich Angst, Angst vor dem Schrulligwerden. Dann befällt mich eine gewisse Melancholie über die Unmöglichkeit des Schritthaltens mit dem Tempo der Zeit. Ich will nicht als alternder Wolf alleine durch den Rest meines Lebens streunen. Ich kann mir vorstellen, mit Yvonne gemeinsam alt zu werden. Wir brauchen alle jemanden, damit wir den Kontakt zur Welt nicht ganz verlieren. Wahrscheinlich wird es Yvonne sein, die eines Tages andere Pläne hat.

Aber wozu jetzt diese Gedanken? Yvonne sitzt mir gegenüber, pickt in ihrem Salat und ist gut gelaunt. Ich bin nicht allein. Wir werden ein schönes Wochenende miteinander verbringen. Es geht mir gut. Und morgen werde ich in der Zeitung lesen, was wirklich passiert ist.

Sippentreffen in Todesfolge

Es war einer dieser klaren, sonnigen Tage, an denen es eine Lust ist zu leben. Einer dieser ersten schönen Frühlingstage, der nach dem allzu langen Grau des vergangenen Winters die Lebensgeister weckte und mir das Gefühl gab, dass da noch eine Zukunft wartet. Trotz der kühlen Morgenluft wärmte die Sonne schon kräftig, als sie hinter dem Sachsenshäuser Berg nach oben drängte. Überall sprießte aus den Sträuchern das erste helle Frühlingsgrün und die Osterglocken und Tulpen leuchteten farbenfroh auf den frisch zurechtgemachten Gräbern. Es hätte ein Osterspaziergang im Park sein können, wenn die kleine Truppe, die schweigend und schwarz dem Rollwagen mit dem Sarg folgte, nicht Anlass zur Trauer gehabt und den nächsten Verwandten des Verstorbenen, die in den ersten Reihen hinter dem Sarg gingen, Tränenfeuchte die Augen gerötet hätte. Meine Mutter hing schwer in meinem Arm, nicht nur vor Trauer, auch vom Alter gebeugt und seit längerem schlecht zu Fuß, weniger, weil ihre noch recht schlanken Beine sie nicht zu tragen vermocht hätten, sondern wegen der Atembeschwerden, die sie zwangen, bei jeder körperlichen Anstrengung wie Treppensteigen und längeren Wegstrecken schon nach fünfzehn Metern innezuhalten und laut schnaufend nach Luft zu japsen. Wahrscheinlich plagte sie eine zunehmende Arterienverkalkung, aber trotz dieser Beschwerden und massiven Einschränkung ihrer Lebensqualität weigerte sie sich seit Jahren, zum Arzt zu gehen. In ihrer rechten Hand hielt sie ein weißes Taschentuch, mit dem sie sich still und klaglos abwechselnd die Augen und die tropfende Nase wischte.

Der Weg, den die kleine Truppe von der Kapelle am Haupteingang zurücklegen musste, nahm kein Ende. Zuerst ging es die kleine Allee entlang, vorbei an den alten

Grabmälern des vorigen Jahrhunderts mit Steinvasen und Engelsfiguren, dann nach links auf einen Hauptweg, dessen Grabsteine in Design und Inschriften den wechselnden Zeitgeschmack der vergangenen Jahrzehnte spiegelte, schließlich folgten einige Abbiegungen auf enger werdenden Wegen. Geduldig trottete der Trauerzug durch dieses glücklicherweise so freundlich sonnendurchflutete Labyrinth, diese Endstation all unserer irdischen Bemühungen, die heute so gar nichts Furchterregendes hatte. Aber dieses Blau des Himmels und die Helligkeit des Tages täuschten mich nicht.

Ich hasse Beerdigungen, weil sie mich in deprimierender Weise an die eigene Vergänglichkeit erinnern, die letztlich fruchtlosen Bemühungen, etwas Sinn in unser Leben zu bringen, an die vergeblichen Versuche, durch Taten etwas zu schaffen, was eine Spur unserer Erdentage hinterlässt, ein kleines Stückchen Ewigkeit, das uns überdauert. Plötzlich ist einfach Schluss – aus und vorbei. Es ist – auch für einen Atheisten wie mich – schwer, sich damit abzufinden. Die Konfrontation mit dem Tod löst nur Resignation aus, jedenfalls bei mir. Obwohl Existentialist – lange Zeit war *Der Fremde* mein Lieblingsbuch –, an solchen Tagen, wo ich dem Tod von Angesicht zu Angesicht begegne, wenn auch als einer, der noch einmal davongekommen ist, komme ich mit der Kühle meines Verstandes nicht weiter. Dann vermag ich den Gegensatz zwischen theoretischer Erkenntnis des Absurden unserer Existenz und der traurigen Erfahrung unserer Sterblichkeit nicht in Einklang zu bringen. Ich werde meine Gefühle nicht los. Ich bin nicht Meursault. Wir begruben meinen Vater.

Ich war erstaunt, wie viel Verwandtschaft ich noch hatte oder überhaupt hatte. Nach all den vielen Jahren ohne Kontakte bekommt man bei solchen Anlässen wieder einen Überblick. Das Peinliche dabei war nur, dass ich mich an einige Gesichter gar nicht, an andere nur vage erinnern konnte. Zumal sich fast alle ziemlich verändert hatten. Zu manchen fiel mir der Vorname nicht ein, einige glaubte ich noch nie gesehen zu haben. Nur meine Mutter, meine Schwester Hanna und mich schienen alle zu kennen. Oder taten sie nur so – wie ich? Eine Unmenge Onkel und Tanten mit ihren Kindern waren bereits am Morgen eingetroffen. Mindestens acht Cousinen und Cousins, die ich – bis auf Guni, die immer noch sehr attraktiv aussah – gar nicht mehr wiedererkannte. Wären sie mir irgendwo in der Stadt begegnet, ich wäre achtlos an ihnen vorbei gegangen. Alles gestandene Männer und Frauen, teils grauhaarig oder mit Glatze, mit Wohlstandsbäuchen und Schicksalsfalten im Gesicht. Alle etwa in meinem Alter. Ich erschrak richtig bei dem Gedanken, dass ich zu dieser Generation dazugehören sollte. So gealtert, wie sie mir erschienen, hatte ich mich selbst bisher nicht gesehen. Das deprimierte mich, denn es war offensichtlich, dass wir jetzt die Nächsten waren, die dran sind, die der Teufel holt oder der Herr zu sich nimmt, kurz, die Nachrücker in der Anwartschaft des unerhofften Endes. Die meisten hatte ich seit meinen Jugendtagen nicht wiedergesehen. Ich hatte sie als junge Mädchen und Burschen in schwacher Erinnerung aus den üblichen Anlässen längst vergessener Konfirmations- oder Hochzeitsfeiern. Die meisten waren früher oder später in alle Winde verstreut, lebten ihr Leben irgendwo in Deutschland. Es war nicht üblich, Kontakte zu pflegen, jedenfalls nicht für die zweite und dritte Generation. Wir hielten nicht viel von Familie, von Sippe und Sippschaften und blutsverwandter Traditionspflege. Wir gehörten zu der Generation der Nestflüchter, die raus wollten aus der Gartenzwerg-Idylle der restaurativen Nachkriegszeit, die den Zufluchtsort der nett eingerichteten, gemütlichen vier Wände unserer Eltern für spießige Bürgerlichkeit hielten, im besten Falle für altmodisch – aus radikaler, linker

Sicht für faschistoid. So verloren wir unsere nächsten Verwandten schnell aus den Augen, und da keine Stimme des Blutes sich meldete, warfen wir uns befreit von allen familiären Erblasten wildfremden Menschen an den Hals, denen es ebenso ging, die ebenfalls auf der Familienflucht waren. Wir schlossen uns zu fröhlichen Rudeln nichtverwandter Großfamilien, WGs und Landkommunen zusammen, in denen es – wie wir glaubten – keine Hierarchien und fremdbestimmte Regeln gab und wir den Duft von Freiheit und Abenteuer mit dem Tabak der Selbstgedrehten inhalierten, gelegentlich angereichert mit jenen Zusatzstoffen, die unser fortschrittliches Bewusstsein so angenehm erweiterten, dass wir glaubten, alle lieben zu müssen, außer natürlich unsere Familie. Vor allem die weiter entfernten Sippenmitglieder, zu denen bereits Onkel und Tanten zählten und deren Nachwuchs, unsere Cousinen und Cousins, blieben unbekannte Wesen.

Nur meine Mutter wusste stets Bescheid, erzählte wohl ab und zu von dem einen oder anderen. Geschichten, die mich eigentlich nicht interessierten, weil mir die Menschen fremd waren. Mit ihrem jüngeren Bruder war sie seit Jahren zerstritten, aber über Scheidungen, Trennungen, über Hochzeiten und Nachwuchs in unserer Sippe war sie immer bestens informiert. Mich ließ das gleichgültig. Ich lebte mein Leben, für das sich die liebe Verwandtschaft ebenso wenig interessierte wie ich mich für sie.

Eine Ausnahme waren meine Großeltern, die – sowohl von mütterlicher als auch väterlicher Seite – alle längst verstorben sind, was ich sehr bedaure. An sie habe ich noch schöne Jugenderinnerungen, weil ich bei beiden im Wechsel oft meine Ferientage verbrachte, als ich noch ein kleiner Junge war. Bei ihnen genoss ich ungekannte Freiheiten, wurde verwöhnt, trotz der *schlechten Zeit*, wie meine Mutter die Nachkriegszeit immer nannte. Meinem Opa in Eberstadt half ich in seinem Schrebergarten, jätete Unkraut und las Steine aus den Beeten. Dafür durfte ich frische Erdbeeren essen und Kirschen vom Baum pflücken. Und bei meiner Oma in Neu Isenburg gab es selbst gebackene Schneckennudeln mit Rosinen und ich konnte mit ihrem Fahrrad durch die Max-Reger-Straße gondeln, ein altes Gestell mit altmodischem *Gesundheitslenker*. Hinten im Isenburger Garten gab es Kaninchenställe und ein Hühnergehege zur Selbstversorgung während der Besatzungszeit. Ich verfütterte dicke, fette, weiße Engerlinge an die Hühner zur Strafe dafür, dass sie Opas frische Salatköpfe zum Welken gebracht hatten. Eine schöne, ferne Jugendzeit.

Die Großeltern waren stolz auf ihren Enkel, glaubten an meine Zukunft. Sie waren froh, dass alle aus der Familie den Krieg überlebt hatten, trotz des ausgebombten Hauses in Eberstadt, trotz der Trümmerberge in Isenburg und Frankfurt. Sie waren froh, dass mein Vater, damals erst fünfundzwanzig Jahre alt, unversehrt aus kurzer Gefangenschaft in Frankreich nach Hause gekommen war. Wir machten gemeinsame Ausflüge in den Spessart und in den Odenwald zum Picknick mit mitgebrachtem Proviant. Höhepunkt war ein Apfelsaft in einem der Landgasthöfe in Michelstadt oder Amorbach. Wir wanderten viel und suchten Pilze, Pfifferlinge, Stein- und Butterpilze, im Spätsommer Heidelbeeren. Es waren schöne, unbeschwerte Jugendtage und ich war ahnungslos. Obwohl noch überall Ruinen und Trümmer zu sehen waren, die uns gelegentlich auch als Abenteuerspielplatz dienten, von den Schrecken dieser Verwüstungen und den Entbehrungen des Krieges hatte ich keine Vorstellung.

Jetzt trugen wir meinen Vater zu Grabe, Stephans Großvater. Aber solche Erinnerungen, wie ich sie habe, wird Stephan nie haben. Seine Kontakte zu meinem Vater waren selten und ohne besondere Herzlichkeit.

Stephan ging hinter mir zusammen mit Oda, die – wie immer – zu spät in der kleinen Kapelle eintraf und sich auf einem der hinteren Plätze unauffällig niedergelassen hatte. Ich hatte noch kein Wort mit ihr reden können, sah sie nur kurz, wie sie leise die Tür hinter sich schloss, als sie sich in die Friedhofskapelle schlich. Für einen Moment fürchtete ich, dass es Yvonne sei, die mich aus lauter Mitgefühl unbedingt auf der Beerdigung begleiten wollte, was zwar lieb gemeint war, mir aber sehr peinlich gewesen wäre. Nur mit Mühe konnte ich sie davon abhalten, ohne sie zu verletzen. Ein Zusammentreffen Yvonnes mit Oda, meiner Mutter und der ganzen Sippe, unmöglich. Stephan war in Jeans und dunklem Rollkragenpullover erschienen, immerhin. Ich glaube, er hasst Beerdigungen genauso wie ich. Dass er zu meinem Vater, seinem Opa, ein eher distanziertes Verhältnis hatte, war eigentlich nicht verwunderlich. Oda und ich waren nicht verheiratet gewesen, hatten überhaupt kaum mehr als vier Jahre in dieser engen Wohnung zusammengelebt. Eigentlich waren wir ja gar keine richtige Familie. Die Besuche Stephans bei meinen Eltern waren nicht mehr als Pflichtbesuche zu Geburts- und Feiertagen. Wie sollte sich da ein engeres Verhältnis entwickeln? Natürlich nahmen meine Eltern, vor allem meine Mutter, an Stephans Entwicklung Anteil, fragten nach, und natürlich bekam er zu seinem Geburtstag und zu Weihnachten wunschgemäß seine Geschenke, später wohl auch kleinere und größere Geldbeträge. Oda musste ihn jedes Mal daran erinnern, sich für die Geschenke und finanziellen Zuwendungen zu bedanken, was er dann, wenn auch lust- und lieblos, als Pflichtübung in Sachen Höflichkeit und mit nörgelnder Überwindung seiner inneren Trägheit tat. Meine Mutter fand damals, dass er *ein süßer kleiner Fratz* sei. Mein Vater konnte weniger mit ihm anfangen. Sicher hatten sie sich alles anders gewünscht, ich weiß es nicht. Wir haben nie darüber geredet. Die Dinge waren wie sie waren und ich hatte immer den Eindruck, dass meine Eltern Oda die Schuld an der ganzen Misere gaben, was ja auch nicht falsch war.

Jedenfalls kann ich mich nicht daran erinnern, dass Stephan längere Zeit bei meinen Eltern verbracht, etwas Größeres mit ihnen unternommen hätte oder gar von ihnen auf eine ihrer vielen Reisen mitgenommen worden wäre. Stephan hat nie darunter gelitten, er kannte es ja nicht anders. Übrigens war bzw. ist das Verhältnis meiner Eltern zu meinen drei Neffen, wenn ich es richtig sehe, nicht viel inniger. Sie sind von Anfang an bei meiner Schwester und Wolfgang in Hannover aufgewachsen, in einer Distanz also, die intensiveren Kontakten und herzlichen Zuwendungen zwangsläufig im Wege steht. Natürlich gab es da öfters Besuche hin und her und bis heute viel Telefoniererei. Nein, meine Neffen wurden nicht bevorzugt, auch wenn meine Eltern an ihnen sicher ein tieferes Interesse zeigten. Jedenfalls war meine Mutter über Kinderkrankheiten, Schwierigkeiten in der Schule, gute und schlechte Zeugnisnoten und sonstigen Kinder- und Teenagerkram ihrer Hannoveraner Enkel stets bestens informiert und selbstverständlich bekam ich das alles bei jeder sich bietenden Gelegenheit weitererzählt. Vielleicht ist das ja der verzweifelte Versuch meiner Mutter, die Familie auf ihre Weise irgendwie zusammenzuhalten. Ich weiß es nicht. Aber natürlich mache ich mir Sorgen, wie es jetzt mit ihr, nach Vaters Tod, weitergehen wird. Wir alle machen uns Sorgen.

Der Zug der Trauernden, durch die immer schmaler werdenden Wege inzwischen auf fast das Doppelte seiner anfänglichen Länge gezogen, erreichte endlich das offene Grab und kam mit uns, dem Pfarrer, dem Sarg und der engsten Familie an der Spitze zum Stillstand. Die übrigen Trauergäste drängten sich gezwungenermaßen in die zu engen Seitenwege und zwischen die angrenzenden Gräber und umzingelten schließlich in einem geschlossenen Ring das gähnende Loch für die Beisetzung. Ein schweigendes Geschiebe und Sortieren setzte ein, während der Pfarrer verlegen hüstelte und wartend zu Boden blickte. Ich hatte plötzlich den Eindruck, dass sich weit mehr Kondolierende dem Trauerzug angeschlossen hatten, als in der Kapelle der Abschiedszeremonie beigewohnt hatten. Ja, es schien, als habe sich halb Sachsenhausen hier zum Abschiednehmen von meinem Vater versammelt. Immerhin hatte er fast sein ganzes Leben in diesem Stadtteil verbracht und war als Apotheker seines Viertels natürlich eine bekannte Lokalgröße. Dennoch erstaunte mich das Ausmaß der Anteilnahme.

Man macht sich ja keine Vorstellungen davon, was alles zu organisieren und zu regeln ist, wenn man einen Todesfall in der eigenen Familie zu beklagen hat. Zum Glück standen Hanna und Wolfgang bei diesem ganzen Behördenkram meiner Mutter tatkräftig zur Seite. Aber zwangsläufig blieb auch einiges an mir hängen. Es mussten nicht nur tausend Versicherungen und Behörden vom Ableben unterrichtet, sondern auch Trauerkarten gedruckt und an die Verwandtschaft geschickt werden. Die Namen und Adressen der Nachbarschaft, sonstiger Bekannter und ehemaliger Geschäftspartner und Vereine, in denen mein Vater Mitglied war, mussten ausfindig gemacht und angeschrieben werden, ganz zu schweigen vom angemessenen Formulieren der Todesanzeige für die Lokalpresse. Da war es eine große Entlastung, dass sich das Bestattungsinstitut mit seinem Allround-Service-Angebot um die Organisation der Beerdigung kümmerte und nur kurze Absprachen über das Sargmodell und den Blumenschmuck notwendig waren.

Delikater und für mich besonders unangenehm war das leider notwendige Vorgespräch mit dem Pfarrer der Gemeinde, der die Beerdigungszeremonie durchführen und in der Kapelle die Rede halten sollte. Zu dritt rückten wir, meine Mutter, meine Schwester und ich, zum vereinbarten Termin im Pfarrbüro an. Meine Eltern waren zwar formal Mitglieder der hiesigen evangelischen Kirchengemeinde, zahlten also brav ihre Kirchensteuer, was ihnen, jetzt im konkreten Fall meinem Vater, das Recht gab, ehrenvoll kirchlich beigesetzt zu werden. Nur, meine Eltern waren weder fromm, noch Kirchgänger, ja, ich glaube, nicht einmal gläubige Christen. Kurz, der Pfarrer kannte sie nicht.

Mein Vater war zeitlebens ein rationaler, aufgeklärter Mann gewesen. Als gelernter Apotheker, also als Pharmazeut verstand er sich eher als Naturwissenschaftler, dem alles Mystische und Übersinnliche fremd und suspekt war. An solchen Humbug wie Erlösung und Wiederauferstehung am jüngsten Tag oder an ein jüngstes Gericht, das mit dem ewigen Leben in einem Himmel oder der ewigen Höllenverdammnis endet, hatte er nie geglaubt. Er glaubte, außer an die segensreiche Wirkung seiner Medikamente, natürlich auch an die heilenden Kräfte der Natur. Zumal der ab den siebziger Jahren anschwellende modische Trend zu Heilkräutern und Henna und in jüngster Zeit zu esoterisch-asiatischen Naturheilverfahren, mit denen jetzt jeder Arzt, der auf sich hält, den alternativen und altlinken Oberstudienratsgattinnen und anderen in die grauen Jahre gekommenen Akademiker-Witwen ihre eingebildeten Wehwehchen kuriert, eine Menge Geld in die Apotheker-Kasse gespült hatte. Den ganzen Esoterik-Zirkus hielt er für Humbug, aber er war ein kluger Geschäftsmann. Und als psychologisch geschulter Bildungsbürger, er hatte seinen Sigmund Freud gelesen, wusste er um die krankmachenden und heilenden Kräfte der Psyche, der Einbildung und Selbstsuggestion. Deshalb verkaufte er auch diese winzigen bunten Pillen ohne Wirksubstanzen, wenn sie bei geeigneten Patienten ihre wundersame Wirkung entfalteten. An Wunder und Wunderheiler hat er nicht geglaubt, ebenso wenig an übersinnliche oder gar göttliche Kräfte, die unser Schicksal lenken und durch Gebete zu gütigen Taten zu überreden wären. Kurz, er war nie in der Kirche, zumindest nicht im Gottesdienst. Auf ihren früheren Italien- und Spanienreisen hatten meine Eltern zwar nie eine Kathedrale, einen Dom, ein Kloster oder eine historisch bedeutungsvolle Kapelle ausgelassen. Aber das war Kulturgeschichte, der Genuss von Kunst, verbunden mit der Ehrfurcht vor der Leistung alter Meister. Mit Frömmigkeit hatte das nichts zu tun. Sie hätten mit gleicher Andacht die Pyramiden der Azteken in Mexiko oder die griechischen Tempel der Antike bewundert, wenn meine Mutter nur ihre irrationale Flugangst überwunden hätte, die zum Leidwesen meines Vaters solch weite Reisen in alle Welt verhindert hatten. Aber trotz dieser fehlenden Gläubigkeit war mein Vater natürlich kein Unmensch, ganz im Gegenteil, er hatte nicht nur Latein und Griechisch gelernt, er war Humanist mit Leib und Seele, war hilfsbereit und großzügig, vielleicht sogar mehr als mancher fromme Christ, was sich auch in der Mitgliedschaft in so vielen gemeinnützigen Organisationen ausdrückte. Er hatte durchaus ethische Prinzipien, die sich zu meinem Leidwesen auch in meiner – wie ich finde – zu strengen und moralischen Erziehung auswirkten.

Nun gab es in der Gemeinde zwei Pfarrer, einen Herrn Hofmeister und einen Herrn Götze. Meine Mutter, erfahren durch diverse frühere Begräbnisse Verstorbener aus der Nachbarschaft, war der festen Überzeugung, dass der Pfarrer Hofmeister ein salbadernder, viel zu konservativer Prediger sei, der zudem im Verdacht stehe, mit diesen neumodischen fundamentalistischen Strömungen aus Amerika zu sympathisieren, *so ein Frömmler, das mag ich nicht und das ist auch nicht im Sinne von Vater*. Also blieb nur Pfarrer Götze, der etwas jünger und fortschrittlicher sein sollte als sein Amtskollege. Aber allein schon sein Name ließ mich nichts Gutes ahnen und so kam es denn auch. Er war mir auf den ersten Blick unsympathisch. Seine Freundlichkeit, sein Lächeln, sein Reden, alles an ihm erschien mir so unecht, auf merkwürdige Weise professionell angelernt und zugleich Ausdruck eigener Unsicherheit. Pfarrer Götze kannte also weder meinen Vater noch meine Mutter, er kannte unsere ganze Familie nicht. Dieser missliche Umstand und die Tatsache, dass er über meinen Vater, dieses unbekannte Wesen, eine persönliche Rede halten sollte, die dem Verstorbenen gerecht werden und ihm zu einem ehrenvollen und würdigen Abschied gereichen würde, behagte ihm nicht – wofür ich volles Verständnis hatte. Aber dass er uns nach dieser schrecklich weich-freundlichen Begrüßung seinen Unmut und sein Missfallen so deutlich spüren ließ, uns in einer fast vorwurfsvollen Moralpredigt tadelte und ermahnte, dass *Gott und seine Hilfe nicht nur in Stunden der Not und Trauer in Anspruch genommen* werden könnten, war schon eine Unverschämtheit, eine Provokation, die natürlich bei uns Dreien keineswegs auf fruchtbaren Boden fiel. Am liebsten wäre ich wieder aufgesprungen und zu einem dieser professionellen Prediger des Friedhofsamtes gegangen, die Familienlose und Atheisten mit ein paar warmen Worten sanft unter die Erde brachten. Aber ich Feigling traute mich nicht, einen Skandal zu machen. Nun saßen wir hier, sollte das Schicksal seinen Lauf nehmen, vielleicht war uns ja doch ein Gott gnädig. Pfarrer Götze bat uns, ihm einiges über das Leben und Wirken meines Vaters zu erzählen, damit er sich ein Bild von dem Verstorbenen machen könne. Also begann meine Mutter zu erzählen und es wurde eine lange Geschichte. Sie erinnerte sich sämtlicher Lebensdaten mit einer erstaunlichen Genauigkeit. Sie wusste, wann sie Vater das erste Mal gesehen hatte, wann die Verlobung, wann die Hochzeit war, Vaters Examensabschlüsse, sein Eintritt als Wehrpflichtiger in die Reichswehr mit neunzehn Jahren, seine Fronteinsätze in Russland, seine

Verwundung, die ihn vor dem Desaster in Stalingrad rettete, sein geheimer Wunsch nach Nordafrika zu Rommel versetzt zu werden, seine Enttäuschung, wegen der Verwundung an die Westfront nach Frankreich geschickt worden zu sein, die Gefangenschaft und natürlich seine glückliche Flucht und Heimkehr. Sie erzählte von seinen Jahren als Angestellter in der Kronen-Apotheke, der späteren Etablierung als selbstständiger Apotheker, es folgten die Geburtsdaten von mir und meiner Schwester und eine Reihe von Ereignissen und Anekdoten, die wir Kinder in verschiedenen Variationen alle schon kannten. Es wäre mir lieber gewesen, wenn meine Mutter auf manche Details unseres Familienlebens verzichtet hätte, die den Pfarrer Götze partout nichts angingen. Wozu musste dieser Bursche wissen, dass ich – wie meine Mutter behauptete – in der Pubertät *recht schwierig* gewesen sei und mein Vater *manche unschöne Auseinandersetzung* mit mir gehabt hätte, woran ich mich nun wirklich nicht erinnern konnte – abgesehen von einigen Rügen und Bestrafungen wegen mangelhafter Leistungen in der Schule, was ja nun in dem Alter völlig normal ist. Was ging es diesen Pfarrer an, wie teuer das Haus in der Textorstraße und wie hoch die Schuldenlast für die Hypothek gewesen waren. Und dass ich als Baby nach der Bombennacht in Eberstadt und der Flucht zu Onkel Robert und Tante Ilse auf ihren großen Hof in Hornburg an einem warmen Sommertag einem schwarzen amerikanischen Besatzungssoldaten, der mich nackt auf dem Arm hielt, fröhlich in den Helm gepinkelt habe, der an seinem Unterarm baumelte, ging ihn auch nichts an. Aber es war meiner Mutter deutlich anzumerken, dass es ihr guttat und sie erleichterte, wie sie ihr Leben an der Seite ihres geliebten Mannes noch einmal Revue passieren ließ. Es war fast wie eine Beichte, nur dass die sündigen, unangenehmen Ereignisse und Tatsachen geschickt von ihr ausgespart wurden. Natürlich erfuhr Pfarrer Götze nichts von den gelegentlichen handfesten Auseinandersetzungen zwischen meinen Eltern, nichts von mindestens zwei außerehelichen Liebschaften meines Vaters, von der die eine fast zur Scheidung geführt hätte. Wozu auch, das alles war längst vergangen, mit einigen Blessuren überstanden, und selbst die tieferen Wunden waren – soweit ich das beurteilen kann – vernarbt, eben nichts, woran man sich gerne erinnert. Pfarrer Götze hörte geduldig und ohne allzu viele Nachfragen dem nicht enden wollenden Erzählfluss meiner Mutter zu und machte sich gelegentlich Notizen auf einem kleinen Block. Wir Kinder schwiegen die meiste Zeit. Dann beendete Pfarrer Götze mit einem Blick auf die Uhr und dem Hinweis auf einen weiteren Termin die Session. Wir alle dankten ihm für seine Bereitschaft, unserem Vater diesen letzten Dienst einer öffentlichen Würdigung erweisen zu wollen. Dann verabschiedeten wir uns, wobei ich ihm im Namen der ganzen Familie einen Umschlag mit einer größeren Summe für die Arbeit in der Kirchengemeinde als Dankeschön auf den Tisch legte, was er mit einem kurzen Kopfnicken quittierte. Ich hatte den Eindruck, dass er uns zum Schluss freundlicher gesonnen war als zu Anfang, durchaus schon vor der Überreichung des Spenden-Couverts. Offensichtlich hatte ihn die von unserer Mutter so anschaulich und lebendig vorgetragene Familien-Saga beeindruckt und versöhnlicher gestimmt.

Die Rede nun, die Pfarrer Götze gerade in der kleinen Friedhofskapelle hielt, war dann auch ganz passabel, quasi eine Kurzfassung der Lebensgeschichte meines Vaters, schlicht und sachlich. Nur einmal verwechselte er die Vornamen, nannte ihn mit meinem Vornamen Jonas Winkler, ausgerechnet als er darlegte, was für ein *treusorgender und liebevoller Ehegatte und Familienvater* er gewesen sei. Mein Vater hieß jedoch Günther. Meine Mutter und meine Schwester, die neben mir saßen, ließen sich nichts anmerken. Namen sind Schall und Rauch. Natürlich fehlten auch nicht die christlichen Hinweise auf die *Endlichkeit des irdischen Lebens* und den *großen Trost in der Gewissheit, dass der Herr ihn zu sich genommen* habe und ihm *durch den Erlöser Jesus Christus ein neues, ewiges Leben* geschenkt sei. Mich tröstete, dass mein Vater diese christliche Vereinnahmung vermutlich nicht hören konnte. Zumindest regte sich nichts, der Sarg stand ruhig in der Mitte des kleinen Raumes, umstellt von Kränzen und Gestecken mit weißen Lilien und Cannae, roten Rosen, leuchtenden Gerbera und blauem Rittersporn, ein üppiges, buntes Blütenmeer, sorgfältig drapiert mit weißen Schleifen, auf denen die Hinterbliebenen letzte Grüße zum Abschied in Schwarz und Gold sandten, die meinen Vater nicht mehr erreichten. Es war auch keine Geisterstimme zu hören, die Widerspruch anmeldete, und die traurige kleine Gemeinde war's zufrieden, als Pfarrer Götze seine Rede mit *Ruhe in Frieden!* beendete. Natürlich ging es mir wie allen anderen, gerührt von dieser Zeremonie stiegen mir gegen meinen Willen Tränen in die Augen und ich konnte nur mit Mühe die Zuckungen meiner Mundwinkel unter Kontrolle halten. Auch wenn mein oppositioneller atheistischer Geist gegen diese christliche Exegese unserer irdischen Existenz und den Erlösungsgedanken rebellierte, so blieb dieser ideologische Streit in meinem Kopf nur nebensächlich. Meine Gedanken waren bei meinem Vater, der da unter Eichenholz verborgen lag. Und plötzlich schwirrten mir in einem späten Anflug von Sentimentalität eine Menge Fragen im Kopf herum: Hast du diesen Menschen, deinen Vater, eigentlich geliebt? Was wird mir in Erinnerung bleiben? Wenn ich Fleisch von seinem Fleische bin, was trage ich von meinem Vater in mir an Gutem und weniger Gutem? Haben mich sein Denken und Verhalten, unser Zusammensein, unsere Auseinandersetzungen in irgendeiner Form geprägt, mich zu *seinem* Sohn gemacht? Und wer bin dann *ich*? All diese Fragen gingen mir durch den Kopf, und – um ehrlich zu sein

– ich fand keine Antworten darauf. Im Gegenteil, es tauchten immer neue Fragen auf. Was ist das, die Liebe des Sohnes zu seinem Vater? Wie drückt sie sich aus? Wusste er, dass ich ihn bei aller Distanz auf meine Weise geliebt habe? Habe ich ihm das jemals gezeigt, jemals spüren lassen? Wie hat mich mein Vater wahrgenommen? Wer war er als Mensch? Welche geheimen Hoffnungen und Wünsche, Ängste und Schwächen wohnten in ihm? Wie war er, wenn er mir nicht in seiner Rolle als Vater gegenüberstand? Habe ich meinen Vater wirklich gekannt? Ich weiß es nicht. Ich glaube, wir haben uns beide nicht sehr gut gekannt. Jetzt war es zu spät. Aber ich bin sicher, gäbe es einen zweiten Versuch, wir würden beide diese Chance wieder vertun. Jeder lebt sein Leben, wie er kann, denn *wir können alle nicht aus unserer Haut* wie Danton bei Büchner sagt.

Ich hoffe, es sind nicht die traurigen Bilder der letzten Wochen, die mir im Gedächtnis bleiben, auch wenn sie sich im Augenblick immer wieder in den Vordergrund schieben und mich sogar nachts heimsuchen, wenn ich mich unruhig im Halbschlaf im Bett herumwälze. Überhaupt schlafe ich in letzter Zeit schlecht. Ich grübele zu viel. Als es mit ihm zu Ende ging, war mein Vater nur noch ein zusammengeschrumpftes, hilfloses Häuflein Elend. Und so hilflos wie er war auch ich.

Angefangen hatte es vor knapp zwei Jahren im Sommer. Mein Vater kam wegen Darmblutungen zur Untersuchung in die Klinik. Diagnose Darm- und Leberkrebs. Es folgte eine schwierige, größere Operation, von der sich mein Vater nur mühsam erholte. Aber er berappelte sich wieder, kam zu Kräften und gewann auch seine alte Gelassenheit wieder. Zu Pfingsten vergangenen Jahres nahm er – äußerlich fit und mit seinem Silberhaar fast wieder der alte, gutaussehende Charmeur – an der Konfirmation seines jüngsten Enkels in Hannover teil. Es war die letzte Familienfeier, an der beide Großeltern noch teilnehmen konnten, unsere Familie fast komplett war – Oda fehlte natürlich. Dann, im folgenden Sommer kam der Rückschlag. Ich wusste zunächst gar nichts davon. Ich war ziemlich beschäftigt damals und viel unterwegs und hatte mich bei meinen Eltern rar gemacht. Natürlich telefonierten wir regelmäßig miteinander, aber beide verschwiegen mir, wie ernst es um meinen Vater stand. Die Ärzte hatten ihn wieder zu einer dieser teuflischen Chemotherapien überredet, deren Nebenwirkungen kaum auszuhalten sind. Wie stark mein Vater unter dieser brachialen Therapie gelitten hatte, erfuhr ich erst später. Ein Grund, warum meine Eltern mir diese ganze Tortur verschwiegen, war wohl auch der, dass meinem Vater sämtliche Haare ausgefallen waren. Er wollte nicht, dass ihn einer seiner Kinder in diesem jämmerlichen Zustand sah. Mein Vater war sehr willensstark und konnte ganz schön dickköpfig sein, aber diesmal überstieg das Leiden seine Kräfte. Er brach die Chemotherapie vorzeitig ab und ergab sich in sein Schicksal. Zunächst, als die verheerenden Nebenwirkungen der Therapie abgeklungen waren, ging es ihm wieder besser. Er sollte, so der Rat seines Arztes, ab jetzt das Leben genießen, sich keine Auflagen machen. Es gäbe keine Einschränkungen, er solle essen und tun, was ihm Spaß mache. Er und auch wir wussten jetzt Bescheid. Soviel ich weiß, trank mein Vater ganz gerne Wein, am liebsten seinen trockenen Dexheimer Doktor von unserer Alice aus Dexheim, einer kleinen Familienklitsche in Rheinhessen. Auf seine alten Tage hatte er es sich zum geheimen Ärger meiner Mutter zur Gewohnheit werden lassen, sich jeden Tag eine Flasche, *ein Fläschchen* wie er sagte, zu genehmigen. Werktags nur am Spätnachmittag und Abend vor dem Fernseher, an den Wochenenden aber schon als Aperitif vor dem Mittagessen zum *Internationalen Frühschoppen*, während meine Mutter in der Küche stand. Diese Gewohnheit hatte er tatsächlich fast bis zu seinem Ende beibehalten.

Im Spätherbst dann ging es rapide bergab. Er hatte keinen Appetit mehr, war ohnehin zu einem Gerippe abgemagert und es plagten ihn große Schmerzen. Die Medikamente, die er gegen diese Schmerzen bekam, benebelten ihn derart, dass er meist teilnahmslos und nach innen gekehrt im Wohnzimmer auf dem Sofa lag. Hinzu kamen Schwäche und Koordinationsstörungen beim Gehen, so dass meine Mutter ihn bei den immer häufiger notwendigen Gängen zum Klo begleiten musste. Eine Hilfe, die er nur widerwillig annahm. Um seine gewohnte Tatkraft gebracht und zur Passivität verurteilt, wurde er immer grantiger und ungeduldiger und fing an, meine Mutter mit seinen Anliegen und Wünschen herumzukommandieren. Für meine Mutter brachen schwere Zeiten an. Zunächst bemühte sie sich geduldig und still, ihm zu helfen, ihm alles recht zu machen. Doch Anerkennung und Dankbarkeit für ihre Fürsorge, die inzwischen Anwesenheit und Hilfe fast rund um die Uhr bedeutete, blieben aus. Zum Schluss getraute sich meine Mutter nicht einmal mehr für kurze Zeit zum Einkaufen aus dem Haus, immer in der Angst, Vater würde – dickschädelig wie er war – in ihrer Abwesenheit alleine aufstehen und hinstürzen. Auch seine zunehmende Inkontinenz verlangte täglich frische Wäsche. Die Duldsamkeit und Verschwiegenheit meiner Mutter ließen meine Schwester und mich lange, zu lange im Unklaren darüber, wie die Situation tatsächlich war, wie überfordert meine Mutter und am Ende ihrer eigenen Kräfte angelangt war. Meine Schwester, die sich von ihrer Familie in Hannover für eine Woche verabschiedete, um unsere Eltern zu besuchen, erfasste als erste, wie schwierig die Lage wirklich war. Meine Mutter war fest entschlossen, meinen Vater zu Hause zu pflegen. Auf keinen Fall sollte er in einem Altersheim womöglich *alleine jämmerlich verrecken*, wie sie sich für meinen Geschmack etwas zu drastisch ausdrückte. Meine Schwester besprach sich mit dem Hausarzt, ein ambulanter

Pflegedienst wurde in Anspruch genommen, ein nettes und fittes Team, das zweimal am Tag kam, morgens und abends, und alle nötigen pflegerischen Tätigkeiten wie Waschen, Baden und Anziehen übernahm. Trotz dieser Hilfe, die meiner Mutter außer einer gewissen Entlastung auch etwas Abwechslung und Ansprache in ihr gemeinsames Gefängnis brachte, war der ganze übrige Tag zur Tortur geworden. Wenn meine Schwester wieder nach Hannover musste, um sich um ihre Familie zu kümmern, sprang ich ein. Aber auch meine Anwesenheit war immer nur kurz. Was ich erledigen konnte, tat ich. Ansonsten saßen wir nach der Begrüßung meist im Wohnzimmer und redeten über Banalitäten oder schwiegen uns an. In Anwesenheit meines Vaters konnten die wichtigen, problematischen Dinge nicht besprochen werden. Und in den kurzen Momenten, wo ich mit meiner Mutter, von Vater im Wohnzimmer mit argwöhnischen Blicken verfolgt, in der Küche verschwand, entfuhren der Brust meiner Mutter nur Seufzer der Verzweiflung. Ich nahm sie dann in den Arm und drückte sie einen kurzen Augenblick. Mehr habe ich nicht für sie getan. Auch wenn wir mit Vater gemeinsam beim Abendessen am Tisch saßen, es wurde meist geschwiegen. Mein Vater bekam kaum einen Bissen herunter. Das Brot musste für ihn in kleine Würfelchen geschnitten werden, aber schon nach drei, vier Häppchen ließ er den Rest liegen. Und obwohl er viel trinken sollte, trank er kaum etwas. Inzwischen hatte er einige kleinere Schlaganfälle erlitten, so dass sein rechter Arm schlaff am Körper herab hing und beim Essen die leblose Hand nutzlos auf den Tisch gelegt werden musste, damit sie nicht weiter anschwoll. Schon kurze Zeit später musste Vater gefüttert, das Glas oder die Teetasse zu seinen Lippen geführt werden. Ich sah ihm an, dass er all das hasste. Aber er sagte nichts. In meinem Inneren war ich jedes Mal so erregt und aufgewühlt über all dies stille Elend, dass auch mir die Bissen im Munde stecken blieben. Es waren diese Augenblicke der beiderseitigen sprachlosen Hilflosigkeit, die mir zu schaffen machten. Wenn ich seine geröteten, feuchten Augen sah, die stumm ins Leere starrten, wenn er gelegentlich belanglose Fragen stellte, deren Antworten unwichtig geworden waren und ihn längst nicht mehr interessierten, wenn wir uns anschwiegen, dann konnte ich meine eigene Hilflosigkeit kaum aushalten. Das war es, was mich wütend machte. Und ich ertappte mich dabei, wie ich meinem Vater dafür die Schuld gab. Warum redete er nicht? Warum schwieg er über seine Leiden? Warum sprachen wir nicht über das, was sich hier ereignete? Warum klammerten wir das Wichtigste, das Wesentliche aus, dass es um Abschiednehmen ging? Aber was hätten wir reden sollen? Wir alle wussten ja, wie die Dinge standen. Was also sollte mein Vater noch mit mir, seinem Sohn bereden? Wo wir doch das ganze Leben über kaum oder wenig über die eigentlich wichtigen Dinge geredet hatten, nicht reden konnten. Was erwartete ich also? Dass er mir Absolution erteilte, in Frieden von mir schied und mir meine Fehler und Unzulänglichkeiten verzieh? Wollte ich das? Wollte ich, dass er im Angesicht des Todes mich entlastet, mir sagte, dass ich doch im Ganzen ein lieber und guter Sohn gewesen sei? Ich weiß es nicht. So schlecht war unser Verhältnis doch gar nicht, so viele Konflikte hatten wir doch nicht ausgetragen. Im Großen und Ganzen konnte er mit uns Kindern, mit Mutter zufrieden sein, konnte bei allen Fährnissen in seinem Leben zum Schluss eine positive Bilanz ziehen. Woher also mein schlechtes Gewissen? Oder wollte ich ihn trösten, ihm am Ende seines Lebens noch einmal beweisen, was für ein braver Sohn ich war? War ich ihm deshalb böse, weil er mir mit seinem Schweigen keine Gelegenheit dazu gab, ihm meine Zuneigung und Dankbarkeit, meine Trauer mitzuteilen? Ich wollte Abschied nehmen von ihm, aber wie? So warteten wir sprachlos auf das Ende.

Quälend peinlich war es, wenn mein Vater aufs Klo musste, was aufgrund seiner Blasenprobleme meist sehr plötzlich der Fall war, und dann musste es schnell gehen. Dann fasste ich ihn mit der einen Hand um die knochige Hüfte, hielt mit der anderen sein lebloses Ärmchen fest und in unsicheren Trippelschritten führte ich ihn über den Flur zur Toilette. Dort postierte ich ihn mit dem Rücken vor die Kloschüssel, öffnete seine Hose, zog ihm Hose und Unterhose tief bis unter die Knie herunter und packte ihn unter beiden Armen, damit er sich auch zum Pinkeln setzen konnte. Peinlich war nicht das Klo-Gehen selbst, waren nicht die Handgriffe des Aus- und Anziehens, auch nicht das Hintern-Abwischen nach größeren Geschäften. Diese pflegerischen Tätigkeiten, die intime körperliche Nähe, das machte mir nichts aus, das hatte ich während meiner Zivildienstzeit in Hefata täglich und insgesamt hunderte Male bei ganz fremden Menschen gemacht. Ich empfand damals, nach anfänglichen Hemmung und einiger Überwindung, weder Ekel bei diesen Tätigkeiten noch Abneigung gegenüber den Menschen, die darauf angewiesen waren, dass man durch sorgfältige Pflege und durch Sauberhalten ihnen einen Teil ihre Würde erhält. Was mir bei den Toiletten-Gängen mit meinem Vater zur Pein wurde, war, dass ich spürte, wie sehr es ihm, meinem Vater, zu schaffen machte, so hilflos, wie er war, sich jetzt von seinem Sohn die Hosen herunterziehen und aufs Klo setzen lassen zu müssen. Ihm, der immer so selbstbewusst, so energisch und tatkräftig gewesen war, der mit einem gewissen Stolz seine männliche Souveränität zur Schau getragen hatte, musste diese Prozedur wie eine Demütigung erscheinen. Aber auch hier geschah alles schweigend. Wir litten beide still und es war mir und ihm erst wieder wohler, wenn wir die Sache hinter uns gebracht hatten und Vater wieder am Tisch saß oder auf seiner Couch lag. Und dennoch, auf seltsame Weise fühlte ich mich in diesen schweigenden Augenblicken auf der Toilette meinem Vater so nah, wie ich mich nie gefühlt hatte. Vielleicht erging es mir wie diesem Georg in Kafkas Erzählung *Das Urteil*. Ich wollte der brave Sohn sein, wollte beweisen, dass ich zu etwas tauge, nützlich bin. Ja, ich glaube, ich genoss es heimlich, dass mein Vater jetzt mich brauchte und nicht ich ihn, dass er in der Rolle des Empfangenden, des Dankbar-Sein-Müssens gefangen war. Ich empfand das nicht als Triumph, es wäre mir lieber gewesen, uns beiden wäre diese erzwungene Nähe und Abhängigkeit erspart geblieben, aber das Hose-Herunterlassen, aufs Klo setzen und den Hintern abputzen war das Einzige, was mir blieb, um meinem Vater wenigstens etwas zurückzugeben, ein schäbiger, peinlicher Rest aus der Not geboren. Aber das wenigstens wollte ich tun, wollte ich bewusst als eine Art Pflichterfüllung auf mich nehmen, um mein schlechtes Gewissen als unzulänglicher Sohn, der auszog und nie richtig wiederkehrte, zu besänftigen. Fast schien es mir, als brauchte ich, der Überlebende, mehr Trost als der Sterbende, eine anmaßende Haltung, gewiss, der hilflose Versuch, vom Sterbenden wenigstens zum Schluss und bevor es zu spät ist, so etwas wie eine Absolution zu erhalten, die Tröstung, ohne Schuldgefühle weiterleben zu können.

Es ist mein großer Wunsch, dass all diese trostlosen Bilder, die sich im Augenblick in meinem Kopf festgesetzt haben, die mich noch zu Hause in meinen eigenen vier Wänden verfolgen und nicht loslassen, nicht zur Erinnerung werden. Ich möchte meinen Vater in anderer Erinnerung behalten und hoffe, dass sich diese letzten, so unschönen Eindrücke mit der Zeit auflösen, sich verflüchtigen und anderen Bildern Platz machen, die mir, der ich noch lebe, meine Ruhe und meinen Seelenfrieden zurückgeben.

Die Totengräber hievten etwas polternd den Sarg vom Rollwagen, wobei eine Schieflage entstand, die mich um die Bequemlichkeit meines Vaters in seinem letzten Bett fürchten ließ. Dann wurde der Sarg an Seilen in die Grube gesenkt und Pfarrer Götze sprach die üblichen Worte der Aussegnung. Die Totengräber in mausgrauer Uniform mit Schirmmützen wie früher die Straßenbahnschaffner verschwanden diskret und schnell, blieben aber hinter der Trauergemeinde kurz stehen. Ich sah, wie Wolfgang zu ihnen ging und einem der Männer einen Umschlag überreichte. Ich hatte ganz vergessen, dass bei solchen Diensten auch ein Trinkgeld fällig wurde und war dankbar, dass meine Schwester und Wolfgang daran gedacht hatten.

Es lässt einen nicht kalt, wenn der Körper des eigenen Vaters so endgültig in der Erde verschwindet. Ich spürte, wie sich mir die Kehle zuschnürte und wieder die Mundwinkel zu zucken anfingen. Die ganze Zeremonie nahm ich nur verschwommen wahr. Um nicht in Tränen auszubrechen, stellte ich mir vor, es sei eine Szene aus einem der Western-Filme, die ich in meiner Jugend so gern gesehen hatte. B-Pictures mit Randolf Scott oder John Wayne, in denen meist zu Beginn eine Farmer-Familie um ein Grab stand, weil entweder der Vater der Sippe heimtückisch von Gangstern getötet worden oder einer der Söhne der Farm einem Rivalen zum Opfer gefallen war und dessen Brüder nun Rache schworen. Oder die Grabszene war das Ende der Story. Ein junger Sergeant der Army war in tapferem Kampf gegen blutrünstige Indianer für das Sternenbanner gefallen, die Schlacht war gewonnen, die großen Helden kehrten ruhmreich zurück, nur dieser eine tapfere, junge Sergeant musste sein Leben verlieren. Und während alle mit Tränen in den Augen um einen Erdhügel standen, hinter dem goldrot die Sonne am Westernhimmel unterging, sagte der Priester *earth to earth, ashes to ashes and dust to dust, der Herr hat's gegeben, der Herr hat's genommen. Ruhe in Frieden!* Und Pfarrer Götze nahm die kleine Schaufel und warf Erde auf den Sarg. Dann folgten wir, die engere Familie. Meine Mutter löste sich von meinem Arm und ging tapfer an den Rand des Grabes. Sie warf drei Gerbera hinunter und eine Handvoll Erde. Nach meiner Schwester kam ich an die Reihe. Als ich direkt am Rand des Grabes stand, war ich doch erschrocken, wie tief die Grube war.

In schier endloser Prozession kondolierten uns die mitgegangenen Trauergäste, drückten uns schweigend die Hand oder sagten unserer Mutter einige tröstenden Worte. Einige lächelten mir freundlich zu, umfassten voll Mitgefühl und Erinnerns meine Hand mit beiden Händen und schienen sie gar nicht mehr loslassen zu wollen. Vor allem ältere Damen waren es, selbst klapprig und vom Leben gezeichnet, die sich hierher geschleppt hatten, um meinem Vater die letzte Ehre zu erweisen, vielleicht selbst froh, noch einmal davongekommen zu sein. In ihren Blicken lag eine zaghafte Freude mich wiederzusehen und die Erwartung, von mir ein Zeichen des Wiedererkennens zu erhalten. Aber das ganze Zeremoniell lief vor meinen Augen noch immer wie ein unscharfer Film ab. Ich war beim besten Willen nicht in der Lage, diese alten, verwitterten Gesichter zu verjüngen, sie zu erinnern und mit realen Erlebnissen und Begegnungen längst vergangener Jugendzeiten zu verbinden. In meiner Verlegenheit lächelte ich matt zurück und nickte dankend für das Mitgefühl und jeder verstand, dass ich in diesem schweren Moment nichts zu sagen vermochte.

Jetzt, im Nachhinein ist es mir unvorstellbar, wie ganze Episoden und Zeitabschnitte aus meiner Kindheit und Jugend im Bermuda-Dreieck meiner Bewusstseinslosigkeit verschwinden konnten. Dabei bilde ich mir ein, ein gutes Gedächtnis zu haben, unser menschliches Leben auch in historischen Dimensionen wahrzunehmen. Dennoch gibt es weiße Flecken des Vergessens in meiner Biographie und schwarze Löcher, in denen einige der Menschen, die mir damals begegneten, einfach aufgesogen und in ihrer Existenz vernichtet worden waren. Natürlich kann man nicht allen Menschen, die einem zufällig im Leben begegnen, mit denen man einen gewissen, begrenzten Zeitraum gemeinsam verbracht hat, einen Ehrenplatz im Museum der eigenen Vergangenheit reservieren. Es gibt eben bedeutungsvolle Begegnungen und bedeutungslose. Was mich trotzdem an diesem Gang durch das Wachsfiguren-Kabinett meines Lebens erschütterte, ist die Erkenntnis, dass zwar ich viele Menschen vergessen habe, aber sie nicht mich. In ihren tränenfeuchten Augen des Wiedersehens lagen so viel ungewusste Wärme und Sympathie, ein so freundliches Erinnern meiner Person, dass es mich beschämte. War ich so gleichgültig durchs Leben gegangen, so bewusstlos? Oder waren das nur sentimentale Alte, denen eben nichts geblieben war als ihre Erinnerungen an ebenso alte, angeblich bessere Zeiten, nicht mehr als verkitschte Anekdoten, längst zu Märchen verdrehte Episoden, Hirngespinste und Klatsch des *Weißt du noch, wie wir damals ...*, die mit der Wirklichkeit nichts mehr gemein haben?

Die geladenen Gäste trafen sich anschließend im Forsthaus Gravenbruch zu einem kalten Buffet. Mir entging nicht, dass sich die männlichen Gäste, ebenso wie Wolfgang und ich, bereits vor den ersten Häppchen einen Aperitif genehmigten. Der hübsche Kellner brachte tablettweise Brandys, Malteser und Grappa in den separaten Raum, den meine Mutter für die Trauergesellschaft reserviert hatte. Schnell zogen graublaue Rauchschwaden durch den holzgetäfelten Raum, der vom Lärm der laut plappernden Gäste anschwoll. Es bestand das allgemeine Bedürfnis, die Trauer und stille Trübsal der vorherigen Stunde durch Lautstärke und angeregte Unterhaltung zu kompensieren, sich Erleichterung zu verschaffen und ins Leben zurückzukehren. Es bildeten sich kleine Grüppchen, die teils stehend den Raum füllten, teils sich an den Tischen zusammenfanden und das Wiedersehen nach langer Zeit mit ihren Lebensberichten feierten. Die Stimmung war fast ausgelassen und auch meiner Mutter taten die Zuwendung und das Wiedersehen mit der Verwandtschaft offensichtlich gut, lenkten sie von ihrer Trauer wohltuend ab. Jedenfalls glühten ihre Wangen nach dem ersten Sherry und sie war pausenlos in irgendwelche Unterhaltungen verwickelt. Ich stand etwas abseits mit dem Rücken zur Wand und sondierte die Lage. Alle, die jetzt noch anwesend waren, gehörten entweder zur Familie oder zum engeren Nachbarschafts- und Freundeskreis meiner Mutter und meines Vaters. Ich versuchte mir Klarheit über die Identität der Personen und die Verwandtschaftsverhältnisse zu verschaffen. Drüben in einer Ecke sah ich Stephan mit seinen drei Cousins stehen und paffen. Bisher dachte ich, dass Stephan als Freizeitsportler Nichtraucher sei, aber anscheinend war das ein Irrtum. Die vier Burschen schienen sich angeregt zu unterhalten und lachten viel. Ich hätte nicht gedacht, dass sie sich so gut verstehen würden, wie es zumindest aus der Ferne den Anschein hatte. Oda hatte mich kurz mit einem flüchtigen Kuss auf die Wange begrüßt, mich dann aber stehen lassen und sich an den Tisch zu meiner Mutter gesetzt, was mich wunderte. So eng war ihr Verhältnis nie gewesen. Ich hatte immer den Eindruck, dass die Reserviertheit auf Gegenseitigkeit beruhte, dass meine Mutter ihre quasi Schwiegertochter nie so recht akzeptiert und geschätzt hatte und dass Oda auf diese emotionale Ablehnung mit Distanz reagiert hatte. Jetzt saßen sie mit meiner Schwester und einigen Tanten und Onkel zusammen und schwatzten, als seien sie von jeher dicke Freundinnen gewesen. Ich wunderte mich. Nur Wolfgang irrte etwas ziellos herum, war ihm unsere Verwandtschaft doch ziemlich fremd. Er versorgte mich mit weiteren Drinks und so kamen wir uns als eher außenstehende Beobachter näher. Ich fand, dass er nach einigen Schnäpsen ein ganz passabler und netter Bursche war. Wenn er die etwas steife und förmliche Rolle des Juristen erst einmal abgelegt hatte, konnte er recht locker und humorvoll sein. Eigentlich schade, dass wir uns nie öfter gesehen und besser kennengelernt hatten. In der Ecke, in der Alice saß, die Cousine meiner Mutter vom Dexheimer Weingut, wurde besonders viel geredet und gelegentlich sogar laut gelacht. Alice, eine sehr kräftige und korpulente Winzerin mit apfelroten Pausbacken, war eine gute Geschichtenerzählerin, deren Familienanekdoten von den Tischnachbarn dankbar als Aufheiterung genossen wurden. Plötzlich erspähte ich Guni, die wohl längere Zeit auf der Toilette verbracht und sich frisch gemacht hatte. Meine jüngste Cousine, sie musste jetzt allerdings auch schon über die Fünfzig sein, war sie doch mindestens zwei bis drei Jahre älter als ich, hatte noch immer dieses schmale jugendfrische Gesicht von damals, als ich mich mit frühpubertären vierzehn oder fünfzehn Jahren fast in sie verliebt hätte. Ich wusste nur, dass sie in München lebte, noch immer mit demselben Mann verheiratet war und drei Söhne hatte.

„Schön dich zu sehen", sagte ich.

Guni lächelte mich an. „Warte! Ich hol nur schnell mein Glas", sagte sie und verschwand für einen Moment. Sie tauchte mit einem Glas Rotwein in einer Hand wieder auf, während sie sich mit der anderen ein Lachsschnittchen in den Mund schob.

„Mein Gott, wie lange ist das her, dass wir uns gesehen haben?", fragte sie mit vollem Mund.

„Ich weiß nicht. War das nicht auch eine Beerdigung?"

„Ja, natürlich, damals in Heidelberg, als Onkel Robert gestorben war. Das ist mindestens zehn Jahre her."

„Und wie geht es dir?", fragte ich, weil mir nichts Besseres einfiel. Gunis braune Augen hatten noch immer den Glanz, der mich als Junge faszinierte.

„Man wird halt älter", antwortete sie, „meine Söhne sind jetzt alle aus dem Haus. Kennst du sie eigentlich?"

Ich schüttelte den Kopf, konnte mich an keine Söhne Gunis erinnern. „Ich glaube nicht. Waren sie auch auf Onkel Roberts Beerdigung?"

„Nein, nein, die waren damals in schwierigem Alter."

„Dann kenne ich sie auch nicht."

„Das sind jetzt schon gestandene Männer. Ich bin übrigens schon Oma. Warte!" Sie zog ihr kleines Umhängetäschchen vor den Bauch und wühlte zwischen Ausweisen, Kreditkarten und Rechnungen herum. Dann zog sie einige Fotos heraus.

„Hier, das ist Benno, unser Jüngster. Er studiert Elektrotechnik. Und das ist Michael mit seiner Frau. Er hat schon zwei Kinder, einen Jungen und ein Mädchen."

Ich sah mir die Bilder an, auf denen mich unbekannte Wesen anlächelten, und lächelte freundlich zurück. Guni, die das missverstand, fühlte sich zu weiteren Erklärungen ermutigt.

„Dass ich schon Oma bin, hättest du nicht gedacht, was?"

Um ehrlich zu sein, es war mir egal, aber ich blieb höflich.

„Du siehst blendend aus. Jedenfalls nicht wie eine Großmutter."

Sie lachte laut. „Du bist ja immer noch der alte Charmeur!" Dann überging sie schnell einige Fotos. „Und das hier, das ist unser Ältester. Unser Sorgenkind. Lauter gescheiterte Beziehungen – wie das heute so ist."

Für einen kurzen Moment dachte ich daran, ob ich einen Versuch machen sollte, Guni zu verführen, weil sie mich Charmeur genannt hatte – jetzt, wo wir sozusagen fast gleichaltrig waren und ich nicht mehr der kleine Junge, der sich nicht traute und keine richtige Ahnung hatte. Wir hätten sozusagen das damals Versäumte nachholen können. Ich erinnerte mich, wie ich sie einmal stolz ins Eden Kino ausführte und so tat, als sei sie meine Flamme. Natürlich glaubte ich, dass alle, die uns sahen, das auch glaubten. Es lief „Wurzeln des Himmels" ein Abenteuerfilm in CinemaScope, der in Afrika spielte und von irgendwelchen Großwildjägern handelte, die Elefanten abknallten, um an das Elfenbein zu kommen. Natürlich gab es auch eine heiße Liebesgeschichte, aber ich habe vergessen, wer die Hauptpersonen waren, vielleicht Ava Gardner und Victor Mature oder Robert Mitchum. Ich weiß es nicht. Zuhause hatte ich eine Tafel Nussschokolade, die mit dem Sarotti-Mohr, eingesteckt, damit ich im Kino meiner heimlichen Liebe etwas anbieten konnte. Aber der Film war so aufregend und spannend, dass ich sowohl Guni neben mir als auch die Schokolade in meiner Hosentasche ganz vergaß. Zwei volle Stunden lang saß ich die Tafel in meiner rechten Gesäßtasche warm und platt. Als mir dann auf dem Heimweg die Schokolade wieder einfiel, griff ich hinten in eine klebrige Masse, die meine ganze Hosentasche füllte. Ich leckte mir heimlich die Finger ab und tat so, als sei nichts. Weitere missglückte Versuche der Annäherung sind mir nicht in Erinnerung. Aber wenn sie sich nach so langer Zeit an etwas erinnerte, das sie veranlasste, mich einen „Charmeur" zu nennen, dazu mit dem Zusatz „noch immer der alte", dann musste sie etwas gemerkt haben, und es musste so beeindruckend gewesen sein, dass sie es nicht vergessen hatte. Natürlich hatte ich keinen blassen Schimmer, was sie damit meinte oder woran sie dachte. Aber da war ein Funke in ihr, vielleicht nur ein ganz kleiner, jedoch einer, der darauf wartete angefacht zu werden. Aber als sie mir mit diesem dritten Foto kam, ihrem Ältesten und Sorgenkind, war mir schlagartig klar, dass ich diese brave

Hausfrau und Mutter nicht so einfach verführen konnte, und meine Lust welkte dahin. Ich wusste nicht mal, wer von den Anwesenden ihr Mann war. Um wenigstens den potentiellen Konkurrenten und Gegner im Visier zu haben, fragte ich sie.

„Da", sie zeigte mit ausgestrecktem Arm quer durch den ganzen Saal, „der da hinten bei der Alice am Fenster sitzt, der mit der Glatze."

Jetzt sah ich sie, die Glatze, mit Brille, ein rundes Gesicht, unter dem sich ein ebenso runder, fülliger Bauch kugelte. Ein Gemütsmensch, sicher sympathisch, gemütlich, vielleicht ein schmusiger Kuschelbär. Jedenfalls kein Aufreißer, kein Robert Redford oder Paul Newman. Ich war jetzt sicher, dass ich Chancen gehabt hätte. Aber man kann versäumte Gelegenheiten, wenn sie über dreißig Jahre zurückliegen, nicht nachholen, zumal der frühe junge Reiz von damals längst verflogen ist. Es wäre eine schlechte, abgeschmackte, späte Genugtuung, ein billiger Triumph. Dass mir immer dann sexuelle Phantasien zu Kopf steigen, wenn sich in meiner Hose absolut nichts regt.

Um auch etwas zur Unterhaltung beizutragen, zeigte ich hinüber zur Jugendgruppe.

„Da hinten, der Blonde, links, das ist mein Sohn."

„Mein Gott, auch schon so groß. Wir werden alt."

Es ist deprimierend, dass auf Beerdigungen die Überlebenden anscheinend nichts anderes im Kopf haben, als die Gedanken an das eigene Altwerden. Instinktiv scheinen sie zu ahnen, dass die Uhr auch für sie abläuft, dass sie die Nächsten sind, die dran kommen. Und diese erschreckende Erkenntnis ist nur zu bannen, indem man mit dem eigenen Älterwerden kokettiert. Insgeheim hofft natürlich jeder, dass der andere widerspricht. Das tröstet. So, wie ich Guni schmeichlerisch beschwindelt habe. Warum sollte sie keine Großmutter sein? Ab wann sieht man heutzutage wie eine Großmutter aus? Ich weiß es nicht, aber ich spürte deutlich, wie mir die Malteser warm mein Hirn durchspülten.

Und dann steuerte diese kleine, zierliche alte Dame auf mich zu, die mir auf dem Friedhof so liebevoll die Hand gedrückt hatte.

„Jonas, mein Junge. Komm her und lass dich mal drücken!"

Erwartungsvoll reckte sie mir ihren schmächtigen Körper entgegen. Folgsam beugte ich mich zu ihr hinunter und umfasste sie sanft mit meinen Händen. Flink wie ein Wiesel schlang sie ihre mageren Ärmchen um mich, hielt mich ganz fest und drückte mir fast wie ein Teenager geräuschvoll einen fetten Schmatz auf die Wange.

„Was bist du für ein gutaussehender junger Mann geworden. Aber du warst ja schon damals ein so hübscher Junge." Ihre Äugelein blitzten schelmisch und ihre Lippen lächelten ganz ohne Ironie. Ich fühlte mich natürlich geschmeichelt, zumal sie das so laut gesagt hatte, dass alle Umstehenden es gehört haben mussten. Offensichtlich war sie schwerhörig. Natürlich war ich mir der euphemistischen Übertreibung bewusst. Nur, wer um Himmels Willen war diese Dame?

Mit sicherem weiblichem Instinkt hatte sie erfasst, dass ich sie nicht erkannte.

„Gell, du kennst mich nicht mehr? Es ist ja auch lange her, dass du das letzte Mal bei uns drüben warst. Und die Elke hat noch so oft nach dir gefragt."

„Frau Ettling!", schrie ich fast vor Freude, dass mir ihr Name bei der Erwähnung der gewissen Elke sofort eingefallen war. „Das ist ja wirklich eine Überraschung. Ja, das ist endlos her. Wo ist denn Elke abgeblieben?"

Elke Ettling war ihr Tochter. Sie wohnten in der Parallelstraße zur Textorstraße. Von meinem Zimmer mit Hinterhof-Blick aus lag ihre Wohnung genau gegenüber, ein Stock tiefer. Ich konnte als Schüler also genau in Elkes

Zimmer schauen, wenn abends Licht brannte oder das Fenster offen stand. Mit Vaters Feldstecher gab's mehr und Genaueres zu sehen. Als ich und mein Jugendfreund Gottfried sie bewusst wahrnahmen, waren wir so zwölf, dreizehn Jahre alt, sie ein echter Teenager mit Pferdeschwanz und Petticoat, also sechzehn oder siebzehn. Ich lernte sie durch Gottfried kennen, der im gleichen Haus wie Elke wohnte, im gleichen Stockwerk, nur links, wo ich ihn öfter besuchte. Natürlich war Elke für uns unerreichbar, wir waren in ihren Augen grüne Jungs, die sie stolz übersah. Aber sie war lange Zeit der Star unserer heimlichen Träume, denn sie war hübsch, richtig sexy, der Typ Marion Michael, die Liane, das Mädchen aus dem Urwald, in einem der Skandalfilme der damaligen Zeit. Liane wurde vom jungen Hardy Krüger im Dschungel gejagt, nackt, schließlich mit einem Netz gefangen, wobei man eine knappe Sekunde lang ihre kleinen bloßen Brüste sehen konnte, die sonst von ihrem langen Blondhaar schamhaft verdeckt wurden. Eine Sensation, die damals ganze Schulklassen pubertierender Pickelgesichter heimlich ins Kino trieb. Elke wusste, dass wir sie anhimmelten, und irgendwie gefiel es ihr auch, dennoch blieb sie immer auf Distanz und etwas schnippisch uns gegenüber. Im Sommer, wenn sie die Federbetten zum Lüften ins Fenster legte – damals machten das alle Leute fast jeden Morgen, wenn es nicht regnete, heute kein Mensch mehr – lagen eines Tages zwei winzige gelbgerüschte Etwas oben auf der weißen Bettdecke. Gottfried und ich wussten sofort, was das war. Diese zarten, ungefüllt sich zusammenziehenden Gewebe waren der letzte Modeschrei, eine Art erotisches Nachthemd, das aus einem winzigen, dehnbaren Nylon-Höschen bestand und einem kleinen, fast durchsichtigen Faltenhemdchen, das gerade bis zum Po reichte. Das zarte Ding hieß Baby Doll und tauchte in allen Musik- und Teenie-Filmen mit Conny Froboess, Peter Kraus und Peter Alexander, den

Kessler Zwillingen, Hans Moser, Elke Sommer oder Catarina Valente auf. Vielleicht war das der wahre Anfang der späteren Sexwelle. Und natürlich lagen wir oft auf der Lauer, um den richtigen Sitz dieses gelben Baby Dolls auf Elkes Körper zu bewundern. Wie zwei Jäger auf dem Hochstand warteten wir stundenlang im Dunkeln in meinem Zimmer, ob sich drüben etwas tat. Aber uns fehlte das Jagdglück, wir bekamen die volle Pracht der Weiblichkeit nie so recht in den Sucher, da uns entweder der zu schmale Spalt des geöffneten Fensters oder die zu weit zugezogene Gardine die Sicht erschwerte. Traf der seltene Fall einer möglichen freien Sicht ein, scheiterte unser voyeuristisches Abenteuer an den zu schnellen und nur halben Auftritten Elkes vor dem Fenster, so dass wir nur ihre Rückenpartie, Teile ihrer Schulter, eine Armbewegung oder ähnliches erspähen konnten. Nie kamen wir in den Genuss der Schönheit ihres ganzen Körpers. Aber es war ein prickelndes, auch spannendes Spiel, das uns zumindest mental dem noch sehr fremden Wesen Weib in aller Unschuld etwas näher brachte. Wir sahen nichts, wir wussten nichts, aber wir ahnten etwas. Und das war für die damaligen Verhältnisse und für so behütete Bürgerkinder, wie wir es waren, schon viel. Es waren kostbare Lektionen der Schulung unserer Phantasie, der glücklichen Fähigkeit, in der Not die Illusion für die Wirklichkeit zu nehmen, eine Fähigkeit, von der ich heute noch zehre. Elke sei Dank – und Frau Ettling, die dieses hübsche Wesen in die Welt gesetzt hatte. Frau Ettling war damals eine schlanke und – wie ich meinte – hochgewachsene Frau, eine richtige Dame, der wir Jungen mit Respekt begegneten. Sie hatte ihre kastanienroten Haare – jetzt waren sie schneeweiß – streng nach hinten gekämmt und am Hinterkopf zu einer modischen, senkrecht stehenden Rolle gedreht. Ihre gezupften Augenbrauen waren in schmalen Linien nachgezogen, die Lippen geschminkt und die Fingernägel rot lackiert. Eine für die damalige Zeit sicher sehr mondäne Frau. Aber auch das ahnten wir mehr, als dass wir das wussten. Ich weiß nicht, ob ich damals wirklich noch so klein war oder sie so groß, jedenfalls musste ich immer zu ihr aufsehen. Jetzt war sie so geschrumpft, dass ich mich zu ihr hinabbeugen musste. Auf eine uns rätselhafte Weise hatte sie an uns pubertierenden Jungen einen Narren gefressen, oder was immer das war. Jedenfalls bat sie uns häufig um einen Gefallen, indem wir kleine Aufträge für sie zu erledigen hatten. So sollten wir ihr Kartoffeln, Apfelmus oder Mirabellen-Gläser aus dem Keller holen, Zigaretten vom Automaten an der Ecke, sie rauchte Player's mit Filter, oder vergessene Milch, Zucker oder Brot vom Latscha besorgen. Immer empfing sie uns, manchmal auch mich alleine mit einer Zigarettenspitze, in der ihre Player's glühte, elegant zwischen Zeigefinger und Daumen gehalten. Sie war stets großzügig, drückte uns meist ein Fünfzigpfennig-Stück in die feuchte Hand und war auch ansonsten sehr freundlich, indem sie uns mit schneller Handbewegung durch unsere Haare wuschelte oder, wenn sie uns kurz hereinbat und wir im Esszimmer Platz nehmen sollten, wo sie uns Konfekt oder Erfrischungsstäbchen mit Zitronenfüllung anbot, sanft über unsere im Sommer nackten, knusprig braunen, von silbrigem Flaum glänzenden Jungen-Oberschenkel streichelte, manchmal auch fester zupackte, so dass zumindest mir ein seltsam prickelnder Gänsehaut-Schauer den Rücken hinunter lief. Sie schien an uns wohl das gleiche heimliche Interesse zu hegen wie wir an ihrer unerreichbaren Tochter, die selten zu Hause war und der wir nie die Haare wuscheln oder gar die Oberschenkel streicheln durften. Von einem Herrn Ettling war nie etwas zu sehen oder zu hören gewesen. Bis zum heutigen Tag weiß ich nicht, ob diese elegant-mondäne – meine Mutter würde sagen exaltiert-vulgäre – Person verwitwet oder gar geschieden war. Als wir dann endlich in die Oberstufe des Gagern-

Gymnasiums am Zoo aufrückten, entflog unsere Elke mit einer PanAm Super-Constellation nach New York und ward nie mehr gesehen. Wie wir hörten, flog sie als Stewardess mit zwei Fremdsprachen rund um die ganze Welt.

„Sie lebt jetzt oben in Maine. Hat da ein hübsches kleines Holzhäuschen", sagte Frau Ettling. „Ich war schon zweimal drüben. Aber jetzt fliege ich nicht mehr."

„Ist sie verheiratet?"

„I wo. Ich hatte immer gehofft, dass sie sich da oben in den Wolken einen seriösen Geschäftsmann, einen Gentleman angelt. Das wollten die jungen Dinger damals doch alle. Aber bei meiner Elke hat es wohl nicht geklappt. Ich weiß nicht warum, sie war ein attraktives Mädchen und nicht dumm. Damals war sowas noch möglich in der First-Class. Das war durchaus seriös. Heutzutage fliegen ja nur noch primitive Proleten durch die Weltgeschichte."

„Sie war nie verheiratet?", wunderte ich mich.

„Da war wohl mal der ein oder andere. Sie hat mit mir nicht darüber gesprochen. Aber Heirat, nein. Ich glaube, sie war zu anspruchsvoll. Und sie wollte keine feste Bindung. Nach ihrer aktiven Zeit war sie in New York Chef-Ausbilderin für Stewardessen. Sie hat gutes Geld gemacht und jetzt hat sie ihr Häuschen in Maine. Es geht ihr nicht schlecht. Sie ist eine echte Amerikanerin geworden."

Ich kippte meinen etwas warm gewordenen Malteser mit einem Zug herunter, als wollte ich die ganze Vergangenheit, die abgelebten Erinnerungen und trostlosen Biographien mit einem Guss wegspülen.

„Und sie hat nach mir gefragt?"

„Ja. Fast immer, wenn sie kurz zu Besuch da war zwischen zwei Trips. *Was macht denn der kleine Jonas von gegenüber?* Sie hat immer gefragt."

Der *kleine Jonas*. Das war ich also für sie gewesen, der *kleine Jonas*. Es war eine Enttäuschung. Jetzt noch, nach so vielen Jahren. Was man sich alles einbildet.

„Wenn ich mal nach Maine kommen sollte, werde ich sie besuchen", versprach ich Frau Ettling, um etwas Nettes zu sagen. Wahrscheinlich werde ich auch den Rest meines Lebens nicht nach Maine kommen.

„Da wird sie sich sicher freuen. Aber Maine ist weit. Wir wär's, wenn Du mich mal besuchst? Ich bin zwar jetzt eine alte Schachtel, aber ich wohne noch immer gegenüber von deiner Frau Mutter."

„Das werde ich machen", log ich. Das alte Luder hatte es noch immer faustdick hinter den Ohren mit ihren mindestens achtzig Jahren. Ich zog mich elegant mit einem Handkuss aus der Affäre, was sie entzückend fand, ließ die alte Dame stehen und steuerte mit Schlagseite auf die eigene Verwandtschaft zu.

So gegen fünf Uhr entstand allgemeine Aufbruchsstimmung, zumal einige noch eine längere Heimfahrt vor sich hatten. Unter großem Lärm und in mittlerweile fast gelöst heiterer Stimmung verabschiedete sich einer nach dem anderen mit den üblichen Versprechungen, von sich hören zu lassen, mal beim anderen vorbeizuschauen, wenn man auf Durchfahrt oder in der Nähe sei, *ja ganz bestimmt, versprochen,* und jeder wusste, dass diese Vorsätze und Versprechungen wie immer nie eingelöst werden würden. Ich hatte mich noch mit Gunis Mann Werner prächtig unterhalten. Ein sympathischer Typ, der als Bauingenieur viel in der Welt herumgekommen war, an Entwicklungsprojekten in Äthiopien und Peru, in Kabul vor dem sowjetischen Desaster mitgearbeitet hatte. Alles andere als ein Spießer, ein praktischer Kerl ohne Allüren und trinkfest – trotz Glatze und Kugelbauch. Kurz, wir verstanden uns ausgezeichnet und ich glaube, dass Guni da einen guten Fang gemacht hat, zu dem man sie nur beglückwünschen kann. Offensichtlich ein noch immer glückliches Paar. Beneidenswert.

Ich hielt nach Stephan Ausschau, in der Hoffnung, dass er den Wagen chauffieren würde. Nach all den Maltesern war ich nicht mehr in der Lage dazu. Wir waren mit Vaters in die Jahre gekommenen BMW gefahren. Aber Stephan war verschwunden, hatte sich verdrückt, ohne sich zu verabschieden, was ich nicht nur mir gegenüber als grobe Unhöflichkeit empfand. Ich nahm mir vor, ihm bei Gelegenheit wieder ein paar Manieren beizubringen. Während ich unsere Mutter zum Wagen führte, verhandelten meine Schwester und Wolfgang an einem der Seitentische mit der Bedienung wegen der Rechnung. Ich war nicht ganz sicher, wer diese Zeche hier zu bezahlen hatte, ob meine Mutter das abgesprochen hatte, oder ob wir Kinder, also auch ich, daran beteiligt waren. Ich hob mir diese Frage für morgen auf, wenn ich wieder einen klaren Kopf haben würde.

Meine Mutter ließ sich schwer auf den Rücksitz plumpsen und harrte der Heimfahrt in die Textorstraße. Da tauchte Oda auf und bot an, den Wagen zu chauffieren, wohl wissend, wie es um meine Fahrtüchtigkeit stand.

„Ich fahre. Wir können schon los. Hanna und Wolfgang kommen mit ihren Söhnen nach", erklärte sie und hielt die Hand auf, damit ich ihr den Schlüssel aushändigte.

„Wollen wir nicht warten?", fragte meine Mutter vom Rücksitz aus.

„Ist nicht nötig, Mutter, die fahren ja sowieso nicht mit uns, sondern mit ihrem Wagen", erklärte Oda und ließ den Motor an.

Als wir die Wohnung betraten, war alles wie gewohnt. Die Möbel standen an ihrem vertrauten Platz, der milde Geruch von Lavendel im Flur, die Bilder und Fotos in Vaters Arbeitszimmer, die alten Teppiche, die Pendeluhr auf seinem Barock-Schreibtisch, seine Bücher, alles unverändert und vertraut, und doch war alles anders. Einer fehlte, der nie wieder da sein würde, einer, der diese Räume mit seinem Leben erfüllt hatte, der ihnen zusammen mit Mutter seinen Stempel aufgedrückt hatte, Räume, die sein Leben atmeten und jetzt, wie es mir erschien, die Luft anhielten, andächtig schwiegen und warteten – auf eine unmögliche Rückkehr. Eine leblose Stille lastete in den Zimmern, die meine kleine, gebeugte Mutter kaum mit neuem Leben würde füllen können. Und ich sah ihr an, dass diese Last der zukünftigen Einsamkeit sie ratlos in ihren Sessel sinken ließ. Alles war wie gewohnt, wie immer und doch war ab jetzt alles anders. Das Leben wich aus den in vielen Jahren gesammelten und gepflegten Gegenständen, mit denen sich die Erinnerungen unserer Eltern zu einem gemeinsamen Lebensweg verknüpft hatten. Jetzt war es plötzlich ein Museum, in dem meine Mutter als letzte müde Gralshüterin die Schätze bewachte, deren Geheimnisse nur sie noch kannte, Geheimnisse, die sonst keinen mehr interessierten. Während Oda in der Küche Tee kochte, saßen Mutter und ich erschöpft und schweigend in dieser ratlosen Stille und warteten auf die lebensspendende Rückkehr von Hanna und Wolfgang mit ihren drei riesigen Söhnen, die diese Leere der Wohnung wenigstens vorübergehend mit ihrer Anwesenheit füllen würden.

Während wir dann alle unseren Tee schlürften, wurde es im engsten Familienkreis doch noch einigermaßen gemütlich. Wir hechelten noch einmal die am Nachmittag gehörten alten und neuen Familiengeschichten der Sippe durch, stellten unsere gemeinsame Zufriedenheit mit der Rede von Pfarrer Götze fest, auch wenn er die Vornamen vertauscht hatte. Mutter fand die Beerdigung *würdig* und wir fühlten uns erleichtert, dass alles zu Mutters Zufriedenheit verlaufen war. Vor allem Hanna und Oda zeigten keine offen sichtbaren Ermüdungserscheinungen und schnatterten gemeinsam mit meiner Mutter über Gott und die Welt. Ich war erstaunt, wie locker und vertraut gerade Oda mit meiner Mutter plauderte, ja, ich verspürte fast so etwas wie Herzlichkeit zwischen ihnen. Wolfgang und ich hielten uns etwas zurück, da vom Stress des Tages und dem tröstenden Alkohol ermattet, während meine drei Neffen gelangweilt vor dem Fernseher hockten.

Da wir aufgrund von Platzmangel nicht alle die Nacht über in der Textorstraße bleiben konnten, wurde abgemacht, dass Hanna mit ihrer Familie da bleiben würde, während Oda und ich beabsichtigten, uns für heute zu verabschieden und nach Hause zu fahren. Ich wusste Mutter in guten Händen und wir verabredeten für den nächsten Morgen einen gemeinsamen Besuch an dem dann hergerichteten und mit Kränzen geschmückten Grab von Vater.

Als ich aufstand, um zu gehen, wollte Mutter – überflüssigerweise besorgt wie immer – wissen, wie ich denn so spät nach Bornheim kommen würde.

„Wie immer mit der U-Bahn, Mutter. Die fährt die ganze Nacht."

„Wenn du willst, kann ich dich mitnehmen und vor der Tür absetzen", bot mir plötzlich Oda an. „Liegt sowieso fast auf meinem Weg."

Das stimmte zwar nicht, denn sie wohnte im Westend, aber es war ein Angebot, dass ich fataler oder besser naiver Weise annahm.

Während wir über den Main fuhren, fragte ich Oda, ob sie wüsste, warum Stephan sich so schnell und heimlich verdrückt habe.

„Er hatte noch eine Verabredung", sagte sie, während sie den Rauch ihrer Zigarette gegen die Frontscheibe blies. „Ich glaube, sie wollten sich eine Wohnung ansehen."

„Was für eine Wohnung? Und wer ist *sie*?" Ich hatte das seltsame Gefühl, dass da Dinge abliefen, von denen ich keine Ahnung hatte.

„Stephan zieht aus. Es wird ja auch Zeit."

„Und warum weiß ich nichts davon? Schließlich zahle ich einen Teil seines Unterhalts."

„Er wollte dich nicht damit belasten, gerade jetzt, wo du mit deinem Vater genug Probleme hattest."

„Wie rücksichtsvoll." Ich fühlte mich plötzlich ausgeschlossen vom Leben meines Sohnes. Wir hatten uns in der letzten Zeit wenig gesehen, eigentlich nur miteinander telefoniert. Ich hatte den Eindruck, dass es ihm gut ging, dass er mit dem Studium vorankomme. Was er sonst so trieb, erzählte er mir nicht. „Zieht er mit einer Frau zusammen?"

„Was hast du denn gedacht?"

„Ich habe gar nichts gedacht. Weil ich von nichts weiß. Es könnte ja auch sein, dass er mit irgendwelchen Leuten in eine WG zieht."

„Ach, Jonas, die Zeiten sind längst vorbei. Stephan studiert Volkswirtschaft, nicht Soziologie, er ist kein Hippie."

„Kenne ich sie?"

„Hast du je eine seiner Freundinnen gekannt?"

„Wie viele hatte er denn?"

„Ich schnüffele nicht in seinem Privatleben herum. Er ist volljährig."

„Mein Gott, Oda, er wohnt bei dir."

„Ich gehöre nicht zu den Glucken-Müttern, die in jedem Mädchen, das mein Sohn nach Hause mitbringt, die potentielle Schwiegertochter sieht. Ich bin nicht eifersüchtig. Ich wollte, dass er endlich auszieht."

„Du hast ihn doch nicht rausgeschmissen?"

„Quatsch. Er war ohnehin nie da. Er lebt praktisch bei ihr. Da finde ich es nur konsequent, wenn sie zusammenziehen. Nur, ihre Wohnung ist zu klein. Sie hat, glaube ich, nur ein Zimmer. Deshalb suchen sie jetzt was Größeres."

„Wie schön, dass ich das auch erfahre."

„Sei nicht albern. Stephan hätte es dir gesagt. Er wollte dir nichts verheimlichen, er wollte dir nur keine Sorgen machen."

„Also ist es was Festes?"

„Ja, natürlich. Sonst würden sie nicht zusammenziehen."

„Und wer ist es denn nun?"

„Sie gibt Kurse in der Volkshochschule, Französisch und Spanisch für Anfänger und Fortgeschrittenen."

„Also eine Lehrerin?"

„Das war sie mal. Sie hat wohl den Schuldienst quittiert, weil sie den Stress nicht ausgehalten hat."

„Ah, ein Sensibelchen also, nicht belastbar, wie das heute heißt, so eine schüchterne Mausi."

„Spar dir deinen Sarkasmus. Denk an deine eigene Schulkarriere."

„Wie alt ist sie denn?"

„Sechsunddreißig, glaube ich."

„Wie alt?" Ich war kurz davor auszurasten. Mein Sohn, Student im sechsten Semester und noch keine fünfundzwanzig Jahre alt, zieht mit einer Frau zusammen, die elf Jahre älter ist als er. Ich konnte es nicht fassen.

„Das darf doch nicht wahr sein."

„Jonas, Stephan ist alt genug. Er weiß, was er tut. Außerdem hat es sowieso keinen Zweck sich einzumischen, das solltest du am besten wissen."

„Hast du sie jemals zu Gesicht bekommen, diese Volkshochschullehrerin? Wahrscheinlich trägt sie eine Brille und ist geschieden. Oder ist sie alleinerziehende Mutter?"

„Sie ist sehr nett und Stephan liebt sie. Und das ist es doch, was zählt."

„Wie sieht sie denn aus?"

„Das ist wieder so typisch für dich. Natürlich wie ein Ochsenfrosch."

Wir bogen von der Wittelsbacher Allee ab und fuhren in die Freiligrathstraße. Vor meinem Haus trat Oda voll auf die Bremsen und bugsierten dann zu meiner Verwunderung den Wagen ungeschickt rückwärts in eine Parklücke.

„Du kannst mich hier einfach raus lassen", sagte ich, wollte ihr die Mühe ersparen.

„Du, ich bin nicht dein Chauffeur. Nach diesem langen und anstrengenden Tag wäre es eine nette Geste von dir, wenn du mich wenigstens noch zu einem Brandy einladen würdest. Mir ist jetzt danach."

„Du musst noch fahren."

„Ich will mich nicht volllaufen lassen."

Ich schenkte mir auch einen Osborn Magnum ein, obwohl ich mein alkoholisches Limit bereits überschritten hatte und todmüde war. Am liebsten hätte ich mich in mein Bett verkrochen, in der Hoffnung, diesmal schnell einzuschlafen. Jetzt, nach Vaters so gelungener – angemessener wäre *würdevoller* – Beerdigung, war es, als sei eine schwere Last von mir abgefallen. Ich fühlte mich auf eine nicht klar zu definierende Weise erleichtert, ja fast befreit. Und ich hatte den Eindruck, dass alle anderen Anwesenden im Forsthaus, nachdem die Trauer-Zeremonie vorüber war, ebenfalls diese Entspannung empfunden hatten, ja, das Familientreffen hatte einen fast heiteren Ausklang gefunden. Und auch Mutter, geborgen im Kreise ihrer Geschwister, ihrer Kinder und Enkel, war über das Endgültige und Schreckliche dieses Tages sanft hinweggehoben worden. Was Oda nun noch hier oben in meiner Wohnung zu suchen hatte, war mir schleierhaft. Sie war es, die mir den Zustand des bereits erreichten Seelenfriedens zerstörte.

Ich reichte ihr den Brandy und ließ mich lustlos neben sie auf die Couch fallen.

„He, pass doch auf!", zeterte sie, weil ihr ein paar kostbare Spritzer auf den schwarzen Rock geschwappt waren.

„Entschuldigung", erwiderte ich und schwieg. Ich spürte, wie es in ihr arbeitete, wie es rumorte in ihrem Körper. Sie machte unsichere, unnütze Bewegungen, wirkte verspannt. Sie hatte etwas im Petto und wusste nicht, wie sie es anfangen sollte. Ich ließ sie zappeln. Es war nicht mein Problem. Ich hatte von den Neuigkeiten über Stephan schon genug. Ich wollte nur meine Ruhe, ich wollte nichts hören.

„Eigentlich eine schöne Beerdigung, findest du nicht auch?", sagte sie nach einer Weile.

„Ja."

„Ich glaube, auch deine Mutter war sehr zufrieden, so, wie es verlaufen ist."

„Ja."

Es war natürlich nicht das, worüber sie mit mir reden wollte.

„Und ... wie geht es d i r so? Wir haben uns ja auch eine Ewigkeit nicht mehr gesehen."

„Danke der Nachfrage. Gut."

Wir schwiegen. Oda griff zum Glas, trank einen Schluck. Etwas wollte aus ihr heraus, wusste aber nicht wie. Sie war eine schlechte Schauspielerin. Dafür, dass sie Psychologin war, hatte sie ihre Gefühle, die Sprache ihres Körpers schlecht unter Kontrolle.

„Bei mir ist ja jetzt auch einiges im Umbruch", sagte sie bedeutungsschwer. Endlich. Sie wollte zur Sache kommen. Ich schwieg, fragte nicht nach, ließ sie einfach hängen. Aber wenn Frauen sich vorgenommen haben, etwas loszuwerden, dann kann sie nichts und niemand davon abhalten. Sie reden einfach weiter, auch wenn man nichts hören will. Eine gewisse Rücksichtslosigkeit, wie ich finde.

„Stephan zieht aus ... Und Hanno und ich, wir haben uns jetzt endgültig getrennt. Ich muss mein Leben neu organisieren."

Das war es also, was sie mir mitteilen wollte. Ich hatte keine blasse Ahnung, wer dieser Hanno war, hat mich auch nie interessiert. Stephan hatte den Namen wohl mal erwähnt, aber die Altersaffären meiner Jugendgeliebten waren mir absolut wurscht. So, wie Oda all die Jahre auch mein Leben und meine Beziehungen egal waren. Wir hatten uns nicht nur vor langer Zeit getrennt, sondern auch längst auseinandergelebt. Oda kam in meinen Phantasien nicht mehr vor. Wie kam diese Frau dazu, jetzt von mir Interesse für ihr Privatleben zu erwarten?

„Ich bin allein." Sie drehte das Glas mit ihren Fingerspitzen.

Dazu konnte und wollte ich nun gar nichts sagen. Was wollte sie? Mitleid? Ich bin nicht ihr Therapeut.

„Und du?"

„Wie du siehst, lebe ich allein."

„Weißt du übrigens, dass du immer noch exzellent aussiehst? Eigentlich besser als früher. Dein Gesicht ist markanter geworden." Oda rückte näher zu mir und ließ ihren Kopf auf meine Schulter sinken. „Ah, dieser Brandy tut richtig gut, wärmt die Seele." Sie hob langsam den linken Arm, fasste nach oben auf meinen Kopf und kraulte mir in den Haaren herum. „Fühlst du dich nicht manchmal einsam?"

Ich schob ihren Arm weg. „Lass das! ... Ich bin nicht einsam."

„Immer noch der taffe lonesome Cowboy?"

„Ich weiß nicht, worauf du hinaus willst. Ich brauche keinen Trost. Es geht mir gut."

„Typisch. Sofort in Abwehrstellung. Ein Cowboy kennt keinen Schmerz."

„Psychologen-Gewäsch."

„Weißt du, dass ich bei keinem anderen Mann mehr das empfunden habe, was ich bei dir damals empfunden habe ... diese Intensität der Beziehung, diese Nähe zum Partner, diese Vertrautheit. Eigentlich haben wir doch ganz gut zusammengepasst, findest du nicht?" Sie fasste mich am Oberschenkel und sah mich mit großen Augen erwartungsvoll – oder verführerisch? – an.

„D u hast die Flucht ergriffen, nicht ich. D u warst es, die mich rausgeschmissen hat, damit du mit deinen lesbischen Emanzen gegen das Patriarchat kämpfen konntest." Sie ließ ihren Oberkörper zurück auf die Sofalehne fallen, so dass ihr wieder einige Spritzer Brandy auf den Rock schwappten, und stöhnte laut auf.

„Mein Gott, ich war noch jung. Eigentlich wusste ich gar nicht, was ich wollte. Das erste Mal von zu Hause weg. Da dachte ich, jetzt fängt ein neues, ein interessanteres und freieres Leben an. Und am Anfang war es ja auch so. Mit dir. Aber als dann Stephan so plötzlich kam, da war ich nicht darauf vorbereitet und auch nicht bereit für sowas. Als wir zu Dritt in dieser engen Wohnung aufeinander hockten und nichts mehr auf die Reihe kriegten, da hab ich die Panik gekriegt. Das war wie zu Hause. Das war für mich irgendwie das Ende, als wenn alles schon gelaufen wäre. Es war einfach zu früh, verstehst du?" Sie legte den Kopf nach hinten und blickte gedankenverloren an die Decke. Eine schöne theatralische Inszenierung.

„Du hast ja dann deine Freiheiten gehabt. Ich weiß nicht, was diese Sentimentalitäten sollen. Späte Reue oder was? Mein Gott, Oda, das ist alles längst vorbei."

„Das ist es ja. Erst aus der Distanz sieht man klarer. Ich habe eigentlich nie das gefunden, was ich gesucht habe."

„Weil du dich den falschen Männer an den Hals geworfen hast."

„Nein, mein Lieber. Du machst es dir zu einfach, weil du keine Ahnung hast. Der Grund ist, weil ich dich als Maßstab mit mir herumgeschleppt habe. Du warst die Messlatte, an die alle anderen nicht heranreichten. In keiner Hinsicht."

„Na ja, so ein großer Bumser war ich ja wohl auch nicht. Ich denke, einige andere haben es dir auch ordentlich besorgt. Bestimmt besser als ich, weil sie nicht so müde waren vom Kinderhüten und Windeln wechseln, nicht dreimal nachts aus dem Bett rennen mussten, weil der Kleine nicht schlafen konnte oder Durst hatte."

„Sei nicht so geschmacklos. Aufs bloße Ficken kam's mir nie an. Wir passten einfach gut zusammen. Wir konnten reden, wir hatten die gleichen Interessen, gefühlsmäßig war doch was da. Und im Bett, wenn du ehrlich bist, hat es doch bestens geklappt."

Sie stellte langsam ihr Glas ab, um diese Suada an verlogenen Komplimenten wirken zu lassen. Dann schmiegte sie sich an mich und begann ebenso langsam mein Hemd aufzuknöpfen. Ich war gespannt, wie weit sie mit diesem grotesken Theater gehen würde.

"Jedenfalls hab ich von Ermüdungserscheinungen nie etwas gemerkt", flüsterte sie mir ins Ohr und schob ihre Hand unter mein Hemd und streichelte meine Brust. Mir platzte der Kragen.

„Lass das!", brüllte ich, riss ihre Hand aus meinem Hemd und sprang auf. „Was ist eigentlich los mit dir? Bist du verrückt geworden? Wir und harmoniert? Was erzählst du hier für eine Scheiße? Es war die reinste Katastrophe. Nichts, aber auch gar nichts hat zwischen uns gestimmt. Mein Studium hat dich einen Scheißdreck interessiert. Meine Bücher fandest du ätzend und reaktionär, bürgerliches Gewäsch. Stephan hast du dir vom Leib gehalten. Er hat dich gestört, dich an der freien Entfaltung deiner Persönlichkeit gehindert. Das Einzige, was dich damals interessierte, war dein revolutionäres Psychologenkauderwelsch. Die Musik, die mir gefiel, war für dich pubertäres Macho-Gebrüll. Die Doors, Donovan, die Rolling Stones, alles, was mir damals heilig war, hast du abgelehnt, lächerlich gemacht. Was mir Spaß gemacht hat, hat dich angeödet. Nichts, aber auch gar nichts hat da zusammengepasst."

„Du warst ja auch noch ein Kindskopf. Du mit deinen Hippie-Parolen ... *make love not war*! Für die relevanten politischen Prozesse hast du dich doch nicht interessiert. Die Bedeutung der Frauenfrage ging doch an deinem pubertären politischen Horizont völlig vorbei. Du warst ein ideologischer Mitläufer, der einfach dabei sein wollte und sich die Rosinen rausgepickt hat, die ihm am besten schmeckten. So war das."

„Genau. Du hast völlig recht. Und das Beste zwischen uns und vielleicht das Einzige, was uns verbunden hat, waren ein paar gute Ficks."

Natürlich wusste ich, dass das nicht stimmte, dass das nicht fair war. Aber war Oda fair? Ich hatte sie damals geliebt, mit Haut und Haaren, ich mochte alles an ihr, konnte ihr fast alles verzeihen. Wie eben Jungens sind, wenn sie endlich ein Weibchen gefunden haben, das sie ran lässt. Ich war benebelt, hatte mich ihr völlig ergeben. Ich wäre nicht gegangen, wenn sie mich nicht fortgeschickt hätte. In gewisser Weise war ich ihr hörig. Wie alle Jungens, die noch nicht erwachsen geworden sind. Aber das war damals und das ist lange her. Ob meine grenzenlose Liebe von Dauer gewesen wäre ... ich weiß es nicht. Vermutlich hätte ich sie irgendwann in der U-Bahn oder sonst wo einfach verloren. Unsere zunehmenden Zänkereien und Vorwürfe, das hält man nur begrenzt aus. Ich bin sicher, meine so blühende Liebe wäre allmählich verdorrt wie ein Gummibaum, der nicht genügend Wasser bekommt. Ich hätte Zuflucht in Kneipen gesucht, dort meinen Durst gelöscht und Trost gesucht in Männergesprächen am Tresen. Aber was war mit Oda? Wusste sie damals überhaupt, was Liebe ist? Sie wollte nur weg von zu Hause. Aber sie wollte nicht alleine sein. Das Einzige, was wir gemeinsam hatten, war unsere Jugend. Liebe macht blind. Eingebildete Liebe endet in Hass.

„Zugegeben, das war es, was mir mit dir am meisten Spaß gemacht hat, du Idiot. Ficken! Ficken! Ficken!" schrie sie, dass ich Angst hatte, die Nachbarn könnten uns durch die Wände hören. „Aber was ich noch von dir wollte, hast du einfach ignoriert."

„Mich auf deine Linie bringen wolltest du, umerziehen. So, wie ich war, konntest du mich nicht akzeptieren."

„Unsinn. Ich habe versucht, es dir zu erklären. Es hatte nichts mit dir zu tun. Es war allein mein Problem. Bei jedem anderen wäre das Gleiche passiert. Ja, ich hab die Flucht ergriffen. Weil ich selbst noch nicht wusste, wer ich war. Es ging alles so schnell. Ich hatte plötzlich Angst vor dem Familienleben, dafür war ich nicht reif. Ich habe nicht dich verlassen, sondern unsere Familienidylle, dieses Gefängnis. Ich hatte Angst zu ersticken. Und ich lebte in dem Wahn, etwas zu verpassen. Es waren doch aufregende, wilde Zeiten, alles in Bewegung. Eigentlich waren wir doch alle noch auf der Suche. Du auch ... Gib mir noch einen Brandy!"

Ich stand auf und schüttete ihr und mir noch einen Magnum ein.

„Ich weiß nicht, worauf du hinaus willst. Es interessiert mich auch nicht. Das ist alles Schnee von gestern. Ich habe keine Lust, mit dir hier und heute unsere gescheiterte Beziehung aufzuarbeiten. Dafür ist es zu spät, in jeder Hinsicht. Ich bin müde."

Sie nahm den Brandy und kippte die Hälfte in ihren Hals. Mit ihrem etwas derangierten Haar und den roten Fingernägeln, ihrer Solariumsbräune und dem wie immer etwas zu dick aufgetragenen Make-up erschien sie mir plötzlich vulgär. Hier saß nicht die distinguierte Psychologin, die souveräne Fachfrau und Autorität, die inzwischen in ihrer gut gehenden Praxis anderen, vor allem jenen bourgeoisen Luxusweibchen, die sie früher verachtet hatte, gute Ratschläge bei ihren Familien- und Eheproblemen gab und sich das teuer bezahlen ließ. Hier saß eine Verzweifelte, die ihr eigenes Leben nicht in den Griff gekriegt hatte und mir jetzt die Ohren vollheulte.

„Ich wollte ja gar nicht von der Vergangenheit reden, sondern von der Gegenwart." Sie machte eine Pause, bewegte nervös den Kopf hin und her und holte dann tief Luft. „Wir sind beide getrennte Wege gegangen. Wir haben uns beide auf die Suche gemacht, jeder auf seine Weise. Wir wollten das richtige Leben, Liebe, Glück. Und wir haben unsere Erfahrungen mit anderen Menschen gemacht. Und mit welchem Ergebnis? Was ist dabei herausgekommen? Du bist alleine und ich bin alleine." Sie machte eine Kunstpause, um ihre Worte wirken zu lassen. „Findest du nicht, dass da ein Sinn dahinter steckt, dass das eine Fügung des Schicksals ist? Wir haben gesucht und nichts gefunden. Und warum? Weil wir das, was wir gesucht haben, längst gefunden hatten. Und jetzt schließt sich der Lebenskreis, die Irrwege haben uns ans Ziel geführt."

„Welches Ziel?" Mir war plötzlich ganz mulmig in der Magengegend und ich war stinksauer.

„Dass wir zusammengehören."

„Du tickst doch nicht mehr richtig", brüllte ich und sprang vom Sofa auf, wütend und störrisch wie ein junger Hengst, den man mit dem Lasso einfangen wollte. „Damals waren wir gerade zwanzig, unerfahren und naiv. Es liegt ein ganzes Leben zwischen uns. Du bist nicht die Oda von damals. Ich kenne dich nicht."

„Wir sind reifer geworden. Wir wissen jetzt, was uns wirklich wichtig ist, was wir vom Partner erwarten und was wir geben können. Die beste Grundlage für eine erwachsene, vernünftige Beziehung."

„Ich will keine vernünftige Beziehung. Im Übrigen, damit das klar ist: Ich lebe allein, aber ich b i n nicht allein."

„Ist es diese Yvonne?"

Sie wusste es also. Stephan musste es ihr gesagt haben. Ich bin sicher, sie hat ihn ausgequetscht, denn er ist in solchen Dingen immer sehr diskret gewesen.

„Wie ich sehe, weißt du Bescheid. Wozu dann diese Szene hier?"

„Wie ich höre, ist sie jünger als du."

„Ja, das ist sie, und das ist das Schöne daran. Sie ist achtundzwanzig, wenn du es genau wissen willst."

„Wie alt?" Ihre Stimme überschlug sich fast hysterisch. Oda sprang auf und schrie mich an. „Und du regst dich über deinen Sohn auf, weil er eine reife Frau liebt? Diese Yvonne könnte deine Tochter sein. Und du bildest dir wirklich ein, dass sie dich liebt, dass das Zukunft hat?"

„Ob das Zukunft hat, weiß ich nicht. Und Liebe, weißt du, das ist ein zu großes Wort. Wir fühlen uns wohl, wenn wir zusammen sind. Es ist einfach schön mit ihr."

„Und warum lässt sie sich dann coram publico von so einem schmierigen Muskelpaket, so einem Möchtegern-Dandy küssen?" In ihren Augen glühte der Triumph über den mir beigebrachten Florettstich.

„Solange ich von ihr das bekomme, was ich mir wünsche, ist mir egal, wen sie noch küsst", log ich. Ich versuchte cool zu bleiben, ihr keine Chance zu weiteren Angriffen und Verletzungen zu geben.

„Ist sie eine Nutte?"

Ich schlug mit beiden Händen zu, rechts und links in ihr provozierendes Gesicht. Ich war außer mir. Das hatte Yvonne nicht verdient. Und ich auch nicht, verdammt nochmal!

Noch nie in meinem Leben hatte ich eine Frau geschlagen. Aber das war zu viel, das war unter der Gürtellinie. Oda ist zu weit gegangen. Ich schäumte vor Wut und es machte mich noch wütender, dass ich mich zu dieser Verzweiflungstat hatte hinreißen lassen. Oda taumelt rückwärts und stieß gegen den Couchtisch, so dass ihr Brandy-Glas herunterfiel und in tausend Scherben zerbrach. Erschrocken und hilflos sah sie mich an und dann stürzten ihr Tränen in die Augen und sie fing jämmerlich an zu schluchzen. Ich ging zu ihr und nahm sie in den Arm.

„Entschuldigung!", sagte ich. Sie bebte am ganzen Körper. „Entschuldigung, das habe ich nicht gewollt. Es tut mir leid."

Sie umklammert mich, krallte mir ihr Nägel in den Rücken und in meine linke Schulter.

„Komm!", sagte ich, „Komm, setz dich!". Und ich führte sie über die Scherben zur Couch. Dort saß sie nun mit verheulten Augen und starrte ins Leere. Ich konnte nicht erraten, was in ihrem Kopf vorging, ob überhaupt etwas darin vorging. Aber es war nicht nur das Glas, das in Scherben gegangen war.

Wieder saßen wir nebeneinander, schwiegen, eine endlose Weile. Ich spürte, wie mir die Augen zufielen und ich einzuschlafen begann. Ich wollte alleine sein, wollte endlich in mein Bett. Das war alles zu viel für mich – die Beerdigung meines Vaters, der ganze Trubel, Stephan, der sich von einer erwachsenen Frau verführen ließ, Yvonne, die fremde Männer küsste, und Oda, die wie ein Tornado in mein Leben einbrach. Eben noch schien meine Welt wieder einigermaßen überschaubar, ich glaubte, meine Ruhe zu finden. Und jetzt, innerhalb kaum mehr als einer Stunde, brach alles zusammen, hatte ich lauter Probleme am Hals, Probleme anderer Leute, die mich nichts mehr angingen.

Oda beruhigte sich, tupfte ihre Augenränder mit dem Taschentuch.

„Eine Frau in meinem Alter, ... da lernt man keine Männer mehr kennen. Jedenfalls keine ohne Macken. Ich will nicht den Rest meines Lebens alleine herumhocken."

„Du kannst eine Anzeige in der ZEIT aufgeben."

„Dein Zynismus kotzt mich an."

„Was erwartest du? Du überfällst mich hier, bringst mein Leben durcheinander. Redest Unsinn. Was willst du von mir?"

„Ein bisschen Verständnis." Sie machte eine Pause. Ich sah förmlich, wie es wieder in ihrem Kopf arbeitete. Sie überlegte, wie sie die Kurve kriegen konnte, wie sie vielleicht doch noch die Situation retten konnte ... zu ihren Gunsten. Ich war auf der Hut.

„Eigentlich wollte ich in aller Ruhe mit dir reden. Vielleicht war ich zu naiv. Aber ich hatte plötzlich so etwas wie Hoffnung, dass wir beide zu einem neuen Anfang finden könnten. Gerade, weil so viel Zeit vergangen ist."

Ich war fassungslos. Es war nicht nur eine sentimentale Anwandlung, sie meinte es ernst ... und sie hatte es geplant. Der Tod meines Vaters, die Beerdigung, ihre plötzliche Zuneigung zu meiner Mutter ... sie hatte es geplant und sie spekulierte auf meine Schwäche. Da saß dieser schwarze Vogel auf meiner Couch, dieser zerzauste Unglücksrabe, und hackte auf meiner Seele herum. Ich wusste nichts zu sagen.

„Kann ich heute Nacht hier bleiben?" Oda fragte das mit einem so piepsigen, Mitleid erregenden Ton, dass ich sofort misstrauisch wurde. Wieso wollte sie hier bleiben, nach allem, was vorgefallen war? Ich hatte sie geschlagen, Gewalt angewendet, gegen alle meine pazifistischen Grundsätze verstoßen, Gewalt gegen eine Frau. Und sie wollte hier bleiben? Hier schlafen? Bei mir? Womöglich mit mir? Ich witterte eine Taktik. Nein, ich würde sie nicht triumphieren lassen. Sie war es, die mich herausgefordert hatte, den Kampf wollte, und sie hatte ihn verloren. Wenn sie einigermaßen bei Verstand war, hatte sie kapiert, dass hier nichts mehr lief.

„Es ist besser, wenn du gehst."

„Ich habe zu viel getrunken."

Erst jetzt fiel mir auf, dass sie sich bereits vor unserer Auseinandersetzung zielstrebig hatte volllaufen lassen. Sie hatte von Anfang an die Absicht gehabt, die Nacht in meiner Wohnung, womöglich in meinem Bett zu verbringen.

„Ich will, dass du gehst."

„Ich kann nicht."

„Komm, steh auf! Geh ins Bad und mach dich frisch! Ich rufe ein Taxi."

Plötzlich schlug sie wie eine Wilde mit den Fäusten auf mich ein.

„Du bist ein Schuft, ein ganz elender Schuft."

Ich sagte nichts und versuchte nach einem Taxi zu telefonieren. Erst nachdem sie mir dreimal auf die Tasten gedrückte hatte und merkte, dass ich nicht weich wurde, gab sie auf.

Als das Taxi kam, wollte ich sie die Treppe hinunter begleiten, aber sie riss sich los.

„Das schaff ich auch ohne dich", waren ihre letzten Worte. Ich passte auf, dass das Licht im Treppenhaus nicht plötzlich ausging, und als ich unten die Haustür in Schloss fallen hörte, schlich ich mich zurück in meine Höhle.

Obwohl ich mir zuvor im Bad Kopf und Brust mit kaltem Wasser übergossen, mich abgerieben und abgekühlt hatte, ich konnte nicht abschalten. An Schlaf war nicht zu denken. Das alles war zu viel für mich. Odas peinliche Anbiederungsversuche hatten mich völlig aus dem Gleichgewicht gebracht. Was war in sie gefahren? Wie verzweifelt musste sie sein, dass sie diesen wahnwitzigen Schritt wagte? Ich hatte in ihr immer die starke Frau gesehen, die zielstrebig ihren Weg ging, weil sie wusste, was sie wollte. Dass sie dabei auch rücksichtslos sein konnte, Männer brüsk abservierte oder Beziehungen konsequent beendete, wenn sie zu der Überzeugung gekommen war, dass sie nicht funktionierten, wusste ich von Stephan. Zumindest hatte ich seine knappen, lapidaren Kommentare zu den wechselnden Partnern seiner Mutter so verstanden. Es war immer sie, die Schluss machte, nicht die Männer. Aber Genaueres wusste ich natürlich nicht, erst recht nicht über die letzten Jahre. Seit Stephan studierte, traf ich ihn selten, und da mich Odas Leben nicht interessierte, fragte ich auch nicht nach. Jetzt erschien sie mir völlig durchgeknallt. Wie kam sie zu der grotesken Behauptung, wir würden zusammenpassen? Jetzt, nach so vielen Jahren? Damals, als wir uns verliebten, waren wir gerade zwanzig, und mit fünfundzwanzig hat sie mich vor die Tür gesetzt. Jetzt bin ich neunundvierzig, Oda ist ein Jahr jünger, also achtundvierzig. Zwischen uns liegen über zwanzig Jahre. Da passt nichts mehr zusammen. Damals habe ich ein knackiges, burschikoses junges Mädchen geliebt. Oda ist jetzt kurz vor den Wechseljahren. Sie törnt mich einfach nicht an. Ich weiß auch nicht, warum das bei uns Männern so ist, aber ab einem gewissen Alter hat man einfach Verlangen nach festem, jungem Fleisch. Ob man will oder nicht, es ist so, wenn wir ehrlich sind. Warum es bei Frauen nicht so sein soll, weiß ich nicht. Aber das hat nichts mit Herabsetzung, mit Verrat, mit Missachtung zu tun. Es ist auch nicht, wie Feministinnen das gerne sehen, pure Altersgeilheit. Es ist die Erotik, die sinnliche Sehnsucht nach der Schönheit und Verführungskraft der Jugend. Warum sollen, müssen wir der widerstehen? Was ist verwerflich daran? Natürlich ist es sexuell, aber eben nicht *rein sexuell*, wie immer behauptet wird. Es ist viel mehr und es ist schön. Liebe. Liebe. Was ist Liebe? Damals mit Oda, der jungen Oda, ja, da habe ich etwas gefühlt, was man wohl Liebe nennt. Da habe ich mein Herz ganz weit geöffnet, wollte, dass sie hineinschaut und mich sieht. Diese totale, besinnungslose Hingabe, dieses grenzenlose Verlangen, mein bedingungsloses Vertrauen haben mich glücklich gemacht – wenn auch nur für kurze Zeit. Oda hat Recht, ich habe dieses Gefühl, diese Leidenschaft später nie wieder erlebt. Es gab immer nur mehr oder weniger guten Sex und mehr oder weniger gute Gespräche. Ein seltenes Glück, wenn beides zusammenfiel. Aber Liebe? Im besten Falle Sympathie und ein beruhigendes Gefühl der Geborgenheit. Was ja nicht wenig ist. Aber ein Öffnen der Herzen? Vielleicht sind wir dazu nur in unserer hirnlosen Jugend fähig.

Natürlich weiß ich, dass meine Beziehung zu Yvonne keine Zukunft hat. Yvonne weiß das auch. Überhaupt ist unsere Affäre bereits ziemlich abgekühlt. Im Bett hat sich Routine eingeschlichen, die üblichen Abnutzungserscheinungen. Aber es funktioniert noch. Und intellektuell? Es ist alles gesagt. Ich habe meine Geschichten erzählt, sie ihre. Yvonnes Neugier auf meine Erfahrungen als erfahrener, reifer Mann aus angeblich wilden Zeiten ist längst befriedigt und abgestorben. Ihre kleine Schickimicki-Welt hat mich nie wirklich interessiert. Wir haben keine gemeinsame Vergangenheit, die wir teilen, keine Erinnerungen, von denen wir zehren können. Wir haben nur Gegenwart, die Augenblicke unseres Zusammenseins. Das war anfangs viel, jetzt ist es vielleicht zu wenig. Am Main Ufer spazieren gehen, ab und zu gut essen, abwechselnd beim Griechen, beim Italiener oder Chinesen und dann ... ab ins Bett. Es ist immer das gleiche Ritual. Unsere Beziehung bröckelt still und leise. Aber manchmal haben auch Ruinen einen besonderen Reiz, ein Geheimnis, das man nicht entdeckt.

In letzter Zeit hat sie öfter Verabredungen abgesagt. Das hat mich nicht stutzig gemacht, manchmal war es mir recht. Wenn man älter wird, verträgt man nicht zu viel Nähe. Wir hatten keine Auseinandersetzungen, ein paar unterschiedliche Ansichten, mehr nicht. Ich bin nicht der Armani-Typ geworden, den sie aus mir machen wollte. Obwohl, ich laufe ja keineswegs verlottert oder schlampig durch die Gegend. Von meinen Jeans habe ich mich längst verabschiedet, ich ziehe sie nur noch selten an, in der Freizeit. Bei Armin in der Agentur trage ich wie die meisten eine Kombination – im Sommer Polohemd unter dem Jackett, im Winter Rollkragenpullover, alles sportlich, leger. Seit einiger Zeit schneide ich mir auch die Haare aus Ohren und Nase. Ich achte jetzt mehr auf mein Äußeres. Ich finde, ich sehe passabel aus. Eigentlich könnte Yvonne das alles als ihren Erfolg verbuchen. Aber aus ihrer Sicht ist das nicht genug, es ist mit mir in der Yuppie-Lounge noch immer kein Staat zu machen. Insofern ist Yvonne mit ihrem Versuch, mich in ihre fashionable Moderne zu beamen, gescheitert. Ist das ein Grund, einen anderen zu küssen? Wieso verheimlicht sie mir das? Wieso macht sie nicht reinen Tisch? Natürlich fühle ich mich hintergangen, betrogen – wenn es wahr ist. Wer ist überhaupt dieser Kerl? Vielleicht hat sich Oda das nur aus den Fingern gesaugt, vielleicht ist alles nur ein Missverständnis. Aber Tatsache ist, Yvonne und ich haben uns nichts mehr zu sagen. Es ist alles gesagt. Da gibt es nichts mehr zu entdecken, nichts, worauf wir beide noch neugierig wären. Aber das ist doch kein Grund in Odas faltig gewordene Arme zu sinken.

Ich spüre, wie mir der Alkohol in Wallungen Hitze aus den Poren treibt, ich bin schweißnass. Ich reiße die Bettdecke runter und liege nackt. Ich spüre meinen Puls in der Brust. Ich versuche langsam und ruhig zu atmen, will mich endlich in den Schlaf sinken lassen, drehe mich auf die Seite, was das Atmen erleichtert, und beginne eine irre Fahrt mit der Geisterbahn. Von grenzenloser Müdigkeit und wirren Bildern geplagt, wälze ich mich hin und her.

Ich sehe meinen alten Vater wütend aufstehen und alleine aufs Klo tapern. Während er zornig meine Hilfe ablehnt, öffnet Oda die Klotür und bittet ihn herein – sie steht schamlos nackt und lacht. Guni stürzt sich auf mich und beißt mir wild ins Ohr. Frau Ettling tanzt mit zickigen Bewegungen einen Cancan durch unser Wohnzimmer, dabei hebt sie ihren Rock weit hoch über ihre dürren Beinchen bis zur nackten Scham, und es ist Stephan, der mich zwischen ihren Beinen angrinst. Yvonne knutscht in einer Ecke mit einem tätowierten Preisboxer und Oda, plötzlich vor mir auf den Knien, versucht meinen Hosenstall aufzuknöpfen, während meine Mutter in einer Ecke sitzt, mich mit ihren großen Augen ansieht und missbilligend den Kopf schüttelt.

Als ich aufwachte, war es Mittag. Mir brummte der Schädel. Den gemeinsamen Friedhofsbesuch hatte ich bereits verpennt. Ich rief Armin im Büro an, sagte, dass es mir leid täte, aber ich könnte heute nicht kommen – er wisse ja, ein Trauerfall in der Familie, mein Vater. Armin zeigte Verständnis, meinte, ich sollte versuchen Abstand zu gewinnen. Dann ging ich in die Küche, um mir einen starken Kaffee zu kochen. Abstand zu was, zu wem? Ich habe doch immer Abstand gehalten ... vielleicht zu viel.

Halleluja Irrwahna!

Ich war durch die Innenstadt gebummelt, hatte im Café in der Schirn einen Cappuccino getrunken – für 4 Euro! – und dann bei Zweitausendeins herumgestöbert, aber nichts gefunden, was mich wirklich interessierte. Bei den Büchern immer noch viel Esoterik-Scheiße und in der Musikabteilung nur unbekannte Namen, Gruppen, von denen ich nie etwas gehört hatte. Ich musste feststellen, dass ich völlig out war, keine Ahnung hatte von den aktuellen Trends jenseits des Hit-Paraden-Kommerzes und der Techno-Bässe, mit denen uns diese Gute-Laune-Moderatoren von morgens bis abends die Ohren zudröhnen. Die aktuelle alternative Musik-Szene war nicht nur ein weißer Fleck, sie ging mir einfach nicht ins Ohr. Ich hatte musikalisch den Faden zur Gegenwart verloren. Was ich noch kannte, war altes Zeug, in die Jahre gekommen, aufpolierte Oldies für Nostalgiker wie mich. Alles nur noch auf CDs. Meinen Dual Plattenspieler konnte ich samt meiner altehrwürdigen LP-Sammlung getrost auf den Müll werfen. Enttäuscht verließ ich den Laden. Es war kurz vor achtzehn Uhr, ich lief hinüber zur Berliner Straße, dann Richtung Battonstraße zum Reisbüro El Mundo, wo Yvonne arbeitete. Ich ging langsam auf der gegenüberliegenden Straßenseite, suchte einen geeigneten Blickwinkel, um unbemerkt den Eingang des Reisebüros beobachten zu können. Schließlich postierte ich mich hinter einigen parkenden Autos vor dem Schaufenster eines Elektronik-Ladens. Es war, wie immer freitags, noch viel Betrieb auf der Straße, zumal das Wetter warm und teilweise sonnig war. Viele Einkaufsbummler und Geschäftsleute strömten zum Platz an der Paulskirche und hinunter zum Römer, um dort in den Restaurants und Cafés im Freien herumzusitzen.

Ob noch Kundschaft im Reisebüro war, konnte ich nicht erkennen, auch Yvonne war nicht zu sehen. Die Schaufensterscheibe war zugeklebt mit bunten Sonderangeboten, Flugreisen nach Mallorca, Tunesien und Ägypten. Noch fünf Minuten, dann war Ladenschluss. Ich drehte mir eine und beobachtete den Eingang des El Mundo. Ein bisschen kam ich mir wie ein CIA Agent vor. Leider war mein Auftrag weniger spektakulär, der Grund ein ganz privater. Ich wollte es einfach wissen. Eigentlich war dieses Wochenende unser gemeinsames Wochenende – wie verabredet. Wir hatten noch nicht gewusst, was wir unternehmen würden, hatten keine konkreten Pläne geschmiedet. Wir wollten das spontan entscheiden. Ich hatte mich auf dieses Wochenende mit Yvonne eingestellt, hatte mich gefreut – trotz allen Misstrauens, das tief in meinem Inneren still und heimlich nagte, seitdem Oda mir ihre Giftspritze injiziert hatte. Dann Yvonnes Anruf. Schon am Donnerstagabend. Ihre Absage. Es tue ihr leid, aber sie könne nicht, nicht dieses Wochenende. Ihre Absage wäre eigentlich nichts Ungewöhnliches gewesen. Es kam in den vergangenen Monaten gelegentlich vor, dass einer von uns beiden das bereits abgemachte Treffen platzen ließ, verschob. Einer näheren Begründung oder gar Rechtfertigung hatte es dabei nie bedurft. Der Satz *Du, ich kann leider nicht* reichte völlig aus. Weder sie noch ich fragten je nach. Es gab da kein Misstrauen, wir wussten beide, dass es für jeden von uns noch ein Leben außerhalb unserer Beziehung gab. Eine andere, private Sphäre, die wir beide tolerierten, die nichts mit uns beiden zu tun hatte. Aber jetzt war es anders. Das Gift wirkte. Und deshalb stand ich hier etwas kindisch und plötzlich doch nervös vor Yvonnes Reisebüro, um sie auszuspionieren. Ich wollte wissen, was sie tut, wenn sie den Laden verlässt. Ja, ich bespitzelte sie. Es war albern, aber ich wollte Fakten, bevor ich sie zur Rede stellte. Vielleicht war an der ganzen Sache ja nichts dran. Ich wollte mich nicht lächerlich machen. Ich traute Oda nicht. Während ich an meiner Zigarette zog und unauffällig die Digital-Kameras im Schaufenster des Geschäfts auf meiner Seite zu betrachten vorgab, schaute ich in Wirklichkeit auf den Eingang des Reiseladens, der sich im Schaufensterglas des Fotogeschäfts spiegelte. Natürlich hatte ich mich genau umgesehen. Wer weiß, vielleicht stand ja dieser Typ mit breiten Schultern und Waschbrettbauch auch hier herum und wartete. Aber es war niemand zu sehen, der ebenso taten- und sinnlos herumlungerte wie ich, einer, der es sein könnte, der auf Yvonne wartete, um sie abzuholen. Rings um mich her war alles in Bewegung. Nur zwei verdächtige Turnschuh-Türken kamen zweimal an meinem Posten vorbei, blieben stehen, besahen sich die teuren Apparate im Fotogeschäft, diskutierten. Dann verschwanden sie wieder. Gleich um die Ecke in der Fahrgasse hatte ich Yvonnes geparkten Golf entdeckt. Sie war also mit dem Wagen da. Aber vielleicht wurde sie trotzdem abgeholt. Noch eine Minute. Plötzlich tauchte so ein Schönling auf, Typ Latin-Lover, mit heller, sandfarbener Hose und beigem Jackett, das wetgelnasse Haar straff nach hinten gebürstet. Er überquerte hinter meinem Rücken die Straße. Da ich ihn nur von hinten sehen konnte, war nicht zu erkennen, ob er Krawatte trug oder das Hemd offen hatte, womöglich mit Goldkettchen. Ich schätzte ihn so um die dreißig. Er ging betont locker, schlenkerte ausladend mit seinen Armen und spielte mit seinem Schlüsselbund in der Hand. Als er das Reisebüro erreichte, stoppte er seinen Elan, blieb stehen und sah sich die Angebote an. Zur gleichen Zeit kam Yvonne aus der Tür mit zwei Frauen im Schlepptau. Die eine hatte hellblond gefärbte Haare, die andere, etwas Ältere, war tizianrot, ihre Chefin. Der Dandy taxierte diesen Auftritt aufgemotzter Weiblichkeit reflexartig, vermutlich mit Speichelfluss im Mund wie ein Pawlowscher Hund. Die Blonde reagierte sofort, warf ihm einen zu eindeutigen Blick zu und lächelte keusch wie ein Schulmädchen. Wenn er gewollt hätte, ich bin sicher, er hätte sie gleich abschleppen können. Yvonne hat mir von dieser Kollegin erzählt. Sie ist immer hungrig nach Zärtlichkeiten und wird nie satt. Yvonne und ihre Chefin ignorierten den Burschen. Er ging weiter, war es also nicht. Die Chefin zog das Gitter herunter und schloss ab. Die drei Frauen verabschiedeten sich lachend und mit Handzeichen. Während die Blonde zusammen mit der Chefin in Richtung Paulskirche ging, eilte Yvonne zu ihrem Wagen. Ich wartete einen Moment, wollte von den beiden Kolleginnen nicht erwischt werden, und lief dann Yvonne hinterher zur Ecke Fahrgasse. Sie bugsierte gerade den Wagen aus der Parklücke und gab Gas. Zum Glück kam aus der Battonstraße ein Taxi. Ich lief mitten auf die Straße und gab wilde Zeichen. Fast wäre ich auf der Kühlerhaube des Taxis gelandet. Ich riss die Seitentür auf.

„Folgen Sie dem roten Golf da vorne, schnell!"

„Wir sind doch nicht in Hollywood", sagte der Taxifahrer mit vollem Mund. Er blockierte mit seinem Wagen den Verkehr, die Autos hinter ihm fingen an zu hupen.

„Das ist meine Freundin. Ich hab sie verpasst. Fahren Sie los!"

„Mach ich nicht. Kann ja jeder kommen. Steigen Sie aus!" Seelenruhig biss er in seinen Apfel.

„Arschloch!" Ich stieg aus und knallte die Tür zu. Ich war wütend. Das Taxi brauste mit quietschenden Reifen davon. Der Fahrer des nachfolgenden Wagens zeigte mir den Vogel. Ich streckte ihm die Zunge heraus. Am meisten ärgerte ich mich über meinen Dilettantismus. An eine mögliche Verfolgung hatte ich überhaupt nicht gedacht. Yvonnes Golf war längst verschwunden.

Ich war ein Idiot und ich wusste nicht, was ich jetzt tun sollte. Ich konnte mit der U-Bahn Yvonne hinterher nach

Ginnheim fahren. Und dann? Vielleicht war sie ja gar nicht zur ihrer Wohnung gefahren, sondern gleich zu diesem ominösen Boy. Dann stand ich dumm vor ihrer Tür und wusste auch nicht weiter. Vielleicht holte er sie ja zu Hause ab? Aber wann? Sicher würden sie irgendwo essen gehen und danach – so, wie wir es auch immer getan hatten – gegen zehn Uhr nach Hause kommen, ein Glas Wein trinken und dann ihren Spaß haben. Ich konnte sie in flagranti ertappen und würde beide verprügeln. Was aber, wenn sie nicht zu Yvonnes Wohnung, sondern zu ihm gingen? Es war lächerlich, weiter den Detektiv zu spielen. Ich musste irgendwie auf andere Weise herausfinden, ob an der Sache was dran war oder nicht. Aber wie?

Ich stand gerade unter der Dusche und holte mir einen runter, als das Telefon klingelte. Es war Sonntagvormittag und ich hatte mich auf einen ruhigen, entspannten Tag eingestellt. Ich wickelte mir mein Handtuch um die Hüften, unter dem mein noch steifes Glied sperrig hervorlugte. Es war Stephan.

„Hallo, Paps. Ich bin's. Wie geht's dir?" Er war munter wie immer.

„Na ja, könnte besser gehen."

„Oda hat mir alles erzählt. Sie ist stinksauer."

„Ich auch. Was hat sie dir denn erzählt?"

„Dass du sie geschlagen und rausgeschmissen hast."

„Hat sie dir auch gesagt, warum?" Ich sah zu, wie mein Glied langsam abschlaffte und sich unter dem Handtuch verkroch.

„Wollte ich gar nicht wissen. Ich misch mich da nicht ein. Aber toll find ich´s nicht."

„Dann sollten wir das auch nicht hier am Telefon erörtern."

„Sie sagt, du wärst auch sauer auf mich."

„Was heißt sauer? Ich mag es nicht, wenn man mich über Dinge im Unklaren lässt, die ich vielleicht wissen sollte. Ich will mich in deine Angelegenheiten nicht einmischen, hab ich nie getan. Aber du hättest es mir sagen können."
„Okay. Ich wollte dich nicht damit belasten. Du hattest genug um die Ohren. Vielleicht war es nicht richtig."
Ich war froh, dass er vernünftig blieb und keine Grundsatzdiskussion vom Zaun trat. Ich hatte nicht die Absicht, mich mit ihm zu streiten.
„Willst du sie mir nicht mal vorstellen? Ich bin schon neugierig."
„Deswegen rufe ich an. Wir ziehen am nächsten Mittwoch um. Kannst du mir beim Umzug helfen? Dann siehst du Chantal."
Wir machten einen Termin aus und verabschiedeten uns. Typisch, wenn sie Hilfe brauchen, dann melden sie sich. Immerhin, ich wurde gebraucht – als Möbelpacker. Vielleicht ergab sich eine Gelegenheit, mit Stephan alleine zu sprechen. Wenn, dann war er es, der Oda von der Knutschszene erzählt hat. Stephan kannte Yvonne flüchtig, hatte sie ein- oder zweimal bei mir getroffen, bei einem seiner Kurzbesuche. Was er von ihr hielt, wusste ich nicht. Wir hatten keine Gelegenheit darüber zu reden. Außerdem ging es ihn auch gar nichts an. Aber ich hätte schon gern gewusst, wo er Yvonne mit diesem Typen erwischt hatte. Ich würde ihn danach fragen.

Am Nachmittag fuhr ich mit der U-Bahn in die Textorstraße zu meiner Mutter. Wir tranken zusammen Kaffee und plauderten. Sie machte einen aufgeräumten Eindruck, erzählte mir von den vielen Dingen, die nun nach Vaters Tod zu erledigen waren, Umschreibungen der Konten auf ihren Namen, Versicherungs- und Pensionsregelungen, die leidige Erbschaftssteuer. Bei dieser Gelegenheit erfuhr ich, dass sie alleinige Erbin ist. Sie legte mir ein von meinem Vater mit zittriger Hand geschriebenes Testament vor, das auch von ihr als letzter Wille unterschrieben worden war, in dem beide sich gegenseitig als Erben eingesetzt hatten, vom Notar beglaubigt. Sollte eines von uns Kindern nach dem Tod eines Elternteils auf der Auszahlung des Pflichtteils bestehen, würde es nach dem Tod beider Elternteile auch nur auf das Pflichtteil gesetzt.

Um ehrlich zu sein, ich hatte überhaupt nicht daran gedacht, dass ich etwas erben würde. Ich brauchte nichts und spekulierte auf nichts. Aber dieses Schriftstück empfand ich in gewisser Weise doch als Demütigung. Es suggerierte, als wollten ich und meine Schwester meiner Mutter das letzte Hemd unter dem Hintern wegziehen. Ich nahm diese vom Amtsgericht zugesandten letzten Willen kommentarlos zur Kenntnis. Dann fing Mutter mit Vaters BMW an, der unten im Hof stand. Sie konnte nichts mit ihm anfangen, da sie nie einen Führerschein erworben hatte. Vater war ihr Chauffeur gewesen. Sie wollte das Ding loswerden. Ich hatte kein Interesse, versprach aber, mich darum zu kümmern, schlug eine Anzeige vor. Das lehnte sie ab, es sei ihr zu aufregend. Sie verstünde nichts von Autos, wollte nicht mit wildfremden Menschen feilschen. Ich schlug vor, mit Hanna und Wolfgang zu reden, eine Lösung würde sich finden lassen. All dieser Papierkrieg und die vielen Schreibereien beschäftigten sie so sehr, dass sie noch gar nicht richtig zum Bewusstsein gekommen war über ihre neue Situation. Irgendwann aber würde der Zeitpunkt kommen, an dem sie den Verlust von Vater und ihr verändertes Leben in Einsamkeit schmerzlich erfahren würde. Ich nahm mir vor, in dieser Hinsicht aufmerksam zu sein und mich mehr um sie zu kümmern. Oda und ich, wir gehören ja zu der Generation, die höchstwahrscheinlich von mürrischem und überfordertem Pflegepersonal gedemütigt und misshandelt in irgendeinem Altersheim einsam und alleingelassen verrecken werden, wenn uns nicht durch ein gnädiges Schicksal vorher der plötzliche Schlag trifft. Man kann es ja fast jeden Tag in den Zeitungen lesen wie gnadenlos in dieser Gesellschaft mit den Alten umgesprungen wird, die zu lange leben und nur immense Kosten verursachen. Aber wir dürfen uns nicht beklagen. Wir tragen Mitschuld an dieser menschlichen Kälte. Haben wir uns doch leidenschaftlich daran beteiligt, die spießige, enge, bürgerliche Kleinfamilie als Hort autoritärer Zwänge zu zertrümmern. Wir frei schwebenden Singles haben kein Recht nun zu jammern, wenn dereinst an unserem Sterbebett keine vertraute, geliebte Person unsere Hand hält, wenn wir ungetröstet den letzten Atemzug tun und ohne Trauerzug entsorgt werden.

Pünktlich wie abgemacht stand ich am Mittwochmorgen bei Stephan und Oda auf der Matte. Vor dem Haus parkte ein Kleintransporter von Inter-Rent, die Türen standen offen, Stephan hievte gerade eine schwere Bücherkiste auf die Ladefläche.

„Hi! Schön, dass du kommst." Er strahlte mich an und klopfte mir zur Begrüßung lässig auf die Schulter. Er sah gut aus. Unter seinem knappen alten T-Shirt, das er sich wohl extra für diese Arbeit angezogen hatte und das schon etwas löchrig war, spannten sich breite Schultern und eine kräftige Oberarm-Muskulatur. Ich hatte ihn schmächtiger in Erinnerung, offensichtlich trieb er Sport.

„Kann ich mit nach oben kommen?", fragte ich sozusagen vertraulich von Mann zu Mann.

„Keine Panik. Oda ist nicht da. Sie hat sicherheitshalber die Flucht ergriffen, ist gleich heute früh in die Praxis gefahren, als ich ihr sagte, dass du kommst, um mir zu helfen."

„Na, dann los!", sagte ich erleichtert.

Ich hatte noch nie Stephans Zimmer betreten, seit er mit Oda ins Westend gezogen war. Jetzt war es das erste Mal, aber es war eine Enttäuschung. Da beide zusammen in einer geräumigen und komfortablen Dachgeschosswohnung wohnten, hatte Stephans Zimmer eine schräge Wand, was den Raum gemütlich machte. Jetzt war allerdings von Gemütlichkeit keine Spur. Das Zimmer war zugestellt mit vollgepackten Gemüsekisten, hauptsächlich Bananen-Kartons vom Supermarkt, die Wände waren kahl und man konnte deutlich die Umrisse sehen, wo einige Poster und Regale an der Wand gehangen hatten. Schade, ich hätte gerne gesehen, wie Stephan sein Zimmer gestaltet, was er an den Wänden hängen gehabt hatte. Es sind ja die kleinen Gegenstände, der Wandschmuck, die Souvenirs und Sammelstücke in einer Wohnung, die wie ein Spiegel die Seele und das Gemüt ihrer Bewohner sichtbar machen. Hier war leider nichts mehr zu sehen. Stephans Jugendwelt, sofern sie hier noch existiert hatte, war abmontiert und ausgelöscht. Auf seinem Schreibtisch lag lediglich ein wellig gewordenes Foto-Poster, New York senkrecht von oben, so dass man nur die Dachspitzen der Wolkenkratzer und die Planquadrate der Blocks und die schnurgeraden Linien der Straßen sah, einzig vom Broadway diagonal durchkreuzt. Noch immer sein Traum, eine Reise nach New York, überhaupt in die USA. Natürlich hatte ich erwartet, Chantal hier zu treffen, aber sie war nirgends zu sehen.

„Wo ist Chantal?" wollte ich wissen.

„Du musst deine Neugier noch etwas zügeln. Sie ist in ihrer Wohnung und packt da. Wenn wir hier alles im Wagen haben, fahren wir zu ihr. Wir müssen dann sowieso noch einige Male hin und her pendeln. Sie hat ja richtige Möbel."

„Das kann ja heiter werden. Ob ich das durchhalte?"

„Das schaffst du schon, mein Alter."

„Hast du denn keine Kumpels an der Uni, die dir helfen können."

„Doch, schon. Aber ich wollte nicht. Die zwei, die in Frage kämen, hatten heute sowieso keine Zeit."

Eine seltsame Jugend, dachte ich, verkniff mir aber eine Bemerkung.

„Na, dann los!"

Wir transportierten erst die schweren und größeren Sachen gemeinsam die Treppe hinunter, den Schreibtisch, die Regalbretter, eine Kommode, zwei Sessel und einen niedrigen Tisch. Stephan war topp fit. Aber ich spürte deutlich, wie mir zwischendurch die Puste ausging und ich mich zusammenreißen musste, um keine Schwäche zu zeigen. Stephan bemerkte wohl meine Konditionsprobleme. Mehrmals auf halber Treppe fragte er mich, ob es denn noch ginge. Eine unsinnige Frage, es musste gehen. Ich konnte diesen schweren Schreibtisch ja nicht einfach auf der Treppe fallen lassen. Er war eben besorgt.

„Wo hast du denn deine Muckies her? Du warst doch früher so ein dünner Hering."

„Ich trainiere. Im Galaxy Fitness-Zentrum. Zweimal die Woche. Da, wo Oda auch ins Solarium geht. Sie hat mir mal einen Probe-Gutschein mitgebracht. Da bin ich hingegangen und es hat mir gefallen."

„Vielleicht sollte ich auch mal sowas machen, damit mein Bauch wieder straffer wird."

„Kann nichts schaden. Da sind viele alte Semester, die sich fit halten."

Ich ließ mir nichts anmerken, aber nach dieser Bemerkung war ich entschlossen, kein Fitness-Center aufzusuchen. Ich würde wieder öfter im Ost-Park joggen gehen.

„Was ist mit dem Schrank und dem Bett?", wollte ich wissen.

„Bleiben hier. Wir haben neue Möbel gekauft. Außerdem kann ich dann ja immer noch hier pennen, wenn ich will."
„Das klingt ja nicht sehr optimistisch."
„Nur in Notfällen. Es beruhigt Oda, wenn das noch irgendwie mein Zimmer bleibt."

Ich staunte über diese sensible Rücksichtnahme Stephans auf Odas Muttergefühle. In Wirklichkeit, glaube ich, hatte er in der neuen Wohnung einfach keinen Platz mehr für sein Junggesellen-Bett, oder – besser gesagt – keine Verwendung. Sicher hatten sie sich ein luxuriöses Schlafzimmer angeschafft, Doppelbett mit integriertem TV und Hausbar statt Nachttisch, schrecklich. Ich war gespannt, ob ich das Monstrum schon zu Gesicht bekommen würde.

Also kamen jetzt die Pappkartons mit Büchern und Krimskrams dran. Einer schwerer als der andere. Auf einer der vollgestopften Kisten sah ich zwei kleine Bilderrahmen mit Stützen zum Aufstellen. Als ich alleine war, drehte ich die Bilder um und sah sie mir an. Das eine zeigte mich in lockerer Haltung auf dem Eisernen Steg, im Hintergrund die Skyline von Mainhattan. Ich blickte mit einem etwas matten Lächeln in die Ferne, hinüber zum Museumsufer. Das Bild war mindestens zehn Jahre alt. Ich sah gut aus und hatte noch volles, dunkelbraunes Haar. Ich glaubte mich zu erinnern. Es muss auf dem Main-Ufer-Fest gewesen sein. Den Apparat hatte ich ihm zum Geburtstag geschenkt. Das andere Bild zeigte Stephan mit Oda Arm in Arm vor dem Pariser Eiffelturm. Beide grinsten in die Kamera, wie man das auf solchen Erinnerungsfotos so macht. Trotzdem ein ganz nettes Bild. Derjenige, der das Foto geknipst hatte, musste einer von Odas Lovern gewesen sein, sie waren damals zu Dritt in Paris gewesen. Aber wer das war, weiß ich nicht. Nur schön, dass sie mich nicht alle drei angrinsten. Auch dieses Bild war mindestens fünf Jahre alt. Als ich Stephan die Treppe heraufpoltern hörte, schob ich die Bildchen schnell wieder in die Kiste und machte mich mit meiner Last auf den Weg.

„Bald haben wir's geschafft", sagte Stephan und grinste, aber ich konnte deutlich erkennen, dass auch ihm der Schweiß auf der rot gefleckten Stirn glänzte. Als er mit seinem PC unten am Wagen ankam, wollte ich mir gerade eine drehen.

„Ein kleines Zigarettenpäuschen wär jetzt ganz schön", entschuldigte ich mich. Da griff Stephan in seine Gesäßtasche und zog eine Schachtel Marlboro heraus.

„Hier, nimm mal eine von mir", sagte er und hielt mir die Schachtel vor die Nase. Ich war baff.

„Seit wann rauchst du?"

„Nur, wenn ich Stress habe." Die Schachtel war fast leer. Wir setzten uns auf die Kante der Ladefläche und qualmten. Ein günstiger Augenblick.

„Hast d u Oda von Yvonne erzählt?"

„Hätt ich nicht tun sollen. War dumm von mir."

„Allerdings."

„Tut mir leid." Er inhalierte tief und blies dann den Rauch auf seine Knie.

„Und? Was ist dran an der Sache?"

„Willst du's wirklich wissen?"

„Ich denke, ich sollte es wissen."

„Eigentlich nichts Besonderes. Sie hat ihn zwei oder dreimal abgeholt. Und zur Begrüßung gab's halt Küsschen. Das war alles."

„Wen, wo?"

„Im Fitness-Zentrum, wo ich trainiere. Er ist einer der beiden Besitzer, so ein durchtrainierter, schwarzhaariger Typ mit 'ner Tätowierung auf dem Oberarm. Alle nennen ihn Blacky."

„Die Sache war eindeutig?"

„Ja. Er hat sie förmlich in seine Arme gerissen. Ich glaube, er mag es, wenn andere zuschauen."

„Hat Yvonne dich gesehen?"

„Konnte sie nicht. Ich lag gerade unter einer der Maschinen ganz hinten im Raum."

„Okay", sagte ich und schnickte meine Kippe in den Rinnstein. „Dann lass uns loslegen."

Ich staunte über Stephans Ruhe und Sachlichkeit, seine coole Haltung imponierte mir. Er ist erwachsen geworden.

„Willst du ihn umbringen?", fragte er, als sei es das Selbstverständlichste von der Welt.

„Nur ihn? ... Beide! Erschießen. Sie haben es verdient", erwiderte ich ruhig und ernst.

Stephan sah mich kurz an, unschlüssig, wie ernst es mir war, aber er sagte nichts weiter.

Wir sprangen von der Ladefläche und Stephan schloss die Türen.

„Und Oda und du?", fragte er.

„Ich hab mich entschuldigt."

„Vielleicht solltet ihr doch noch mal miteinander reden." Er ging vor zur Fahrerkabine, schwang sich auf den Sitz und startete den Motor.

Eine Weile fuhren wir schweigend. Dann wollte ich uns auf andere Gedanken bringen.

„Erzähl mir was von Chantal! Muss ich mich benehmen?"

„Ich bitte darum." Er überlegte einen Moment, dann erzählte er. „Also, ihre Mutter ist Französin und arbeitete bei Dupont in der Vertriebsabteilung, da hat sie auch ihren Vater kennengelernt. Der war da Manager. Sie sind schon lange geschieden. Die Mutter lebt jetzt in Nancy, glaube ich. Der Vater in München. Chantal hat kaum Kontakt zu ihnen."

Also auch ein Trennungsopfer, dachte ich. Da haben sich ja die zwei Richtigen gefunden.

„War sie schon verheiratet?", wollte ich wissen.

„Nein."

„Und ihr?"
„Wir werden heiraten. Wenn es soweit ist, werde ich dich informieren. Aber bitte keine Anspielungen in diese Richtung."
Ich wusste nicht, was ich ihn noch fragen konnte, ohne ins Fettnäpfchen zu treten. Außerdem würde ich diese Chantal sowieso gleich kennenlernen.
„Ich glaube, du würdest dich mit ihr ganz gut verstehen", sagte Stephan und zündete sich schon wieder eine Marlboro an. Ich nahm auch eine.
„Wieso würde?"
„Na ja, wenn du Gelegenheit hättest, sie näher kennenzulernen. Aber wir sind ja keine richtige Familie."
Diese Bemerkung kam unerwartet, versetzte mir einen Stich. Ich glaubte, einen gewissen Tadel herauszuhören, einen vorwurfsvollen Ton, der neu war. Ich schwieg und überlegte, was er damit wirklich sagen wollte. Krochen da zwei trennungsgeschädigte, verwundete Wesen in ein gemeinsames Nest, um vor der kalten und lieblosen Welt Schutz zu suchen? Nein, das passte nicht zu Stephan. Aber wer weiß, unter welchem Einfluss er bei Chantal stand?
„Und warum, meinst du, würden wir uns verstehen?", wollte ich wissen.
„Weil sie viel Bücher liest, sich für Kunst und Philosophie interessiert. Sie hat romanische Sprachen studiert, Französisch und Spanisch. Nebenbei macht sie übrigens Übersetzungen."
„Also eine Intellektuelle?"
„Genau. Aber nicht nur." Stephan grinste. Er war wieder der Alte.
Wir fuhren den Reuter Weg hinauf, dann rechts ab. Ich kannte die Gegend nicht. Stephan hielt vor einem dieser gesichtslosen Nachkriegsblocks, die in die Bombenlücken gequetscht worden waren und hupte kurz. Aus einem

Fenster im zweiten Stock sah ich kurz einen Arm winken. Stephan und ich stiegen aus.

Chantal war ein kleines, zierliches Persönchen mit schmalem Gesicht und schmaler Nase, auf der eine modische, popfarbene Brille saß, die ihr gut stand. Sie hatte große braune Augen und braune Haare, die sie ganz kurz und zerrupft trug. Kurz, sie ist eine hübsche, ja aparte Person, die ich nicht älter als sechsundzwanzig geschätzt hätte. Sie trug alte Jeans und ein rotkariertes Hemd. Irgendwie erinnerte sie mich an Isabelle Adjani. Insgeheim bewunderte – oder beneidete? – ich Stephan. Er hatte Geschmack.

Wieder bugsierten wir die schweren Sachen zuerst die Treppen hinunter. Chantal besaß einige alte Möbel, Erbstücke von ihrer Großmutter, wie sie erklärte, durchaus kostbare Einzelstücke, ein Rokoko-Tischchen mit zierlich geschwungenen Beinen, einen Schreibsekretär mit Intarsien verschiedener Edelhölzer, eine bauchige Empire-Kommode und eine große Standuhr mit Pendel. Alles andere, die Couchgarnitur, Lampen, Schränke und Bücherregale waren modern, aber geschmackvoll in Form und Farbe, sofern ich das in dem augenblicklichen Durcheinander erkennen konnte. Es war offensichtlich, Chantal hatte Stil und Kultur. Sie war Stephan zur Begrüßung um den Hals gefallen und streckte dann mir ihre Hand entgegen, lächelte und schwieg, während gleichzeitig eine leichte Röte über ihre Wangen huschte. Stephan stellte uns etwas ungeschickt vor, sie mit ihrem Vornamen, *das ist Chantal ... und das, das ist mein Vater*, meinen Namen nannte er nicht. *Winkler*, stellte ich mich selbst vor. Ich wollte nicht gleich aufgesetzt kumpelhaft wirken und ihr das Du aufnötigen. Trotz dieser kleinen rosa Wolke, die über ihr Gesicht flog, machte sie einen unbefangenen und selbstbewussten Eindruck. Patent hatte sie alles geordnet und gab uns nun Anweisungen, wie sie es für sinnvoll hielt. Dabei dirigierte sie nicht nur die Reihenfolge der Möbel, sondern sie dirigierte zugleich Stephan und auch mich, freundlich aber bestimmt: *Bitte, das zuerst, mein Schatz! Nimm das lieber später! Können wir jetzt erst die Stühle runterbringen? Vergiss nicht das Badezimmer-Schränkchen!* Und Stephan tat folgsam, was sie ihm auftrug. Es war offensichtlich, er war verknallt in sie. Als der Wagen bis oben hin vollgestopft war, hatten wir knapp die Hälfte ihrer Sachen verstaut. Wir würden also höchstwahrscheinlich noch zweimal hin und her fahren müssen. Dann ging's los zur neuen Wohnung.

Wir bogen auf die Eschersheimer Landstraße Richtung Norden ein. Auf der Höhe des Dornbuschs ging es dann rechts ab, in eine der Seitenstraßen. Schließlich hielt Stephan vor einem der neuen, modischen Appartementhäuser, die sich jetzt überall in den Wohnvierteln zwischen alten Villen und Bürgerhäusern einnisteten. Helle, offene Fassade mit großen Glasfenstern, davor Stahlkonstruktionen, die schräg geschnittene Balkone trugen, nicht hässlich, aber nicht in diese Gegend passend. Die Wohnung war sehr geräumig, hatte vier Zimmer. Ich staunte. Für jeden war ein Arbeitszimmer vorgesehen, ein gemeinsames Schlafzimmer, ein Wohnzimmer und Küche und Bad. Etwas zu üppig, wie ich fand. Und ich fragte mich, was diese Wohnung wohl kostete, und vor allem, wie die beiden sie bezahlen wollten. Die Wände waren in verschiedenen Pastelltönen farbig gestrichen, auch alles andere frisch und neu, tipp-topp. Wir schafften also die Sachen hoch in die Wohnung, wieder im Schweiße unseres Angesichts. Wie sich herausstellte, hatte Chantal schon ganz klare Vorstellungen, wo was zu stehen habe. Nur in dem ihm zugedachten Arbeitszimmer hatte Stephan freie Hand, aber noch kein Konzept. So landete sein Kram erst mal wahllos in der Mitte des Zimmers zu einem Berg aufgetürmt. *Das mach ich dann schon,* war Stephans mehrfacher Kommentar. Ins Schlafzimmer der beiden wurden lediglich zwei Matratzen und Bettzeug in eine Ecke geschafft, ein provisorisches Lümmel-Lager auf dem Boden. Die bestellten Schlafzimmermöbel sollten in den nächsten Tagen geliefert werden, so dass ich leider keine Vorstellung davon bekam, wie ihr Himmelreich aussehen würde.

Nach der zweiten Fuhre, es war bereits Mittag geworden, waren wir alle ziemlich erschöpft, außerdem hungrig und durstig. Wie versprochen, machte sich Stephan auf den Weg, drei Pizza und Getränke zu besorgen. Ich blieb bei Chantal. Wir setzten uns auf den Boden, machten ein Päuschen, ich rauchte. Auf einer der Bücherkisten lag Michel Houellebecqs gerade erschienener Roman *Elementarteilchen*, eine grandios-zynische Analyse der politischen und sexuellen Irrungen und Wirrungen meiner Generation und Feuilleton-Futter der letzten Wochen. Ich nahm das Buch in die Hand und blätterte darin.

„Haben Sie es schon gelesen?", fragte ich Chantal.

„In drei Nächten. Ich habe es verschlungen."

„Und Ihr Urteil?"

„Ich weiß jetzt, warum die Generation meiner Eltern, Ihre Generation, gescheitert ist."

„Und Sie und Stephan werden es besser machen?"

„Wir werden die Fehler unserer Eltern nicht wiederholen", sagte sie kess und blickte mich an.

„Das haben wir damals auch geglaubt. Mit einer vernichtenden Radikalität, die unsere Eltern verschreckte."

„Wir erschrecken niemanden", antwortete sie lächelnd, „und wir vernichten niemanden. Das haben Sie schon selbst besorgt. Es ist doch nichts übrig geblieben."

Das Gespräch wurde anstrengend. Ich wusste nicht genau, was sie mir damit sagen wollte. Aber ihre Offenheit verblüffte mich. Mir war nicht ganz klar, ob dieses kluge und schöne Weibchen ganz allgemein von meiner Generation sprach, oder ob sie bewusst von mir und Oda und womöglich von ihren Eltern geredet hatte. Sprach aus ihrer

Kritik vielleicht die Erfahrung eines gebrannten Kindes? Redete sie von sich und Stephan? Oder waren das nur intellektuelle Reflexionen auf den Wellen des Zeitgeistes. Blessuren konnte ich jedenfalls keine erkennen.

„Sie werden vielleicht nicht unsere Fehler wiederholen", versuchte ich zu kontern, „aber sie werden ihre eigenen machen."

„Wahrscheinlich. Aber ist das ein Grund, es nicht zu versuchen?"

„Ach, Sie haben Camus gelesen?"

Sie stutzte einen Moment, dann lachte sie laut.

„Ich bin Romanistin. Jetzt will ich auch eine von Ihren Selbstgedrehten."

Sie wurde mir immer sympathischer. Aber ich musste auf der Hut sein. Ich wollte nicht, dass sie mich für ein Arschloch hielt. Zum Glück kam Stephan zurück, nassgeschwitzt und vollgepackt mit Pizza und Fanta-Dosen.

„Habt Ihr euch vertragen?", wollte er wissen, während er die Sachen austeilte.

„Bestens", sagte Chantal schnell, bevor ich etwas sagen konnte und strahlte mich an.

Wie ich Stephan so vor mir sah, völlig außer Atem, zerstrubbelt und jungenhaft, kam er mir auf einmal so ahnungslos und schutzbedürftig vor. Ich war sicher, er liebte Chantal mit Haut und Haaren wie ich damals Oda. Aber ich war nicht sicher, ob er ihrem intellektuellen Esprit auf Dauer gewachsen war und ob er ihr genügte. Jedenfalls hatte er Houellebecqs *Elementarteilchen* nicht gelesen.

Im Bistro in der Bergerstraße war nicht viel los. Ein paar Burschen vom Bau hingen an der Theke und kippten ihr Weizenbier. Versteckt hinter der Tür in der Ecke saß eine ganz flotte, reifere Dame mit hellblonden Strähnchen im dunklen Haar. Sie las in der Rundschau. Vor ihr auf dem Tisch ein Cappuccino. Ich war ziemlich groggy nach der ganzen Möbelschlepperei und ich hatte Durst. Stephan hatte mir angeboten, mich mit Chantals kleinem Peugeot nach Hause zu fahren, aber ich hatte es vorgezogen, alleine mit der U-Bahn zurückzufahren. Mir ging zu viel im Kopf herum, ich wollte alleine sein, ein bisschen Luft holen. Und ich hatte Lust auf ein großes Hefe-Weizen. Die Dame blickte kurz hoch und sah zu mir herüber, eher beiläufig. Ich lächelte sie an. Sie lächelte zurück, vertiefte sich aber dann wieder in ihre Zeitung.

Die Sache mit Yvonne war also zu Ende. Sie musste nur noch zu einem Abschluss gebracht werden. Ich war gespannt, wie sie sich aus der Affäre ziehen würde. Meinerseits der feste Entschluss, die Angelegenheit zu beenden. Aber wie? Im Spiegel hinter der Bar konnte ich sehen, wie die Dame gelegentlich von ihrer Zeitung aufsah und wieder zu mir herüber blickte, nur flüchtig, nicht so, als hätte sie irgendwelche Absichten. Stephan hatte wahrscheinlich Recht, ich würde mich mit Chantal blendend verstehen, in jeder Hinsicht. Vor allem, sie ist zu alt für ihn. Mir war nicht klar, warum sie sich einen so jungen Burschen geangelt hatte. Und dann gleich heiraten ... unmöglich. Chantal ist in einem Alter, wo man sich entscheiden muss, ob man noch Kinder will. Ich bin sicher, sie will Kinder, und es gibt keine Indizien, dass Stephan etwas dagegen hätte. Im Klartext heißt das, entweder sie gibt ihren Job auf, oder Stephan spielt den Babysitter. Er ist noch Student! Das wird ihn einige Semester kosten. Plötzlich fiel es mir wie Schuppen von den Augen: Wozu sonst diese riesige Wohnung? Natürlich, sie planten bereits Familiennachwuchs ein. Wozu sonst der feste Entschluss zu heiraten. Und Stephans Gerede von *richtiger Familie!* Höchstwahrscheinlich ist Chantal bereits schwanger. Ist Stephan sich überhaupt im Klaren darüber, worauf er sich da einlässt? Wenn Chantal fünfzig ist, dann ist Stephan gerade achtunddreißig, zwei Jahre älter als sie jetzt. Da ist der Lack ab. Unmöglich. *Wir werden die Fehler unserer Eltern nicht wiederholen.* Sie waren im Begriff, genau das zu tun. Die Katastrophe ist bereits vorprogrammiert, die gleiche Katastrophe wie bei Oda und mir. Und überhaupt ... Oda ... was sagt sie denn dazu? Was weiß sie, was ich nicht weiß? Sie hat doch Verantwortung als Mutter und Psychologin. Sie muss doch wissen, dass sich Stephan damit sein Leben versaut ... so, wie wir unseres versaut haben. Es ist verrückt. Haben denn alle den Verstand verloren? Am liebsten wäre ich gleich jetzt hinausgerannt, mit der U-Bahn zurückgefahren, die Treppe hinauf gestürmt, hätte wie ein Stier die Tür ihrer Wohnung eingetreten, um Stephan aus der Höhle dieser Circe zu befreien. Stattdessen bestellte ich noch einen doppelten Brandy. Ich brauchte jetzt diese brennende, heiße Betäubung, um nicht völliger Verzweiflung und ohnmächtiger Wut anheim zu fallen. Womit hatte ich all das verdient? Welche Schuld hatte ich auf mich geladen, dass diese Schicksalsschläge mich mit solcher Wucht trafen? Ich fühlte mich unschuldig schuldig. Ja, es ist eine Tragödie. Und plötzlich wurde mir klar: Ich habe mein Leben nicht mehr im Griff. Ich habe es nicht im Griff, weil andere das ihre nicht im Griff hatten. Ja, ich war das unschuldige Opfer der Dummheiten anderer.

Die Dame in der Ecke hatte die Zeitung weggelegt, schaute etwas planlos und gelangweilt in die Gegend und suckelte die letzten Tropfen ihres Cappuccinos aus der Tasse. Ich kippte meinen Doppelten herunter und bestellte bei Mario noch zwei Brandy.

„Bitte an den Tisch der Dame da hinten!" Mario grinste dämlich, aber er hatte verstanden. Ich rutschte von meinem Hocker und ging an den Tisch der Dame.

„Gestatten Sie, dass ich mich zu Ihnen setze?", fragte ich mit allem Softie-Charme, der mir zur Verfügung stand. „Ich brauche jetzt jemanden, mit dem ich ein paar vernünftige Worte reden kann."

„Bitte!", sagte sie und bot mir mit einer Handbewegung den freien Stuhl an. „Aber bloß keine Verzweiflungsnummer. Ich bin keine gute Seelentrösterin."

„Keine Angst. Nur ein paar Fragen zwischen zwei erwachsenen Menschen. Sie brauchen nicht zu antworten, wenn Sie nicht wollen. Aber ich wäre dankbar, wenn Sie mir helfen könnten, über einiges Klarheit zu erlangen."

„Das hört sich ja spannend an."

„Sind Sie verheiratet?"

„Nein."

„Geschieden?"

„Ja. Aber das geht dich eigentlich nichts an."

„Ich weiß, ich weiß. Es dient nur der Klarheit." Dass sie mich einfach duzte, fand ich frech, aber es gab mir Mut.

„Kinder?"

„Ja."

„Wie alt?"

„Meine Tochter ist dreißig, mein Sohn dreiundzwanzig."

„Hervorragend, dann sitzen wir im gleichen Boot." Mario brachte die beiden Brandy an unseren Tisch.

„Was würden Sie tun, wenn Ihr Sohn eine Frau heiraten will, die elf Jahre älter ist als er?"

Sie nippte an ihrem Brandy und überlegte.

„Der Mann meiner Tochter ist so alt wie ich. Sie haben zwei Kinder und sind, wenn ich es richtig sehe, nicht unglücklicher als andere. Natürlich war ich dagegen. Ich habe hysterisch reagiert, sie für verrückt erklärt. Ich habe alles daran gesetzt, diese Liaison zu verhindern. Ich wollte nicht, dass meine Tochter sich ins Unglück stürzt. Das Ergebnis war vier Jahre Funkstille. Sie hat sich aus meinem Leben verabschiedet. Die Einzige, die unglücklich war, war ich. Als Oma wurde ich dann wieder gebraucht."

„Also können wir die Fehler unserer Kinder nicht verhindern?"

„I c h habe einen Fehler gemacht. Aber das habe ich erst nach vielen Jahren eingesehen. Es ist sinnlos, sich einzumischen. Egal, was wir tun, es ist immer das Falsche."

„Und wenn es schief gegangen wäre? Wenn es so gekommen wäre, wie Sie es befürchtet hatten?"

„Ich glaube, Kinder haben das Recht auf ihre eigenen Fehler. Nur so können wir von ihnen verlangen, uns unsere Fehler zu verzeihen."

„Sehr weise. Sind Sie Philosophin? Oder womöglich Psychologin?"

Sie lachte.

„Nee, das bin ich weiß Gott nicht. Die Erkenntnis über das, was falsch und was richtig ist, kam bei mir immer erst hinterher. Ich musste für meine Weisheit immer Lehrgeld bezahlen. Sonst wäre mein Leben zu einfach." Sie kippte den Rest des Brandys mit einem Zug hinunter und sah mich an. „Darf ich jetzt dir eine Frage stellen, Jonas?"

Ich zuckte zusammen. Woher kannte sie meinen Vornamen? Ich versuchte, mir nichts anmerken zu lassen und tat so, als hätte ich diese Vertraulichkeit nicht bemerkt.

„Ja, bitte."

„Hast d u je auf deine Eltern gehört?"

„Sie haben Recht. Es gab Zeiten, da habe ich genau das Gegenteil von dem getan, was sie von mir erwarteten. Aus purer Opposition."

„Siehst du, das habe ich sagen wollen. Wir sind immer blind, was die Zukunft angeht. Erst die Vergangenheit öffnet uns die Augen dafür, was ein Irrtum, eine falsche Entscheidung war. Und du, du bist auch blind, sonst hättest du mich erkannt."

„Kennen wir uns?" Ich war irritiert, wusste nicht, ob sie ein Spiel mit mir trieb.

„Kennen ist zu viel gesagt. Aber ich weiß, wer du warst. Es ist schon lange her, aber ich habe dich gleich wiedererkannt. Du mich offensichtlich nicht."

Es stellte sich heraus, dass wir zusammen die gleiche Tanzstunde besucht hatten. Ich konnte mich nicht erinnern. Sie behauptete, einige Male mit mir zusammen getanzt zu haben, wenn Damenwahl war. Sie hätte mich angehimmelt, aber ich hätte sie überhaupt nicht wahrgenommen. Ich sei nur hinter der Tanzstundenpartnerin meines Schulfreundes Holger her gewesen, einer gewissen Susanne. Meine eigene Tanzstundenpartnerin, Sabine, ihre Freundin, hätte ich auch sträflich vernachlässigt. Sabine hätte sich jedes Mal bei ihr ausgeheult, sei verzweifelt gewesen, dass es bei mir nicht funkte. Sie selbst hätte sich insgeheim darüber gefreut, sei so blöd gewesen, sich auch Hoffnungen zu machen. Falsche Hoffnungen. Ich sei stur gewesen.

Von all dem, was sie da sagte, tauchte nicht der geringste Schimmer einer Erinnerung in mir auf. Pubertäre Tragödien, von denen ich keine Ahnung hatte. Wahrscheinlich, weil wir Jungen die Tanzstunde plötzlich doof fanden, lieber auf unseren Partys mit Kalter Ente oder Ananas-Bowle Rock and Roll tanzten als die Grundschritte von Walzer und Foxtrott zu üben.

„Lauter verpasste Chancen also? Ich wusste gar nicht, dass ich so begehrt war." Es war mir auf einmal peinlich, dass ich so ein Ignorant gewesen sein sollte. Fast hätte ich mich bei ihr entschuldigt. Sie meinte, alle Mädchen wären damals auf die Gagern-Schüler abgefahren. Die hätten als etwas Besonderes gegolten, was natürlich Quatsch war. Ihr Trost sei gewesen, dass ich bei Holgers Tanzstundenpartnerin genauso abgeblitzt wäre wie sie bei mir.

„Und was ist aus dieser Sabine geworden?"

„Sie lebt in Berlin mit einer Frau zusammen. Es hat lange gedauert, bis sie kapierte, dass sie lesbisch war."

„Dann haben wir ja beide nochmal Glück gehabt."

„Ja, aus heutiger Sicht. Im Nachhinein ist man eben klüger."

„Und wer bist du?" Die Frage war mir peinlich, aber ich wollte irgendwie nett sein.
„Du meinst, wie ich heiße?"
„Ja."
„Spielt das eine Rolle? Nach so vielen Jahren? Und nach der Abfuhr, die du mir erteilt hast?"
Ich wusste nichts darauf zu sagen. Mir war die ganze Situation peinlich.
„Siehst du", sagte sie und stand auf, „wir können die Vergangenheit nicht korrigieren ... und mit der Gegenwart wissen wir oft nicht umzugehen." Sie gab mir einen flüchtigen Kuss auf die Wange. „Danke für den Brandy", sagte sie noch, klopfte mir dabei altväterlich auf die Schulter, als wollte sie sagen *du wirst das schon schaffen, Alter* und ging.

Ich habe viel zu viel um die Ohren. Meine Überstunden hatte ich bereits mit der Betreuung meines Vaters in seinen letzten Tagen und dem Tag seiner Beerdigung abgefeiert. Ein freier Tag war mit Stephans Umzug draufgegangen, und am kommenden Wochenende, dem entscheidenden und wohl letzten, bin ich wieder mit Yvonne verabredet. Dazwischen jetzt die zwei wichtigen Termine Donnerstag und Freitag in Stuttgart und Sindelfingen. Ich hatte wieder die Präsentation für zwei TV-Werbespots zu übernehmen, mit ganz neuer Strategie. Jedes Jahr rief Armin eine neue Werbekonzeption aus, erklärte die bisherigen für out und nagelte uns auf einige neue Ideen fest, die er meist aus dem US-TV geklaut hatte und nun als neuen Trend ausgab. Diesmal bestand seine Idee darin, kleine Szenen zu zeigen, die in keinem erkennbaren Zusammenhang mit dem zu bewerbenden Produkt stehen. Das sollte den Zuschauer irritieren, auf eine falsche Assoziationsfährte locken. Die überraschende Auflösung durch die unerwartete Produktwerbung sollte einen besonderen Verankerungseffekt im Langzeitgedächtnis der Konsumenten erzielen und damit nachhaltig das Produkt bzw. den Markennamen einprägen. Einfacher ausgedrückt, es galt, aus etwas Zusammenhanglosem durch ironische Verknüpfung einen Sinn zu konstruieren. Und dieses Kunststück war meine kreative Aufgabe, denn diese Sinnverknüpfung war nur durch den gesprochenen Begleittext herstellbar, also eine literarische Herausforderung. Zum Beispiel der Spot für Stuttgart: Ein listiger, kleiner Junge in der vollgestopften Speisekammer seiner Großmutter. Er versucht ungeschickt einige Schemel aufeinander zu türmen, um die ganz oben im Regal stehende Dose mit Rosinen zu erreichen. Dieser Kletterversuch scheitert. Der Junge purzelt mit den zusammenbrechenden Schemeln samt Dose unsanft auf den Boden. Überall verstreute Rosinen. Pech gehabt. Für welches Produkt wird hier geworben? Rosinen? Unfallversicherung? Völlig falsch. Der Text dazu – mein Text – lautet: *Wer die falsche Strategie verfolgt, landet unsanft auf dem Boden der Tatsachen. Wir haben für Sie die richtige Strategie, die Sie zum gewünschten Erfolg führt – Ihre Starscale Investment Direktbank.*

Die Szene für Sindelfingen zeigt einen gutaussehenden Radfahrer. Er schiebt – mit einem eleganten Smoking bekleidet, was natürlich nicht zum Fahrrad passt – in strömendem Regen dieses Rad eine steile, saftig-grün bewaldete Bergstraße hinauf. Mit klatschnassen Haaren, völlig durchweicht und am Ende seiner Kräfte schnaubt er bergan. Plötzlich taucht eine elegante, silberne Limousine auf, die leicht und lautlos an diesem fahrradschiebenden Fußgänger vorbeischwebt und über den Berg verschwindet. Begleittext – auch von mir: *Es gibt verschiedene Möglichkeiten, die Umwelt zu schonen und trotzdem ans Ziel zu kommen.* Es folgen einige Daten über günstigen Benzinverbrauch und hohe Katalysatorleistung des beworbenen Luxusmodells. Solche Ideen entwickeln wir zusammen mit unserem

Chef Armin zunächst im sogenannten Brainstorming-Verfahren, wilden Gedankenspielen, wobei jeder seiner Phantasie freien Lauf lassen kann. Sind dann zwei oder drei Ideen darunter, die wir alle für brauchbar oder ausbaufähig halten, wird die Ausarbeitung an uns verteilt – mit Terminvorgabe zur weiteren Diskussion. Das bedeutet Stress. Und wenn man nicht vorankommt, weil man den Kopf nicht frei hat, so wie ich zurzeit, verursacht das auch Panik.

Ein Problem bereitete mir seit Wochen Kopfschmerzen. Der Auftrag eines schwäbischen Nudelherstellers zur Image-Aufbesserung der deutschen Nudel-Produkte, die gegenüber den italienischen Pasta Erzeugnissen deutlich ins Hintertreffen geraten waren. Zu Unrecht, wie er findet, denn Hartweizen bleibt Hartweizen, egal, in welcher Form. Einige deutsche Nudeln hatten sogar mehr als nur Hartweizenmehl zu bieten, der üblichen Substanz, aus der auch Tortellini, Lasagne und Makkaroni bestehen, deshalb heißen diese Teigwaren hierzulande Eiernudeln. Unsere Offensive für schwäbische Maultaschen als Alternative zu jenen Hamburgern mit Ketchup oder Mayo plus fetten Fritten – womit gewisse Fast-food-Ketten unsere Jugend süchtig und dick machen – hatte bei den kleinen Konsumenten einen durchschlagenden Erfolg erzielt. Insbesondere in Kindergärten, aber auch bei alternativ-ökologisch denkenden Jungmüttern mit latentem oder offenem Antiamerikanismus. So erhoffte sich nun die Nudelbranche von uns eine ebenso erfolgreiche Image-Aufwertung ihrer vielformigen anderen Produkte gegenüber den ordinären italienischen Spaghetti. Verbraucherumfragen hatten ergeben, dass die gehobene deutsche Mittelschicht, vor allem der kulturinteressierte Italienurlauber, mit einem italienischen Spaghetti-Gericht inclusive Rotwein, egal, ob Spaghetti Bolognese, Spaghetti con Pesto oder Spaghetti alla Panna, durchweg eine gehobene Esskultur und gepflegten, weltoffenen Life-Style assoziiert. Kurz, der Spaghetti-Esser hält sich für gebildet und tolerant, für einen Kenner guter Küche und ein Gourmet mit Manieren. Er liebt das gepflegte Ambiente, seien es auch nur die kitschigen Gondeln Venedigs an der Wand seines Italieners um die Ecke. Meine Aufgabe bestand nun darin, eine Idee zu entwickeln, die das Ansehen diverser Zöpfli, Rilli, Spirelli, Welloni und Shipli – spezielle Formate deutscher Nudelprodukte – auf die Image-Höhe von Spaghetti liftete, bzw. diese überflügelte und natürlich zu Marktrennern machen sollte. Eine scheinbar unlösbare Schwierigkeit lag jedoch darin, dass auch die deutschen Hersteller Spaghetti produzierten, die gewünschte Kampagne gegen die italienischen Spaghetti sich also auch negativ auf die deutschen Spaghetti auswirken könnte. Nächtelang brütete ich über diesem Problem, ließ ständig neue Kurz-Filme durch meinen Kopf sausen, produzierte Nonsens-Texte, die mein Image als neu ernannter Creative Director ruiniert hätten, wären sie anderen zu Ohren gekommen. Durch meine Träume schwebten Nudeln in allen möglichen und unmöglichen Formen und verfolgten mich auf Schritt und Tritt, ohne dass ich die zündende Idee gefunden hätte. Erst gestern Abend, an der Bratwurst-Bude in der Berger hatte ich eine Inspiration. Ich sah, wie ein kleiner Junge seine riesige, oben der Länge nach mit Ketchup zugespritzte Currywurst nur anbeißen konnte, indem er sich die ganze blutrote Soße über Kinn, Hals und T-Shirt tropfen ließ, so dass er aussah, als sei er Statist in Steven Kings Horror-Film *Friedhof der Kuscheltiere*. Beim Anblick dieses Blutbades durchzuckte es mich wie ein Blitz. Ich würde dem Image der Spaghetti als Esskultur-Träger den Garaus machen. In meinem Kopf sah ich plötzlich folgende Szene: Ein elegant gekleidetes Paar sitzt beim Italiener. Es werden Spaghetti Bolognese serviert, im Hintergrund leise Musik, Kerzen auf dem Tisch. Beide, offensichtlich frisch verliebt, lächeln sich an, sind bemüht, einen guten Eindruck zu machen. Aber das Fatale ist, sie sind keine geübten Spaghetti-Esser. Die aalglatten, langen, glitschigen, in blutroter Tomatensoße ertränkten Gummi-Fäden flutschen ihnen ständig von der Gabel, was beiden zunehmend peinlich ist. Auch die gekonntere Variante mit dem Löffel als Drehstütze misslingt. Das vergebliche Zusammenrollen der langen Dinger gerät ihnen zur Katastrophe. Beide bekleckern und bespritzen ihre Kleidung immer mehr mit Tomatensoße, bis sie schließlich in einer einzigen verzweifelten Orgie an Sauerei die Spaghetti direkt vom Tellerrand in ihre Münder saugen. Textidee: *Es kommt nicht auf die Länge an.* Schnitt. Neue Szene: Kurze, gedrehte Zöpfli in appetitlicher Soße werden von Oma, Opa und zwei Enkelkindern lustvoll in die Münder gestopft – ohne dass sie sich vollkleckern. Die mondänen Eltern kommen von oben, wo sie sich in elegante Schale geworfen haben, um ins Theater zu gehen. Die kleine Tochter sagt kess: *Ihr könnt ruhig noch was essen, d i e Nudeln kleckern nicht.* Stimme aus dem Off: *Zöpfli sind nicht so lang wie andere Nudeln und nicht so glitschig, dafür gabelgriffig und soßendurstig. So können Sie und ihre Gäste stets das Gesicht wahren, ohne rot zu werden.*

So ganz zufrieden bin ich noch nicht. Aber es ist ein Ansatz, eine Idee, mehr nicht. Vielleicht ein bisschen zu nah an Loriots Sketch mit der Nudel, die an der Brille klebt. Da muss die Urheber-Rechtsfrage noch geklärt werden. Einen Plagiatsvorwurf in der Öffentlichkeit können wir uns nicht leisten. Dabei ist es in unserer Branche üblich abzukupfern. Der Ideenklau ist unvermeidbar, aber er muss justiziabel sein. Ich habe mein Konzept kurz skizziert und werde es mit Christin, unserer Planungschefin, die mich diesmal als Blickfang ins Schwabenland begleitet, auf der Zugfahrt besprechen. Ihre Frauensicht interessiert mich.

Während wir zusammen nach Stuttgart fuhren – wie immer hatten wir den Zug in letzter Minute erreicht – bemerkte Christin, dass ich nicht in der gewohnten Form war.

„Du siehst abgekämpft aus", stellte sie fest und sah mich teilnahmsvoll an.

„Ich bin ziemlich erledigt", sagte ich.

„Die Sache mit deinem Vater ... kann ich verstehen. Das nimmt einen mit." Sie wollte etwas Nettes sagen, Verständnis zeigen. Und es tat mir gut, in diesem Augenblick nicht den taffen Macher mimen zu müssen. Aber sie lag mit ihrer Vermutung falsch. Die letzten Wochen mit meinem Vater waren zwar anstrengend gewesen, aber mit seiner Beerdigung war alles irgendwie zu einem Abschluss gekommen. Bevor Oda mir mit ihrer Attacke auf die Nerven ging, hatte ich – leider nur kurz – die Hoffnung, es würde alles gut in meinem Leben, ich könnte mich wieder in ruhigerem Fahrwasser treiben lassen. Oda und Yvonne waren es, die mich aus dem Gleichgewicht brachten. Und natürlich machte mir Stephan Sorgen. Ständig überlegte ich, wie ich ihn davor bewahren konnte, in sein sicheres Unglück zu rennen. Ich war unschlüssig, ob ich mit Christin über diese sehr privaten Dinge reden sollte. Aber warum nicht? Sie ist eine patente Frau, knapp über die Vierzig, vor Jahren geschieden. Jetzt lebt sie mit einem anderen Mann zusammen, irgendeinem Bürohengst aus der Stadtverwaltung, der auch schon mal verheiratet war. Viel mehr weiß ich nicht von ihr. Aber ich habe sie als energische und meist gut gelaunte Kollegin schätzen gelernt, eine robuste Pragmatikerin, deren offensichtliche sexuelle Reize mich seltsam kalt ließen. Sie ist der elegante Typ von Frau, die attraktiv aussieht, zugleich aber so steril wirkt, so gelackt und abwaschbar wie eine Barbie Puppe, perfekt aber unnahbar, so dass man keinen Harten in der Hose kriegt.

„Die Sache mit meinem Vater ist vorbei, denke ich. Was mich zurzeit nervt, sind Beziehungsprobleme", sagte ich. „Das kenn ich. Hab ich jeden Tag", sagte sie so spontan ehrlich und fröhlich, dass ich es ihr nicht abnahm. „Erklär mir das! Warum gehen wir uns ständig auf die Nerven? Können Männer und Frauen überhaupt zusammenleben?"
„Nur, wenn einer nachgibt", sagte sie bestimmt und selbstsicher. „Wenn jeder den anderen besiegen will, gibt's nur Krieg. Ich weiß, wovon ich rede. Ich habe eine Ehe hinter mir."
„Und jetzt? Wie läuft es mit deinem jetzigen Partner?"
„Soll ich dir die Wahrheit sagen?" Sie sah mich erwartungsvoll an. Sie brannte förmlich darauf, mir ihre Erkenntnis mitzuteilen, wartete natürlich meine Antwort nicht ab. „Es ist genau dasselbe, es ist immer dasselbe. Wenn ich das alles vorher gewusst hätte, hätte ich auch bei meinem ersten Mann bleiben können. Meine Freundin sagt genau das Gleiche: *Warum hab ich Idiotin meinen ersten Mann gegen einen anderen eingetauscht, wenn alles von vorne anfängt?* Es ist eine Illusion zu glauben, man könnte vor den Konflikten weglaufen. Es ist immer der gleiche Kampf. Und wenn du das erkannt hast, musst du sehen, dass du Sieger wirst. Wenn du nicht siegen kannst, musst du dich ergeben, weil es dann zwecklos ist. Wenn man nicht alleine leben will, muss man den Kampf aufgeben. Einer ist Sieger, einer Verlierer. Status quo, verstehst du? Dann geht's."
„Aber wenn man unter dem anderen leidet?"
„Man kann sich dem Partner nur ergeben, wenn man ihn liebt."
„Ich will mich aber nicht ergeben."
„Dann musst du Sieger sein wollen."
„Bist du der Sieger, die Siegerin?"

Sie lachte. „Ich glaube schon. Sonst hätte ich es mit meinem Zweiten nicht so lange ausgehalten."
„Aber du sagtest doch, dass du jeden Tag Beziehungsprobleme hast."
„Natürlich. Nur der Krieg ist vorbei, aber nicht die Rebellionen."
„Und dein Mann hält das aus?"
„Ja, weil er mich liebt."
Mir gefielen ihre militärischen Strategie-Überlegungen überhaupt nicht. Das alte Lied vom Kampf der Geschlechter, ja, schön und gut. Aber das war mir zu oberflächlich und zu banal. Haben wir nicht geglaubt, in dieser Frage längst weiter zu sein? Ich will keinen Krieg, ich will keine Rebellionen. Ich will nicht siegen und nicht kapitulieren. Das war auch gar nicht mein Problem. Oda und ich hatten seit über zwanzig Jahren so gut wie keine Verbindung mehr. Und Yvonne und ich hatten keinen Krieg, im Gegenteil, eine – wie ich finde – ausgesprochen harmonische und friedliche Beziehung, deren Energien jetzt langsam aufgebraucht waren. Das Feuer war noch nicht ganz aus, aber die langsam abkühlende Glut vermochte keine neuen Flammen mehr zu entzünden. Eine Supernova war unsere Beziehung nie gewesen, aber ein schöner Fixstern, der jetzt allmählich erkaltete.

Ich wollte mit Christin nicht streiten, keine Diskussion im Zug von Frankfurt nach Stuttgart, die zu nichts führte. Ich hatte mehr von ihr erwartet und war in gewisser Weise enttäuscht. Ich hatte plötzlich keine Lust mehr, ihr mein Spaghetti-Problem vorzutragen.

Obwohl ich mir einen Schlachtplan überlegt hatte, wie unser Wochenende ablaufen sollte, war ich doch nervös. Ständig kamen mir Zweifel und Bedenken. Ich war einfach unsicher, welche Rolle ich spielen sollte. Da die Situation eben nicht gewöhnlich, nicht alltäglich, also nicht normal war – wenn man dieses Wort überhaupt noch verwenden kann –, konnte auch ich mich nicht einfach normal verhalten. Was aber wäre angemessen? Sollte ich Yvonne eine Szene machen, wild herumschreien, mein eigenes Porzellan zerschlagen, um sie dann mit wüsten Beschimpfungen aus der Wohnung zu schmeißen, ihre Klamotten hinterher die Treppen hinunter? Sollte ich den coolen Typen mimen, der über den Dingen stand, sie als kleines, schäbiges Luder denunzieren, sie quälen und Rache an ihr nehmen? Oder sollte ich schweigen, so tun, als sei ihr Verhalten, ihr Verbrechen, das aller Normalste auf der Welt, und das ebenso Normalste, wenn ich langsam die Schublade öffnete, den Revolver herausnahm, ihn ihr mit einem triumphierenden Grinsen an die Schläfe hielt und einfach abdrückte? Ich wusste es nicht. Nur eines würde ich nicht tun, da war ich mir sicher. Ich würde nicht flehen und winseln, nicht vor ihr auf den Knien rutschen und sie anbetteln, bei mir zu bleiben. Ich wollte nicht um sie kämpfen, nicht gegen diesen geölten Blacky antreten. Ich wollte, dass Schluss ist.

Wir hatten verabredet, dieses Wochenende bei mir zu verbringen. Yvonne sollte am Samstagabend mit ihrem Wagen zu mir kommen. Ich würde etwas kochen, ihr Lieblingsgericht, Spaghetti mit Pesto und Hinterschinken, dazu Mozzarella, Tomaten und frisches Basilikum mit Balsamico übergossen. Meine Schränke waren voll mit Nudel-Paketen und Spaghetti, die ich als Muster und kleines Dankeschön aus dem schwäbischen Nudelparadies mitgebracht hatte. Die Chefs waren von meinen Werbeideen durchaus angetan, baten sich aber noch etwas Bedenkzeit aus. Die Sache war also auf einem guten Weg. Auch die Präsentation unserer anderen Clips war ein Erfolg, so dass Armin voll und ganz zufrieden war. Beruflich lief jetzt also alles wieder bestens. Nur mein Privatleben war in der Krise.

Wir würden also einen gemütlichen Abend verbringen, unseren Bardolino trinken und plaudern. Anschließend das Übliche, aber darüber zu sprechen war nicht notwendig. So war es geplant. Sie war am Telefon wie immer gewesen, hatte gesagt, sie freue sich. Nichts in ihrer Stimme verriet Lüge, Verstellung oder Überwindung. War sie eine so gute Schauspielerin oder so abgebrüht, dass sie sogar Spaß an ihrem Doppelspiel hatte? Ich war gespannt, welche Geschichte sie mir auftischen würde, wenn ich ihr ins Gesicht sagte, dass ich alles wüsste und eine Erklärung verlangte.

Ich schubste die Spaghetti ins kochende Wasser, rührte mit dem Kochlöffel, um zu verhindern, dass sie zusammenklebten. Nur wenige Minuten und es würde klingeln. Ich war nervös, aber das Merkwürdige dabei war, ich verspürte keinerlei Wut im Bauch. Gut, ich war etwas gekränkt oder beleidigt, dass sie doppeltes Spiel trieb, mir nicht sagte, dass es eine Veränderung gab, dass unsere gemeinsame Beziehung am Ende war. Aber ich war nicht im Geringsten eifersüchtig, verspürte keine Rachegedanken. Ich fühlte keinen Hass in mir. Es war, als hätte ich eigentlich schon immer damit gerechnet. Ja, ich wusste, dass es eines Tages so kommen würde, kommen musste. Wir hatten eine schöne Zeit zusammen und ich bin Yvonne dankbar dafür. Ich habe kein Recht, daraus irgendwelche Ansprüche abzuleiten, etwas von ihr zu verlangen. Unser Vorrat an Gemeinsamkeiten ist aufgebraucht. Unsere Liebe, sofern es Liebe war, ist abgebrannt, versiegt. Wir sind beide vernünftige Menschen. Ich habe keine Besitzansprüche.

Es gab zwischen uns keine besinnungslose Leidenschaft, keine süchtig machenden Begierden und Abhängigkeiten. Wir hatten meist guten Sex miteinander, wir kennen unsere Körper, die Vorlieben und Empfindlichkeiten des anderen. Wir haben uns gegeben, was wir geben konnten, und empfangen und genossen, was der andere uns gab. Wir waren zärtlich und rücksichtsvoll und manchmal waren wir auch nicht in der richtigen Stimmung und in Form. Das ist nicht wenig, finde ich, wenn man ehrlich ist und es nüchtern betrachtet. Aber Liebe, ungezügelte Leidenschaft, besinnungslose Ektase? Was ist das? Längst vom Winde verweht. Die wahren Leidenschaften, die großen Gefühle finden nur noch im Kino statt, in den B-Pictures aus Hollywood, billiger und verlogener in den Daily Soaps der Glotze. Die Wirklichkeit ist viel banaler. Verzehrende Sehnsüchte, süße Seelenqualen, die himmlischen Wonnen der Erhörung, das grenzenlos kurze Glück ewiger Romeo-und-Julia-Liebe, für das zu sterben höchste Wonne ist, ach, das haben wir längst in unseren Beziehungskisten zugenagelt. Man kann das bedauern. Aber ich finde, es ist ein Glück. Sonst wäre unser Weg mit Leichen gepflastert. Warum sollte ich Yvonne umbringen? Ich hasse sie nicht.

Ich bin kein fundamentalistischer Moslem, es gibt keinen religiösen Kodex, den ich zu verteidigen hätte, auch keine verletzte persönliche Moral. Ich fühle mich weder entehrt noch in meiner männlichen Würde beleidigt. Yvonne und ich, wir sind aufgeklärte Menschen und wir haben uns gegenseitig respektiert. Eifersucht? Hahnenkämpfe? Diesen Blacky abknallen? Um was zu beweisen? Wozu? Das Einzige, was ich ihr vorwerfe, ist, dass sie nicht offen mit mir darüber geredet hat, dass sie es mir bis jetzt verheimlicht, dass ich es erst über Dritte erfahren habe. Das ist nicht fair. Sie sollte mich nicht zum Trottel machen! Aber ein Grund zum Ausrasten?

Ich fühlte in mir keine impulsive Kraft, keine eruptive Gewalt, die zum Ausbruch drängte, die mich zu heldenhaften Taten antrieb, die mein gekränktes Ego von mir verlangt hätten. Ich beschloss, vernünftig zu bleiben. Wozu Theater spielen? Aber ich wollte es ihr nicht allzu leicht machen. Ein ganz kleines bisschen wollte ich sie in die Enge treiben, ein ganz kleinwenig zappeln lassen. Ein bisschen sollte sie sich schon schuldig fühlen. Damit sie weiß, dass mir das Ganze keineswegs gleichgültig ist. Denn, um ehrlich zu sein, ich hätte so weiter gemacht wie bisher. Abkühlung hin, Abkühlung her, ich sah keinen triftigen Grund, Yvonne zu verlassen, jedenfalls jetzt noch nicht. Ich mochte sie. Die Routine unserer Wochenendtreffen und die Sensationslosigkeit unserer sexuellen Riten hatten auch etwas Entspannendes. Die Last des Leistungsdrucks und zu hoher Erwartungen war einer sich bescheidenden Zufriedenheit gewichen. Der vertraute Geruch und die Wärme ihres Körpers gaben mir das Gefühl von Geborgenheit. Und bis vor kurzem noch war ich sicher, dass Yvonne in meinen Armen das Gleiche empfand.

Ich goss das heiße Wasser der Spaghetti in den Ausguss, schreckte sie mit kaltem Wasser ab, ließ wieder abtropfen und warf sie in die Pfanne. Ich gab einige Löffel Pesto dazu, dann den gewürfelten Schinken darüber. Alles gut gewendet und aufgepasst, dass nichts anbackte. Ich mag es, wenn die Nudeln etwas angeknuspert sind, aber Yvonne hat sie lieber weich und glitschig. Es klingelte.

Yvonne, eingehüllt in eine Duftwolke von Lancome, hatte ihr enges, rotes Kleid an, am Hals das kleine Silberkettchen mit dem ebenfalls in Silber gefassten honiggelben Bernstein, den ich ihr zum Geburtstag geschenkt hatte. Ihre Frisur war tadellos, die hellen Haare ließen, weil zurückgekämmt, ihr apartes, frisches Gesicht voll zur Geltung kommen. Kurz, Yvonne sah blendend aus. Sie hielt mir ein winzig kleines Päckchen mit blauer Schleife entgegen und strahlte mir ihre Jugendfrische ins Gesicht.

„Für dich."

Ich nahm das Päckchen entgegen, gab ihr – wie gewohnt – einen flüchtigen Begrüßungskuss auf die Wange und ließ sie herein.

„Mh! Dieser Duft! Ich habe einen Riesenhunger", sagte sie. „Kann ich dir etwas helfen?"

„Schon alles fertig. Nimm Platz, ich komme sofort. Nur noch einen Augenblick, sonst brennen mir die Spaghetti an", sagte ich und eilte in die Küche. Ich drehte die Hitze herunter, wendete die Spaghetti, probierte. Alles war okay und alles war wie immer. Ich ging zurück ins Zimmer zu Yvonne.

„Einen Campari Soda als Aperitif?" fragte ich. Sie nickte. Ich machte zwei Campari-Soda.

„Willst du das Päckchen nicht aufmachen?"

„Oh, natürlich. Entschuldige." Ich packte das Päckchen auf. In einem mit weinrotem Filz ausgelegten Kästchen lag ein silbernes Gas-Feuerzeug, geschmackvoll wie immer, wenn Yvonne etwas aussuchte. Ich bedankte mich mit einem Kuss auf ihre Wange.

„Gefällt es Dir? Ich kann nämlich deine billigen Plastik-Feuerzeuge vom Supermarkt nicht mehr sehen. Das passt nicht zu dir."

„Sehr schön", sagte ich, „vielen Dank. Hoffentlich wird es mir nicht geklaut. Im Büro nehmen sie jedes Feuerzeug mit, das auf dem Tisch liegt."

„Du musst eben aufpassen, Darling."

Sollte dieses Feuerzeug ihr Abschiedsgeschenk sein, die sinnige Metapher dafür, dass ich zu wenig Feuer hätte? Yvonne war literarisch und künstlerisch nicht sehr versiert, nein, für diese subtile Symbolik fehlte ihr der Sinn.

Es war seltsam. Ich war innerlich ruhiger geworden, weil unser Treffen so ablief wie immer, weil alles so normal war, als gäbe es nichts, was zwischen uns stünde. Und gleichzeitig nagte mein geheimes Wissen in mir und machte mich misstrauisch. Ich wusste nicht, was ich denken sollte, wie ich Yvonne in die Augen sehen, wie ich mit ihr reden sollte. Meine ganze Aufmerksamkeit war auf neue Signale, jene kleinen, winzigen Indizien ausgerichtet, die mir eine Interpretationshilfe hätten geben können. Aber da war nichts. Und das wiederum machte mich misstrauisch.

Was ging in ihrem Kopf vor? Dachte sie allen Ernstes daran, mit mir und diesem Blacky eine geheime menage à trois führen zu können? Für so raffiniert oder so abgefeimt hielt ich sie nicht. Für wie dumm hielt sie eigentlich mich? Das Ganze war absurd. Und für einen Moment kam mir der Gedanke, dass alles auf einem großen Missverständnis basiere, dass an der ganzen Sache einfach nichts dran war. Stephan musste sich geirrt haben. Wer weiß, wer dieser Blacky wirklich war?
Natürlich konnte ich die Tatsachen nicht einfach übergehen. Ich wollte Gewissheit und war entschlossen, die Konsequenzen zu ziehen. Andererseits wollte ich uns jetzt nicht den Abend verderben, wo alles eigentlich so gut angefangen hatte. Ich beschloss, diesen Abend und diese Nacht noch einmal zu genießen, ja, ihn wie ein Fest zu zelebrieren, ein Abschiedsfest, das auch Yvonne zeigen würde, was sie verlor, was sie aufgab. Ich war plötzlich scharf auf sie und ich wollte mit ihr noch eine heiße Nacht verbringen, die sie – und vielleicht auch ich – nie vergessen würde – ein letztes Mal. Morgen, da würden wir miteinander reden müssen, dann würde ich reinen Tisch verlangen.

Im gelbmatten Schein der Kerzen leuchtete Yvonnes nackte, blasse Haut so bernsteinfarben wie der Stein um ihren Hals. Sie lag seitwärts zu mir gedreht, ihr Kopf ruhte auf ihrem nach oben geschobenen rechten Arm. Mit ihrer linken Hand streichelte sie mir die Brust, langsam, mit kreisenden Bewegungen. Dann ließ sie ihre Hand über meinen Bauch gleiten und weiter die Innenseite meines angewinkelten Oberschenkels hinauf und wieder hinunter, bis sich ihre rot lackierten Fingernägel im Gebüsch zwischen meinen Beinen verirrten. Es waren vertraute, angenehme und mich noch immer stimulierende Berührungen. Und doch dachte ich unwillkürlich daran, ob sie diese Streicheleinheiten auch ihrem Blacky zugutekommen ließ.

Sein Körper, mein Körper, seine Haut, meine Haut – welche Unterschiede nahm sie wahr, was fühlte sie bei ihm, was bei mir? Verglich sie uns insgeheim, wog sie die Qualitäten, die Vorzüge und Mankos gegeneinander ab, so wie Hausfrauen beim Metzger die Qualität der Steaks kritisch unter die Lupe nahmen. Oder waren das nur meine Männerphantasien? Dachte sie überhaupt etwas? Vielleicht dachte sie nichts, sondern gab sich ganz dem Gefühl des Augenblicks hin, angenehm vom Rotwein umnebelt wie ich. Wir können uns nicht unter die Schädeldecke schauen. Trotzdem fühlte ich mich wohl, gab mich ganz dem Empfinden ihrer Berührungen hin. Es war schön, neben einem vertrauten Körper zu liegen. Ich hatte zuvor eine der alten LP´s von Simon & Garfunkel auf meinem ebenso alten Dual Plattenspieler aufgelegt. *Bridge Over Troubled Water* floss soft aus den Boxen, während Yvonne meine Haut erregte. Sie mochte den kitschigen Song. Ich streckte meine Beine aus, so dass sie sehen konnte, welch prächtigen Pfahl ihre Hände errichtet hatten. Dann drehte ich mich zu ihr, schob mein linkes Bein zwischen ihre Schenkel und rieb meinen steifen Schwanz langsam und behutsam an ihrem Beckenrand, während ich mit meiner Zunge ihre Brustwarzen umkreiste. Yvonne hatte jetzt die Augen geschlossen, lag passiv da, und ich war nicht sicher, ob sie meine Berührungen genoss oder nur teilnahmslos über sich ergehen ließ. Ich fing an, ihren ganzen Körper zu lecken, beginnend am Hals, dann über die Schultern abwärts, noch einmal ihre Brüste, den Bauch und die Lenden, bis mein Kopf zwischen ihren Schenkeln in das Dunkel eintauchte. Während meine Zunge ihre schwarz-rote Höhle abtastete, spielten meine Hände auf ihrem Körper eine Symphonie in verschiedenen Tempi – andante, allegro, wieder andante. Und es gelang mir, Yvonnes Körper zum Klingen zu bringen. Ihre Bauchdecke begann zu vibrieren, ihre Lenden zitterten unter jeder Berührung und ihr Atem ging jetzt tiefer und schneller. Und dann brach ihr Damm und das feuchte Rinnsal schwoll zu einem Sturzbach an, der heiß und seifig aus ihr hervorquoll. Ich drückte ihre Schenkel, die meinen Kopf wie in einem Schraubstock festhielten, auseinander, legte mich über sie und schob mein steifes Glied in diese feuchte Quelle ihres Flusses. Ihr Bauch hob und senkte sich und klebte an meinem. Ich hielt ganz still, ließ meine harte Sonde in ihr ruhen und lauschte den inneren Zuckungen ihres Körpers, wartete, bis der Rhythmus langsamer wurde, die Wellen, die sie durchströmten, allmählich abebbten. Und dann begann ich mein Becken auf und ab zu bewegen, erst ganz langsam, mit kurzen Pausen, dann heftiger und kräftiger, und ich fickte sie, bis Yvonnes Körper wieder zu vibrieren begann, die Wellen sie aufs Neue durchfluteten. In immer schnelleren Stößen bemühte sich mein heißer Kolben, die Woge, die ihrem Körper entströmte, aufzuhalten, die undichte Stelle zwischen ihren Schenkeln abzudichten, bäumte sich wild gegen den Strom auf, bis wir beide in einem fortissimo den Höhepunkt der Gezeiten erreichten und mein Körper – Viagra sei Dank! – erschöpft und schweißgebadet auf den ihren niedersank.

Als ich aufwachte, leuchtete schon der Morgen schilfgrün durch die Vorhänge. Ich lag fast nackt auf dem Bett, das Laken wegen der nächtlichen Hitze, die meinem Körper entströmte, unten zwischen den Beinen verwickelt. Ich hatte gut geschlafen, streckte meine Glieder im Wohlgefühl ihrer selbst und entdeckte mit Freude und Stolz, wie mein Schwanz sich groß und steif der Morgensonne entgegenreckte.

Der Trick mit Viagra geht auf Armins Konto. Bei seinen vielen Seitensprüngen kam es – wohl aufgrund seiner bürgerlichen Rest-Moral, die ihm gegen seinen Willen im Nacken saß – gelegentlich zu peinlichen Startschwierigkeiten, die ihn in seiner Not zu dieser ganz neuen pharmazeutischen Hebetechnik greifen ließen, die zugleich mit seinem Schwanz auch sein Selbstwertgefühl wieder aufgerichtet hatte. Er war von dem Erfolg ganz begeistert, meinte, ich müsse das unbedingt ausprobieren, es sei phantastisch, und schenkte mir eine dieser blauen Rauten zum Test. Eigentlich hatte ich derartige Unterstützungen bisher nicht nötig, es klappte noch, wenn ich es wirklich wollte, manchmal mehr, manchmal weniger rasch und ausdauernd, aber richtige Versager waren keine darunter. Ich nahm die Probe-Pille dankend entgegen und verstaute sie in meinem Badezimmerschränkchen – für alle Fälle. Man kann ja nie wissen. Nun, meine letzte Nacht mit Yvonne war die Gelegenheit, das Zerfallsdatum dieses Lustspenders nicht zu überschreiten. Ich hatte das Ding eingeworfen und ich denke, mein kleiner, noch immer oder schon wieder angeschwollener Bruder hat die Erwartungen, die in ihn gesetzt wurden, nicht nur befriedigend erfüllt, sondern sogar übertroffen. Nun wollte ich diesen unverhofften Nachhall an Geilheit nicht ungenutzt verstreichen lassen. Ich drehte mich zu Yvonne, die warm und weich im feuchten Dunst ihrer Körperwärme dampfte, die Augen offen hatte und mich matt anlächelte. Ich drängte meinen Leib gegen den ihren, rieb mein Glied an ihrem Schenkel und wühlte meinen Kopf zwischen ihre Brüste. Sie lag ruhig, aber willig und genoss still die Reize, die der nackte Körper anderer so wohltuend auf unserer nackten Haut auslöst. Ihre Haut war in den Falten klebrig und feucht, roch ein wenig nach Buttermilch. Ich habe Yvonne immer riechen können, mochte diesen Morgenduft, der die herbe Süße ihres Parfüms verdrängte und sie mir nah sein ließ. Während ich in ihr war, konzentrierte ich mich ganz auf diesen Geruch, als müsse ich ihn in mich aufsaugen, in meinem Gedächtnis zu ewiger Erinnerung wie einen kostbaren Schatz bewahren.

Ich ging als erster ins Bad, spülte die klebrigen Spuren von meinem Körper, rasierte mich, inhalierte tief die alkoholisierte Duftwolke meines Aftershave, die mir das Hirn wach pustete, und schlüpfte wie neugeboren in frische Klamotten. Während Yvonne unter der Dusche stand, deckte ich in der Küche den Frühstückstisch, kochte Kaffee und schob die Croissants in die Backröhre.

Wir saßen uns schweigend gegenüber wie immer nach solchen glücklichen Nächten, genossen friedlich die ersten Schlucke des frischen Kaffees, die Süße der Erdbeermarmelade. Eine harmonische Stille, die keiner unnötigen Worte bedurfte. Es hätte so weitergehen können, aber es war ja alles ganz anders.

„Und wer ist dieser Blacky?", fragte ich Yvonne, als knüpfte ich an einen vorangegangenen Dialog an. Dabei sah ich ihr fest in die Augen. Ich wollte genau sehen, was sich in ihrem Gesicht abspielen würde.

Yvonne blickte völlig überrascht auf, ein leichtes Zucken ihres Halses verriet, dass der Schuss gesessen hatte. Langsam sank ihre Hand auf den Tisch und ließ das Croissant auf den Teller rutschen. Für einen kurzen Moment war ihr Gesicht schneeweiß geworden. Während ihre Mundwinkel sich leicht nach unten verzogen, schoss ihr plötzlich eine Welle roten Bluts in den Kopf und überzog ihr Gesicht puterrot. Sie saß ganz erstarrt, den Blick ins Leere gerichtet und schwieg. Und dann röteten sich ihre Augen, wurden feuchtglänzend, und große Tränen kullerten lautlos hervor, liefen ihre Wangen hinunter und zogen schwarzblaue Kajal-Streifen über ihr Gesicht.

Ich wurde von dieser unerwarteten inneren Erschütterung Yvonnes überrascht und fühlte mich nicht wohl in meiner Haut. Wie alle Männer macht es mich hilflos, Frauen weinen zu sehen. Aber worüber weinte sie? Über ihre Gemeinheit, ihr doppeltes Spiel? Waren es Tränen der Reue? Weinte sie nur deswegen, weil sie ertappt wurde wie ein Schulmädchen, das etwas Verbotenes getan hatte? Oder weinte sie über uns, das Ende unseres kleinen Glücks? Ich sah zum Fenster hinaus, ließ ihr Zeit. Ich wartete, aber Yvonne heulte lautlos und sagte nichts.

„Meinst du nicht, dass ich ein Recht habe zu erfahren, wer dieser Blacky ist, von dem du dich in aller Öffentlichkeit abknutschen lässt", hakte ich nach, ruhig und gelassen. Ich hatte es nicht nötig, Stärke oder Härte zu zeigen, ich war in der Position des Überlegenen. Moralisch meine ich, in der Sache war ich wohl der Verlierer. Aber es ist ein gutes Gefühl, wenn man schon auf der Verliererseite steht, sich wenigstens als der moralisch bessere Mensch präsentieren zu können.

Yvonne seufzte kurz und verzweifelt auf. Dann ging ein Ruck durch ihren Körper, sie riss sich offensichtlich zusammen, wollte nicht hysterisch werden.

„Mein Ex-Freund. Er ist zurückgekommen."

„Und da wirfst du dich ihm gleich an den Hals?"

„Er wollte, dass wir es wieder miteinander versuchen."

„Und warum erfahre ich nichts davon?"

Sie überlegte. Ich sah förmlich, wie sie darüber nachdachte, wie sie mir die Situation erklären sollte.

„Ich hätte es dir gesagt. Ich wollte es sagen."

„Aber du hast es nicht."

„Nein."

„Und warum nicht?"

„Ich wollte warten. Ich war nicht sicher, ob es mit Blacky gut gehen würde."

„Ach, und da hast du mich in Reserve gehalten. Für alle Fälle. Falls dieser Blacky dich wieder sitzen lässt."

„Ich wollte sicher sein, dass er es ernst meint. Ich will keine neue Enttäuschung erleben."

„Und? Bist du sicher?"

Sie zögerte einen Moment mit der Antwort.

„Nein", sagte sie leise.
„Und was ist mit mir? Zähle ich gar nichts?"
„Doch. Natürlich", sagte sie matt und hilflos.
„Aber du wechselst mit fliegenden Fahnen das Lager. Du betrügst mich mit ihm." Sie schwieg. „Was hat er, was ich nicht habe?" Sie sagte nichts. „Fickt er besser?"
Jetzt wurde sie wütend.
„Das ist wieder so typisch. Ihr denkt nur an Sex. Damit hat es überhaupt nichts zu tun, du Idiot."
„Womit dann?"
„Er war meine erste große Liebe. Ich bin nie richtig losgekommen von ihm."
„Aber er hat dich sitzen lassen, ist mit einer anderen abgehauen."
„Trotzdem. Ich konnte ihn nie ganz vergessen."
„Und wir zwei? Das bedeutet dir nichts?"
„Doch, das weißt du. Aber ...", sie zögerte einen Augenblick, „ ... ich glaube, wir beide ... ich sehe keine Zukunft für uns."
„Weil er jung ist? Ein Muskelprotz und ein Dandy? Und untreu?" Sie überging diese polemischen Fragen, ließ sich nicht provozieren.
„Ich glaube, wir sind nie richtig zusammengekommen."
„Das musst du mir erklären?"
„Wir leben in verschiedenen Welten. Ich habe es versucht, ich wollte dich kennenlernen", sagte sie ruhig und ernst. Und dann sprudelte es aus ihr heraus, alles, was ihr auf das Herz gedrückt hatte.
„Ich bin mir neben dir immer wie ein kleines Dummchen vorgekommen. Egal, was wir gemacht haben. Wenn wir ins Kino gegangen sind, hast du mich abgefragt, ob ich die oder die Szene richtig verstanden habe, ob ich die raffinierte Kameraeinstellung bemerkt hätte, im Museum hast du mir die moderne Kunst erklärt. Immer war ich zu dumm, immer wusste ich nichts zu sagen, weil nur du alles

wusstest. Ich verstand nichts von Politik, ich durchschaute das kapitalistische System nicht, ich war unkritisch, eine verwöhnte Konsummaus. Ich hatte deinen Marx nicht gelesen und Freud, ich war ja ahnungslos, wusste nichts von Rudi Dutschke, kannte nicht die Kommune I, ich war zu jung, um die Bedeutung des Vietnam-Krieges zu begreifen. Ich war neben dir ein Nichts. ... Weißt du, warum ich deine Bücher nicht gelesen habe? Nicht, weil ich mich nicht dafür interessiert hätte. Ich wollte nur nicht mit dir darüber reden müssen. So war das. Und immer, wenn ich von dir kam, zurück in meine Wohnung, habe ich mich leer gefühlt und wertlos. Wir leben in verschiedenen Welten. Und für meine Welt hast du dich nie wirklich interessiert ... und du hast sie klein gemacht."

So hatte ich Yvonne bisher nie reden hören und mir wurde schlagartig klar, dass sie recht hatte. Wir hatten zu unterschiedliche Biographien, jeder ein eigenes Leben, das mit dem Leben des anderen nicht verknüpfbar war. Zumindest ist uns das nicht gelungen. Und es ist, glaube ich, nicht der Altersabstand. Es ist meine Schuld. Ich habe Yvonne in mein Leben zerren wollen und ihres nicht ernst genommen. Ich habe etwas von ihr verlangt, was sie mir nicht geben konnte, und ich wollte zu viel. Aber wenn sie darunter gelitten hat, dass ich Idiot mich als Besserwisser und Welterklärer aufgespielt habe, warum hat sie sich nicht gewehrt?

„Warum hast du nie etwas gesagt?"
„Weil du nichts bemerkt hast. Und weil ich nicht wollte, dass du gehst." Sie machte eine Pause und überlegte. „Am Anfang, da war ja auch noch alles anders, ... da hab ich dir gern zugehört, weil ich dich mochte und Vertrauen hatte und dich interessant fand. Da war das noch nicht so schlimm. Aber später, da hab ich dann nur noch ja gesagt. Und zum Schluss hab ich gar nichts mehr sagen können,

weil ich nichts mehr wusste. Was sollte ich dir aus meinem Leben erzählen?"

Wenn ich sie fast erstickte mit meinen Reden, meinem Wissen, meinen Erfahrungen und meiner Weltsicht, mit all dem, was ich ihr von mir geben wollte, was ich glaubte, ihr geben zu müssen, weil ich ihr imponieren wollte, weil ich nicht mehr knackig und jung bin, ...

„Warum hast du nicht einfach Schluss gemacht?", fragte ich ohne vorwurfsvollen Unterton. Ich wollte es wirklich wissen.

„Immer, wenn ich in meinem Zimmer saß, dachte ich: Ihm geht es wie mir, er hat auch niemanden, nur mich. Und weil du mir damals wie ein Retter erschienen bist, als ich alleine war und jemanden brauchte. Ich wollte dir nicht wehtun."

Ich war aufgestanden und zum Fenster gegangen. Unten im Hof spielten zwei kleine Mädchen neben den Mülltonnen. Die Sonne hatte noch nicht den Boden des schmalen Hinterhofs erreicht, aber es würde ein schöner Tag werden. Kein Wölkchen am blauen Himmel. Ich drehte mich um und sah Yvonne an.

„Gab es denn gar nichts, was dir etwas bedeutet hat?"

„Am schönsten war es, wenn wir nicht geredet haben, wenn wir still zusammen waren, wenn ich in deinen Armen lag, deinen Atem neben mir hörte, wenn wir zärtlich waren und uns liebten. Dann fühlte ich mich geborgen. Es waren die Augenblicke, wo ich glaubte, dass ich dir auch etwas von mir geben konnte."

Ich wusste, es war vorbei, endgültig. Es würde jetzt für uns beide keinen Weg mehr zurückgeben. Alles war gesagt. Ich war eine Enttäuschung für sie. Außerdem gab es ja diesen Blacky. Aber ich wollte ihr den letzten Schritt überlassen. Sie sollte es sagen.

„Was willst du nun tun?", fragte ich.

Yvonne saß stumm und starrte in Leere. Und plötzlich kullerten wieder Tränen über ihr Gesicht, ihre Schultern begannen zu zucken, sie schluchzte laut auf und fing jämmerlich an zu heulen.

Und als ich sie da so sitzen sah wie ein Häuflein Elend, mit ihrem nassen, verschmierten Gesicht, so hilflos und ratlos, da tat sie mir leid, da wusste ich, dass sie auch nur ein armes Ding war auf der Suche nach einem bisschen Glück, eine Enttäuschte, die verzweifelt nach dem kleinen Zipfel Liebe schnappte, den wir alle brauchen, um unserem Leben einen Sinn zu geben. Ich bin sicher, dass dieser Blacky nur eine neue Enttäuschung für sie bereithält. Aber ich würde nicht noch einmal ihr Tröster sein können. Auch wir waren gescheitert.

Ich legte meine Arme um sie und hielt ihre kleinen Hände fest in den meinen.

Yvonne packte ihre wenigen Sachen zusammen, sie war ruhig und gefasst. Ich saß in der Küche und wartete, wusste nicht, was ich tun sollte. Als sie alles beisammen hatte, umarmten wir uns stumm. Dann verließ sie für immer meine Wohnung. Ich ging zurück in die Küche und drehte mir eine. Mir war elend zumute. Ich hielt ihr Feuerzeug in meiner Hand. Es gefiel mir. Ich werde es in Ehren halten – als Erinnerung an die Zeit mit Yvonne. Auch ich war jetzt wieder allein und einsam – wie Oda.

Mit beiden Beinen fest im Nirgendwo
oder
Das Labyrinth unserer Freiheit

Auf dem Main glitzerten die Wellen in der noch warmen Sonne des Spätnachmittags. Ein leises Lüftchen bewegte die Blätter der Platanen, die schon anfingen, sich leicht zu verfärben. Ab und zu trudelte eines der trockenen Blätter zu Boden. Die Sonne stand deutlich tiefer als vor einigen Wochen und die Luft war kühl. Der Herbst kündigte sich an. *Weh mir, wo nehm ich, wenn es Winter ist* ... Nicht weit von hier, im Hirschgraben, stand das Haus, in dem vor einer Ewigkeit der junge Hölderlin einer gewissen Susette Gontard, der Gattin seines Brötchengebers, schmachtend zu Füßen lag, seiner geliebten Diotima. Eine vergebliche Liebe, die im Wahnsinn endete. *Mit gelben Birnen hänget und voll mit wilden Rosen* ... Wer lehrt mich das Wesen der Liebe? Oda hat Recht. In unserem Alter lernt man niemanden mehr kennen, da ist der Zug abgefahren. Allenfalls Restposten, die keiner will. Es gibt jetzt diese Singles-Partys *Fisch sucht Fahrrad*, aber nicht für Oldies wie mich. Anscheinend hat die Stuyvesant- und Frischwärts-Generation auch schon Kontaktprobleme. Natürlich könnte ich eine Kontaktanzeige in der FR oder im Pflasterstrand aufgeben. Das ist ja heute nichts Ehrenrühriges mehr. Jede Woche wimmelt es da nur so von diesen Kleinanzeigen *Sie sucht ihn, Er sucht sie, Er sucht ihn, Sie sucht sie*. Man könnte meinen, das ganze Rhein-Main-Gebiet sei auf der Suche nach dem passenden Partner. Es wundert mich. Allerdings habe ich den Verdacht, dass das eine Art Sportclub ist, dass da immer die gleichen Leute ihre Anzeigen aufgeben. Ein Markt der vergeblichen Hoffnungen, ein Karussell der enttäuschten Erwartungen. Ein Bäumchen-wechsel-dich-

Spiel. Noch bin ich nicht so weit. Ich hoffe noch auf den glücklichen Zufall im richtigen Leben.

Von Yvonne habe ich nichts mehr gehört. Fast ein halbes Jahr ist es jetzt her, dass sie mich verlassen hat. Ich bin nicht wahnsinnig geworden, aber ich vermisse sie – zumal es keine andere gibt, die sie ersetzen könnte. Es hätte mich schon interessiert, ob dieser Blacky ihr noch die Stange hielt. Und wenn nicht, ich bin sicher, in ihrem Reisebüro kommen so viele vorbei, da wird schon noch einer darunter sein, irgendwann, ein jüngerer und besserer Tröster als ich. Ich wünsche es ihr.

Oben auf dem Eisernen Steg standen zwei Kinder und spuckten in die Tiefe, versuchten, einen vorbeifahrenden Kahn zu treffen.

Wir kriegen es einfach nicht zusammen. Dieses Geliebt-werden-wollen, uns aber nicht anbinden lassen, nicht, bis dass der Tod uns scheidet. Unsere Sehnsucht nach Halt, nach etwas Festem und Beständigem. Zugleich die Angst, unsere Freiheit zu verlieren. Alle wollen Sex. Nur, wir Männer dürfen das nicht laut sagen, dann sind wir geile, schwanzgesteuerte Böcke, plump und bindungsunfähig. Aber sie wollen auch keine Waschlappen, sondern Draufgänger-Typen wie Brad Pitt, männlich und potent. Die bürgerliche Ehe liegt in den letzten Zügen, aber Sex ohne Liebe, das können Frauen sich nicht vorstellen, das finden sie ekelhaft – sagen sie jedenfalls. Wir kriegen es nicht mehr zusammen. Ich kriege es nicht mehr zusammen. Überall quellen mir nackte Brüste entgegen, locken laszive Körper, retuschierte Pin-up-Girls, halbnackt, ganz nackt, mit rot-geschmollten Lippen. In den Magazinen smilen mich diese Waschbrettbauchboys an, smart und sexy, das Hemd offen, die Brust rasiert und muskelbepackt. Im Kino, im Fernsehen, in der Duschgel-Reklame, überall diese öffentliche Geilheit. Hochglanz-Prostitution. Aber wehe, wenn uns wie dem armen Woyzeck *die Natur kommt*, wenn wir wirklich geil werden und sich die Hose wölbt – dann kriegen wir eins auf den Latz – *Er hat keine Moral Woyzeck!* Schizophrenie der Frauen: Wie sie ihre Hintern in zu enge Mini-Röcke zwängen, ihre Tangas, die in der Poritze verschwinden, transparente Blusen, die schamlose Zurschaustellung ihrer gepiercten Bauchnabel. Diese fast nackten Hühnchen auf den Laufstegen der Haute Couture, hohläugig und bulimiekrank. Lockung, Verlockung, Anmache, wohin das Auge sieht. Reiner Exhibitionismus. Aber wehe, wenn wir anbeißen, wenn wir zupacken wollen. Dann halten sie ihre Verbotsschilder hoch: Bloß nicht angrapschen! Keine sexuelle Belästigung! Dann zerren sie uns vor den Kadi. Die Nudisten-Moral der Schamlosen – *Nacktheit ist doch was ganz Natürliches (wie Gott uns schuf)*. Die Erektion nicht, die hat uns der Teufel zwischen die Schenkel geklemmt. Aber sie rennen in Scharen zur Body-Show der California Dream Boys, schieben den Kerlen ihre Geldscheine in den Slip, damit die ihnen ihre Zunge in den Hals stecken. Wie passt das zusammen? Kein Wunder, dass hierzulande jeder fünfte Mann zwischen achtzehn und dreißig Erektionsprobleme hat. Wie soll Mann das auf die Reihe kriegen? Wir sind alle verhaltensgestört.

Warum machen wir es nicht wie die Moslems? Verpacken wir die Frauen, wickeln wir sie ein, Kopftuch auf, Jalousien vor's Gesicht. Basta! Dann gäb's nichts mehr zu glotzen. Wir hätten unsere Ruhe, und da wäre wieder ein Geheimnis, etwas, was es zu entdecken, zu enthüllen gibt. Diese arme Jugend! Sie kennt keine Geheimnisse, sie weiß schon alles – dank Dr. Sommer und den Porno-Abgründen des Internets. Sie findet alles geil, ihre schlabbrigen Pullis, das letzte Rock-Konzert, ihre schrecklichen Frisuren und Hängearschhosen, die Oma auf dem Motorrad, alles *echt geil*, aber sie wissen nicht, was das ist. Hysterische, junge Teenager, gerade zehn, zwölf Jahre alt, die schlaflos die Boy-Groups über ihrem Bett anhimmeln, mit denen sie die Wände tapeziert haben. Da kann der Milchbubi von nebenan nicht mithalten, können die Pickelgesichter in ihrer Schule, diese armen Würstchen, einpacken – no chance. *Nobody is perfect?* Kein Problem, die kosmetische Chirurgie wird's schon richten. Sie lassen sich liften und straffen, polstern und Fett absaugen, ihre Brüste zu Dolly-Buster-Ballons aufpumpen. Zu klein, zu groß, zu dick, zu dünn, zu kurz, zu lang – eine gestylte Young-Fashion-Generation der ewig Unzufriedenen. Jeder sein eigener Frankenstein. Aber wozu? Die Kids sitzen doch nur vor der Glotze, sehen lieber zu, wie andere es machen, schmachten bei der vorgetäuschten Herz-Schmerz-Liebe ihrer Idole. I h r Leben langweilt sie. Sie können sich selbst nicht leiden. Sie wollen sein wie die anderen, nur nicht wie sie selbst. Deshalb ihre permanente Maskerade, dieses Kostümfest, das sie ihren Individualismus nennen. Reiner Narzissmus. Sie sind sich selbst genug, gieren zugleich nach der Bewunderung anderer. Laut Statistik geht die Anzahl der sexuellen Aktivitäten zwischen den Partnern zurück, kontinuierlich. Die Zukunft: Sex-Machines, Masturbations-Roboter von Beate Uhse, verschiedene Modelle für individuelle Bedürfnisse. Elektroschocks und psychedelische Illusionsbrille, *ein Rausch der Ekstase, wie ihn kein Partner Ihnen bieten kann*, sauber, hygienisch und jederzeit verfügbar. Stimulation bis zum Orgasmus in variabler Stufenschaltung. Endlich! Die totale sexuelle Befreiung. Keine langen Romanzen in der Warteschleife mehr, kein anstrengendes Aufreißen, kein Beziehungsstress, kein Lügen-Müssen von wegen Liebe und so, nur, um endlich an den Speck ranzukommen, keine endlosen Diskussionen, keine Verpflichtungen und keine unerwünschten Folgen: Lust auf Knopfdruck, kein Mundgeruch, kein Schweiß, keine Ansteckungsgefahr – der Output wird mit dem Tempo-Taschentuch entsorgt, wisch und weg. Auch die Kids kriegen es nicht mehr gebacken. Nur, sie wissen es noch nicht.

Gestern früh hatte ich fünf Flaschen Mumm Sekt mit in unser Studio gebracht und für elf Uhr einige Schnittchen vom Party-Service bringen lassen. Alle waren hocherfreut ob dieser noblen Geste. Keiner hatte gewusst, dass ich meinen Fünfzigsten zu feiern hatte. Kurzes, betretenes Schweigen, dann überschwängliche Umarmungen und Glückwünsche, die üblichen Sprüche von *Reife und Altersweisheit – Jetzt fängt das Leben erst an – Du siehst viel besser aus als früher – Die grauen Haare stehen dir gut, hat was Seriöses – Alles Gute für die nächsten Fünfzig*, all diesen Mist, den man so redet, wenn es nichts zu sagen gibt. Immerhin, wenigstens eine kleine Feier und doch noch ganz lustig. Das war's aber dann auch. Keine Karte von alten Freunden oder irgendwelchen Bekannten, die sich erinnerten. Natürlich kein Anruf von Oda. Aber auch kein Anruf von Stephan, was mich enttäuschte. Es ist nicht seine Art. Er hat mir sonst immer zum Geburtstag gratuliert, es war das erste Mal, dass er mich vergessen hat – glaube ich jedenfalls. Wahrscheinlich war es Oda gewesen, die ihn jedes Mal daran erinnern musste. Jetzt, wo er mit Chantal zusammenlebt, fällt ihm der Geburtstag seines Vaters nicht ein.

Ich war, als ich nachmittags aus dem Büro kam, den Rest des Tages zu Hause geblieben, wartete, dass das Telefon klingelte. Im Briefkasten waren nur Werbeprospekte von Obi und Edeka, Sonderangebote. Ich hatte mir ein Fläschchen aufgemacht und saß vor der Glotze, da rief meine Mutter an. Die Einzige, die meinen Geburtstag nicht vergessen hatte. Sie gratulierte mir zu meinem *halben Jahrhundert – mein Gott, wie die Zeit vergeht –* wünschte alles Gute, vor allem Gesundheit. Dann wollte sie wissen, mit wem ich denn feiere, das Haus sei doch sicher voller Gäste – natürlich weiß sie, dass ich nur eine popelige Zweizimmerwohnung habe. Ich hörte einen leisen Vorwurf heraus, dass sie zu diesem runden Geburtstag nicht eingeladen worden war. Ich sagte ihr, ich sei allein, es gäbe keine Feier.

Das machte sie einen Moment sprachlos. Dann lud sie mich zum Kaffee ein, *du könntest dich ruhig mal wieder sehen lassen, dann können wir mal so richtig klönen. Weißt du, es ist jetzt doch sehr einsam in diesem Haus, seit Vater tot ist.* Dann erzählte sie mir, dass ihre Stehlampe nicht funktioniere, obwohl sie die Birne ausgewechselt habe, dass das Balkongeländer unbedingt gestrichen werden müsse, bevor es wieder Winter wird. Sie wisse aber nicht, welche Firma das machen soll und ob es überhaupt nötig sei, das für teures Geld machen zu lassen. Kurz, sie hatte ihre Alltagssorgen, kam nicht zurecht und brauchte Hilfe. Ich versprach, die nächsten Tage vorbeizukommen, ganz sicher.

Die Flasche war schon leer, bevor der Spätkrimi zu Ende war. Ich hatte keine Lust, mich zu besaufen, außerdem war ich müde. Ich schaltete die Kiste aus und legte mich ins Bett. Ob man will oder nicht, an manchen Tagen, beziehungsweise in manchen Nächten, gehen einem Gedanken durch den Kopf, von denen man nicht loskommt.

Natürlich zieht man Bilanz. Was hatte ich erreicht? Beruflich? Privat? Ich habe keine Karriere gemacht, nichts aufgebaut. Nichts Bleibendes jedenfalls, nichts, worauf ich stolz zurückblicken konnte. Es gibt kein Lebenswerk, das noch zum Abschluss gebracht werden müsste. Das war mir nie wichtig. Bin ich deshalb ein Versager? Ich hatte das alles nicht vor. Es gab keinen Plan, keinen festen Lebensentwurf. Ich konnte gar nicht scheitern. Zugegeben, ich habe mich so durchs Leben gewurschtelt und manchmal mehr schlecht als recht. Aber nie auf Kosten anderer. Ich kann mir ins Gesicht sehen, wenn ich morgens vor dem Spiegel stehe. Ich wollte kein Geld scheffeln, mich nicht hochboxen, nicht um den besseren Platz kämpfen. Vielleicht ist deshalb nicht allzu viel aus mir geworden. Ich bin keine Kämpfernatur. Die Papuas, die Nubas, die Indios am Amazonas, warum sind sie so anspruchslos, so genügsam? Warum haben sie sich nicht weiterentwickelt, keinen Besitz erworben, keine Reichtümer angehäuft? Weil sie zufrieden sind mit dem, was sie haben? Sind sie glücklich? Sobald sie mit den Errungenschaften unserer Zivilisation in Berührung kommen, werden sie gierig. Ich habe mich nicht infizieren lassen. Bin bis heute weitgehend immun gegen die täglichen Verführungen des unnützen Konsums. Natürlich schaffe ich damit keine Arbeitsplätze. Insofern ist meine Genügsamkeit asozial. Aber es steckt nichts Politisches, nichts Ideologisches dahinter. Ich bin von Natur aus bescheiden. Ich brauche nicht viel. Ich habe keinen Ehrgeiz. Aber wenn ich etwas tue, bemühe ich mich, es gründlich und richtig zu tun. Ich bin nicht gleichgültig. Vielleicht bin ich auch nur mittelmäßig. Überhaupt, sind wir nicht alle eine Generation der Mittelmäßigen? Auch die, die es geschafft haben? Wo sind sie angekommen? Was ist wirklich aus ihnen geworden, den Alternativen, den rosa-roten Linken, den Öko-Freaks, was aus all den langhaarigen Flower-Power-Kindern, zu denen ich mich damals zählte? Was ist aus den Radikalen geworden? Den Anarchisten, Maoisten, marxistischen Autonomen und DKP-Agitatoren? Was aus ihren Idealen, ihren Utopien? Wie sieht ihr Leben heute aus?

Die, die ich kenne, haben sich längst komfortabel etabliert, sind den Weg durch die Institutionen gegangen, sitzen als Beamte auf gut bezahlten Posten, im akademischen Mittelbau, auf C-Professuren, in der Justiz und immer noch in den Schulen, noch grauhaariger als ich. Wer es sich leisten konnte, zog aufs Land, in die Vorstädte. Eigenheim mit Bausparvertrag. Bessere Luft, natürlich der Kinder wegen. Kleiner Garten, nette Nachbarn, frische Milch direkt vom Bauern. Jetzt pendeln sie täglich mit zwei Wagen zur Arbeit – *geht leider nicht anders, wir müssen ja in total verschiedene Richtungen.* Mit durchschnittlich zwei führerscheintauglichen Kids kommen diese Akademikerfamilien leicht auf drei oder vier PKWs, mit denen sie nun ihre frische

Luft verpesten – *die Bus- und Bahnanbindung ist hier ja extrem schlecht.* Sie kaufen neuerdings bei Aldi, ungeniert, das signalisiert Nähe zum Proletariat, wobei man noch ein paar Euro spart. Wenn sie von ihren Urlaubsreisen erzählen, schalte ich ab. Keine Wüste, die sie nicht kennen – *diese Sonnenuntergänge und das Flirren der Luft!* – kein Slum, dessen lachende Kinder sie nicht in ihr Herz geschlossen hätten – *die haben uns ja förmlich die alten Jeans, die wir extra gesammelt hatten, aus der Hand gerissen und mindesten fünfzig Kugelschreiber haben wir verschenkt, immer „Stylo?, Stylo?"* – kein Meer, in dem sie nicht geplanscht haben – *herrlich, diese Wellen und im Hintergrund die Berge, und natürlich das Essen, phantastisch!* Ihre Camcorder-Videos, selbst geschnitten und vertont, ihre Erlebnisse und Erzählungen, sie sind so ätzend wie die Dia-Abendende unserer Eltern, die sie immer als Spießer, als Touristen-Prolls, als Neckermänner verächtlich gemacht haben. Jetzt sind sie die Neckermänner. Traumschiff Aida, Beach-Ressort in Hurghada, all inclusive, Shopping und Animation, Beschäftigungstherapie gegen Langeweile.

Meine alten Weggefährten, Studienfreunde und Genossen, es geht ihnen gut, sie leben nicht schlecht. Aber was ist aus ihnen geworden? Menschlich, meine ich. Ich bin nicht neidisch. Ich wundere mich nur. Ich werfe ihnen nichts vor. S i e waren es damals, die mir meine indifferente politische Haltung zum Vorwurf gemacht haben, meine ideologische Standortlosigkeit, Frauen wie Barbara, auch Oda, die Genossen beim AstA und im Club Voltaire. Wer ihre ideologischen Analysen in Frage stellte, wer nicht bedingungslos bereit war zum revolutionären Protest, zum Sturz der Etablierten, dieses ganzen verrotteten kapitalistischen Systems, wer nicht den Kampf wollte – gelegentlich mit Steinen und Flaschen in der Hand –, der stand unter Generalverdacht. Der war nicht vertrauenswürdig, bekam nicht die wichtigen Posten, im schlimmsten Falle wurde er als Renegat ausgeschlossen. *Wer nicht für uns ist, ist gegen uns.*

Da wird man doch fragen dürfen. Wie schafft man es, so staatstragend und bürgerlich zu werden, dass ihre alten Eltern jetzt gerne und doch noch stolz zum Nachmittagskaffee kommen. Was haben sie anders, was besser gemacht, dass ihre adretten Söhne und Töchter verwöhnte Wohlstandskids geworden sind, die alles haben, alles kriegen und noch mehr wollen, Kids, die so geworden sind, wie sie damals nie werden wollten? In Wirklichkeit sind sie die Renegaten, die Reaktionäre. Oder ist das einfach nur die normative Kraft des Faktischen, der normale Weg des Reiferwerdens, der Sieg der Vernunft über den heißblütigen, naiven Idealismus der Jugend? Haben sie kapituliert, ist es Resignation? Sie machen mir nicht den Eindruck, dass sie sich als Verlierer sehen. Sie haben es sich bequem gemacht in den Widersprüchen unserer Zeit, lassen sich mit ihrer Konsumkritik nicht den Appetit verderben. In ihren Augen bin ich der Versager, der, der stehen geblieben ist, der Naive, der sich von den alten Spinnereien nicht lösen konnte. Ich bin der tumbe Tor, den sie belächeln, weil er nichts dazu gelernt, seine Schäfchen nicht ins Trockene gebracht hat. Ist alles ein Missverständnis?

Der Mensch ist frei geboren, doch überall liegt er in Ketten, heißt es in Rousseaus *Contrat Social*. Unsere Generation war angetreten, diese Fesseln zu sprengen, sie hat es zumindest versucht. Es war die Zeit, als Katharina Blum ihre Ehre verlor und Ulrike und Gudrun endgültig in den Untergrund abtauchten. Davon wissen die Kids heute nichts. Das ist längst Geschichte, die sie nicht interessiert. Natürlich sind jetzt alle froh, fast alle, dass dieser Staat und die Mehrheit seiner Bürger resistent geblieben sind gegenüber dem mörderischen Terror der radikalen Systemveränderer, der RAF, die eine neue Gesellschaft herbeibomben wollten. Die meisten hatten zum Glück nur demonstriert, die Zähne gefletscht und die Faust geballt, vor allem aber diskutiert. Dieser endlose Theorie-Streit um die richtige Analyse. Was ist von all dem geblieben? Die Generation der militanten und der friedfertigen Mittelmäßigkeit hat nichts Neues, nichts wirklich Besseres an die Stelle des Zerstörten gesetzt. Aus den Scherben und Trümmern, aus dem Pulverdampf der Rebellion ist keine neue Gesellschaft, keine neue Ethik hervorgegangen, nichts Verbindliches jedenfalls. Ein paar Freiheiten, die wir missbrauchen, mehr nicht. Peinlich heute im Rückblick, mit welcher Blauäugigkeit die konkreten Modelle sozialistischer Freiheit, dieser real existierende Sozialismus, verteidigt wurden. Da versagte der wissenschaftliche Marxismus, machte sich selbst blind in seiner Parteilichkeit. Sie bellen gelegentlich noch den Mond an, vor allem in den Feuilletons und Monatsheften, die außer ihnen selbst keiner mehr liest. Sie empören sich ab und zu, rufen *Nazis raus!,* womit sie diese tumben Glatzen mit den Springerstiefeln meinen – auch unsere Kinder, Kinder unserer Zeit – und schämen sich, noch immer und schon wieder, Deutsche zu sein.

Sie haben es nicht auf die Reihe gekriegt, haben die Widersprüche nicht auflösen können: Das marxistische Postulat sozialistischer Gleichheit, die Überwindung aller Klassenschranken, die Abschaffung des Raubtier-Kapitalismus einerseits – die unstillbare Sehnsucht nach individueller Freiheit, nach Selbstbestimmung des Einzelnen, der Autonomie des freien Geistes andererseits. Individualismus contra Kollektiv und Primat der Partei – *Die Partei, die Partei, die hat immer recht!* –, persönliches Glücksstreben contra Solidarität aller Werktätigen – es ließ sich nicht zusammenzwingen. Es hat nicht funktioniert. Ihre Rechtfertigung: *Es gibt kein richtiges Leben im Falschen.* Und was wäre, wenn sie doch den Sieg errungen hätten? Lebten wir in einer besseren Welt?

Der Personenkult der kommunistischen Linken! Ihre Säulenheiligen Marx und Engels, Lenin und Stalin – im Osten auf jedem Marktplatz. Mao, Ho-Ho-Ho-Chi-Minh,

Fidel und Che – die Ikonen der Revolution an den westlichen Unis. Adorno, Horkheimer, Bloch und Sartre, Marcuse und Abendroth, die alternativen Überväter, Katheder-Autoritäten, eher wider Willen, Rudi Dutschke der Märtyrer der vaterlosen Bürgersöhne. Alles in einer Phase des Aufbruchs, die ich zum größten Teil schon versäumt hatte. Als ich kam, wurden die bürgerlichen Autoritäten gerade abgeschafft. Die Phase der Fraktionierung, der ideologischen Zersplitterung setzte ein, Sektierertum und Dogmatismus verkündeten letzte Wahrheiten. Im Hörsaal wurde dem alten Adorno die nackte Wahrheit ins Gesicht gehalten, den Mikrophonen der Saft abgedreht. Ihr fatales Verschweigen oder Schönreden der „Säuberungen" unter Stalin, der Opfermassen im Archipel Gulag, der Massenliquidierungen in der „permanenten Revolution" Chinas, die Massenmorde des Pol Pot-Regimes. Das Inkaufnehmen dieser angeblichen Kollateralschäden auf dem Weg zum Kommunismus, der besseren Welt! Der Siegeszug der Epigonen, der Triumph der Mittelmäßigen begann. Das war die Zeit, in der ich mich zu orientieren versuchte, aber völlig den Überblick verlor. Eher unfreiwillig wurde ich zurückgeworfen auf meine bürgerliche Skepsis, die aufzugeben ich gerade bereit war. Ich wusste einfach nicht, mit welchen Wölfen ich heulen sollte.

Manchmal vermisse ich regelrecht die unbequemen alten Querköpfe und Dickschädel aus den Zeiten des Kalten Krieges, die Charakterköpfe mit Ecken und Kanten, an denen man sich reiben konnte. Nörgler wie Wehner, den blubbernden Strauß, Helmut Schmidt, den Schneidigen. Nicht zu vergessen Willy, die letzte Vaterfigur der Sozialdemokraten, einst jungendlicher Untergrundkämpfer, der mehr Freiheit wagen wollte, indem er mit seinem Radikalenerlass die studentischen Che-Jünger, Sandinisten-Unterstützer und DKP-Treuen vom Schuldienst fernhielt. Die streitbare Hamm-Brücher, integer und intelligent. Wir hatten sie damals gnadenlos ausgebuht bei einem Teach-in im Audi-Max zur Bildungsreform und den hessischen Rahmenrichtlinien. Es tut mir heute noch leid.

Und die Nachkriegsgeneration in der Industrie, diese *Charaktermasken des Kapitalismus*, sie erscheinen mir heute geradezu als Garanten eines humanen Unternehmertums, als moralische Verfechter einer sozialen Marktwirtschaft – im Vergleich zu den aalglatten Shareholder Value Boys der New Economy, jenen gesichtslosen Jung-Haifischen, die sich in den Kapitalströmen der Globalisierung tummeln, diesen *Heuschrecken*, die es bestens verstehen, aus Ebbe und Flut der Börsenkurse sich immer die fettesten Bocken zu schnappen. Mich beschleicht die Furcht, dass Stephan, mein eigener Sohn, auf dem besten Wege sein könnte, sich die dazu notwendigen Flossen und Reißzähne zuzulegen. Jedenfalls sehe ich im Augenblick nicht, was für ein Fisch er sein könnte oder wollte, um gegen den Strom zu schwimmen. Was er da so lernt in seinem Betriebswirtschaftsstudium – oder ist es Volkswirtschaft? –, ich weiß es nicht. Wir haben nie darüber geredet. Scheitern Eltern immer an ihren Kindern? *Wir machen den Weg frei!* Wofür?

Die Generation der Vatermörder hat ganze Arbeit geleistet, einige liquidiert, die meisten mehr oder weniger gewaltsam vom autoritären Thron gestoßen. *Wir machen den Weg frei!* – aber die Nachrücker haben sich geweigert, die frei gewordenen Stellen mit der Autorität ihrer Kompetenz zu füllen. Sie wollten auf die Stühle und Sessel, aber sie genieren sich, oben zu sitzen – zumindest tun sie so. Sie wollen keine Väter mehr sein, keine Autorität. In Wirklichkeit wollen sie nicht haftbar gemacht, sondern nur wiedergewählt werden. Daher die populistische Sympathie der Linken für mehr Volksentscheide. Was die Mehrheit will, kann nicht falsch sein. So argumentieren auch die Kitschverwerter der kommerziellen Pop-Kultur. Was der Masse gefällt, was sie kauft, kann nicht schlecht sein. Quantität als Maßstab für Qualität. Und immer die verschämte Angst, zur Elite zu gehören!

Ich schalte ab, kann sie nicht mehr sehen diese stromlinienförmigen, geschmeidigen Lavierer, Kompromissler, konturlosen Sympathieträger, visionslos, geschwätzig, telegene Nichtssager, diese Polit-Stars, geföhnt und geschminkt bis zur Unkenntlichkeit in jeder Talk-Show.

Wie schwer haben sie sich getan, die Grünen, die Lordsiegelbewahrer ökologischer Wahrheiten, bis sie ihren Joschka nach vorne ließen, Sympathieträger und Charakterkopf mit authentischer Biographie. Nur keinen Personenkult, nur keine Charismatiker! Ihr ewiges Trauma: die Angst vor dem Führer, dem Caudillo. Diese Angst, die sie pflegen, verdammt die antifaschistische Generation zur Kultur der Mittelmäßigkeit.

Es mangelt uns nicht an klugen Köpfen. Aber wer klug ist, geht nicht in die Politik – weil er weiß, dass er da nichts erreicht. Und wer sich zu weit aus dem Fenster lehnt, mit seinem Wissen, mit seiner Kompetenz, mit der sturen Kraft, das für richtig Erkannte durchzusetzen, der verfängt sich in den Fallstricken der Opposition, der eigenen Parteifreunde und Rivalen, die in den Startlöchern sitzen.

Die Nach-68er-Väter haben sich selbst demontiert. Unsere Söhne und Töchter haben keine Väter und Mütter mehr, nur gute Kumpel, mit denen sie auch nicht klar kommen. Sie haben niemanden mehr, der ihnen Lust macht, ihm aus triftigen Gründen an den Kragen zu gehen. Vielleicht wirken sie deshalb so oberflächlich und ziellos. Vielleicht daher ihre Hybris, sie könnten alles, ohne etwas zu können. Es ist die Zeit der Mittelmäßigen.

Ich habe keinen Grund, mit Steinen zu werfen. Auch ich sitze im Glashaus. Ich gehöre zu ihnen, rühre die Werbetrommel, besorge das Geschäft der Haie, verspreche ein falsches Glück. Irgendwie spielen wir alle das Spiel mit, dessen Regeln wir verabscheuen. Als geheimer Verführer bin ich Teil des Systems, das ich so nicht will – ein Opportunist. Aber wer braucht heute sonst noch Germanisten? Mein versteckter Widerstand? Unterlaufen des Konsumterrors durch persönliche Verweigerung? Alles Quatsch! Ich praktiziere keinen Konsumverzicht. Ich bin einfach genügsam. Mein Selbstwertgefühl wird nicht gekitzelt, wenn ich Ferrari fahren, Armani-Anzüge und Rolex-Uhren tragen würde. Mir fehlt Snobismus. Ich habe nicht am Bonner Kanzleramt vor dem Tor gestanden, an den Stäben gerüttelt und gebrüllt *Ich will da rein*. Mir fehlt ganz einfach der Wille zur Macht. Nein, ich habe mir nichts vorzuwerfen. Aber ich will mir auch nichts vorwerfen lassen.

Die Sonne war längst hinter den Wolkenkratzern verschwunden, deren weißes Lichtermeer mit zunehmender Dunkelheit immer heller aufstrahlte und von der späten Arbeit ausländischer Putzkolonnen in den verwaisten Büros des Big Business kündete. Diese jetzt leeren Kathedralen, die von innen leuchten, haben eine eigenartige Magie der Schönheit, der man sich kaum entziehen kann. Die gleiche Schönheit und Faszination, die vom inneren Glanz gotischer Dome und ihren Kunstschätzen ausgeht, deren Gold einst den Inkas geraubt wurde. Die Kühle der Abendluft ließ mich frösteln und ich spürte plötzlich meinen leeren Magen. Ich hatte Hunger.

Ich beschloss in meiner melancholischen Stimmung zu Fuß nach Hause zu gehen, den ganzen langen Weg, Schumacher Straße, Adenauer Straße, am Bethmann-Park vorbei, die Berger hinauf. Ich marschierte zügig durch die jetzt fast leeren Straßen der Innenstadt, vorbei an Mac Donald's und Pizza Hut, wartete nicht an den Ampeln, da sowieso kein Verkehr, dann immer geradeaus. Etwas außer Puste, aber mit durchgelüftetem Kopf erreichte ich meine türkische Kebab-Bude, bestellte eine Riesenportion Döner und verschlang gierig den ganzen Fladen in wenigen Minuten. Auch an Döner-Ständen kann man einsam sein. Außer mir weit und breit kein Kunde. Der junge Bursche, der mich bediente, war unter die Theke abgetaucht, wo er im flackernden Schein eines TV-Geräts hockte und mit stieren Augen und halb offenem Mund das Gekreische im Disco-Rhythmus zuckender weiblicher Körper angaffte – wahrscheinlich *echt geil.* Für ein Bier im Freien war es zu kalt und hier an dieser zugigen Ecke auch zu ungemütlich. Ich wollte, bevor ich nach Hause trottete, kurz im Bistro reinschauen und mir dort noch einen Schluck genehmigen. In den letzten Wochen war ich öfter ins Bistro gegangen, hoffte insgeheim, die ominöse, unbekannte Dame wiederzusehen, den vergessenen Teenager aus der Tanzstunde. Meist kam ich schon am frühen Abend, wenn noch nichts los ist, zu der Zeit, als ich sie damals bei ihrem Cappuccino sitzen sah. Aber der Tisch blieb leer. Sie war nicht wieder aufgetaucht. Vielleicht hatte ich ja diesmal Glück.

Heute habe ich meine Mutter besucht. Ich habe ihre Stehlampe repariert, nur ein kleiner Wackelkontakt, und das Balkongeländer gestrichen, fachmännisch, mit Abschleifen, Grundieren und Neuanstrich. Es hat mir Spaß gemacht, weil ich das Gefühl hatte, etwas Sinnvolles zu tun. Mutter stand die meiste Zeit daneben, kontrollierte und gab gute Ratschläge. Ihre wichtigste Sorge, dass die Hauswand vom abgeschliffenen Farbstaub schmutzig würde. Ich behielt meine Gute Laune und der Wind war auf meiner Seite.

Als ich am Vormittag bei ihr aufkreuzte, war sie völlig aufgelöst. Sie kam gerade vom toom Markt, hatte einige kleinere Einkäufe machen wollen. An der Kasse suchte sie nach ihrem Geldbeutel, fand ihn aber nicht. Ihr war die

Situation äußerst peinlich. Wie sie aufgeregt und vergeblich in ihren Taschen herumfühlte, kam sie sich vor wie eine *Betrügerin, Zechprellerin, wie eine alte Schnapsdrossel auf Mitleidstour.* Irgendwo im Supermarkt war ihr der Geldbeutel aus der Manteltasche geklaut worden, gerade, als sie sich bückte, um etwas ganz unten aus dem Regal zu holen. Natürlich hatte sie nichts bemerkt. Glaubte sich aber später erinnern zu können, dass ständig zwei Jugendliche um sie herumgestrichen seien. Der Geschäftsführer war freundlich, die Sachen musste sie da lassen. *Ich habe mich so geschämt ... vor all den Leuten.* Auf dem Revier wurde alles mit Ruhe protokolliert, die Chance, ihren Geldbeutel samt Geld und Scheckkarten wiederzubekommen, sei gleich null, das komme täglich vor. Mutter war empört.

Natürlich war dieses ärgerliche Abenteuer Wasser auf ihre Mühlen. *Die Welt ist schlecht ... voller Betrüger und Gauner.* Seit einiger Zeit bemerke ich, dass ihre Weltsicht immer pessimistischer wird. Sie ist immer noch interessiert, liest ihre Zeitung und sieht täglich die Nachrichten im Fernsehen. Aber sie saugt förmlich all die Horror-Nachrichten und Katastrophen-Meldungen dieser Welt in sich auf, die täglichen Kriegsgräuel, Attentate und Mordanschläge. Sie sieht sich umzingelt von Gefahren und der Schlechtigkeit der Menschen, was in ihr neuerdings einen Pessimismus und reale Ängste hervorruft, die ich früher gar nicht an ihr kannte. Sie war eine leidenschaftliche *Tatort* - und *Derrick*-Seherin, liebte ihre Abendkrimis. Jetzt sieht sie lieber *Musikantenstadel* und *Volkstümliche Melodien, weil man da die Berge sieht, so schöne Landschaften.* Sie traut sich kaum mehr in die Stadt, geht nur ungern auf ihre Bank, um Geld zu holen, weil sie Angst hat, überfallen zu werden. Sie ist misstrauisch gegenüber den Menschen geworden, fühlt sich umstellt von einer Welt des Bösen. Und ein leichter Zug von Bitterkeit hat sich in ihre Mundwinkel gegraben. Sie ist nicht mehr so fröhlich wie früher. Ich habe es aufgegeben, gegen ihren Pessimismus anzukämpfen, ihre Ängste als irreal und übertrieben wegzureden. Inzwischen ertappe ich mich dabei, wenn ich die täglichen Schreckens-Meldungen höre, von Überfällen auf alte Leute, von Trickbetrügern und Handtaschenräubern lese, meiner Mutter Recht zu geben. Es ist so, wie sie sagt. Paranoia steckt an. Und jetzt dieser Diebstahl. Für sie der Beweis, dass die Welt so ist, wie sie sie sieht. Natürlich, aber nicht nur. Es hat keinen Zweck. Ich will keinen Streit, will nicht immer rechthaberisch sein. S i e ist bestohlen worden, nicht ich. Aber es fällt mir schwer, ihre negative Sichtweise zu ertragen, weil ich möchte, dass sie glücklich ist, weil es m i c h tröstet, wenn sie in ihrem Alter noch etwas Lebensfreude hat. Aber es gelingt mir nur gelegentlich, sie aus ihrem Jammertal herauszuziehen. Manchmal, wenn wir im Palmengarten von Bank zu Bank gehen und den blühenden Rhododendron bewundern oder nach einem kleinen Stadtbummel im Café Hauptwache bei einem Stück gedecktem Apfelkuchen, dann fällt diese verbitterte Starrheit für ein paar Stunden von ihr ab, da blüht sie auf, wird munter, beobachtet die Leute und erzählt die alten Geschichten. Dann lässt sie sich aus ihrer düsteren Gedankenwelt reißen und ist fast wieder wie früher. Sie ist zu viel allein. Ihr fehlt die Ansprache, Abwechslung. Ihr Kaffeekränzchen existiert nicht mehr. Die alten Klatschtanten, alle gebrechlich wie sie, können nicht aus dem Haus, hocken im Altersheim oder sind längst weggestorben.

Ich will geduldig sein und zuhören, ohne ihr ständig zu widersprechen, ohne zu rechten. Wenn wir in regelmäßigen Abständen miteinander telefonieren, erzählt sie die alten Geschichten, die ich längst kenne, immer dasselbe. Neuigkeiten gibt es keine, nur Kleinigkeiten, die sie beschäftigen, Unwichtiges, auch hier das Gleiche wie beim letzten Mal. Aber wenn ich ihr ungeduldig über den Mund fahre, ihr sage, dass ich das alles schon kenne, dass sie mir

das schon zweimal erzählt habe, dann verstummt sie. Dann weiß sie mir nichts mehr zu sagen. Sie hat nur diese wenigen Geschichten, die sie beschäftigen, um die ihre Gedanken kreisen. Das ist ihre Welt. Sie erlebt nichts mehr. Wenn ich ihr diese Geschichten nehme, dann bleibt ihr nichts, nur das Schweigen. Ich will nicht, dass sie schweigt. Sie soll reden, am Telefon und wenn ich bei ihr bin. Und ich höre ihr zu.
Heute Mittag sollte es Frikadellen geben, mit Kartoffeln und Wirsing, als Überraschung – *weil du das doch so gerne isst*. Jetzt lagen Wirsing samt Hackfleisch beim toom Markt. Sie würde es morgen abholen. Das Geländer war ihr wichtiger. *Ich bin froh, wenn das gemacht wird, bevor der Winter kommt*. Also gab es Frankfurter Würstchen aus dem Glas mit Senf und Brot. Das Würstchenglas musste ich aufdrehen, weil der Deckel zu fest saß. Wenn ich nicht gekommen wäre, ich glaube, sie wäre verhungert.

Als ich die ersten Zeilen las, wusste ich sofort Bescheid. Die Nachricht traf mich wie ein kalter Blitz. Ich spürte, wie sich mir die Kopfhaut zusammenzog, das Blut aus den Adern wich und ein Schauer den Rücken hinunter lief. Ich war sofort sicher. Und doch, ich wollte es nicht glauben.
Wie jeden Morgen, bevor ich in unser Studio eilte, hatte ich die Zeitung unten aus dem Kasten geholt. Während ich am Küchentisch frühstückte, mir wie immer die Lippen am zu heißen Kaffee verbrannte und hastig eine rauchte, dabei nur flüchtig die Überschriften überflog, rasch die Seiten durchblätterte, um im Bilde zu sein, da entdeckte ich hinten auf der letzten Seite *Aus aller Welt* diesen kleinen Bericht.

BLUTIGER MORD IN HAMBURG

(dpa) Vermutlich bereits in der Nacht von Samstag auf Sonntag wurde im Hamburger Nobelviertel Pöseldorf ein Geschäftsmann brutal ermordet. Die mit mehreren Messerstichen übel zugerichtete, nackte Leiche wurde am Montag früh von der Putzfrau des 56jährigen leitenden Angestellten eines Hamburger Kunstverlages entdeckt. Die Polizei geht von einem Raubmord aus. Die Täter werden im Strichermilieu vermutet. Nachbarn des homosexuellen Opfers sagten aus, dass der Geschäftsmann gelegentlich Besuch von jungen Männern erhielt, die meist einen ausländischen, slawischen Akzent sprachen. Von den Tätern fehlt bisher jede Spur.

Während ich mit der U-Bahn ins Büro fuhr, konnte ich keinen klaren Gedanken fassen. Natürlich wollte ich versuchen herauszufinden, ob meine Vermutung richtig war. Wollte die Bestätigung für etwas, was ich bereits wusste. Ich verspürte auf einmal das Bedürfnis, mich jemandem mitzuteilen, mit jemandem über dieses Entsetzliche zu reden. Im Studio angekommen, hockte ich mich hinter meinen Schreibtisch, tat, als stürzte ich mich in die Arbeit und sagte kein Wort. Mit wem hätte ich reden sollen – ohne lange Erklärungen? Was erwartete ich? Trost? Mitgefühl? Manchmal hat man das Bedürfnis über etwas zu reden, weil man alleine nicht damit fertig wird, weil man daran erstickt. Man muss es loswerden, es will raus. Dann reicht es, wenn der andere nur zuhört. Er braucht gar nichts zu sagen, nichts zu tun, zuhören reicht. Meist sind die anderen ohnehin überfordert und hilflos. Aber man muss demjenigen vertrauen können, das Gefühl haben, zumindest verstanden zu werden. Wenn man sich in solchen Momenten in gewissem Maße entblößt, will man sich nicht hinterher schämen müssen. Aber mit wem sollte ich in der Agentur reden, zumal über eine so heikle Sache? Der Einzige, der Verständnis hätte haben können, wäre

Walter gewesen. Aber irgendetwas hielt mich davon ab, ihn in Anspruch zu nehmen. Er war selbst viel zu sehr mit seinen eigenen Problemen beschäftigt. Das war offensichtlich, obwohl er mit uns nie darüber redete. Wir wussten auch so Bescheid. Zu oft wechselten die Männer, die ihn nach Dienstschluss unten erwarteten, zu unterschiedlich waren ihr Alter und ihr Äußeres, als dass man hätte erkennen können, was er eigentlich wollte, wen er für sein Leben suchte. Und immer war es nur von kurzer Dauer. Die einzige Konstante in diesen Beziehungen war, dass alle seine Männerbekanntschaften einen Schnauzer trugen.

Ich überlegte, ob ich nicht einfach bei Florian anrufen sollte. Hielt das aber dann doch für keine gute Idee. Es war Dienstagvormittag, da wäre er üblicherweise in seinem Büro. Und wenn stimmte, was ich vermutete, dann wimmelte es in seiner Wohnung nur so von Polizisten, mein Anruf würde womöglich abgefangen oder gespeichert. Ich wollte in nichts verwickelt werden. Blieb also nur, bei diesem Alster Art Verlag anzurufen. In einem der wenigen ruhigen Momente, als ich für wenige Minuten alleine war, wählte ich also die Nummer des Verlages. Wieder diese unterkühlte, norddeutsche Frauenstimme, die ich schon kannte.

„Alster Art Verlag, Eichstädt. Was kann ich für Sie tun?"

„Mein Name ist Winkler. Ich hätte gerne Herrn Mahlmann gesprochen", sagte ich, indem ich so viel Normalität in meine Stimme legte, wie mir angesichts der prekären Situation möglich war.

„Herr Mahlmann arbeitet nicht mehr für uns", erklärte die Stimme sachlich.

„Ach!" Ich tat erstaunt. „Seit wann denn nicht mehr?"

„Darüber kann ich keine Auskunft geben."

„Sagen Sie, ich habe da eine Meldung in der Zeitung gelesen ..." Sie legte einfach den Hörer auf. Vermutlich hielt sie mich für einen dieser aufdringlichen Reporter der

Yellow-Press. Für mich war die Sache jetzt klar. Florian war bestialisch ermordet worden. Mein alter, dicker Jugendfreund, dem ich so viel verdanke. Sein übel zugerichteter Körper lag jetzt in irgendeinem Keller der Pathologie, wartete auf die Obduktion, die das Erbärmliche seines gewaltsamen Endes in der nüchternen Fachsprache der Mediziner dokumentieren würde. Ergebnisse, die für reißerische Schlagzeilen in der sensationsgeilen Klatschpresse sorgen würden, die Anlass gaben zu wilden Spekulationen, zu schlüpfrigen Unterstellungen und Andeutungen sexueller Praktiken. Dem Voyeurismus und der verlogenen Moral eines gierigen Publikums würde mit dem tragischen Ende eines unbekannten Menschen zugleich dessen Reputation, seine Würde, sein ganzes Leben zum Fraß vorgeworfen werden.

Nach Dienstschluss auf dem Nachhauseweg kaufte ich schnell noch im Kiosk unter der Hauptwache die BILD-Zeitung. Ich wollte wissen, was da stand. Suchte nervös nach dem Bericht. Innen im Blatt, ganz unten in der Ecke stand es. Die Nachricht war noch nicht der große Aufmacher. Umfang und Inhalt des Textes entsprachen dem, was ich am Morgen in der Frankfurter Zeitung gelesen hatte. Offensichtlich basierten die Nachrichten auf dem üblichen vorläufigen Polizeibericht, nur eine Agenturmeldung. Fortsetzung folgt.

Zu Hause war ich zu nichts fähig. Ich hatte mir ein Bier aus dem Kühlschrank geholt, mich in den Sessel fallengelassen und konnte nichts anderes denken als Flori.

In meiner Erinnerung wirbelte alles wild durcheinander. Bilder des jungen, hübschen Flori, der so großzügig seine Zuneigung, seine Zärtlichkeit und seinen Körper verschenkt hatte. Flori, der Christian mit dem Storchenbein eine Liebesnacht geschenkt hatte, die ihn ins Leben zurückholte. Der mich damals mit seinen feuchten Lippen wachküsste, in seinen nackten Armen den warmen Geruch menschlicher Zuneigung atmen ließ, eine Art von Liebe, eine unschuldige Sinnlichkeit, die unabhängig vom Geschlecht existierte. Dann dieser dicke, unförmige Fettkloß, der sich bei meinem Besuch in Hamburg – mein Gott, wie lange ist das schon wieder her? – aus seinem Bürosessel erhob und mich nicht wiedererkennen wollte. Ein Florian, den i c h nicht wiedererkannte. Alt und hässlich. Ein in die Jahre gekommener Schwuler, der auf dem Markt schwuler Eitelkeiten keine Chance mehr hatte. Der abserviert war und sich resigniert in seinen Speckmantel eingerollt hatte. Wie er mir vorlog, dass er mit allem abgeschlossen habe, mit diesen demütigenden Sexabenteuern und Klappenbesuchen, während er in seiner Wohnung irgendeinen blassen Knaben aushielt, der ihn nicht liebte.

Ich hatte es vermutet. Florian war ein schlechter Lügner. Er konnte seine Sehnsucht nach Berührung nicht wie einen Mantel ausziehen. Wir können das alle nicht. Seine Begierde anzufassen oder nur anzuschauen, zu bewundern, sich satt zu sehen an dem, was ihm so sehr gefiel – ein junges Gesicht, glatte nackte Haut, ein geschwungener Hals, die Muskelpartien an Schultern und Oberarmen, schmalen Hüften –, seine stille Freude am Anblick der Schönheit des Menschen waren stärker als er, hatten ihn schließlich das Leben gekostet. In irgendeiner Form sind wir alle Voyeure, fasziniert von der unschuldigen Blöße des nackten Körpers. Florian war ein sinnlicher, ein zarter Mensch geblieben und er war ein Ästhet, trotz seiner unappetitlichen Körperfülle. Ich glaube, er war nicht mehr wirklich sexuell interessiert, kein alter geiler Bock. Wahrscheinlich hatten ihn die Jahresringe zunehmender Ablehnung, fehlgeschlagener Affären und menschlicher Enttäuschungen mürbe und impotent gemacht. Aber tief in ihm, in seiner Phantasie, in seinen Träumen glühte noch ein Funke, dieses ewige Lichtlein unserer Leidenschaften, das nie verlöscht. Dieser Funke hielt in ihm die Erinnerung wach an die verlorene Schönheit der Knaben, die Vollkommenheit ihrer Jugend, die Erotik ihrer geschmeidigen Körper. Und wenn seine Phantasien mit der Zeit stärker wurden, die Träume ihn umhertrieben, dann tat er das, was er selbst in wachem Zustand längst verabscheute. Dann kaufte er sich am Hauptbahnhof dieses junge, frische Fleisch. Er lud sich die Jungen in seine Wohnung ein, um – einem Künstler gleich – die Schönheit der Modelle, die er in seinem Kopf modelliert hatte, wenigstens im schwachen, milden Schein des gedämpften Lichts mit seinen Augen betrachten zu können, vielleicht ihre weiche, zarte Haut fühlen zu dürfen und in glücklichen Momenten auch selbst von ihren ungeschickten Fingern angefasst, berührt zu werden. Pickelgesichter, dürre Fixer, kranke, ausgemergelte Stricher, die ihm im Halbdunkel wie Adonisse erschienen. Junge Burschen, die nicht schwul waren, die ihn verachteten, nur sein Geld wollten. Und er wusste das, und er verachtete sich dafür, und er tat es doch immer wieder, nahm die Demütigungen, die Dürftigkeit und Lieblosigkeit dieser kurzen Begegnungen in Kauf, um eines letzten kurzen Moments unbefriedigenden Glücks Willen, der ihm das Gefühl gab, noch am Leben zu sein. Und während sich die Burschen rasch auszogen, die ungewünschten Berührungen teilnahmslos über sich ergehen ließen, sich konzentrierten, um möglichst schnell zu kommen und das Geschäft zu Ende zu bringen, starrten sie ins Leere, ertrugen stumm die Liebkosungen Florians. Und manchmal taxierte ihr Blick die Gegenstände des Raumes, die Brauchbarkeit und den Wert der Dinge, die sie sahen. Und weil sie *diese alte, fette schwule Sau* verachteten, ihren Freier erniedrigen mussten, um ihre eigene Selbstachtung zu bewahren und ihre Einlassungen zu rechtfertigen, nahmen sie sich gelegentlich das Recht, einige der Dinge, die ihnen im Dämmerschein verlockend erschienen, heimlich mitgehen zu lassen. Dies geschah meist dann, wenn der Fettsack nervös und noch glücklich betäubt seine Hosen hochzog, nach den abgemachten Scheinen suchte, sich meist noch eine Draufgabe für Taxi oder U-Bahn abschwatzen ließ und beim schnellen Abschied etwas Sentimentales wie *Es war nett mit dir, vielleicht sehen wir uns mal wieder?* flüsterte, bevor die Tür ins Schloss fiel und – wieder allein – die Scham die Leere füllte. Und oft erst am nächsten Morgen, wenn Helligkeit und Nüchternheit den Blick ins ungeschminkte Leben überdeutlich werden ließ, bemerkte Florian, dass ihm wieder einmal die Uhr, eine der kleinen, durchaus kostbaren Bronzefiguren, mehrere Geldscheine oder nur einige seiner CDs fehlten. Und er schwor sich, dass es das letzte Mal gewesen ist, dass er *dieses Gesindel* in seine Wohnung gelassen, dass er sich diesen Demütigungen ausgesetzt hatte. Aber dann, wenn die Zeit diese eigentlich unbedeutenden Schürfwunden geheilt hatte und die Träume und Phantasien wiederkamen, dann trieb ihn seine unstillbare Sehnsucht hinaus in die Nacht, in die dunklen Ecken, wieder nach St. Georg, wieder zum Hauptbahnhof.

So muss es gewesen sein, als er am vergangenen Wochenende ein letztes Mal die Tür geöffnet hatte, um einen – oder waren es zwei? – dieser gefallenen Engel zu empfangen, die seine unbedeckte Hilflosigkeit ausnutzten und zustachen, mehr als nötig und vielleicht mit einer perversen Lust aus Hass auf alles Schwule, was ihnen ihre Männlichkeit zu rauben schien. Gefühllos und skrupellos verwandelten sie sich in strafende Engel, schwangen das Schwert, um das verderbte Blut ihres Opfers im Namen einer höheren Gerechtigkeit zu vergießen.

Ich wusste nicht, ob Florians Eltern noch lebten, kannte ihre Adresse nicht. Überhaupt hatte ich keine Ahnung, ob er Geschwister oder andere Verwandte hatte. Zuviel Zeit war vergangen. Außerdem, was hätte ich da erfahren oder bereden können? Vielleicht wäre es den Angehörigen sogar peinlich, auf diese Familientragödie angesprochen zu werden. Nein, es gab keine Veranlassung, Kontakte zu suchen zu wildfremden Menschen, die ich nicht kannte und die mich nicht kannten. Florian würde in den nächsten Tagen beerdigt werden. Aber wann und wo? Gab es Freunde, wirkliche Freunde, vielleicht aus früheren, glücklicheren Tagen, die eine Blume in sein Grab werfen würden? Würden seine Lover, seine Stricher, die vielen Schwestern, die ihn kannten, ihm das letzte Geleit geben? Was wird der Pfarrer sagen, sofern es einen gibt, der ihn christlich beerdigt? Sollte ich nach Hamburg fahren? War ich Florian das schuldig? Ich weiß nicht, was ich tun soll. Sind es nur sentimentale Erinnerungen, die mich in die Pflicht nehmen, mir zuflüstern *Du bist ihm zu Dank verpflichtet*? Eigentlich hatten wir uns schon vor sehr langer Zeit getrennt, aus den Augen verloren, ohne dass einer den anderen vermisst hätte. Nach unseren Jugendtagen hatte jeder sein eigenes Leben gelebt. Und damals in Hamburg, es war kein wirkliches Wiedersehen, kein Freudenfest, das unsere Seelen vibrieren ließ. Damals, als er zögerte, sich überhaupt mit mir zu treffen, nicht erinnert werden wollte an die vergangenen Zeiten, da sind wir uns nicht als alte Freunde in die Arme gefallen. Wir hatten einen halben Tag miteinander verbracht und eine halbe Nacht, wir sind uns fremd geblieben und haben uns endgültig voneinander verabschiedet. Vor allem er war es gewesen, der einen Schlussstrich gezogen hatte. Wer weiß, ob er je wieder an mich gedacht hatte. Nein, er wartet bestimmt nicht auf mich. Nur in meinem Kopf spukte er gelegentlich herum und auch jetzt, wo er tot ist, werde ich ihn nicht los. Ja, ich fühle Trauer in mir. Aber ich werde nicht nach Hamburg fahren und nicht an seinem Grab stehen. Ich behalte ihn in meinem Herzen, den jungen, schlanken, so quicklebendigen Flori.

Manchmal hat es den Anschein, als träfe das Schicksal gerade uns ungewohnt heftig und in besonderem Maße mit kleinen oder großen Katastrophen – als Strafe. Nur, wir wissen nicht wofür. Ich durchlebe gerade solch eine Phase der Schicksalsschläge und ich frage mich, womit ich das verdient habe. Ich fühle mich nicht schuldig, sehe nicht ein, warum es gerade mich trifft. Und das Kuriose dabei ist, es sind keine Katastrophen, die mich direkt treffen, es sind andere, denen ein Unglück passiert. Aber ich bin es, der von ihnen wie von einem Strudel mitgerissen und aus seiner gewohnten Bahn geschleudert wird. Ich kann mich diesem Sog nicht entziehen. Ich bin betroffen und mein Leben, meine Ruhe auch. Im Augenblick sieht es so aus, als habe mein bescheidenes Glück, für das ich immer dankbar war, mir plötzlich den Rücken gekehrt.

Heute also die neue Hiobsbotschaft. Ein Anruf aus dem Krankenhaus. Meine Mutter habe einen Schlaganfall erlitten, nein, nur einen kleinen, es ginge ihr schon besser, ja, sie könne sprechen. Aber es wäre gut, wenn ich in die Klinik kommen könnte.

Meine Mutter lag da wie ein Häuflein Elend. Sie hasst Krankenhäuser, meidet Ärzte, und jetzt lag sie hier und war beiden wehrlos ausgeliefert. Sie hing an einem Tropf. Über ihr an einem Galgen baumelte eine Flasche, aus der über einen dünnen Schlauch und eine Kanüle eine farblose Flüssigkeit in ihren Arm tropfte zur Verdünnung ihres Blutes. Als ich ihr Zimmer betrat, lächelte sie matt, fast entschuldigend, dass sie so viel Ärger machte, dass alle Welt sich um sie kümmern musste. Aber es ging ihr schon wieder einigermaßen gut. Sie hatte Glück gehabt. Unten, auf der Straße war es gewesen, als ihr plötzlich die Beine den Dienst versagt hatten. Sie habe für einen Moment das Bewusstsein verloren, sei hingestürzt und habe dagelegen. Zum Glück sei nichts gebrochen. Fremde Menschen hatten sich beherzt um sie gekümmert, den Notarzt alarmiert, es war alles schnell gegangen. Und weil es nur ein kleiner Schlag gewesen, die rettende Hilfe rasch erfolgt war, schien alles überstanden, war jetzt alles gut. Sie sollte noch einige Tage zur Beobachtung in der Klinik bleiben, würde zumindest vorübergehend auf ein Medikament eingestellt, das die Gerinnung des Blutes herabsetzte. Vielleicht würde später Aspirin ausreichen, aber vor allem sollte, müsse sie mehr trinken. *Aber ich trinke ja*, verteidigte sie sich schwach. Es war eben nicht genug. Ich wusste, sie hatte Probleme mit der Blase, war zumindest teilweise inkontinent. Aber sie sprach nicht darüber. Wenn wir zusammen unterwegs waren, in die Stadt gingen, dann trank sie schon Stunden vorher nichts, aus Angst, plötzlich auf die Toilette zu müssen, aber keine zu finden. Und obwohl sie nichts getrunken hatte, drängte es sie dann trotzdem fast alle halbe Stunde zum rettenden Zeichen für Damen. Sie kannte die Klos sämtlicher Warenhäuser, die auf den üblichen Wegstrecken lagen, auf denen sie ihre kleinen Besorgungen machte, alle öffentlichen Bedürfnisanstalten, die sauberen und unsauberen, auf die sie nicht mochte.

Dieser Zusammenbruch war eine Warnung gewesen. Sie musste ab jetzt mehr auf sich aufpassen, die Ratschläge der Ärzte befolgen. Aber ich habe meine Zweifel, ob sie die Willenskraft aufbringt, die Disziplin, die dazu notwendig ist.

Ich hielt ihre kleine, von braunen Altersflecken überzogene Eidechsenhand. Und als sie ihre Geschichte erzählt hatte, saß ich schweigend neben ihr.

Auch für mich war dieses Ereignis ein Signal. Mir war klar, ab jetzt mussten wir mit Schlimmem rechnen. Irgendwann würde es soweit sein. Aber nicht in weiter Ferne. Die Uhr lief ab. Insgeheim erwartet, aber dann doch ganz plötzlich und unvorbereitet würde das Schicksal meine Mutter ereilen, und wenn es gütig war, rasch und ohne große Schmerzen. Wenn es aber anderes wollte, einen quälenden, erbarmungslosen und langen Leidensweg vorgesehen hatte, dann kamen auf uns alle schwere Zeiten zu, die wir geduldig zu ertragen haben würden.

Und wie ich meine Mutter da am Tropf des Lebens hängen sah, wie dieser so klein gewordene Mensch noch immer so viel Hoffnung in sich trug, einen Lebenswillen, der in ihren Augen glänzte, sie sich schon wieder Sorgen darum machte, wer denn ihre Blumen gießt, da war mir klar: Ich durfte sie in der letzten, vielleicht schrecklichen Phase ihres Lebens nicht alleine lassen. Sie sollte nicht in einem kahlen, fremden Zimmer alleine liegen, von fremden Menschen notdürftig versorgt, sollte nicht einsam und verloren an die Decke starren und auf das Ende warten müssen. Sie hatte sich für Vater aufgeopfert, sich strikt geweigert, ihn wegzugeben, ihn verzweifelt gepflegt bis zur Erschöpfung. Kann ich ihr dann antun, was so unmenschlich ist?

Meine Schwester hatte schon vor einiger Zeit versucht, mit ihr darüber zu reden, über diese letzte Wegstrecke, die sie vielleicht nicht alleine bewältigen konnte. Sie hatte sie nicht gebeten, in ihr Haus in Hannover zu ziehen und mit ihr und ihrer Familie zusammenzuleben, hatte ihr aber angeboten, ein geeignetes Altenheim, eines in ihrer Nähe, zu suchen, damit sie sich besser um sie kümmern könne. Aber sie wollte davon nichts hören. *Wieso? Es geht ja noch. Dazu ist immer noch Zeit* – damit hatte sie das Gespräch abgebrochen. Und ich glaube, ich verstehe sie. Die eigene Wohnung zu räumen, in der man weit mehr als die Hälfte seines Lebens verbracht hat, die alten, vertrauten Gegenstände aufzugeben, das ist wie ein Weggeben des ganzen Lebens. Es ist ein Sterben noch vor der Zeit. Es ist das Ende. Man weiß, dass es aus ist. Aber man atmet noch. Am schlimmsten aber ist das sichtbare Wissen, dass nichts vom eigenen Leben übrig bleibt, dass man spurlos verschwindet, dass man den Platz schon räumt, den man im Leben eingenommen hat – und dass er leer bleibt.

Früher, in den alten Großfamilien des Bürgertums, auf dem Lande, in den Bauernhöfen und vielleicht auch in der Enge der Arbeitersiedlungen, im dritten oder vierten Hinterhof, da, wo die Alten noch im Kreise ihrer Familie ihr Leben aushauchten, da war es, denke ich, anders. Da hatten die Alten ihr Haus bestellt, in andere Hände übergeben und starben in der Gewissheit, es bleibt so, wie ich es verlasse, es entwickelt sich weiter, die Söhne und Töchter werden mein Erbe fortsetzen, es an die Enkel weitergeben. Da waren die Alten eingebettet in eine größere Lebenslinie, in eine Tradition, in der jeder seine Zeit hat, das Beste daraus zu machen. Und vielleicht konnte man fast beruhigt sterben in der Gewissheit, diese Tradition ist nicht mit meinem Leben zu Ende, die, die hier um mich sind, werden das Hinterlassene bewahren und fortsetzen, das gibt mir Ruhe und Trost für den Abschied.

Heute sind andere Zeiten. Individualismus ist angesagt, unser Hedonismus der Sinn des Lebens. Wir können, wir wollen das Rad nicht zurückdrehen, nur keine falschen Sentimentalitäten. Aber ist das ein Grund herzlos zu sein? Ich bringe diese *heitere Gleichgültigkeit* Meursaults einfach nicht auf, der nie seine Mutter im Altersheim besuchte. Ich will meine Mutter nicht alleine lassen. Das hat sie nicht verdient.

Es ist ja nicht die Angst vor dem Tod, die uns umtreibt. Wovor wir uns fürchten, sind diese letzten, furchtbaren Sekunden, in denen wir noch einmal vergeblich nach Luft japsen, um dann zu ersticken, wo wir unser Herz plötzlich nicht mehr schlagen hören und wissen, jetzt ist Schluss, ehe sich unser Bewusstsein trübt. In diesem Augenblick, wo wir durch die letzte Tür ins Ungewisse müssen, da ist es gut, wenn einer da ist, der uns die Tür aufhält, unsere Hand nimmt und uns hilft, über die Schwelle zu treten, jemand, mit dem wir vertraut sind, den wir kennen und geliebt haben. Jemand, der uns gern hat.

Vielleicht irre ich mich. Vielleicht war es immer so, dass die Jungen die Alten nur schwer ertragen konnten, eher der Konvention folgten, widerwillig, nicht guten Herzens, sich, wo es ging, ihren Pflichten lieber entzogen. Hat nicht auch der berühmte Sohn meiner Stadt, der große Dichter, schmählich versagt? Er, der in seinem langen Leben immer wieder die großen Gefühle, die Leidenschaften und Leiden der Menschen beschrieb, ließ seine treue Christine, Geliebte und Dienstmagd zugleich, im *letzten fürchterlichen Kampf ihrer Natur* allein, ließ sie ungetröstet und jämmerlich verrecken, als sie sich, von Schmerzen gepeinigt, in ihrem Bett krümmte. Er ging nicht in ihr Zimmer, wollte sie nicht mehr sehen, nicht dieses Quälen zum Ende hin mit eigenen Augen betrachten. Er hielt sich die Ohren zu, um ihr Geschrei nicht zu hören. Er hat gekniffen. Und doch hat er sie geliebt.

Mein Entschluss steht fest. Wenn es soweit ist, dass meine Mutter ein Pflegefall wird, werde ich zu ihr ziehen. Irgendwie wird das schon klappen. Es wird nicht leicht, das ist mir klar. Aber es muss zu schaffen sein, muss sich organisieren lassen. Einen Teil meiner Arbeit kann ich auch zu Hause erledigen. Und für die Zeiten, in denen ich nicht da bin, muss eine Pflegerin her. Es gibt ambulante Pflegedienste. Noch besser, eine von diesen billigen Hilfen aus Polen oder Tschechien. Nicht nur, dass ihre Armut sie zu billigen Pflegekräften macht, viel wichtiger ist ihre Menschlichkeit, die Fähigkeit zur Zuwendung, ihre Bereitschaft, alte, hässlich gewordene Leiber zu pflegen, hilflose Körper, die ihre Ausscheidungen nicht zurückhalten können, schwache Glieder, die lahm sind, zittrige Hände, die Gabel und Löffel nicht mehr zum Munde führen können – ohne sich zu ekeln. Eine dieser rundlichen Frauen, die in Lebensverhältnissen aufgewachsen sind, wo die Nähe zu anderen, zu den Familienangehörigen, der Zusammenhalt zwischen Jungen und Alten noch eine Lebensnotwendigkeit ist. Wir haben uns angewöhnt, die unangenehmen Dinge des Lebens anderen aufzubürden. Und wir bezahlen sie schlecht dafür. Wohlstand macht herzlos. Welcher junge Mensch will heute noch Krankenschwester, Altenpfleger werden, als fröhlicher Pisspottschwenker durch die Krankenhausflure tanzen? Aber machen wir uns nichts vor, es ist nicht die schlechte Bezahlung. Der Grad menschlicher Wärme ist nicht abhängig von der Höhe des Gehalts. Immer mehr junge Männer verweigern den Wehrdienst aus ehrenwerten, moralischen Gründen, aber immer weniger von ihnen sind bereit, in Altenheimen, Behindertenwerkstätten und Krankenhäusern anderen Menschen persönlich zu helfen, sie zu füttern, zur Toilette zu begleiten, ihnen, wenn nötig, die Senioren-Windeln zu wechseln. Das ist unter ihrer Würde, das kommt einer Degradierung gleich. Und so üben sie Verrat an sich selbst, berauben sich der Achtung für i h r e Zukunft in gebrechlichem Alter. Unsere Illusion, unser Wahn, wir könnten das Hässliche, das Alte, Krankheiten und Leiden aus unserem Leben verbannen, ganz aus der Welt schaffen. Vielleicht deshalb auch der grenzenlose Optimismus, die Gen-Technologie könne uns erlösen.

Wer sonst soll sich denn um unsere Eltern kümmern, wenn wir es nicht tun, ihre Kinder? Sie haben nur uns. Sie waren für uns da, jetzt haben sie Anspruch auf unseren Beistand. Sind wir nicht angetreten damals, mit einer gerechteren Gesellschaft zugleich auch eine menschlichere zu schaffen? Haben wir nicht dauernd Solidarität eingefordert, auch und gerade mit den Unterdrückten, den Schwachen dieser Welt? Dann müssen wir uns beim Wort nehmen. Vielleicht ist es ja nie die Gesellschaft, die gut oder böse ist, menschlich oder unmenschlich, sondern immer nur der Einzelne.

Um ehrlich zu sein, ich tue es nicht nur für meine Mutter. Ich tue es auch für mich. Ich bin keine Mutter Teresa. Aber ich will mir später keine Vorwürfe machen müssen. Ich will nicht mit dem schlechten Gewissen leben, etwas nicht getan zu haben, was ich hätte tun können und tun sollen.

Mein Sohn hat mich angerufen. Nicht, dass ihm zu spät doch noch mein Geburtstag eingefallen wäre. Kein Wort dazu, kein nachträglicher Glückwunsch. Auch dass er sich nach Oma erkundigte, wissen wollte, wie es ihr gehe, war nicht der eigentliche Grund. Nein, Stephan lud mich ein – zu seiner Hochzeit. Obwohl ich insgeheim etwas Derartiges erwartet hatte, war ich überrascht. Immerhin, mein Anfangsverdacht damals, Chantal könnte schon beim Umzug schwanger gewesen sein, hatte sich als falsch erwiesen. Beide hatten sich Zeit gelassen, ihr Nest eingerichtet und ihre Zweisamkeit – bis heute harmonisch, soweit ich das einschätzen kann – ohne Trauschein genossen. Stephan war so klug gewesen, erst sein Studium abzuschließen – mit ordentlichem Erfolg, wie ich erfreut zur Kenntnis nehmen durfte. Jetzt arbeitete er in einem der Glaskästen eines großen Versicherungskonzerns draußen in Eschborn. Chantal gab immer noch Volkshochschulkurse und hatte einen kleinen Lehrauftrag an der Uni – Französisch-Kurs für Studenten der Geschichte. Sie waren also etabliert, von Heirat und Kindern war bislang jedoch keine Rede.

„Ist es dringend? Ich meine, ist es, weil etwas unterwegs ist?", fragte ich.

„Richtig geraten. Chantal ist im sechsten Monat."

„Gratuliere!", sagte ich, weil mir nichts Besseres einfiel. Sie mussten also heiraten und zwar schnell. Innerlich sträubten sich mir sämtliche Haare zu Berge. Hatten sie nicht aufgepasst? Stephan war aufgeklärt, und ich nehme an, dass auch Chantal klug genug ist, zu wissen, wie man ungewollte Schwangerschaften vermeidet. Dann hatten sie es wohl doch geplant. Oder hatte nur s i e es gewollt und Stephan vor vollendete Tatsachen gestellt? Ein Versuch Chantals, Stephan an sich zu binden? Fühlte er sich jetzt vielleicht verpflichtet, den stolzen Ritter zu spielen, weil er blind vor Liebe ist? Ich wusste nicht, was ich von dieser Nachricht halten sollte. Ich bin zu misstrauisch, ich weiß.

„Wird es jetzt nicht ein bisschen schwierig für euch?", fragte ich vorsichtig.

„Wieso? Ich sehe da kein Problem", sagte er unbekümmert. War er wirklich so naiv?

„Ich schon", antwortete ich.

„Lass das mal unsere Sorge sein. Wir werden das Kind schon schaukeln."

Es hatte keinen Zweck, das mit ihm zu erörtern, schon gar nicht am Telefon. Außerdem war das Kind bereits in den Brunnen gefallen. Wozu also nachträglich noch sinnlose Debatten. Es galt, die Dinge zu nehmen, wie sie sind.

„Wann soll die Hochzeit sein?"

„Freitag in vierzehn Tagen. Erst auf dem Standesamt, dann in der Kirche."

Auch das noch. Kirchliche Trauung! Womöglich in weißem Brautkleid. Chantal mit Schleier und Schleppe. Sinnbild der Reinheit und Unschuld. Ich kam aus dem Staunen nicht heraus. Was veranlasst junge Menschen wider den Trend sich wie Lemminge in den Hafen der Ehe zu stürzen? Aller Statistik zum Trotz, die belegt, dass inzwischen jede zweite Ehe geschieden wird – Tendenz steigend. Wo nehmen sie ihre Hoffnung her, ausgerechnet ihnen könnte das fast Unmögliche gelingen?

„Wird Oda auch kommen?", wollte ich wissen.

„Ja, natürlich. Und es wäre schön, wenn ihr Euch vorher aussprechen könntet. Versaut uns bitte nicht unsere

Hochzeit!" Ich schwieg. „Tu es für mich und deinen Enkel! Chantal und ich wollen, dass unser Daniel wenigstens einen richtigen Opa und eine Oma hat."
„Also ein Junge", stellte ich überflüssiger Weise fest.
„Ja. Aber wir wollen natürlich auch noch ein Mädchen."
„Wie schön." Ich war fassungslos. Gut, die zwei hatten sich ihr Nest gebaut, schienen glücklich – noch. Aber war das ein Grund, jetzt schon mit dem Brüten anzufangen? Ich hatte Chantal gar nicht für so eine Glucke gehalten. Aber ihre biologische Uhr lief ab, das war klar. Es ist der Altersunterschied, der mir noch immer zu schaffen macht. Kann das wirklich gut gehen – auf Dauer, meine ich?
„Oma werden wir natürlich auch einladen. Sie wird ja bald Urgroßmutter." Stephan schien richtig begeistert von dieser Vorstellung. „Wir werden sie am Sonntag besuchen. Chantal und ich haben sie in letzter Zeit etwas vernachlässigt. Wir hatten so viel um die Ohren. Aber verrate ihr noch nichts von dem Baby. Das soll eine Überraschung sein."
Er machte also einen richtig auf Familie. Ich verstand die Welt nicht mehr.
„Und was ist mit den Eltern von Chantal?", wollte ich wissen. "Kommen die auch?"
„Die kannste vergessen. Chantals Mutter ist gestorben. Schon vor zwei Monaten. Sie hat es erst jetzt erfahren. Und ihren Vater, den will sie nicht sehen."
Also nicht nur auf unserer Seite zerrüttete Verhältnisse. Ich war richtig erleichtert.
„Kann ich etwas zu Eurer Eheschließung beitragen, irgendwie hilfreich sein? Finanziell, meine ich?"
„Wenn du so direkt fragst. Unterstützung ist immer willkommen, in jeder Form."
„Gut. Lass uns darüber aber in Ruhe reden."

Mein Sohn heiratete in zwei Wochen und in drei Monaten würde ich Opa werden. Ich musste mich mit diesem Gedanken, mit diesen Tatsachen erst anfreunden. Natürlich suchten die zwei jemanden, beim dem sie ihre Kinder abladen können, billige Ersatzeltern. Abwechselnd bei Oda und mir, das wäre praktisch für sie. Warum eigentlich nicht? Ich könnte meinen Enkel schnappen, mit ihm in den Zoo gehen oder ins Senckenberg Museum, wenn es regnet. Wir könnten mit der Bahn in den Taunus fahren, zum Sandplacken, und dort im Wald spazieren gehen oder unten am Mainufer. Ich würde meinem Enkel – wie damals Stephan – meine alten Geschichten erzählen. Kinder sind neugierig und dankbare Zuhörer – solange sie klein sind und man ihnen für später ein Eis verspricht. Ich glaube, ich könnte ein ganz passabler Opa werden. Warum also nicht? Je länger ich darüber nachdenke, umso mehr kann ich mich mit dieser Rolle anfreunden. Vielleicht wäre es sinnvoll, zumindest praktisch, wenn ich mir doch einen Kleinwagen anschaffe, einen Polo oder Corsa. Dann bin ich flexibel, kann meinen Enkel abholen und zurückbringen, ohne zu viel Zeit zu verlieren. Außerdem könnte ich mit meiner Mutter wieder einige kleine Ausflüge machen. Sie sitzt jetzt nur noch zu Hause herum, kann keine größeren Strecken mehr laufen. Zur U-Bahn kommt sie gar nicht mehr hinunter. Spaziergänge wie früher, die gibt es nicht mehr. Aber ein paar Ausfahrten, irgendwohin ins Grüne, zum Kaffeetrinken, das würde ihr gefallen. Ich könnte gleich beide zusammen einpacken, Enkel und Oma, bzw. Urgroßoma. Vielleicht haben wir alle sogar Spaß dabei. Schade, dass Vaters BMW weg ist. Wolfgang hatte ihn damals in Hannover an einen Mandanten verscherbelt, einen Gebrauchtwagenhändler. Vielleicht auch ganz gut so, weil viel zu teuer, ein Benzinschlucker, von der Versicherung ganz zu schweigen. Mir reicht ein Kleinwagen.

Wenn ich es richtig sehe, habe ich auf einmal eine richtige Familie am Hals.
Stephan hat Recht. Ich muss mich mit Oda arrangieren, wohl oder übel. Wir sind nun mal die Großeltern. Das bedeutet Verantwortung. Und wer weiß, wie lange diese Ehe hält. Kinder brauchen Geborgenheit, einen sicheren Zufluchtsort. Opas haben Verständnis für alles. Natürlich gibt es Grenzen, aber ich würde mein Bestes tun. Und wenn die lieben Kleinen anfangen, mir auf die Nerven zu gehen, dann werden sie eben wieder bei ihren Eltern abgeliefert, da, wo sie hingehören.

Mir ist bis heute schleierhaft, was Oda wirklich von mir wollte. Gut, sie hatte sich wieder einmal getrennt, machte eine Krise durch. Aber hatte sie damals allen Ernstes geglaubt, dass wir beide zusammen ein neues, gemeinsames Leben anfangen könnten? Geradezu absurd. Die Oda von heute ist eine fremde Frau. Und, um ehrlich zu sein, ich bin nicht neugierig, diese Frau kennenzulernen. Was soll daraus werden? Eine Altersliebe? Eine Freundschaft? Ich kann mir nicht mehr vorstellen, mit einem Partner eine gemeinsame Wohnung teilen zu müssen. Es ist unmöglich. Als eingefleischter Junggeselle entwickelt man seinen eigenen Lebensrhythmus, man hat so seine Rituale. Ich habe meinen Tagesablauf, die täglichen Routinearbeiten optimal rationalisiert. Jeder Handgriff sitzt. Da ist kein Platz für ständige Kompromisse, für Rücksichtnahmen und die Rituale anderer. Das führt nur zu Kollisionen. Das mag zwanghaft sein, aber es ist so. Wir haben alle unsere Ecken und Kanten, mit denen wir uns auf zu engem Raum nur verletzen. Wir können unsere Schrulligkeiten anderen nicht auf Dauer zumuten. Und es ist ja immer der Andere, der uns auf die Nerven geht, der unflexibel und egoistisch ist. Die einzige Lösung: Distanz. Gemeinsamkeiten auf Zeit.

Nur, was hatte Oda gewollt? Ich begreife sie nicht. Brauchte sie jemanden, mit dem sie abends mal weggehen konnte, ins Kino, ins Konzert oder ins Theater? Ich gehe schon lange nicht mehr ins Theater. Ich sehe mir doch für mein teures Geld nicht Schlammschlachten an, die ich zur Genüge kenne. Ich will abends intelligente Entspannung, nicht die gleichen weltzerstörerischen Beziehungsapokalypsen auf der Bühne, die ich täglich live vor Augen habe. Schon gar nicht lasse ich mir meine Fehler und Widersprüche von jungen Regisseuren um die Ohren hauen, die ihre eigenen chaotischen Beziehungskisten genauso wenig im Griff haben. Da brauche ich weder Nachhilfestunden noch Bewusstseinserweiterung. Das kenne ich alles schon. Es ist nicht unterhaltsam, es deprimiert nur. Ich will mich abends nicht deprimieren lassen. Und diese Popcorn-Kinos, diese ohrenbetäubenden Multiplexe sind für unser Alter die reinste Folter. Außerdem nerven mich diese Cola-Kids, ihr pausenloses Raus- und Reinrennen während der Vorstellung, weil sie die Blase drückt.

Also, eine Kulturallianz zwischen Oda und mir halte ich nicht für lebensfähig. Und sonst? Ich sehe keine Möglichkeiten. Erotik, Sex, eine Liebesbeziehung? Sie hatte sich mir ja förmlich an den Hals geschmissen. Wollte mir das Hemd ausziehen. Was dachte sie sich dabei? Ihre fraulichen Reize in Ehren, aber da klingelt es nicht bei mir. Ältere Frauen haben Angst vor der Einsamkeit, Männer vor der Impotenz. Nur, was nutzen Potenz und Viagra, wenn der erotische Funke nicht überspringt. Gut, ich bin noch immer allein, habe keinen Sexualpartner. Aber das ist kein Unglück, das kenne ich und ich komme damit zurecht. Ich bin nicht impotent, noch nicht. Aber ich habe meine Zweifel, ob ich bei Oda einen richtigen Ständer kriege. Und deshalb kann ich mich nicht darauf einlassen, nicht zur Not, nicht als Seelentröster, das wäre nicht fair. Ich leide unter keinem Notstand. Zur Not kann man auch in den

Puff gehen. Da hat man eine gewisse Auswahl. Aber soweit bin ich noch nicht. In mir glimmt immer noch diese irrsinnige Sehnsucht nach Liebe beim Sex. Auch wenn ich es nicht mehr zusammenkriege, ich gebe die Suche nach dieser blauen Blume nicht auf.

Ich kann eine Kontaktanzeige aufgeben. Vielleicht wird das ja sogar richtig spannend. In letzter Zeit lese ich wieder regelmäßig diese optimierten Partnerwünsche. Erstaunlich, wie viele Frauen dort nach Männern suchen. Leider die meisten in Odas Alter oder dicht davor. Und was sie für Wünsche haben! Den ganzen Katalog des perfekten Mannes. Und immer wieder suchen sie jemanden, mit dem sie *Pferde stehlen* können. Nur, wo gibt es bei uns noch Pferde? Nein, besser ist es, wenn man selbst eine Anzeige aufgibt und die anderen antworten, vielleicht mit Bild. Dann kann man sich die Angebote in Ruhe anschauen. Man steht unter keinem Zwang, kann wählen, es versuchen oder auch sein lassen. Mein Problem: wie soll mein Partner beschaffen sein? Was erwarte ich von ihm? Wie soll ich eine solche Anzeige formulieren? Natürlich weiß ich, was ich will. Aber wichtiger wäre zu wissen, was ich kriegen kann. Diese ganze Auflistung von tollen Eigenschaften ist Mist, das kann man sich sparen. Wir halten uns alle für *attraktiv, unternehmungslustig, intelligent und zärtlich*. Aber wenn man nur schreibt *Mann, 50, sucht Frau unter 40* ist das vielleicht doch etwas dürftig, obwohl, vielleicht einige Überraschungen wert. Es ist wie die Suche nach der Stecknadel im Heuhaufen. Aber, um bei den abgedroschenen Bildern zu bleiben: Auch ein blindes Huhn findet manchmal ein Korn. Nur, wer ist das Huhn und wer das Korn?

Ich glaube, Chantal und ich, wie würden gut zusammenpassen, da könnte sich etwas entwickeln. Aber wir können ja unseren Söhnen nicht auch noch die Bräute ausspannen.

Oda als Großmutter, das ginge. Einzig als Großeltern haben wir beide eine Chance, gemeinsam aufzutreten. Einziger gemeinsamer Bezugspunkt: unsere Enkel. Darauf könnte ich mich vielleicht einlassen. Eine klar definierte Rollenverteilung, die uns nicht überfordert, uns nur etwas Höflichkeit und gegenseitigen Respekt abverlangt und die Fähigkeit, klare organisatorische Absprachen zu treffen. Da könnten wir dann beide an unseren Enkeln etwas Wiedergutmachung leisten für das, was wir Stephan gegenüber versäumt haben. Sozusagen eine zweite Chance. Und wir könnten beweisen, dass wir beide vernünftige, erwachsene Menschen geworden sind. Bleibt abzuwarten, wie Oda die Dinge sieht.

Jetzt werde ich erst einmal ins Bistro gehen und einige Bierchen kippen. Und ich werde nachsehen, ob meine unbekannte Dame nicht doch in ihrer Ecke sitzt und auf mich wartet. Am Tresen werde ich dann in Ruhe an einem passenden Text basteln für die Kontaktanzeige in der Samstagsausgabe. Wer nicht wagt, der nicht gewinnt. Und morgen werde ich Oda anrufen.

Erschienene Bücher (Auswahl)
Verlag Blaues Schloss Marburg

Joachim Kutschke
Wiedersehen auf Mallorca
Roman
Kartoniert, 408 Seiten
ISBN 978-3-943556-10-0
Preis: 22,00 Euro

Drei Männer, Bernd, Peter und Klaus, ehemalige Jugendfreunde, treffen sich durch Zufall wieder. Sie beschließen spontan, nach so langer Zeit ein Wiedersehen auf Mallorca zu feiern. Doch was als spät zu entzündendes nostalgisches Jugendfeuerwerk der Erinnerungen gedacht war, entwickelt sich zur Katastrophe…

Alle drei in Hanau, einer Provinz- und Industriestadt nahe Frankfurt a. M., geboren, waren getrieben vom Optimismus ihrer Jugend, vom festen Willen, dem Elend und den Trümmern der zerstörten Welt zu entkommen. Und so folgten sie brav und gehorsam den Ermahnungen der Erwachsenen, etwas Ordentliches zu lernen. Aber in ihren Köpfen und Herzen spukten ganz andere Phantasien, Träume vom Ausbruch aus provinzieller Enge, von einem anderen Leben.

Das präzise Stimmungsbild einer Generation, die – als zu früh Geborene – den Weg in die 68er Szene nicht finden konnte. Die Biographien dreier unterschiedlicher Charaktere, in deren Lebenswirklichkeit sich die ganze Epoche der Bundesrepublik spiegelt.

Joachim Kutschke
"geil", "ätzend" und
"keine Ahnung"
Kartoniert, 188 Seiten
ISBN 978-3-943556-18-6
Preis: 12,00 Euro

Auf dem Hintergrund einer kritischen und präzisen Gesellschaftsanalyse werden die vielfältigen Einflüsse und Zwänge aufgezeigt, die Jugendliche in ihrer Entwicklung und Selbstfindung prägen, sie verführen, manipulieren und fremdbestimmen – die ihnen einen Pseudo-Individualismus aufschwatzen und kaum eine Chance lassen, wirklich ihren eigenen Weg zu finden.

Anhand vieler anschaulicher Beispiele werden Hintergründe und Ursachen für Denk- Und Verhaltensweisen Jugendlicher heute aufgezeigt, für ihre Probleme im Umgang mit Eltern, Schule und der Konsumwelt.

Dabei wird uns allen der Spiegel vorgehalten: den Erwachsenen, Eltern und Lehrern und natürlich den Jugendlichen selbst. Wir werden konfrontiert mit den Widersprüchen in unserem Denken und Handeln, mit unseren Selbsttäuschungen, unserer Verführbarkeit und unseren bequemen Schuldzuweisungen.

Ein Buch, das Jugendliche zugleich ermutigt, selbst die Verantwortung für ihr Leben zu übernehmen, nicht ihr Fähnchen in die wechselnden Windrichtungen des Zeitgeistes zu hängen und auf jeder modischen Welle des Mainstreams zu surfen.

Horst Schwebel
Der Durchstreicher
Geschichten
Kartoniert, 104 Seiten
ISBN 978-3-943556-09-4
Preis: 12,95 Euro

Die neun Geschichten handeln von Kunstfälschern, Künstlern, konkurrierenden Architekturprofessoren, von einem Unternehmer, der einen Pfarrer kauft, einem Baron, der für seinen Sohn einen Doktortitel erwerben will und von anderen auffällig gewordenen Zeitgenossen.

Obgleich die Geschichten auf den ersten Blick kaum zu glauben sind, haben sie meist einen realistischen Kern. Mit Schmunzeln und Augenzwinkern vermittelt der Autor, dass Alltägliches und Fiktion mitunter nahe beieinander liegen und bereits der Alltag satiretauglich ist.

Horst Schwebel, geboren in Frankfurt am Main, Studium der Philosophie, Theologie und der Christlichen Archäologie. Promotion, Ordination, Habilitation. Professor für Praktische Theologie und Direktor des Instituts für Kirchenbau und kirchliche Kunst der Gegenwart in Marburg (1980 - 2006). Ausstellungskurator. Ehrendoktor in Helsinki, Fellow in Berkeley, CA. Zahlreiche Veröffentlichungen im Grenzbereich von Kunst und Theologie, u. a. "Die Kunst und das Christentum". Als freier Autor Veröffentlichungen in Zeitschriften und Anthologien.

Elke Therre-Staal
Kinder- und Hausmärchen
der Gebrüder Grimm:
Analysen und Frauenbild
Kartoniert, 62 Seiten, 2 Farbbilder
ISBN 978-3-943556-15-5
Preis: 8,50 Euro

„Das letzte große Gefühl, welches dieses weibliche Wesen noch lernen muss, um endlich handzahm zu sein, ist die Scham. In der Pädagogik ist dieses das wirksamste Mittel, um Eigensinn zu beugen, schlimmer als Schläge. Und Scham überfällt unsere Königstochter reichlich, denn sie wird öffentlicher Gegenstand von Gelächter und Spott. Dafür sorgt ihr späterer Angetrauter. Offenbar war die überstürzte Eheschließung mit dem Bettler nur eine Farce, eine Inszenierung. Dreckig und zerlumpt steht sie an der Tür zum königlichen Ballsaal und späht in die feine Gesellschaft. Der Königssohn will heiraten, wir erfahren, es ist der Drosselbart, aber wo ist das krumme Kinn? Hinter goldenen Ketten verborgen!"

Elke Therre-Staal *1943 in Westpreußen, heute Polen, geboren, in Westdeutschland aufgewachsen, promovierte Psychiaterin und Psychotherapeutin, eigene Praxis seit 1986.
Preisträgerin der besten Kurzgeschichte 2003 Hamburger Axel-Andersson-Akademie, Lyrik- und Kurzgeschichtenveröffentlichungen in Anthologien 2003-2010.

Regine Wagner-Preusse
Vorsicht Schule!!!
Leben in schulischen Minenfeldern
Kartoniert, 200 Seiten
ISBN 978-3-943556-17-9
Preis: 15,50 Euro

„Kurz vor Unterrichtsende entgleitet die Situation. Auch die Bravsten sind nicht mehr zu bremsen. Taschen werden gepackt. ‚Ich bin noch nicht fertig. Setzt euch wieder hin!.' Keine Reaktion. Stattdessen drängen alle zur Tür", sagt Bernd und schaut auf den Flur, in den sich durch geöffnete Klassentüren ungeduldige Schülertrauben zwängen. „Überall das Gleiche. Trotzdem ein untragbarer Zustand." „Warum bekommt man so ein Problem nicht in Griff? Wird das nicht in den Konferenzen thematisiert?"

Verblüffend offen und aufrüttelnd diese Nahaufnahmen aus einem Bildungssystem, das stets das Beste will und oft das Falsche schafft: Alleingelassene und überforderte Lehrer und Schulleiter, die mit Mühe den Schein pädagogischen Normalbetriebs aufrechterhalten. Schüler, denen in viel zu großen Klassen nicht individuell geholfen werden kann und Eltern, die ...

Regine Wagner-Preusse *1951, Studium der Germanistik, Politik und Soziologie, Ausbildung in Familientherapie, arbeitete in der Psychiatrie und ist seit vielen Jahren Lehrerin in der Erwachsenenbildung und in der Staatsschule.